北

斗

梦溪石◎著

The

Plough

广东旅游出版社
GUANGDONG TRAVEL & TOURISM PRESS

中国·广州

岳定唐仿佛又看见当年那个少年，神采飞扬，朝气蓬勃。

时光流转，还能再次出现，不管幸福。

目 录
Contents

也许，现在相逢才是最恰到好处的安排。

所有一切，细水流长。

君身红尘　君名北斗

碧血燃心　青松俯首

| 卷一 |

情敌重逢，豪门魅影

"我们怀疑凶手是你。"

第1章

纤长细瘦的手指在翡翠白玉烟枪上轻轻摩挲片刻，随手丢至床上。

女人打了个哈欠，慢腾腾起身，一摇三摆走到盥洗台前。

拧开水龙头，轻轻拨弄，眼神慵懒迷离，身体面条似的提不起劲儿。

身后传来动静。

女人从镜中看见来者。

"你怎么来了？"

她懒懒一笑，风情万种。

"正好，过来帮我选件旗袍，今天……"

话未竟，镜中的表情转为惊恐。

"你做什——啊！"

正欲发出的尖叫随即被堵在喉咙，她拼命挣扎扭动，去抓去抠对方的手，平日保养得宜的蔻丹因用力掐入而折断，血从缝隙流出，分不清来自谁的伤口。

可，这只能引来对方穷凶极恶的回应。

女人下意识张大嘴巴。

她呼吸不到半点急欲摄入的空气，反倒加速自己死亡的进程。

平时一笑就能令男人神魂颠倒的面容此刻扭曲狰狞，额上青筋暴起，眼珠一点点往上翻，天昏地暗之际，一闪而过的念头令她恍惚察觉，勒住自己脖子的衣物，正是自己刚刚丢在床上的睡衣外袍。

那件丝绸外袍，上个月被买回来之后，她就喜欢得很，常常穿着。

拖鞋被踢开，身体被拖着往卧室走，赤足在地板上留下两道湿痕。

勒住她的人没有半点怜香惜玉之心，见她还有力气挣动，便又加了几分力道。

对一个濒死的人而言，生命被缩短在分秒之间。

渐渐，她的双腿停止蹬动。

香躯瘫软在床上，杏眼却还圆睁，直直瞪着天花板。

死不瞑目。

…………

雅琪兴致勃勃摆弄着自己桌上的化妆品。

她在双妹和夏士莲两个牌子的雪花膏之间犹豫半天，终于忍不住挑了新买的夏士莲。

新包装的瓶口拧开时有些发涩，但抹在脸上的扑鼻香气很快磨灭她最后一丝不舍。

看着镜中的自己，雅琪的心情也随之明媚起来。

于她而言，这只不过是万千个夜晚里的平凡一夜。

可这个夜晚，因为一个人的到来而发生了微妙变化。

"雅琪，凌少来了，想见你！"

雅琪倏地回头，又很快扭过来，抓起离自己最近，还未开封过的丹祺唇膏。

打开，旋扭，对着镜子仔细上色。

这是她新近从永安百货买到的洋货，好几天都没舍得用。

后面的大班笑嘻嘻地走近。

"听见凌少过来这么开心呀？"

雅琪对着镜子美目一扫："我看你比我还开心，嘴巴都快咧到耳朵去了！"

大班道："凌少又俊俏，说话又好听，又会哄人，谁不喜欢？可惜比起真正的阔少还差了点儿，不过那么俊俏的脸足够了，也不知道他今晚买不买你的出街钟，要是年轻个十几二十岁，我宁可倒贴，也要跟他出去的咯！"

雅琪撇撇嘴，没说什么，只顾着端详镜中的自己。

烈焰朱唇，映出妆容精致的娟秀面容。

凌少应该会发现她今晚的不一样吧？

说话间，大班瞥见旁边怯生生的年轻女孩。

"愣着做什么？跟我一起出去啊，凌少还带了朋友过来，正好！"

年轻女孩叫萝丝，几天前刚刚应聘上翡冷翠的舞女，还不太懂规矩，也没见过太多场面。

"凌少是谁？这儿的常客吗？"她好奇道。

三人穿过灯光闪闪的回马廊，高跟鞋在地板上踩出清脆的节奏韵律。

雅琪没有作答的兴致，也就是大班回了一句："快跟上来！"

萝丝只好"欸"了一声，努力适应高跟鞋带来的不适。

她家境本来还算小康，本人也在中学读书，前几年父亲得急病去世，家里没了顶梁柱，一夜之间塌了天，为了供弟弟上学，萝丝只能选择到翡冷翠来上班。

如此遭遇的人，舞场大班见得多了，这个时代，最不缺的就是身不由己的漂萍。

最起码，当舞女的收入是很不错的。

萝丝这个半中半洋的名字，也是进了舞场之后大班起的，算作艺名。

在偌大的上海滩，翡冷翠自然没法跟百乐门、仙乐舞宫、大都会、维也纳这些舞场相比，但也算小有名气，而且来者不拒，面向的客人阶层更广。

不像百乐门那些地方，进入者非富即贵，不是一般人消费得起的。

若萝丝肯努力，一个月下来，供弟弟上学绰绰有余，也许还能剩余不少。

萝丝很快就见到大班口中"俊俏又会说话"的凌少。

对方穿着一身灰黑色相间的洋服，理着时下许多年轻人一样的发型，只是没抹发油，蓬松又有几分清爽。

打扮并不出奇。

萝丝见过一身华贵的公子哥儿，也见过更加花枝招展的孔雀。

但她是头一回知道，一个人如果足够好看，穿什么就无关紧要，因为他能将平凡的衣裳穿出不平凡的感觉。

世上多的是人靠衣装，像凌少这样衣装靠人的，千里挑一，寥寥无几。

"凌少！"

萝丝看见雅琪像快乐的小鸟一样飞过去，高跟鞋在她脚下竟然有了轻盈的感觉。

凌少脸上挂着懒洋洋的笑容："雅琪，你用了新口脂？比上次见又漂亮了啊！"

雅琪果然又惊又喜："你发现了？"

凌少："大老远就看见了，烈焰红唇，人未到而香先至。"

雅琪开心道："这是丹祺唇膏新出的颜色，整个上海只有永安百货限量发售，我托人去排了好久的队哩，差点儿就买不着了！"

她走过去抱住凌少的胳膊叽叽呱呱说起来。

萝丝则被大班推着走向凌少旁边的年轻男人。

来舞场就是为了跳舞的。

在音乐的旋律下，萝丝有些尴尬拘谨，陪伴对方迈开略显拙劣的舞步。

跳舞很快拉近双方的距离，她从年轻男人口中得知，凌少全名叫凌枢，其实是江湾区警察局的一名警察，跟她跳舞的这人叫程思，是凌枢的同僚和好友。

程思样貌也端正，但跟凌枢在一起，难免还是有月华和星辉的对比。

萝丝的目光，忍不住再次随着舞场灯光追逐那道身影。

凌枢的舞跳得很好。

舞步轻快矫健。

没抹发油的发丝在步伐的挪动中轻轻跳跃。

一下一下，就像萝丝怦然的少女心。

她将目光落在对方的眼角。

流光牵出一丝飞扬，瞬间在胸口炸开烙痕，朱砂桃花，鲜艳夺目。

"人长得好看就是不一样，还能有舞女倒贴小费！"

耳边传来程思的嘀咕。

萝丝定睛一看，果然看见雅琪将一团包好的小手帕塞到凌枢手里。

这年头，舞场分三六九等，去舞场的客人也分三教九流，但再吝啬的客人，也得给舞女开一瓶酒，花点小费。

那些出手阔绰的，也许还会一掷千金，带舞女出街，甚至常年包下酒店房间，买下寓所，金屋藏娇。

但，萝丝还是头　回看见舞女倒贴客人的。

本该震惊的心情，却在看见凌枢的时候悄悄平复了。

萝丝甚至觉得可以理解，要换作是她，说不定她也……

一曲舞毕。

雅琪还想继续，程思却松开萝丝的手，朝凌枢走去。

"你看那边的秃子。"

手肘撞撞凌枢的胳膊，程思抬起下巴朝前点了点。

"怎么？"

"这秃子早上因为人家拉黄包车的没看路，不小心撞了他一下，他就把人给狠揍一顿，那人走的时候还一瘸一拐，挺惨的。"

听这意思是想整人？

凌枢："你查过了？"

程思嘿嘿一笑："这人这么横，我还当有什么背景，后来一查，也就是舅舅在警察总队当个中层警官罢了，这后台还不如你呢！"

凌枢木着脸："我能有什么后台？我就是一个混吃等死的小警察，别扯我。"

程思："行行，不扯你！等会儿我过去找碴儿揍他一顿，怎么样？"

凌枢挑眉，忽然坏笑："我有更好的法子。"

黄秃子对自己的舞伴很不满意。

他老早就盯上不远处的雅琪。

碍于对方身边已经有客人，而他又不知道客人的来历，不敢贸然上前。

谁都知道大上海卧虎藏龙，一不留神就会撞上某个大家公子哥儿或洋买办，这些人都不是黄秃子招惹得起的。

寻了个机会，黄秃子随手抓住去送酒的适应生，塞了小费，询问对方两人的情况。

在得知程、凌二人既不是什么豪客，也不像有什么大来头之后，他放下心，朝对方走去。

"兄台贵姓，我姓黄，来一根？"

黄秃子自来熟地把烟递过去，伸手不打笑脸人，根据他混江湖的经验，这一招百试百灵。

对方肯定会问他在哪里办差，他就顺势将舅舅亮出来，不看僧面看佛面，这漂亮舞女今晚他是要定了。

但接下来的发展完全出乎他的意料。

程思接过他的烟，忽然"咦"了一声。

"我是不是在哪里见过你？"

黄秃子愣了愣，笑道："不会吧，我觉得兄台挺眼生的。"

"想起来了，去年那个一家五口灭门惨案的通缉犯！"程思拉扯凌枢的胳膊："你来看看，画像跟真人是不是一模一样？"

凌枢上下打量，认真严谨："还真有点像。"

黄秃子怒道："什么乱七八糟的！我姓黄名嵩，听清楚了，是嵩山的嵩，跟通缉犯有什么关系？我舅舅是谁你们知道吗？！"

程思一本正经："就算你舅舅是上海市市长，跟你是否犯罪也没关系，我们是江湾区警察局的警察，劳烦这位兄台跟我们走一趟，要是查明无辜，自然就会释放你了。"

说罢他抓上对方的手腕，摸出黄铜手铐就要给人铐上。

黄秃子又惊又怒，哪能想到自己近乎没套上，漂亮舞女没勾搭上，反倒把自己给套进去了。

"我舅舅是黄铭，警察总队的黄铭你们知道吗？还敢乱抓人？！小心他回头把你们都撤了，你们的狗胆也太大了……哎哟！"

凌枢往他后膝盖弯一踹。

张牙舞爪的黄秃子扑腾着往前跪倒，正好把手腕主动送上门，啪嗒一下，黄铜手铐跟肌肤亲密接触，程思对抬头的黄秃子咧开嘴笑。

"走吧，兄弟。"

甭管黄秃子他舅是警察总局的还是市政府的，他们把人铐走折腾一晚，让他长点教训，上面来了人就二一添作五，难不成对方还能跟他们计较？

黄秃子哪肯就范，身体被制住了，嘴巴还不干不净骂个不停。

雅琪和萝丝都被吓着了，连大班也过来劝说，让程思他们给点面子，别在这里搞事。

凌枢直接从旁边拿起一个面包，往黄秃子骂骂咧咧的大嘴里一塞。

世界重归安宁。

"他现在是嫌疑人，按规矩是要配合调查、审问清楚的，你们放心，我们不会冤枉一个好人。"

凌枢对舞场大班说完，又对程思道："行了，你带人先回去吧，我等会儿再走。"

程思瞪他："不仗义啊！"

"雅琪小姐多难约的一个人，我能随随便便说走就走吗？总得让我们多相处一会儿吧？"

凌枢朝雅琪笑笑，后者的脸马上红了。

程思气得牙痒痒，凑到近前，压低声音："三顿德兴馆，我转身就走！"

凌枢没好气："你抢劫吗？一顿，再多没有！"

程思："两顿，再少我也不走了，就带着黄秃子在这儿看你们跳舞。"

凌枢赶苍蝇似的挥手："两顿，赶紧滚！"

程思笑嘻嘻，也不遗憾今晚没跟萝丝多相处了，心满意足拽着黄秃子离开。

"好了，从现在开始，今晚就是我们彼此的时光了。"

凌枢绅士地向雅琪伸手。

"不知雅琪小姐是否有雅兴与我再来一曲？"

"荣幸之至。"雅琪含笑。

但她今晚的快乐注定无法维持多久。

在舞曲进行过半时，由外而内，一阵小小的骚动传来。

当先迎出去的是几名舞场大班，很快她们又折返，而且脸色不大好看，还得强颜欢笑，将嘴角扯起来。

抛开懵懵懂懂的萝丝不说，雅琪这种常年混迹欢场的人，一看就知道不得了。

这是来了大人物。

不是像黄秃子那样虚张声势的人，而是真正惹不起的大人物。

许多客人和舞女不明所以，却不由自主为对方让出一条路，自觉往两边退开。

走在最前面的是两名高鼻深目的洋人警察，俗称洋捕，一看就是租界过来的。

但吸引众人注意力的，却是在他们后面的两个人。

一个是洋人，一个是华人。

洋人穿着警服，是租界里的高级警官。

这年头，在上海滩，洋人属于惹不起的那一类，但凡有洋人出现的地方，简单的事情往往会变得复杂起来。

而那位与他并肩走来的华人——

礼帽下面的脸，半藏在光影交织之间，轮廓模糊，却更引起观者的探究之心。

然后，他微微抬起下巴。

整张脸随即暴露在灯光之下。

很多人随即在心里发出一声赞叹，但这赞叹很快又为对方气势所慑，一时分不清自己刚才那声赞叹，到底是出于气场还是出于容貌的缘故。

凌枢和雅琪也停下舞步，看着对方穿过重重人群，朝自己的方向走来。

雅琪有点慌，开始在脑海里搜索自己得罪过洋巡捕的记忆。

凌枢则微微眯起眼。

锃亮的皮鞋在花格子地板上踩出千军万马莫可匹敌的气势。

雅琪心惊胆战，自然也没有发现，大衣男人的眼神，自始至终都在凌枢身上。

凌枢忽然懒洋洋笑了一声。

"哎，这不是岳先生吗？以您的规格档次，不去百乐门和仙乐舞宫，怎么会跑咱翡冷翠这种小地方来？"

雅琪有些疑惑。

这句话听起来，两人似是旧识。

咫尺之遥，却又针锋相对。

还未厘清，她就听见大衣男人说话了。

"杜蕴宁死了。"

凌枢漫不经心的脸色微微一变。

然后男人旁边的高级警官道："我们怀疑凶手是你。"

第 2 章

杜蕴宁何许人也？

杜蕴宁是凌枢的中学同学，也是——

他曾经的女朋友。

更是当时几乎全校男同学心目中的美好青春回忆。

甚至就连眼前这个姓岳的，也喜欢过她。

岳定唐此话一出，凌枢就想脱口说不可能，但对方并不像在开玩笑。

那双深褐的眼珠近乎两口深井，目不转睛地凝视他，其中暗含汹涌锐利，似在探究凌枢的反应真实与否。

"什么时候的事情？"凌枢问道。

岳定唐没有回答，凌枢猜想对方是为了不让自己有机会推测案情找到漏洞。

也就是说，在姓岳的看来，此刻他就是嫌疑最大的对象了。

凌枢摊手："今晚下班之后，我就来到翡冷翠，不可能有时间去作案，这里所有人，都可以当我的证人。"

岳定唐淡淡道："尸体是两个小时前发现的，但人死了不止两个小时，我不是办案的警察，你有什么话，可以在录口供的时候再说。"

说罢他让了一步，介绍旁边的洋警官。

"这位是公共租界警务处的史密斯先生，案发时我与他正在参加一个私人聚会，因为死者与你都是旧识，我才主动提出陪同史密斯过来。"

凌枢道："这里不是公共租界，我也不是公共租界的居民，此事我需要报请我的上司知晓。"

史密斯的中文很流利："凌枢是吧？我们来的时候，岳先生已经介绍过你的大体情况，我也会让人去通知你的上司，现在跟我们走一趟吧。"

这个洋人一身穿戴价值不菲，估计在警务处也是个人物。

后面两名洋巡捕虎视眈眈，似乎凌枢一有反抗举动，就会立马扑上来将他制住。

他们腰间鼓鼓囊囊，除了警棍，肯定还有枪。

雅琪等人早就脸色发白，吓得不知所措。

凌枢就像被猛兽四面围住的羚羊，不管怎么跳，都跳不出包围圈。

今夜的猎物已成定数。

他看向岳定唐。

岳定唐目光深邃，意味不明。

在凌枢看来，对方有种高高在上的疏离，好像是专程过来看笑话的。

落在姓岳的手里，今晚注定吃不了兜着走了。

凌枢暗道，心想自己下次出门前一定要先看皇历。

……

据说，法租界的中央捕房，堪称上海所有捕房和警察局之典范。

据说，各区捕房曾经组织过去法租界巡捕房参观学习，但那已经是凌枢当警察之前的事情了。

又据说，公共租界的巡捕房，就是模仿法租界的规制。

凌枢没去过法租界的捕房。

在他看来，位于公共租界繁华地带的老闸捕房无疑比他们那个小破警察局好多了，起码连桌子都是新的。

但，天底下所有问供的地方，都是半斤八两。

"姓名，住址，职业。"

"凌枢，两点水的凌，中枢的枢。引翔区朱家桥 36 号。目前在江湾区警察局当差。"

"昨天和今天，你在哪里？"

"白天上班，晚上回家休息。"

"说详细点。"

凌枢："昨天下班是四点左右，杜蕴宁约我去了新月咖啡馆，我们在那里逗留大概一个半小时，然后我送她回家，之后我们就再也没有见过面……"

"等等。"录口供的警察打断他，"你们孤男寡女，处了一个半小时？"

凌枢懒洋洋将身躯往后一靠。

"我说了，当时是下午四点，光天化日，朗朗乾坤，别说咖啡馆外人来人往，咖啡馆里也有侍应生和其他客人，怎么能叫孤男寡女？"

警察皱眉，正想呵斥，目光落在凌枢的洋装上，却顿了一下。

凌枢身上穿的，乃是时下最流行的三件套，只不过外套扣子没系，现在随着他两条胳膊架在椅背上而敞开，露出鲜艳亮眼的红色银纹领带。

这年头穿洋装的人不少，但好料子跟差料子还是有很大区别的，更别说那条红色银纹领带……

警察瞟一眼坐在旁边的史密斯和岳定唐，见他们没注意自己，清清嗓子道："行了，别耍贫嘴！你跟杜蕴宁是中学同学，还曾经交往过，是或不是？"

凌枢："是，当时我们两家算是门当户对，长辈的确有意撮合我们。"

警察："后来杜蕴宁却嫁给了军阀袁秉道之子袁冰。"

凌枢叹了口气："兄弟，你想哪儿去了？你看我像那种会饥不择食挑已婚妇女下手的人吗？只要我勾勾手指，十里洋场多的是漂亮女人主动送上门，从黄浦江排到万国体育场。"

警察敲敲桌面："别岔开话题！"

语气不怎么严厉，可能看在凌枢是同行、衣着打扮明显家境不错的分儿上，也可能是因为史密斯跟岳定唐在旁边看着，不好太过粗暴。

凌枢："杜蕴宁结婚后，倒是约过我几次，我没去。后来她遣用人过来，言辞恳切，连连哀求，我就去见了她几回。你们应该已经盘问过袁公馆里的人，他们的证词能证明我所言非虚。"

警察："哀求你什么？"

凌枢："无非是诉说她婚后过得很不如意，想向我吐露一二，以遣烦闷。"

警察："那昨天下午杜蕴宁和你见面，又说了什么？"

凌枢："她想找我私奔，我没答应。"

曾经赫赫有名的川西军阀袁秉道，被夺权之后寓居上海，他膝下只有一个儿子，那就是袁冰。

袁秉道掌权的时候，搜刮了不少民脂民膏，这些财富后来都留给袁冰，可以说袁冰是生来就坐拥金山银山的。

但袁冰也是上海滩出了名的花花公子，今天包养戏子，明天跟明星出双入对，杜蕴宁嫁入袁家的时候，那场盛大婚礼也曾轰动半个上海滩，至今还有很多人记忆犹新。

老爹留下来的金山银山，竟在几年之内，被他挥霍得七七八八，袁杜两家联姻的天作之合，自然也渐渐变成一桩令人唏嘘的憾事。

不过，在外人眼里，袁夫人杜蕴宁，依旧常常是活跃的交际花，她的日常用度，不比当初进门的时候逊色，甚至经常引领服饰潮流。

这样一个年轻美丽的女人，居然被人杀死在自家卧室里。

而且，还被爆出想跟人私奔的惊天大内幕。

警察张口结舌半晌："你在逗我呢吧？"

凌枢耸肩："是你要问我的，我照实说而已，再说我不比袁冰那鸦片鬼风流倜傥数倍？杜蕴宁对我旧情未忘，有何出奇？"

对方待要再问，忽然听见旁边一声轻咳，立马回过神来，不再纠结八卦秘闻，赶紧挺直背脊继续问讯。

"然后呢？"

凌枢："她很伤心，拉着我说了半天以前上学时候的事情，后来我瞧她精神不大好，就送她回去。"

警察："据袁公馆的人说，你跟袁冰在袁公馆门口发生了争执。"

凌枢："他见了我自惭形秽，嫉妒我比他年轻有为，自然看我不顺眼。"

警察不满："正经点！"

凌枢无辜道："谁在和你开玩笑？"

警察："你们争执了多长时间？"

凌枢："不记得了，大概有半个小时吧。"

警察："然后你去了哪里？"

凌枢："我去了肖记面馆吃面。"

警察："你离开袁公馆时几点，回到家时几点？"

凌枢："傍晚六点离开的吧，回到家是夜里十一点多。"

警察嘲讽："你在一家面馆逗留了五个多小时？吃了不下十碗面吧？"

凌枢叹了口气："兄弟，你没吃过他们家的葱油拌面吧？那滋味，啧啧，我跟面馆老板熟识，等天一黑，支个锅子，面汤做底，放点切碎的辣椒去寒，涮牛羊肉，再来点豆皮和鱼片……"

沈人杰今晚刚回家，屁股还未坐热，就被喊回来办差录口供，晚饭都没吃，一肚子怨气。

这会儿听见对方有滋有味地报菜名，说得好像眼前真有口热腾腾的锅，里面煮着各式各样的火锅菜，他的口水开始不断分泌，眼看就要泛滥成灾。

"停！"沈人杰赶忙喊停，"也就是说，这五个多小时里，你吃完拌面吃火锅？"

凌枢点头："我们边吃边聊，午夜方归有何稀奇？"

沈人杰："有谁能为你做证？"

凌枢："肖记面馆老板肖国维，你们把老肖找过来一问不就知道了？"

沈人杰："你说的肖记面馆，是不是恒通路的那一家？"

凌枢："不错。"

沈人杰："昨夜凌晨三点，恒通路一处民宅起火，男女主人来不及逃跑，连同孩子、用人，被烧死在里边，火势牵连隔壁的面馆，火扑灭后，我们发现面馆里有一具被焚烧得面目模糊的男性尸体，如无意外，应该就是你说的面馆老板肖国维。"

轻敲桌面的指节忽然顿住。

凌枢意识到不对劲了。

一开始，他以为这场问讯只是例行公事。

也有可能是岳定唐得知他在杜蕴宁死前与对方有过往来，特意让史密斯为难他一番。

但现在看来，并非如此。

杜蕴宁死了，死前想要和凌枢私奔。

凌枢还跟她的丈夫袁冰，在众目睽睽下争执，差点儿动手。

旁人看来，凌枢与杜蕴宁的关系，不说牵扯不清，肯定也有那么点暧昧。

岳定唐说杜蕴宁死了不止两个小时，那可能是更早出的事。

而这段时间，凌枢正好有五个多小时，既不在家，也不当差。

他在肖记面馆跟老板闲聊瞎侃。

但现在老板死了。

没有人能证明他的话是否真实。

"为什么怀疑我？"凌枢缓缓道，"我没有杀人动机，我杀杜蕴宁，图什么？"

说话的是岳定唐。

"你说杜蕴宁想跟你私奔，那只是你的一面之词。事实也有可能是反过来的：你想跟杜蕴宁私奔，但杜蕴宁不同意。袁冰发现她婚后还跟你有所往来，所以昨天你走了之后，他跟杜蕴宁大吵一架，离开袁公馆，而你则趁机返回袁公馆，想说服她收拾细软跟你私奔，但杜蕴宁后悔了，拒绝了你，你一怒之下，失手将她掐死。"

凌枢鼓掌："老岳啊，咱们也算老同学了，我以前怎么没发现，你还有这种睁眼说瞎话的能耐？"

岳定唐淡定道："我这是合理推测，而且，我们还有一个很重要的发现。"

凌枢抬手："且慢，你方才说你不是警察，只因为是旧识，才跟过来。那现在你又是以什么身份来过问案子的？"

旁边的史密斯随即道："岳教授是我们警务处特聘的顾问，可以参与任意案情的咨询调查。"

凌枢："……"

"这个顾问是上一秒才聘请的吧？"

史密斯没理会他的讽刺，站起身，拍拍岳定唐的肩膀。

"我还有点事，这里就交给你们了。"

铁门打开，再度关上。

凌枢以前都是坐在对面的位置，未承想自己有朝一日也成了嫌疑犯。

这真是一次新奇的体验。

往常这个时候，他早就应该在肖记面馆里吃夜宵了。

岳定唐："这件案子，发生在公共租界，以杜蕴宁的知名度和袁冰的人脉，肯定会闹到见报，众所瞩目。史密斯将它当作政绩来办，你那个在市政府任职的姐夫，就是想插手，也有心无力。我劝你，最好认真面对，老实交代。"

凌枢打了个哈欠："你刚才说的重要发现，是什么？"

岳定唐："杜蕴宁出事的卧室窗台上，发现了一个右脚脚印，经过验证，是一只警靴留下的，而且尺码——"

他看向凌枢的鞋子。

"正好和你的一样。"

大年三十的前一天，凌枢没能感受到半点即将过年的喜悦，反倒发现自己坠入一个迷局之中。

上下左右，尽是天罗地网，将他团团围住，密不透风。

第 3 章

凌枢确定，自己是被陷害了。

但他想不通，为什么有人想把杜蕴宁的死栽赃在自己身上。

他只是一个入职几年还表现平平的小警察，每天踩点报到，到点下班，不是流连市井小巷找吃的，就是到处去听戏跳舞。

至于凌家人口，就更简单了。

凌枢父母早亡，无仇无怨。

姐姐凌遥已婚，是个家庭妇女。

姐夫周卅在市政府当主任科员，纵使有那么一两个看他不顺眼的同事，也不至于特意绕一大圈，通过陷害妻弟来抹黑他。

凌枢没有说话，岳定唐也没有催他。

两人像是在比赛谁的定力更好。

吊灯在上面晃晃悠悠，从窗子缝隙钻进来的寒风在审讯室里来回搜刮，想要把几人身上仅存的那点儿暖意带走。

至于问供的警察沈人杰——
他已经饿得前胸贴后背了。
换作以往，他早就二话不说把凌枢往牢里一扔，直接出去吃夜宵了，等着对方的家里人拿钱来保释。

但现在他不敢。
一来，案子太大，影响恶劣，被害者身份特殊。
二来，史密斯亲自关照过问，岳定唐还在旁边盯着。
沈人杰不是很清楚这位岳先生的具体职位，但从史密斯的态度来看，自己最好还是不要得罪对方。

"……岳先生？"
他们两个有空进行无声交锋，沈人杰却实在饿得受不住了，不由得轻轻地颤声问道。
岳定唐看了他一眼："你可以先走。"
"没事没事，您继续！"沈人杰苦着脸，岳定唐没走，他哪里敢走？

岳定唐转向凌枢："快过年了。"
凌枢："？？？"
岳定唐："我想你一定不希望在牢里过年。"
凌枢："我姐会想办法保释我的。"
岳定唐："这个案子事关重大，她不一定能保释你出去，你现在只有跟我们合作，坦白交代，才可能有生路。"
凌枢："我一直很好奇你突然插手这件事的目的，因为当年杜蕴宁选择跟我交往，而不是你？"
岳定唐没说话。

沈人杰感觉自己好像听见了什么不该听的，赶紧抬头盯着那盏可怜的吊灯，将它想象成一只热腾腾的大鸡腿。
刚出炉的鸡腿，被蒸得软烂，鸡肉里的水分爆发出来，在锅盖内部凝结成水珠，重新落在鸡肉上，一口咬下去，足够填满整个味蕾。

沈人杰虽然是警察，但家里也是逢年过节才能有顿丰盛的吃，尤其是过年前这几天，家家户户祭祖拜神，少不了供品，哪怕不是鸡腿，而是刚蒸好出炉的米糕……

他想着想着，神情竟痴了，真就一时没留意两人在说什么。

凌枢也饿了。

但他没像沈人杰那样抬头看电灯。

因为电灯看再久，也不会变成鸡腿。

他知道岳定唐在等他屈服软化。

诸多事情从以前到现在就没变过。

凌枢选择速战速决。

"如果我有嫌疑，那袁冰和袁公馆的人都有。"他道。

岳定唐："当然，袁公馆已经被封锁了，所有人不得进出，袁冰也已经被拘捕了，但所有人里，你的嫌疑是最大的。"

说罢他站起身。

"很遗憾，你的供词没能提供什么洗清嫌疑的关键线索，作为老同学，我很想帮你，但无能为力。"

沈人杰松一口气，也很高兴地跟着起身。

终于可以吃饭了，他心想，将手中录口供的本子推过去。

"签字吧。"

凌枢随意看了几行，拿起笔，又抬头。

"我今晚得在牢里过夜了？"

岳定唐看着他拿笔的手，答非所问："我记得你不是左撇子。"

凌枢懒洋洋地弯起嘴角，潦草签下名字："图好玩练过一阵，很多年前的事了。老同学，希望咱们那一点点交情，能换我在牢里吃上一顿夜宵。"

三人走出审讯室。

迎面是袁冰被人从另一间审讯室里带出来。

四目相对，冤家路窄。

袁冰大吼一声，朝凌枢扑过来。

猝不及防，边上人摁都摁不住。

"你个小瘪三狗犊子——"

凌枢伸脚。

咆哮戛然而止。

情势急转直下，袁冰抱住小腿骨哀号痛叫，整个人弯腰倒在地上。

"打人了！杀人啦！救命啊！"

一个长年吸鸦片的人，扑过来的力气怎么会大，但凌枢这一脚是真下了狠劲，照岳定唐目测，就算袁冰没断骨，也伤得狠了。

但始作俑者已经躲到岳定唐身后去了，一脸事不关己。

袁冰还在地上呻吟翻滚，骂人的话都说不利索。

岳定唐冷冷道："将两个人带进去。"

袁少爷身份特殊，大家还不大敢动手，有了他这句话，立马将人拖起来。

"姓凌的，你这狗杂种，杀了我老婆，还想嫁祸给我，你不得好死！"

凌枢不以为意："袁冰，我看你还是早日认罪服法，免得进了牢里没鸦片抽，这得多难受？"

袁冰被拖了出去，声音渐行渐远。

不甘和愤怒在警察局回荡，让沈人杰都禁不住叹了口气。

他远远见过杜蕴宁一面，那是在对方生前。

当时的杜蕴宁穿着一身桃红色的旗袍，银丝镶边，这样俗艳的颜色，愣是被她穿出一种风情万种、不与凡同的出众。

放眼大半个上海滩，像杜蕴宁这样的美人也不多。

可惜了，红颜薄命啊。

这件案子，注定会轰动上海滩了。

眼瞅着两人都走了，沈人杰小声请示："岳先生，凌枢刚才要吃的，给不给？"

这事本来轮不到岳定唐做决定，但刚才史密斯对他另眼相看，沈人杰当然要趁机讨好一下。

岳定唐："照你们的惯例，给不给？"

沈人杰嘿嘿一笑："这……"

岳定唐立马就明白了，潜台词是，塞钱就给，不塞钱自然什么也没有。

上海堪称东亚中心，民国典范，可这繁华背后，同样是藏污纳垢。
毕竟，腐朽的清朝距离这会儿，也才刚刚过去二十年。
"那就不给！"他一脸正气凛然。

凌枢自己是警察，当然知道牢狱是什么环境。

一排砖瓦房，墙壁苔痕裂缝，黑渍斑斑。
屋檐下开个小窗，那就是仅有的光源，白日里尚可窥见一丝光亮，到了晚上，狱警也绝对不会把蜡烛或电灯浪费给犯人，大家只能在漆黑里闻着气味入睡。
到了冬天更难挨，冰冷坚硬的石地上凹凸不平，顶多铺上一层稻草，要是入狱的时候身上穿得单薄，那没个三五天，人就冻得差不多了，有些重犯身体差一些，甚至都等不到判决。

凌枢身体倒是暖和，身上还裹着厚厚的大衣，那是上个月他姐从永安百货给他买的，本打算让他过年穿，但凌枢今晚出来玩，瞒着他姐就换上了，没想到会派上这种用场。

阴冷、潮湿、昏暗，是凌枢对监狱的所有印象。
无论哪里的监狱，都大同小异。

黑暗尽头，细细的啜泣声和模糊的自言自语传来，忽远忽近，时有时无，轻而易举就能勾起人心深处的恐惧。
唯一的光源是头顶瓦数很低的电灯，微弱的光非但没能产生半点温暖，反倒映得光影相接处越发阴森难测。

站在牢房门口，扑面而来的尿骚味和湿气让他犹豫了一下。
后面的狱警不怎么用力一推，就把他给推进去了。
当啷一声，牢门重新上锁。
"都老实点啊！"
丢下一句不怎么严重的警告，狱警走远。

牢房是另一个世界。

四周漆黑，呼吸声粗细不一，能听出这间牢房有五六个人。

从明亮骤然到黑暗，眼睛还不适应，凌枢看不清周围。

这里原本的人，却能借着窗外的微光，仔细打量他。

细皮嫩肉的年轻人，身量挺高，但不算强壮，一看就是出身优渥，平时也没受过什么苦的大少爷。

这样的人进了监牢，无异于羊入狼群，是行走的靶子、黑夜里的萤火虫，只差没在脸上写"快来欺负我剥削我"。

黑暗中的眼睛没有放过他身上的每一寸，尤其是那件结结实实裹在身上的羊绒大衣。

凌枢一动不动。

他知道，野兽总要确认猎物的弱点后才会动手，他只要微微一动，黑暗中那无数双眼睛，立马就能看出他的软肋。

这年头，能被关进来的人，可不仅仅是他和袁冰这种嫌疑犯。

从青帮分子到亡命之徒，从坑蒙拐骗到杀人放火，软弱可欺的人在这里挨不过几天，只有逞凶斗狠、油滑老练的人才能活下去。

一阵冷风吹来，他的鼻子有点痒。

凌枢忍了忍，没忍住。

张嘴，低头，打了个小小的喷嚏。

就在他顺手去揉鼻子的时候，肩膀上忽然多了一只手。

还未来得及反应之际，凌枢整个身体已经被狠狠推向铁门。

当啷一声巨响，后背与铁门相撞的动静，在空旷的监狱回荡，刺耳震撼。

远处隐约能听见狱警跑过来的脚步声，但很快又折返，消失无踪。

这种地方，只要不闹出人命，一般都不会有人来管。

就算闹出人命，只要死者没有过硬的身份背景，也未必就有很严重的后果。

乱世人命如草芥，即便在东亚最繁华的城市，亦是如此。

可以预见，迎接他的，将是一个严酷的夜晚。

想吃顿夜宵，怎么这么难？

凌枢满心悲凉。

第 4 章

小汽车停在岳公馆门口的时候，怀表的指针正好停在午夜十二点。

司机小跑上前，打开车门。

右颊忽然一点冰凉，岳定唐伸手一抹，是雪水。

在车前灯的照射下，细细碎碎的雪颗颗分明，间或还有点风，把雪粒刮进脖颈，司机下意识缩了缩，小声嘟囔。

"怎么还下雪了？"

但进了大门就暖和了。

暖风迎面而来，夹杂着一股暗香，冷热瞬时交替让鼻子发痒，司机忍不住低头打了个喷嚏。

"小弟！"

一道倩影从二楼走下，难为她穿着细高跟鞋和旗袍，还能跟旋风似的卷过来，风风火火。

岳定唐看都不用看对方的脸，就能脱口而出："三姐，你怎么回来了？"

岳春晓笑吟吟："怎么，不想看见我？你姐夫跟着公使回国了。我不想去南京，就干脆回家看看。"

岳定唐："南京有蒋夫人在，天天都有舞会宴席，那不是你最喜欢的？"

岳春晓撇嘴："我喜欢出风头，不是喜欢去低三下四受罪，没到南京不知道官小，那些皇亲国戚一大堆，我才没兴趣伺候周旋，还不是回家痛快舒服？再说了，那些人以为出国是桩美差，肯定会问东问西，以为你姐夫捞了多少油水！"

岳定唐点点头："还是那个暴脾气。"

岳春晓作势要打他，后者眼明手快闪开，岳春晓手至中途，变掌为指，捏住他耳朵。

岳定唐"嗞"的一声："轻点！"

岳春晓："服不服气？"

岳定唐："五体投地。"

岳春晓心满意足松手："我包了点饺子，擀了面，你想吃什么，饺子汤？葱油拌面？"

岳定唐："葱油拌面。"

岳春晓嗔道："还是那一口，从小到大就没变过。"

说罢却喜滋滋去准备了。

葱油拌面快得很，葱油锅里热开直到葱段变色，再将面煮好捞起，就可以把热淋淋的葱油淋下去。

一碗拌面由此成为这座城市大部分百姓的念想，上至达官贵人，下至贩夫走卒，概莫能外。

岳春晓不只做了葱油拌面。

桌上还放了香菇酿和小汤包。

这两样可就不是一时半会儿能做出来的。

岳定唐抽抽嘴角："说好的夜宵，你也不怕我撑死。"

岳春晓不假用人之手，亲自把葱油拌面端上来，放在他面前。

"原以为你二哥会回来吃，谁晓得他临时有事跑北平去了。"岳春晓在他对面坐下，慨叹，"还是家里好，我看哪儿哪儿顺眼，连房间里那个缺了口的柜子，都比外边的好看。"

岳定唐低头吃了好几口面，才笑道："这是遭了什么罪才发此感叹？你以前不总觉得西洋列国比老祖宗的地方好太多吗，又先进，又漂亮，有高楼大厦、文明礼仪，是不是你说的？"

岳春晓白他一眼："我以前是去留学，留学跟驻外，能一样吗？你光会在这里说风凉话，真该让你亲眼去看看，知道的，说那是使馆，不知道的，还当那是年久失修的鬼屋！"

岳定唐诧异："好歹你们也是代表一国体面，国民政府没给拨款吗？"

岳春晓苦笑："体面？南京本该拨给你姐夫他们的工资，从上半年拖欠到现在还未给，像咱们这样还有些家底的，尚可周转经营，有些家境贫寒点的，连冬衣都买不起！还有使馆修缮，每逢下雨，天花板就会漏水，你姐夫那办公室就更不用说了，窗户是坏的，关不上，下雨总会往里边泼，弄得墙边一圈地板都是湿的，日子一久，就会发霉。说要换地方吧，连薪金尚且拖欠，又哪儿来的经费？"

一开始夹面的手没停过，但渐渐地，动作缓下来。

沉默在两人之间流淌。

"那南京怎么说，陈公使发电报了？"

"发了，数日一发，催薪资，催经费，南京那边总说困难困难，让他们自己想法子筹措，要我说，这狗屁外交官不当也罢！

"体面是自己挣的，不是别人给的，连自己国家都不把这一国之体面当回事，你姐夫他们又何必去国外吃苦受气呢！

"你是不晓得，我们回国前，英国使馆有一场舞会，你姐夫也带我去了，当时那个法国参赞，竟然当着其他几国参赞秘书的面，问你姐夫，听闻外面雨停了，唯独中国使馆内的雨不停，堪称一景，是不是真的。"

她满腹都是怨言，丝毫没有出国前的踌躇满志了。

岳定唐："姐夫怎么回的？"

岳春晓："你姐夫说，如今世界尚未太平，我们中国人喜欢居安思危，时刻提醒自己不能忘记苦难，才能多为国民做些实事。"

岳定唐笑道："这回答倒也不错。"

岳春晓气道："你还笑！若换了你姐夫是美国或英国的使馆人员，对方敢开如此玩笑吗？！"

岳定唐："这本来就是非正式场合的一句调侃，内忧外患，也怨不得旁人看轻。"

岳春晓："所以我是绝不去南京的，你姐夫他们在外头风吹雨打，吃不饱穿不暖，南京那帮人却成日纸醉金迷，我怕我去了之后忍不住会拍桌子骂人，害你姐夫仕途不顺，不如待在家里舒舒服服的，出去逛街，见见老朋友。"

她啰啰唆唆抱怨一大堆，岳定唐也很有耐心听完，毕竟他们夫妇俩要是之后又要出国，一家人还不知哪年哪月才能见面。

"对了，"岳春晓用筷子戳破汤包，汁水流出，香气四溢，"今日我去喝下午茶，还遇见了凌遥，你记得吧？你老同学凌枢的姐姐。"

岳定唐捧碗喝汤的手一顿。

"她怎么了？"

岳春晓："没什么，我这次回国才知道，她嫁了个市政府的小科员，人倒是没什么变化，就是这际遇，啧啧，想当年凌家多风光气派，现在不也没落了？她还想在我面前维持她那阔太太的排面，被我毫不留情给戳破了。"

岳定唐："我记得你们以前不是交情挺好的？"

岳春晓哂笑："你太不了解女人了，她想压我一头、我想压她一头的交情，懂不懂？"

岳定唐下结论："虚伪的表面交情。"

说罢敏捷偏开头，及时闪过了三姐的擒拿手。

岳春晓继续感叹："我还记得上学的时候，凌遥见天儿地换衣裳，每天一套，不带重样，国内还没有的手包和香水，她已有人从西洋带回来。可现在呢，她身上那套格子旗袍，边角分明已经磨得起毛了，她还在穿，就可以想象凌遥现在过的是什么日子了！话说回来，你那老同学凌枢怎么样了，你跟他没联系吗？"

岳定唐："很少。"

岳春晓："俗话说，旧同窗的友谊最是珍贵，你倘若得空，就喊他到家里来坐坐呀，谈谈交情，聊聊往昔岁月。那孩子从小我看着便喜欢，又漂亮又机灵，要不是家道中落，现在说不定混得比你还好呢！"

岳定唐："你这是什么毛病？一面讨厌他姐，一面又喊我邀请人家来家里坐。"

岳春晓哈哈笑道："这很矛盾吗？讨厌他姐姐，又不是讨厌他。"

岳定唐放下汤碗。

"那恐怕，要让你失望了。"

岳春晓不解。

岳定唐："凌枢被卷入一桩杀人案，他是最大的嫌疑犯。"

岳春晓一脸震惊："那凌遥……"

岳定唐："她应该还不知道这件事，目前消息被我们压着，报刊也暂时不准刊发消息，否则以死者的身份，恐怕会闹翻天。"

岳春晓："不可能，凌枢上学的时候多乖巧的一个孩子，我还记得……"

岳定唐："死者是杜蕴宁，三姐你也认识的，我跟凌枢的老同学。"

岳春晓不说话了。

"我吃完了。"

岳定唐起身，准备上楼回房。

"小弟。"

岳春晓叫住他。

"凌遥，我虽然不喜欢她，可也没什么深仇大恨，说起来大家还是老同学，凌家现在这样，凌枢是凌家唯一的男丁了，这件事，会不会弄错了啊？"

岳定唐："案子发生在公共租界，我会帮史密斯跟进的，现在还在证据收集阶段。"

岳春晓怔怔的，又叹了口气。

"你说，这都叫什么事啊，眼瞅着快过年了，凌遥要是知道，恐怕头顶的天都要塌下来了。"

岳定唐走上楼梯回头瞥过的最后一眼，看到的是满桌犹带热气的家常菜，以及桌边皱着眉头的岳春晓。

回到房间，洗漱完毕，本该上床休息，明天他还得去学校批改论文，但岳定唐翻来覆去竟毫无睡意。

脑子里全是那句"凌枢是凌家唯一的男丁了"。

他抄过床头柜上的怀表，上面显示已经凌晨三点。

岳定唐揉揉鼻子，重新坐起，把压皱的绸缎睡袍脱下，慢条斯理换上西装，又叫来用人。

"四少爷，您有何吩咐？"

"去把司机叫起，我出门一趟。"

"这么晚？"

"嗯，去吧。"

刚进捕房，沈人杰就匆匆迎上来。

岳定唐已经对这个微胖的华捕有了印象。

"岳先生，这么晚了，您怎么还来？"

沈人杰脸上没有上次巴结的欢喜，嘴角勉强无比地扯起来。

岳定唐心生疑窦。

"杜蕴宁的案子，我想到了一些细节，想要询问嫌疑犯，你帮我把凌枢提出来。"

"这……"沈人杰面露为难。

岳定唐："怎么，不行？"

沈人杰："不不，您看，都这么晚了，大半夜的，要不明天吧？好歹让嫌疑犯睡个好觉，明天回忆起来也清晰一些不是？"

关于巡捕房对待嫌犯的手段，岳定唐听过许多。

虽然没有亲眼见过，但岳定唐知道，大部分是真的。

想要让一个人屈服，可以有无数手段——

让人想死的，让人想活的，还有，让人求生不得、求死不能的。

"我不知道巡捕房何时对嫌犯如此宽容了，问案还分白天黑夜的。"

在他锐利如鹰隼的注视下，寒冬腊月里，沈人杰额头都冒汗了。

"那……那您稍等，我这就去让他们把人提过来！"

"不用了。"

他越过沈人杰，大步走向后头的监牢。

"我亲自去提！"

第5章

有人的地方就有江湖，监牢里也是分山立派的。

有点来头，塞点小钱，往往会被关到单间去，虽然环境也好不了多少，起码不受欺负。

但这桩案子有点特殊，属于大案，又是史密斯亲自督办，还有岳定唐虎视眈眈，巡捕也没敢做手脚，直接把嫌犯往最混乱的那一间扔。

毕业之后各奔东西，岳定唐跟凌枢已经有许多年没见过面。

但他依然记得，那个被花刺刺到手，都要跟杜蕴宁拿手帕摁住擦拭的少年。

虽说凌家现在不行了，但一个人刻在骨子里的很多习惯是很难改变的，这种环境对凌枢而言，就是最大的折磨，再加上沈人杰欲言又止的表情，他几乎可以想象，娇生惯养的凌枢落在这帮人手里，会是个什么待遇。

即使他自己就是警察，可同一个上海，公共租界和市政府，相隔的何止一条街。

那是数十年前，一个国家跟另一个国家签下的不平等条约。

国中之国，法外之地。

别说凌枢的姐夫仅仅是市政府主任科员，就算是上海市市长，也未必吃得开。

霉味从四面八方涌来，钻入鼻腔，渗入五脏六腑，仿佛想将每一个进来的人都腐蚀溶化，彻底埋葬在此处。

沈人杰已经闻习惯了，倒没觉得怎样，他看岳定唐从口袋里摸出手帕掩住鼻子，也没敢在心里吐槽，因为紧张已经牢牢攥住他的心脏。

伴随前行的步伐，监牢深处的动静也越来越近。
隐隐有喧嚣声，像是一帮人在吵架斗殴。

岳定唐看了沈人杰一眼。
"怎么回事？"
沈人杰慌慌张张地笑："没什么，估计是那些嫌犯太冷了，在闹呢，要不您明天再来视察吧？这天又冷又黑，也快过年了，不吉利……"

岳定唐没再说话，只是脚步快了些许。
沈人杰赶紧跟上去，想大声吆喝让那些人收敛点，又不太敢。

阴暗的角落，蜷缩着社会百态。
那些因为小偷小摸进来的人，未必就喜欢偷奸耍滑，有可能是因为穷困潦倒，实在过不下去。
还有靠着角落不声不响尤其安静的人，在岳定唐视线瞥过的瞬间，会投来刺目凶光，那必然是杀过人见过血的凶犯。
普通良民在这里待上一晚，恐怕会大受刺激。
至于凌枢——

就像这些看不清面孔的人一样，正畏畏缩缩地待在牢狱深处，强忍内心恐惧，忍饥挨饿。
他来时身上还穿着羊绒大衣，但进了这里，甭管什么羊绒羊毛，通通保不住了，而且肯定还要挨上几顿打，才能认清这个事实。
那些人聚众喧嚣，十有八九就是在教训不识相的新人。

"大还是小，买定离手。"
懒洋洋的音调不高，但在嘈杂动静中有些与众不同的意味。
"大！"
"大大大！"
"小！"

霉味之外，还有一股奇怪的味道夹杂其中，让人感觉说不出的古怪。

在最里面那间牢房外头，隔着铁门上的小门，岳定唐终于看见了凌枢。

对方靠墙坐着。

一手拿着装骰子的陶罐，一手拿着鸡腿。

面前摊开一张破布，上面歪歪扭扭用蘸了黑灰的木棍分别在两边写上"大"和"小"。

压着破布四角的分别是四个盘子，盘子里散乱叠着些肉菜和凉菜，虽然挑挑拣拣被人吃得差不多，边上还有一堆骨头，但岳定唐眼尖地认出盘子边沿的印记，正是"老江西"的招牌菜五香酱鸭。

这家菜馆的老板很敬业，每年大过年也不歇业关门，十数年来，年年如此，菜肴价格也亲民，不少人过年宴客爱去他家。

凌枢身边围了四五个人。

里头没有煤油灯，想来巡捕也不敢太过明目张胆，只给了他们两根蜡烛。

岳定唐发现，那件羊绒大衣，还好端端穿在凌枢身上。

大衣敞开领子，围巾被垫在身上，那人屈膝盘腿，脸上隐约还带着戏谑的笑。

周围环境肮脏污浊，却好似半分没影响到他。

没有霸凌欺侮。

没有生不如死。

反倒有乳燕投林、池鱼入渊的其乐融融。

岳定唐缓缓扭头，看向旁边的沈人杰。

沈人杰一头冷汗。

"岳……岳先生，你听我解释。"

岳定唐面无表情。

沈人杰："……"

他半天憋不出一句解释，期期艾艾，吞吞吐吐。

"这……这都是下边的人看管不严，食物和赌具肯定也是嫌犯私下夹带进去的！我马上就把他们隔开来！"

岳定唐一言不发，转身就走。

他觉得自己大半夜突如其来的那一丁点善意，一定是吃饱了撑的。

等会儿出了门就应该把那点好心拿去喂狗。

"哎，岳先生！岳先生！您别气，等等我啊！"

凌枢伸了个懒腰，睁开眼睛，浑身酸痛。

这里肯定比不上家里的床铺舒服，睡觉的时候他隐约还听见吱吱声响，像是老鼠在啃头发。

崭新的羊绒大衣肯定也脏得不成样子了，幸好本来就是灰黑色，看不大出来，不然回去肯定挨骂。

昨晚刚进这间牢房的时候，他身上这件大衣立马就被看中了，差点儿成了别人垫床的褥子，要不是他反应快，身手敏捷，把地头蛇打趴，把其他人打服，身上的钱没被搜走，加上他充分发挥八面玲珑、与人为善的本事，昨晚能苦中作乐，填饱肚子吗？

凌枢摸摸肚子。

昨晚吃的夜宵还在，饿是不大饿的，但牢饭他肯定吃不惯，按照时间推算，现在家里人怎么也该得到消息，过来保释他了，也许他晚饭还能赶上在家里吃。

想到这里，外面传来一阵脚步声。

几秒钟后，牢门随之被打开，几名巡捕出现在他面前。

凌枢扫了一眼，没有沈人杰。

也没有昨晚跟他暗通款曲的巡捕。

取而代之的是几张陌生面孔。

他忽然感到一丝不对劲。

还未来得及想明白，为首之人抬手。

"把他带走！"

凌枢被一左一右拽起来。

他很快被带到审讯室。

还是昨天那一间。

但审问他的人已经换了。

也没有史密斯或岳定唐在场。

"说吧,老实交代,你为什么要杀杜蕴宁?"

对方冷着脸,语气严厉。

凌枢挑眉:"我没杀过任何人。"

砰!

桌子被猛地一拍,狭小的审讯室内震天响。

"还想狡辩!死者生前,你们就私相授受,勾勾搭搭,杜蕴宁死后,你又没法提供她不在场证据,连她卧室窗台那个鞋印都是你留下的,论嫌疑,论动机,只有你!"

凌枢:"杀人这个罪名我背不起,希望各位能找到证据,早日还我清白。"

对方冷笑:"证据?还你清白的证据没有,能证明你是凶手的新证据,倒是有。"

他将手边的本子打开来,从中抽出几封信,扔到凌枢面前。

凌枢拿起拆开。

三封信,都是杜蕴宁写的。

凌枢认得她的笔迹,连落款最后"宁"字那一钩,飞扬写意,带着杜蕴宁惯有的风情。

打从很多年前上学的时候起,杜蕴宁就很喜欢用各种花样字体来书写自己的名字,最后定的这一个,还是凌枢帮她选出来的。

信中内容不多,一封是杜蕴宁写的情诗,诉说自己想见而又不得见的思念之情。

她在学校是出了名的才女,虽然这其中不乏男同窗追捧的成分,但文采的确不错,带着股新月派的清丽脱俗。

另外两封信大同小异,都是向凌枢诉说自己的苦闷之情。

凌枢一目十行,在看见里面某些字句时,不由得扬眉。

"第一,我从来没有给她写过信;第二,我也从来没有向她提过多忍耐些时日,很快就可以解脱的话，这些都是子虚乌有的。"

"但我们对照过字迹和签名，确认过是出自杜蕴宁之手，你又怎么解释？"

审讯之人双眼盯住他，就像一只牢牢看住猎物的秃鹰，不容许对方有片刻逃离的心思。

凌枢："长官，我既然是被冤枉的，又怎么知道这些书信从何而来？这些不应该是你们需要查清的问题吗？自从杜蕴宁结婚之后，我就没有跟她见面了。两个月前，她忽然派人找上我，说有事找我，约我到咖啡馆见面。"

审讯者："说了什么？"

凌枢："她说袁冰抽了大烟就打她骂她，她很痛苦，不知道怎么办，我建议她离婚。"

审讯者："然后呢？"

凌枢："然后她便向我反复倾诉自己如何与袁冰貌合神离，本来我看在老同学的分儿上，也想拉她一把，又跟她见过几次。但后来，我见她根本没有与袁冰离婚的心思，就没再出去见她，直到前两天下午，她再次派人来找我，语气十万火急，请我一定要出去见一面，我就去了。

"她跟我说，自己私藏的一笔财物被袁冰发现了，想将它寄放在我那里，以免被袁冰拿去抽大烟，还说袁家家境已经没有表面看起来那么风光，袁秉道留下来的家产，早就被袁冰败得七七八八，只剩下一个空架子。

"还有，她说很后悔当年没有勇气拒绝袁家的婚事，说想重新与我在一起，就是上回说过的私奔，当然，这个提议被我拒绝了。"

审讯者："财物呢？"

凌枢："不知道，我自然没答应，只是建议她存放到银行，或者另托他人。"

审讯者："你为什么不帮忙？你们以前的关系，不值得你对她留有旧情吗？"

凌枢挑眉："当年在学校，我的确跟她谈过朋友，本来她家里也看好我们，但后来凌家发生变故，家道衰败，杜家立马给她找了袁家公子作为良配，从头到尾，她没有半句反抗，从那时起，我们的旧情，就只剩下那点同学情分了。所以，如果不是她来找我，我与她根本没有半点瓜葛。"

审讯者："这么说，也有可能是你见财起意，假意答应了她，然后你们在某些事情上起了争执，你杀了她又慌忙窜逃。"

凌枢气笑了。

"这些都是你们的臆测，她说的那笔财物，我压根儿就没见到，又从何而来的见财起意？还有，我如果真杀了人跳窗逃走，又怎么会留下那么明显的脚印？"

审讯者点头："这恰可说明你杀人纯属临时起意，杀人之后慌不择路，一时之间没想那么多。"

凌枢："那面馆老板的死又怎么解释？凶手为了陷害我，特意将我的不在场证据也消灭了，反过来不是正好证明我不是凶手吗？"

审讯者："面馆起火，纯属偶然，并不能说明什么。"

凌枢沉默片刻，忽然道："我要见我的家人和律师，我需要申请保释。"

审讯的巡捕往后一靠，带着志在必得的强势。

"家人？也是，你进来之后，可能漏过一个消息。周卅，也就是你姐夫，因为涉嫌贪污受贿，昨晚刚刚从家中被带走，你姐姐现在乱作一团，恐怕顾不上你了。"

凌枢眉心一跳。

"那岳定唐呢？让他出来，我有事和他谈。"

"你恐怕没有这个机会了。"

对方摇摇头，站起身，将外面守门的巡捕喊进来。

"他不肯认，给他换个地方。"

第 6 章

一夕之间，巡捕房对凌枢的态度翻天覆地。

他起初被带进来的时候，这里的人对他还没那么不客气。

沈人杰是个老油子，虽然身上有差事，但话里话外都留着余地，晚上还给他安排了额外的娱乐，虽说有钱能使鬼推磨，可这也得对方通融。

但凌枢睡一觉起来之后就全变了。

不仅审讯的人换了一个，就连沈人杰对他的态度，也没之前那么圆融变通了。

押解他出去的，正是沈人杰。

"老沈，咱哥俩也算有交情了，你给我透个气，我们这是要去哪里？"

沈人杰冷着张脸没说话，昨晚与凌枢勾肩搭背，今天判若两人。

凌枢不以为意，人情冷暖实属平常，这些年他早有体会。

更何况他与沈人杰萍水相逢，当然不可能指望与对方有多深的交情。

"你想，我根本不可能杀人，回头洗清冤屈，咱们还是同袍，你知道我姐夫在市政府，但你不知道他是管住房的吧，你不是说你爹娘他们还住在老房子里吗，你就不想给他们换换？"

沈人杰本来不打算搭理他的，听到这里，忍不住奚落："你姐夫都被抓进去了，还帮忙？怎么帮，在牢里帮？事到如今你都自身难保，就别垂死挣扎了。"

凌枢语重心长："老沈，现在什么世道你也知道，贪污受贿，可大可小，我姐夫是个老实人，先别说他根本不可能干那事，就算是被人连累陷害了，他能年纪轻轻当上市政府主任科员，上头难道就没人吗？你想想，等他出来，肯定下死力气为我洗清嫌疑。"

沈人杰没说话，但也没打断凌枢。

凌枢知道他正竖起耳朵听。

"我们凌家呢，也是有家底的，虽然现在大不如前，但烂船还有三斤钉，到时候花点钱把我保释出来，大事化小，小事化了，回头又是一条好汉，咱们都在上海，到时候抬头不见低头见，与人方便，自己方便，你说是吧？"

"这件事，是上头吩咐下来的，也不是我说了算。"

沈人杰终于有所软化。

凌枢："我知道，这不怪你，但我们这是要去哪里，上面对我又是个什么定性？"

沈人杰想了想，叹气："据说是要把你转送到中央捕房，具体我不清楚，你也别想着怎么疏通了，这事，难办！要是家人去看你，你就跟他们说赶紧找关系，把小命留下再说，别回头上了刑场还不知道自己怎么死的！"

他不是在虚言恫吓，凌枢现在身上背了杀人的嫌疑，杀的还不是一般人，是上海滩的名媛，她还有个丈夫更为知名，这种情况下，舆论一旦发酵，凌枢根本就没有脱身的余地。

虽说沈人杰看他也不像杀人犯，可如今沧海横流，道貌岸然的罪犯还少吗？

"哎，老沈，我这儿有个主意。"

此时两人正好走到门口，车早已停在那里等他们。

沈人杰听完他附耳过来说的话，惊得瞪圆了眼睛。

"你疯了？！"

半小时后，沈人杰觉得不是凌枢疯了，而是他自己疯了。

两人站在凌枢家门口。

"你只有一个小时。"

沈人杰紧张地道："我不可能帮你兜太久的，超过一个小时没回去，他们就要起疑！"

凌枢安慰道："放心吧，你跟我一起进去，时间到了你马上就带我走，绝不会连累你，我姐那么疼我，肯定会帮我打点的，少不了你的。"

要不是为了这份好处，沈人杰也不可能冒着风险中途溜号，答应凌枢带他回家看一眼，同行押送的另外两人，更不可能睁一只眼闭一只眼。

大家心照不宣，只当凌枢尿急去解了个手。

凌枢知道这么做有风险。

打从他被指认为凶手起，事情就一路朝着不可控的方向滑去。

仿佛有人拿着一张网往他头顶罩下，紧紧捆住不让离开。

姐夫的事情更显突兀古怪。

这一趟家，他不能不回。

来开门的是虹姨。

凌遥结婚之后，就把弟弟和一直跟着凌家的老用人虹姨都接过来同住。

这位老用人是看着凌遥姐弟长大的，对他们来说如家人一般。

但，一跟对方打上照面，凌枢就发现不对劲。

虹姨的表情与平时无异。

正因为如此，才不对劲。

如果凌枢的姐夫因为涉嫌贪污被抓走，凌枢自己又被牵扯进杀人案，现在家里应该早就乱作一团，老用人也不可能还像平时一样慢吞吞开门，神情松弛，连半点紧张焦灼都找不出来。

看见他的瞬间，老用人的脸上已经绽放出惊喜。

"您可算回来了！这一天一夜没见人影，是上哪儿去了？也不托人带个信，大小姐担心得很，哎哟，您等会儿可得仔细些，家里还有客人在，别当着外人惹大小姐生气！"

虹姨絮絮叨叨，凌枢听得头疼，尤其是听见她最后一句，下意识就问："谁来了？"

"您的老同学啊，一位姓岳的先生。"

姓岳的老同学，除了岳定唐，还能有谁？

凌枢心下警铃大响。

他突然意识到，自己很可能一脚踩进了陷阱里，然而想要抽身后退已经来不及。

"小弟？"

凌遥从里头走出来，表情在几秒钟内完成从惊喜、担忧到横眉立目的转变。

"你这一天到晚的跑哪儿去了，昨晚通宵没回来！"

凌枢干笑："遇见老朋友了，叙旧呢，忘了找人回来交代一声，让你担心了，姐！"

他目光移向凌遥身后，赶紧转移话题。

"有客人？"

"是定唐啊，你还记得吗？你们读书的时候很要好的，他还到家里来吃过饭，前不久留学回来，多年不见，你们肯定有许多话聊。"

凌遥笑吟吟引着他往里走，忽然嗅了嗅，皱起秀眉。

"你身上怎么有股味儿？"

凌枢："可能昨晚喝了点酒，就在朋友那凑合过了一晚。"

凌遥："我怎么听程思说你跟舞女去跳舞了，还过夜，嗯？"

她的目光移向凌枢旁边的沈人杰。

"这位是……"

凌枢面不改色："这是我办差时认识的兄弟，公共租界那边的巡捕，刚和你说的老朋友，昨晚就是跟他喝酒去了。"

沈人杰不知道该笑还是该摆出严肃的脸，表情一时有些尴尬。

"欢迎，来者是客，快里边请。"凌遥面露疑惑，但幸好没多问。

几人说话间，凌枢和沈人杰已经看见了坐在客厅沙发上看报的岳定唐。

后者穿着整整齐齐的三件套，头发没有全部往后梳，抹了点发油，但不多，还算清爽，鼻梁上架着一副细边眼镜，在凌枢看来，活脱脱的衣冠禽兽，人面兽心。

岳定唐听见动静，抬头冲他一笑。

"凌枢回来了？"

这笑容，就像看见久别重逢的老友，格外亲切喜悦，平淡中透着一点不易察觉的激动。

可对凌枢而言，对方更像一个守株待兔的猎人，还真撞上了一只傻兔子。

那就是凌枢自己。

沈人杰则傻眼了，头一回发现自己脑子不够用。

以致他本该上前向岳定唐行礼问好的，现在却愣在原地。

"岳……岳先生！"

岳定唐这副模样，怎么也不像来凌家兴师问罪的，与在审讯室里判若两人。

沈人杰一时不知应该做出什么态度。

"你也来了。"岳定唐冲他点头，脸上挂着一丝守株待兔、果不其然的戏谑。

沈人杰灵机一动："我忽然想起我还有点急事，得赶着回去，就不打扰你们叙旧了！"

凌遥见他要走，忙挽留："不多坐一会儿吗？"

"不了不了！"沈人杰勉强笑笑，扭头对凌枢做出口型："我在外面等你。"

他行色匆匆，说完就走，也没寒暄。

凌遥拦不住，只好道："小弟，快去送送你朋友！"

凌枢："不用了，他自己认路。"

凌遥只觉这两人古古怪怪，当着岳定唐的面又不好多问。

岳定唐笑道："怎么，老同学多年不见，凌枢看到我，好像不大高兴？"

做戏谁不会？凌枢皮笑肉不笑。

"怎么会不高兴？我这是激动过头，老岳啊，你看看你，都变老了很多，我一眼差点儿没认出来，咱们都多少年没见了？"

"多少年"三个字的音尤其重，他把问候岳定唐祖宗十八代的亲切用语全部转化成挂在脸上的热情笑容，张开双臂迎向对方。

当着凌遥的面，岳定唐勉勉强强凑近一些，却冷不防被凌枢一把扯过来熊抱住，将在牢里待了一天一夜的污秽之气使劲往自己身上蹭。

岳定唐："……"

凌遥很欣慰："没想到你们这么多年没见，感情还这么好！"

岳定唐抽了抽嘴角，总算明白什么叫搬起石头砸自己的脚。

他僵着身体任由凌枢紧拥一秒，两秒，三秒。

"别太过分了！"岳定唐忍无可忍，声音从牙缝里挤出来。

"彼此彼此。"凌枢无声冷笑。

"姐，我饿了，你去帮我准备点吃的吧，我跟老岳很久没见了，正好叙叙旧。"

过了几秒，他终于大发慈悲松开岳定唐，回头交代凌遥。

凌遥蹙眉，嫌弃地看他那一身脏兮兮的装扮："你也不先去洗个澡！"

岳定唐："没事的，大姐，我跟凌枢都是老同学了，难得重逢，您就让我们先聊几句。"

凌遥嗔睨凌枢一眼，意思是让他安分点。

"我去给你们准备午饭，定唐今天中午就留下来吃吧，我让虹姨加菜！"

"那就麻烦大姐了。"

岳定唐温文有礼，却很痛快，又让凌遥禁不住一脸笑容地走了。

凌枢分明看出，他这大姐对岳定唐的印象好得很，恨不得姓岳的连晚饭也留在家里吃。

目送凌遥的身影转入后厨，凌枢嘴角那抹漫不经心的弧度变冷。

他看着另一张沙发上的岳定唐，皮笑肉不笑。

"我姐夫涉嫌贪污受贿被抓，想必是你让人故意放出来吓唬我的假消息了？"

"不错。"

没了凌遥和虹姨在场，岳定唐也懒得装了，调整出一个略显放松的姿势。

"我是睡你老婆，还是放火杀你全家了，你非得跟我过不去？"

凌枢是真有点上火了，原本懒洋洋的风流样在牢狱之灾后不复存在，围巾被揉得乱七八糟随手圈在脖子上，而被它圈住的主人则像一只气急败坏的狼狗，随时准备把这里破坏一顿。

岳定唐觉得自己这个比喻还挺形象，可惜不能说出口，不然对方真会扑过来咬人了。

"我如果不这么逼你一下，你现在恐怕还在跟我兜圈子。"

凌枢冷笑："我不明白你的意思。"

岳定唐："你的口供里，言有不尽不实，最起码，你还有话没说。"

凌枢："破案是你们的责任。"

岳定唐："但命是你自己的。你姐夫虽然没事，但你中途买通巡捕房的人回家，未经许可，擅自潜逃，你觉得自己是什么罪名？"

见凌枢没说话，他又道："你自己也清楚，案子现在所有的证据，全部指向对你不利的方向，你要是想洗清嫌疑，就得跟我合作，一五一十都交代了，这不仅对杜蕴宁，对你自己也有好处。"

两人四目相对，沉默流淌。

能不能相信他？

凌枢的内心浮现一个巨大的疑问。

很多年前，他跟岳定唐那段同窗岁月，始于打架，终于冷战，实在谈不上愉快。

因此在看见对方参与逮捕并审讯自己时，凌枢很难不把姓岳的跟打击报复联系在一块。

想要改变既定的印象是很困难的。

但眼下，他似乎别无选择。

"我怀疑……"

凌枢终于缓缓开口。

"杜蕴宁根本没有死。"

第 7 章

说出这句话同时，凌枢的目光就没离开过岳定唐的脸。

对方的反应却出乎他的意料。

岳定唐露出微微惊讶的表情。

"你为什么会这么认为？"

凌枢不答反问："你亲眼看过杜蕴宁的尸体吗？亲自查看过吗？那的确是杜蕴宁？"

岳定唐陷入沉思。

"我记得，她左手手腕靠近手肘的地方有一枚红痣，上学时那些女同学还开她玩笑，说那是守宫砂。还有，以前她骑自行车摔了一跤，膝盖后来留下疤痕。这些，我都看见了。"

凌枢皱起眉头。

岳定唐："你是因为什么，才会有这样的疑问？"

凌枢缓缓道："在杜蕴宁生前，与她几次打交道的过程中，我发现她不仅对袁冰诸多不满，而且很可能有逃离袁家的心思。甚至她出事前一天，还向我提出私奔。被我拒绝之后，她曾经说过一句话。"

岳定唐发出疑问的语气词。

凌枢："如果你不肯跟我走，我就自己走，走得远远的，到天涯海角，你可别后悔。"

岳定唐："这倒像是她的语气。"

凌枢不乐意了："敢情你以为我在编故事呢？"

岳定唐·"当然不是，不过蕴宁从小到大，经常说得多，做得少，虽然对自己的处境不满，却从未有勇气做出改变，当年去留学是如此，后来嫁入袁家，也是如此。"

凌枢："如果单凭这句话，当然不能。你还记不记得，我跟你们说过，她要将一笔财产交给我保管，避免被袁冰带走。"

岳定唐"嗯"了一声，没认为凌枢在拖延时间。

对方会在此时再度提起，必然是有之前漏掉没提的新内容。

果不其然，他听见凌枢道："当时，她给了我一张财物清单，上面列明她想要转移的财产。但是我在上面，看见了两个人的笔迹。"

岳定唐："会不会是她的女佣帮她一起写的？"

凌枢："我了解过，她嫁去袁家的时候，只带了一个陪嫁的，就是现在跟着她的女佣，但对方不识字。"

岳定唐："也就是说，还有另外一个人在帮她出谋划策，帮她离开袁家。"

凌枢："杜蕴宁性格软弱，没有主见，单凭她一个人，是绝无勇气离开袁家的。从前她约我出来，只知抱怨哭诉，直到最近几次，开始提出私奔，然后拿出财物清单让我保管，循序渐进，颇有计划，这不像是她能想出来的。"

岳定唐沉吟："所以，你怀疑她利用你吸引别人的注意力，然后趁机假死跟别人私奔？"

凌枢："不排除有这个可能性。"

岳定唐："这么重要的线索，你为何不早说？"

凌枢："因为你出现的时机实在太巧了，我无法确定你是否跟杜蕴宁有关。"

岳定唐："的确是巧，可也因为我刚好认识史密斯和杜蕴宁。难道你就不想为她找出真凶，让她九泉之下得以瞑目？再怎么说，她也曾经是个好姑娘。"

凌枢不说话了。

岳定唐没法从他的表情里看出什么端倪。

很久以前，凌枢还不是这个样子的。

这人会在学习成绩上争强好胜，也会经常跟别人绘声绘色讲起当今局势、社会逸闻，也不知他从哪里知道那么多消息掌故，每回下课，他周围总是围了里三层外三层，同学们都乐意听他讲那些略有夸张，又跌宕起伏的故事。

岳定唐虽然觉得那些话多半是胡说八道，可他其实也爱听，面上不承认，却总会悄悄站在外围，假装不经意路过，听上那么一耳朵。

人群之中，凌枢永远是被追逐的焦点，他表情多变，神采飞扬之中又夹带着一点点得意，尤其那双眼睛，不笑的时候也像在笑，眉飞色舞时就更加生动。

绝不是现在这样，懒洋洋，毫无斗志，得过且过。

"我出去抽根烟。"

岳定唐起身往外走，一边往兜里摸，却发现自己出来得匆忙，连烟都忘了带。

半包烟从凌枢那里扔过来，对方冲他撇了撇嘴角。

没等岳定唐感动半秒，就听见凌枢道："借一还二啊，我穷。"

岳定唐："……"

凌枢估计他不是真出去抽烟的。

毕竟之前沈人杰送他过来的时候，外头还有押送他的两名巡捕等着。

沈人杰是不敢担这个责任的，还得岳定唐亲自出面。

果不其然，还没到半根烟的工夫，姓岳的就回来了。

凌遥跟老用人已经把一桌菜布置妥当。

比不上岳公馆的精致，但胜在家常。

"这临时出去买你爱吃的菜也来不及了，我跟虹姨就随便做了点，你多包涵！"

岳定唐扫了一眼，笑道："大姐，这么多菜还叫随便，我在家里吃饭都没这么丰盛。"

凌遥笑吟吟："那不一样，你来做客，肯定要让你宾至如归，来来，快坐下，别客气，多吃点，今天不吃饱了，我可是不让你出门的！"

岳定唐原本没打算留下吃饭的，但凌遥盛意拳拳，凌枢也还未在杜蕴宁的案子上给予他最终的答复，他答应一声，顺势摘下大衣和围巾。

无须多言，老用人马上过来取走放好，等客人临行前再拿出来归还。

小富之家的用人很难有这样的利落和眼力见儿，有心人从细节不难看出凌家当年的风光。

岳定唐的视线从老用人落在眼前的餐桌上，不经意瞧见桌角已经磨损得很厉害，一条桌子腿儿还垫了一丁点纸皮。

凌遥厨艺不错，从前岳定唐就在凌家吃过饭，当时她也是亲自下厨，久违的熟悉味道，加上凌遥的热情，足以抵消凌枢的消极冷漠。

"定唐，你现在在哪儿高就呢？"

凌遥给他舀了一碗鸡汤，顺口问起。

岳定唐："我现在在大学里教法学，主讲西方法制史。"

凌遥眼睛一亮："这份工作好呀，体面又清闲，那学校里，是不是也有许多知书达理的女教师？"

岳定唐："是有一些，但不多。"

凌枢心生不妙："外面好像有人敲门，我去看看。"

"坐下！"

凌遥嗔睨他一眼，再笑意满面看向岳定唐。

"都是些什么样的女孩子呀，有没有未婚的？你跟凌枢是老同学了，大姐对他也没别的要求，就盼着他早点成家，女方也用不着大富大贵，只要人品端正、家世清白就好。凌枢不像你，他成天在警察局办差，同僚都是男的，唯一看见的女人就是嫌犯，要让他自己找，估计到了三十还得打光棍儿！"

凌枢开溜不成，一脸无奈："姐，你能让客人吃顿安生饭不？可别把人吓跑了。"

岳定唐："没关系，大姐，学校里适龄的女教师不多，不过我三姐认识的人多，回头让她帮忙留意一下。"

凌遥眉开眼笑，连声应好。

"定唐，你这么优秀，应该已经成家了吧？什么时候也带过来一起吃个饭，大姐别的没有，这一手做菜的厨艺还是可以的。"

岳定唐笑了笑："尚未，家里人都由得我，他们不着急。"

凌遥叹了口气："你这样优秀的孩子倒也不愁，愿意追求你的女孩子，肯定能从外滩排到苏北，不像凌枢，只怕是站在大街上吆喝都没人要。"

凌枢："……"

姓岳的还假惺惺安慰道："说不定凌枢在外头交往了女孩子，没告诉你而已呢。"

凌遥撇撇嘴："他？他别哪天给我带回来一个舞女，说要结婚，我就谢天谢地了！"

凌枢忍不住吐槽："姐，你上次还说，只要我肯结婚，带回一个舞女，你也认了。"

凌遥狠狠剜他一眼。

三秒钟之后——

"定唐，你之前留洋几年，怎么这一去就没音讯了？"

"留法三年，后来又在欧洲游学两年，去了一些国家。"

"这么说，全欧洲的洋话你都会说咯？"

岳定唐谦虚道："也没有，就英文、法文说得流利一些，其他的，像俄文和西班牙语，只能说几句，回来之后，没那个语言环境，都忘得差不多了。"

凌遥："真厉害，不愧能进大学教书，我们家凌枢就不行了，到现在连几句洋文都说不利索。"

凌枢："……"

他总算明白了，岳定唐就是那个"隔壁家永远优秀的孩子"，只要有他在，自己就注定不可能安安静静吃一顿饭。

"大姐，话也不能这么说，毕竟我们从小到大都说中文，突然去了国外，肯定会不习惯，我还见过有人去了好几年，连一句洋话也不会说的，见了洋人照样结结巴巴。"

岳定唐不疾不徐，适时解围。

"你说得也对，不过同样都是留洋，肯定得比好的，不能和差的比，凌枢要是有你的一半好，我也用不着成天操心了。"

凌遥看他，是怎么看怎么好，连带和颜悦色，声音温柔，与面对自家弟弟时对比鲜明。

"凌枢读书时就很出色，现在不过是大家毕业之后际遇不同，方向不同，以凌枢的能耐，想必很快就有出头之日的。"

岳定唐宽慰道，看着在牢里死猪不怕开水烫的凌枢一脸生无可恋，心情还挺不错。

第 8 章

一顿饭吃完，凌枢长松口气，如获新生。

他觉得自己还真不如待在监狱里，起码耳朵不用受罪。

而凌遥也终于受不了他身上散发出来的味道，饭刚吃完就把他赶去洗澡。

"给我洗干净点，带着一身跳蚤跟老同学吃饭，你也真好意思！"

凌遥将他拽到楼上，蓦地压低声音。

"老实交代，你昨晚到底干什么去了，为什么一身又脏又臭地回来？！"

凌枢无辜道："真没什么，就是追个逃犯，摔了一跤。"

凌遥一脸摆明不信的表情，碍于有客人在，她使劲戳了戳凌枢的脑门，没再追问下去。

凌枢想了想，拉住他问："姐，姐夫最近有没有和你说过，工作上遇到什么难处，或者得罪过什么人？"

凌遥先是疑惑，而后紧张。

"没有，怎么了，是不是你姐夫出了什么事？"

"别紧张，"凌枢随口胡扯，"最近我们上面的头儿跟同行内斗，斗输了，被随便扣了个罪名抓走了，我就顺带关心一下姐夫。"

凌遥："你别吓我，他没事啊，昨天下班回家心情好得很，还去老大昌买了我最爱吃的拿破仑蛋糕。"

凌枢："行了行了，那我去洗澡了，等会儿带姓岳的回我们中学时的母校看看。"

"别老姓岳的姓岳！"凌遥拽住他，小声道，"人家现在混得这么好，家境也不错，难为还惦记老同学的情分过来看你，你得领情，赶紧把这份情谊再找回来，以后说不定连你找媳妇都要定唐帮忙的！"

凌枢："他能帮忙？帮忙给我挖坑吧，给你找一歪瓜裂枣的弟媳？"

凌遥作势要打他，凌枢敏捷一闪，消失在浴室门后。

他故意拖拉，在浴室磨蹭了快一个小时才出去。

岳定唐居然也一直在原来那个位置上坐着，连姿势都没怎么变过，表情看不出一丁点不耐烦。

"需要喝杯水再出门吗？你昨晚在外面过夜的吧，要是累了，可以休息一会儿再出门。"他嘘寒问暖，关怀备至。

要是没有审讯室里那一段，凌枢还真会觉得对方是重情重义的老同学。

"我一睡就得几个小时，那怎么好意思让你久等？"

"无妨，过了时间就顺道在你家蹭晚饭，反正大姐肯定不会介意的。"

凌遥没察觉他们之间的暗潮汹涌，还连声应和，留他待会儿一起回来吃晚饭。

只有凌枢听出对方话语之外隐含的威胁。

四目相对，两人都从对方神色里窥见言不由衷、充分虚伪的皮笑肉不笑。

这年头人死了大多停放在家中等待上山入葬，没家没口的则只能拉往义庄。

杜蕴宁的情况有些特殊。

她死于一桩凶杀案，身份影响小不了，纵然袁家现在无人能出面收殓，也不可能草草扔在郊外，在史密斯的协调下，尸体被暂时存放在距离巡捕房不远一家医院旁边的冰库里。

时隔两日，天寒地冻，尸体没有多大走样，只是整体泛着惨淡青白的颜色，不复生前活力。

两人分伫尸身两侧，低头查看，一时无言。

岳定唐率先打破静默。

"已经有报纸开始报道袁家出的事了，史密斯肯定压不了多久。

"如果找不到真凶，在舆论压力下，难保捕房不会为了向上面交代，把现有证据指向的嫌犯交上去。

"保释你很困难，为此我费了不少口舌。

"留给你的时间，不多了。"

当着亡者的面，他尽可能让自己的语气听起来不那么冷漠不近人情。

不管他跟凌枢过往有多少恩怨，起码两人现在有一个共同的目的。

凌枢绕着尸身走了两圈，神色凝重，看得仔仔细细，似乎根本就没听见岳定唐说的话。

"她变了很多。"

岳定唐动了动嘴唇，想说，一个人生前死后，变化能不大吗？

但他很快知道自己误会了。

凌枢说的变化，不是这种身体变化。

"以前她很天真，向往外面的世界，总说要到处去看看，却没有胆子付诸实现。

"我还记得有一回，我们在学校后山发现一只掉窝落单的雏鸟，杜蕴宁捧着雏鸟说要等它母亲过来找，这一等就等到天黑。

"有时候路过看见穷人乞讨，她也一定会掏出零花钱给一份，哪怕我说那些人背后可能都是丐帮或青帮在操纵。她说，这些人也许是身不由己，被迫乞讨，但拿到的钱但凡有一分能进他们自己的口袋，或者留给孩子吃穿读书，就可能救了一条命。

"读书的时候，她诗也写得好，经常被国文老师当众朗诵，同学竞相传抄，人人都说，她将来一定会成为吕碧城那样的才女。

"但这些……"

凌枢抬起头，望向岳定唐。

"我在多年后重逢的杜蕴宁身上，没有看见一丁点影子。"

凌枢对杜蕴宁最深刻的印象，是当年凌遥上门提亲时，杜蕴宁的父亲坐在沙发上，却带着居高临下的态度，说杜家已经准备跟袁家联姻了。

而那时杜蕴宁就躲在户外花园葡萄架下的廊柱后面，满含热泪，不舍、哀愁地看着凌枢，看得凌枢拿出少年人的热血冲动，问她愿不愿意和自己一起出国留洋，直接跟家里断绝关系，像时下许多新青年那样，满怀理想，过上新式生活。

他至今还记得杜蕴宁的回答——

"不能，我不能。凌枢，这是我的家，我的父母，我没有办法。"

"所以，她以前没有勇气和我离开家门，在享受了袁家那么多年的荣华富贵之后，更不可能想要跟我一起。"

说到这里，凌枢皱起眉头。

"但，这具尸体又的确是她。刚才我以为她假死遁逃的猜测，是错误的。"

岳定唐："你还记不记得，她给你看过的那份财物清单，那些笔迹是怎么样的，能不能仿写出来？"

凌枢摇头："如果还能再看到一次，我应该能认出来。"

岳定唐："那天你交代之后，我就已经派人问过，袁家上下，没人见过杜蕴宁那笔财物的去处，她生前也没有与任何银行经理或当铺掌柜打过交道，出事那天，她从咖啡馆跟你分手之后，就回了袁公馆，直到被发现死在房间里。"

凌枢："袁家财产呢，是不是少了？"

岳定唐叹了口气："不知道，没法计算。袁家这些年财物清点非常混乱，老管家手上那本账册根本对不上，他们也说不清哪些是被袁冰拿去典卖挥霍了，哪些是被下人顺走的。这种情况下，杜蕴宁作为女主人，要是想做点手脚，轻而易举。"

凌枢："那个人可能是袁家的人，也可能是杜蕴宁在外面认识的。"

岳定唐："先去问问袁家人吧。"

凌枢："袁家是不是被封起来了？"

岳定唐："袁公馆有前后两栋，前面主楼现在贴了封条，但后面那栋还留给袁家用人住，有巡捕把守，在案件调查清楚前，他们不得擅自离开。"

兴许再次见到杜蕴宁的尸体，两人都受到一些冲击。

一路上谁也没有开口，直到汽车停在袁公馆外面。

外头零星几个挂着相机探头探脑的人，一看就是报刊记者。

对方见岳定唐他们往里走，立马迎上来想要采访。

岳定唐摆摆手一言不发，巡捕随即将他们隔开，护送两人绕到后面的小楼。

袁家家大业大，专门辟出一栋两层的小楼给用人住，除了房间逼仄一些，条件不如前面主楼奢华，倒无太大差别。

自从袁秉道死后，袁冰不善经营，袁家大不如前，原来的房间也空出许多，如今小楼里连同管家在内，只有六名帮佣，杜蕴宁的贴身女佣阿兰，是其中最特殊的一个。

"我记得你，有一次蕴宁约我见面，还带了你一起。据我所知，她和娘家早就断绝往来了，你应该是她相当信任的人。"凌枢一看见她，就道。

阿兰先是羞涩地笑笑，而后又摇摇头，比了个手势。

管家懂得手语，在旁边充当翻译。

"阿兰说她当不起您的称赞。"

凌枢："你家夫人出事前一天，从咖啡馆回来之后，做了什么？"

这个问题，巡捕房的人肯定已经问过了，阿兰想都不必想，管家也回答得飞快。

"她说夫人看上去情绪不高，晚饭也没吃几口，就说累了想休息，她没敢进去打扰，夜间敲过门，问夫人要不要用点消夜，夫人回了，说不用，直到隔天中午，也就是夫人平时起床的时间，她才去叫夫人，就发现出了事。"

凌枢："她生前有没有什么亲近好友？"

老管家："夫人经常赴宴，但很少单独约人出去，我也从未听说她有什么闺中好友，反倒是近来，她两次提起一位姓凌的先生。"

凌枢："……"

岳定唐："说了什么？"

老管家："说遇到了昔日的老同学，还说这位凌先生跟从前一样俊俏。"

岳定唐下巴微抬，点点凌枢："他就是那位凌先生。"

老管家看凌枢的眼神立马变得异样，仿佛千言万语，尽在不言中。

凌枢："……"

他解释也不是，不解释也不是，索性当没看见。

"我想带他们俩去事发现场看一看。"

岳定唐点头："案发之后，他们立刻就封锁了现场，连窗台上的脚印都没动过。"

但他很快发现自己失言了。

昨天刚下过雪，就算没有风，原本的脚印上已经覆上一层尚未完全融化的薄雪。

不仅如此，风刮开虚掩的窗户，雪粒沙尘夹带进来，连床脚下都能看见。

这自然是相关巡捕的失职，但这年头，这样的事情再正常不过，岳定唐心知说了也没用。

众人的目光遍及各个角落。

房间是杜蕴宁喜欢的风格，处处透着绮丽奢靡的柔软。

袁冰大约是不喜欢这里的，凌枢没发现房间里有任何男性物品，连衣橱放置的，也都是杜蕴宁自己的衣裳。

也就是说，这夫妻俩是分房而睡的。

难怪杜蕴宁出事的时候，袁冰一无所知。

"贼人通过窗户进出的时候，你们难道一点动静都没听见吗？"

这次凌枢问的是管家。

老管家苦笑："老太爷在的时候，宅子本来是有护院的，后来我们老爷当家，说这里是租界，足够安全，用不着那么多张嘴吃饭，就遣散了不少人。出事之前，袁家是由三名男仆轮流值夜的，有时缺人，我也会顶一顶。那天夜里，三才吃坏肚子，老德又告假回家，我就临时顶替他们值守，可是年纪大了不中用，半夜的时候我打了好一会儿盹儿，醒来的时候天都快亮了，一看家里也没什么动静，就没放在心上，谁知道会出那么大的事情。"

他年近七十，头发皆白，一身长袍撑不起微微佝偻的腰背。

这样的老人，别说杀人，就是破窗而逃都不可能。

据管家与女佣所言，平时杜蕴宁最多就是去咖啡馆喝喝茶，逛逛百货公司，参加阔太太们的沙龙宴会。

要说结仇，顶多也就是跟太太们拌嘴的口舌之争，女人嘛，使绊子、耍小性子的事情多了去了，但要到杀人的地步，则万万不可能。

"我听最早到达这里的巡捕说——"

岳定唐走到床边，伸手拉开抽屉。

"当时他们看见这个抽屉是半开着的。"

凌枢下意识问："里面的东西呢？"

岳定唐："一样没少。大洋、首饰、金表，都在。"

凌枢："那就排除凶手纯粹是进来谋财害命的。"

岳定唐"嗯"了一声："其实你刚才问他们的问题，我们早就问过了。"

他没有拦着凌枢，也是想看看他能有什么新发现。

老管家和女佣规规矩矩站在门口，等他们俩将房间查看一遍，才跟着巡捕一块下楼。

凌枢想起杜蕴宁那三封信，正想问点什么，就听见身后发出不小的动静。

他回头，刚好瞧见女佣一脚踩空，从楼梯上滑下。

对方整个人歪倒，幸好巡捕眼明手快把人拽住，否则在她前面的老管家必然会遭殃。

"怎么回事，下个楼梯都不会吗？！"巡捕呵斥。

女佣阿兰恍若未闻，一脸惊惧惶恐，又猛地回头，像是看见什么使她极度恐惧的事物。

凌枢循着她的目光望去，发现刚才他们明明关好了的房门，不知何时又打开来。

风拂开窗边的纱帘，光影明灭随之浮沉更迭，雪气带着寒意从洞开的房间一直吹到楼梯口。

恍惚间，床边似乎有个人影，但又像只是错觉，像是纱帘起起落落制造出来的幻影。

第9章

"你看见了什么？"

阿兰答不出来，只是徒劳地发出呜呜之声，含混不清。

但她脸上又分明挂着恐惧到了极点的惶然，所有无法用语言表达的内容全写在表情里，以致浑身跟筛子一样抖个不停。

她攥紧了衣角，哆哆嗦嗦从口袋里胡乱掏出手帕来擦汗，却因为太过紧张，将钥匙杂物也都一并带出，丁零当啷从楼梯上滚下，散了一地。

她胡乱比着手势，企图向众人描述明白，但只有老管家能看懂。

"你胡说什么？！"老管家也变了脸色。

"怎么回事？"岳定唐问。

老管家吞吞吐吐："她……她昏了神志，您不用管她的……"

岳定唐沉下脸色："说！"

老管家无奈："她说她刚才看见了夫人，这怎么可能？！夫人早就去世了的，况且这光天化日的！"

嘴上是这么说，他却还是禁不住流露出忌惮的神色。

巡捕还在犹豫，凌枢三步并作两步踩着楼梯回到那间房。

房间里当然空无一人。

刚才他们没把窗户关好，所以才会被风重新吹开。

床帐轻纱飞舞，飘逸柔美，也许这是女佣刚才产生错觉的原因。

"什么也没有，你看错了。"凌枢道。

但阿兰躲在管家后面，死活不敢再进来。

"这是你的？"岳定唐走过来，将手上的东西递过去。

钥匙，手帕，口红。

阿兰忙接过来，一个没拿稳，口红又掉在地板上，骨碌碌滚进床底。

凌枢弯腰去帮她捡。

再直起身体时，他手里除了那支口红，还多了一团黑漆漆的碎渣。

也不是纯粹的黑色，中间还夹杂一点灰黄，看上去像煤渣，但绝不是。

岳定唐："公班土？"

凌枢望向老管家和阿兰："你们夫人生前还抽大烟？"

老管家下意识被问得一愣，阿兰却有点慌乱，连忙手舞足蹈比画。

"阿兰说，之前夫人对老爷抽大烟的事深恶痛绝，但前阵子有一天突然喊阿兰去买点大烟来让她尝尝，阿兰怎么也拗不过她，只好去买了。阿兰看夫人也没经常抽，就是偶尔心情不好的时候来一口，就没敢跟别人说。"

鸦片也分品种好坏，公班土是上品。

时下有识之士，人人闻鸦片而深恶痛绝，可世道混乱，令行而不能禁止，就成了一纸空文。

囊中羞涩而成瘾者，下了工就往烟馆里钻，而有钱人家，自然是在家里吞云吐雾。

凌枢："前阵子是什么时候？"

老管家："阿兰说大概一个月前。"

一个月，还未成瘾，自然也没经常抽，但这已经是踏入深渊的第一步。

单看袁冰现在什么德行，就知道大烟能如何令一个人变成一头禽兽。

谁又能想到，当年在学校里能歌善舞、备受许多进步学生爱慕的杜蕴宁，会落得如今这般下场？

那些欢声笑语，少年意气，仿佛都是上辈子的事情了。

凌枢："这口脂是你的？"

阿兰打手势。

老管家："她说，这是夫人生前不用了，送给她的。"

阿兰点点头，指指梳妆台的抽屉。

凌枢上前拉开，里面各式各样的口红装了大半个盒子，有舶来的洋牌子，也有国产的新款。

这年头的阔太太们热衷于追逐名牌时尚，自打中国市场被洋货打开大门之后，如 CHANEL、LV 之类的衣帽化妆品屡见不鲜，太太们彼此之间也会互相攀比，杜蕴宁这半盒子口红其实不算奢侈，但对比袁家如今江河日下的境况，未免就有点讽刺了。

老管家道："夫人出手大方，有时候出门回来，也会给我们带外头的点心。有一个在袁家干了几十年的老用人阿凤要告老回家，她不仅付了几个月的工钱，还买了几身新衣裳送给阿凤。"

他与岳定唐又去了后面的小楼，一一询问袁家人，可惜半点有用的消息都问不出来。

袁家没落之后，袁冰给他们的工钱有时还拖着，除了管家这样的老人，其他人自然心思浮动，个别私底下还接了别处的活计，只等最后一根浮木沉底，就会树倒猢狲散。

但要说起了外心，跟外人勾结来杀女主人，他们约莫是没有这个胆量的。

这些天风声鹤唳，袁家人被禁止外出，一个个都吓得不轻，巡捕房的人反复盘问，早就把该问的都掏得差不多了。

凌枢："袁冰那边怎么说？"

岳定唐知道他要问什么，摇头道："该问的我们都问过了，他跟杜蕴宁分房已久，平时两人住在一个屋檐下，一天到晚居然也没见上几面。事发当天，袁冰去金粉楼找窑姐儿了，晚上也是在那边过夜的，根本没回来过，有人证。还有，我们审问他的时候，他烟瘾正好犯了，根本问不出个所以然。"

烟瘾犯了的人，六亲不认，口鼻流水，根本分不清敌我亲疏，更不要说交流无碍了。

凌枢："袁冰是否听说过，杜蕴宁平日跟谁交往甚密吗？"

岳定唐："有。"

凌枢："谁？"

岳定唐："你。"

凌枢："……"

岳定唐："军阀儿媳离奇死亡，其子指认疑似奸夫为凶手，我不用想，都知道那些报章会写什么，这绝对是爆炸性的新闻。甚至，很多报纸为了博取眼球，连'疑似'两个字都不会加。"

凌枢瓮声瓮气："为了我宝贵的小命，我比任何人更想早日破案。"

岳定唐拍拍他的肩膀："任重道远。"

凌枢："袁冰的亲戚呢？我记得袁家是个大家族，袁秉道死后，家产留给袁冰，但袁冰还有几个姑姑，当时没少闹出官司，这些人也有杀人的动机。"

岳定唐："袁秉道有三个妹妹。大妹远嫁美国，二妹在香港，三妹也就是当时跟袁冰打官司的，去年已经染病过世，膝下无儿无女，没有可疑之处。"

说话间，两人下楼出门，准备上车。

岳定唐抬起头，回望二楼阳台。

那里正是他们刚才去过的杜蕴宁房间。

门前车水马龙，人来人往，多少个日夜，杜蕴宁从这里望向繁华人间。

她的灵魂，却早已被禁锢在这座华丽的牢笼里。

既渴望外面的世界，又没有勇气逃离；既羡慕自由的翅膀，又舍不得习惯且乐在其中的奢靡。

她的结局，几乎早在当年顺从父母之命嫁入袁家，就已经注定了。

但，抬起头的瞬间，电光石火。

岳定唐表情骤变。

凌枢正准备跟岳定唐说自己想回去睡觉，冷不防一股大力自岳定唐的方向袭来，他整个人被连推带扑，重重摔在地上。

连反应的时间都没有，肩膀落地，直接摔蒙了。

"你——"

话音未落，砰的一声巨响。

刚刚他们站立的地方，多了一个花盆。

陶盆碎成几瓣，泥土和枝叶散落一地，零落不堪，残缺破碎。

娇嫩的玫瑰花没了泥土的庇佑，横死当场，不肯瞑目。

"岳先生！你们没事吧！"

巡捕一脸心惊胆战。

刚才要是岳定唐没有鬼使神差抬头回望，要是反应再慢上半秒，这个花盆砸下来，后果不堪设想。

"没事。"
岳定唐拍拍大衣上的尘土，潇洒起身。

凌枢捂着肩膀龇牙咧嘴，一肚子想骂人的话生生憋了回去，甭提多难受了。
一只手伸过来，岳定唐朝他挑了挑眉。
凌枢毫不客气狠狠一拽，借力站起。
"救命之恩，当涌泉相报。"岳定唐拍拍他的肩膀，差点儿又把凌枢按趴下。

"我上去看看！"
没等岳定唐发话，巡捕就已经跑回袁家。

岳定唐："刚才没风。"
凌枢："房间里也没人。"
他们刚刚才去看过，里里外外，外加老管家、阿兰和巡捕，五个人十只眼睛，除非一个大活人能隐形，否则他们不可能看不见。
活见鬼了。

很快，巡捕气喘吁吁跑回来。
"房间里没人！主楼里一个人也没有！"
当然没人，他们离开的时候，还特意把门锁上了，钥匙就在巡捕手里，怎么可能有人？
可青天白日，无风无雨，一个花盆，在阳台上好端端摆着，怎么会突然砸下来？
巡捕显然也察觉其中诡异，脸上忍不住浮上一丝恐惧。
再有先前阿兰非说看见自家夫人的身影，很难不令人浮想联翩。

"钥匙给我吧，回头我跟你们头儿说。"岳定唐伸手。
巡捕毫不犹豫把钥匙交出去。
他现在一想到晚上还要在这里值守，就有点发怵了。

不知不觉，他们已经在袁家待了将近一个下午。
霞光流丹，在天际肆意涂抹出一道道新月派诗人口中羚羊挂角的艳丽风情。

岳定唐和凌枢却感觉自己像被兜进网里的苍蝇，无头乱撞。

而拿着这张网的，却是一个看不见的人。

对方可能就是杀害杜蕴宁的凶手。

肖记面馆的起火，可能也并非偶然。

这样一来，凌枢就会成为众矢之的。

一旦舆论发酵……

"号外！号外！大上海名媛杜蕴宁死于非命！

"号外号外！名媛杜蕴宁被杀，真凶究竟是谁？！

"卖报卖报！两小时前新鲜加印，内容震撼，数量有限，先到者得！"

报童一路吆喝，从他们身边飞奔而过。

岳定唐眼明手快，一把拽住。

"多少钱？我要两份！"

"好嘞！"

小报童眉开眼笑，从臂弯里为数不多的报纸里抽出两张，塞到岳定唐手里。

"这报纸好卖吗？"岳定唐递钱过去，顺口问道。

"好卖得很呢，您看，才一小会儿，就剩下这点了，您二位要是再晚一点，就没啰！"

上海滩有不少小报，不像《申报》和《大公报》那样出名，只能另辟蹊径，依靠坊间虚构夸张的传闻和奇情猎艳故事来赚取销量。

譬如眼前这份《黄埔新报》，岳定唐就从来没有听说过。

他拿过报纸，入目赫然就是一个偌大的标题——

《上海名媛杜蕴宁死于非命》。

下面还有两行副标题——

《从民国才女到豪门贵妇，名媛为何命丧黄泉》。

《从青梅竹马到军阀之子，周旋其中的万人迷最终玩火自焚》。

噱头十足，瞬间吸睛。

第 10 章

一份报纸平均三分钱，对普通人而言并不贵。

不识字的还可以去茶楼听人念报纸，一壶茶就能消磨大半个下午，一举两得。

《黄埔新报》是小报，受众少，需要薄利多销，才卖两分钱，加上这样抢先报道的爆炸性新闻，可以想见，今天一定能售罄。

随着这份报纸的发售，用不了多久，杜蕴宁的死讯就会传遍大上海的每一个角落。

而凌枢的嫌疑人身份，也很难再压下来，人人都是法官，报章杂志，悠悠众口，舆论会将矛头指向他，这将会给侦破案件的人带来很大压力。

压力之下，又有所谓的证据，凌枢再想脱罪，就更难了。

历朝历代，杀人偿命，是不变的法则。

"岳老板，你能力有限啊，连一桩新闻都压不下来，我得怀疑你给我姐吹自己这些年的成就是不是真的了！"

凌枢凉凉道，顺手从兜里掏出五分钱放在报纸上，将报纸随手折叠，塞到路边乞丐的怀里。

"天下没有不透风的墙。"岳定唐淡定道，"从案子和你有联系的那一刻起，这个结果你应该早就料到了。袁家用人虽然被限制出入，但每天都需要吃喝，必须和外面联系，还有，经手办差的巡捕那么多，随便谁漏一两个消息给小报，赚点零花，并不稀奇。"

凌枢叹了口气，"人在家中坐，祸从天上来"是他现在的最佳写照。

一天没有找到凶手，这件案子就会像无形的绳索套在他脖子上，随时随地有可能收紧，置他于死地。

那个帮杜蕴宁写财物清单，可能与杜蕴宁关系暧昧，甚至很可能撺掇她私奔，最终杀人灭口的人，如同一个不存在的亡灵幽魂，始终徘徊左右，却寻觅不到半点踪迹。

要不是凌枢亲眼见过那份财物清单，他甚至都要怀疑是不是真的存在过这么一个人了。

凌枢觉得自己循着杜蕴宁生前轨迹去寻找线索的思路是没有错的，但这样就像被人牵着鼻子走，藏在暗处的对手知道他下一步会做什么，轻轻松松就可以将他的行踪掌握，顺便先发制人。

那……换一个思路呢？

如果，连袁家的贴身用人也没有见过此人——
那么，杜蕴宁要如何在避开袁家人的情况下见到对方？

鬼使神差，凌枢灵光一闪！

"新月咖啡馆？！"
"杜蕴宁之前几次都约你在哪里？"

岳定唐跟他，几乎同时出声。
两人说的话不一样，但思路归根结底是相同的。
他们想到一块去了。

岳定唐："都是新月咖啡馆？"
凌枢："不错，她约了我三回，都在那里。"
岳定唐："那你见过她跟咖啡馆里哪个人交流比较密切吗？"
凌枢凝神想了片刻，摇头道："我印象里没有，她跟新月咖啡馆的老板似乎相识，第二回我们在那见面的时候，她还给我介绍了正在帮忙洗杯子的老板。"
岳定唐："你对那老板了解多少，他有妻室吗？"
凌枢："你怀疑杜蕴宁可能与他有暧昧？不可能。"

岳定唐的司机一直在街口等着，见他们走来，赶紧出来开门。
待二人入座，车子发动，凌枢才开口。
"等你看到那位老板就知道了，他年纪有些大，口舌也不大灵便，杜蕴宁不太可能跟这人有什么太深的瓜葛。"
岳定唐思忖片刻："那去新月咖啡馆看看。"

从这里去新月咖啡馆，在不塞车的情况下，只有十五分钟的车程。

岳定唐他们在街口下车，没走几步路，远远地就瞧见咖啡馆挂在外面的招牌。

新月咖啡馆看上去有些年头了。

刚刚粉刷过的外墙，几扇半新不旧的窗户，在寒冬里努力维持绿色的植物，还有穿洋装的侍应生，所有细节都能看出老板对这间咖啡馆的用心。

只是开在中国的咖啡馆，必然会带上中国的痕迹，就像现在从咖啡馆里传出来的唱片歌声，播放的不是外国音乐，而是本国人耳熟能详的《茉莉花》。

凌岳二人没有急着进咖啡馆，他们在咖啡馆附近的店铺逛了逛，跟掌柜老板闲聊两句，买点东西，状若无意地打听起新月咖啡馆的情况。

这间咖啡馆有些年份了，若干年前就在这里经营，但换了两位老板，前一位姓韩，据说生意破产，收拾东西回乡下老家了，现在这位姓李，是韩老板的朋友，听说他急着用钱，就将咖啡馆盘下来，重新修缮开放。

咖啡馆生意还不错，老板人也挺好，他店铺里几个伙计，都是他出手帮助过的，就连邻居平时有个什么不便，李老板也是能拉一把就拉一把。

"李老板心地好啊，可惜这世道好人难做，得做恶人才能出头！"

凌枢从街道对面走来，进了这间茶叶铺，就听见唐老板对岳定唐说出这句话。

"怎么说？"凌枢顺口问。

"这位是……"茶叶铺唐老板看向凌枢。

岳定唐："他姓杨，是我同事，跟我一道出来做社会调查的。"

唐老板打起笑脸："原来是杨教授，快请坐！小东，倒茶！"

这年头知识分子分外受到尊重，尤其是岳定唐这样的教授文人，放在前清就是翰林老爷级别的人物，随时可以入阁登坛，在升斗小民看来，更有一份距离感和必须仰视的感觉。

岳定唐以社会调查的名义跟对方攀谈，又买了二两茶叶，自然得到分外热情的招待。

"说起来，李老板盘下这间咖啡馆也不容易。本来以为是帮朋友的忙，急公好义，出手相助，没承想这咖啡馆盘下来不出一个月，就有人找上门，说韩老板一女二嫁，把咖啡馆也卖给了他。这时候韩老板钱也拿了，人也消失了，双方打起官司，不得已，李老板为了早日重新开张，只得再出了一笔钱给对方，才将这地方拿下来。"

这茶叶铺唐老板就在咖啡馆斜对面，低头不见抬头见，说起咖啡馆的来历，头头是道，看样子跟两代主人都熟识。

"这么说，李老板的确是特别仗义的一个人了？"岳定唐问。

唐老板点头："那是的，今年夏天那会儿，上海不是下暴雨嘛，好多地方淹了，我这些金贵的茶叶是最不能被水碰上一丁点的，多亏李老板借给我几个大罐子，将茶叶往里一装再封罐，还真就半点没受潮。结果他自己那些咖啡豆，倒是有一半遭了殃，您问问这街上，十户有九户提起他，都得竖大拇指！"

凌枢："我看着咖啡馆的客人也不算特别多，他老这么帮别人，自己不会亏本吗？"

唐老板笑道："听说他是从海外归来的华侨，家在南洋那边还有产业呢，说是想回来养老，儿子还留在南洋做买卖，每个月都给他寄生活费，孝顺得很。依我看，就算咖啡馆亏本也不妨事，他儿子写过许多封信来喊他回去，李老板说，自己现在有手有脚，还能干活做事，暂时不想出国。"

凌枢："这些都是他自己说的吗？"

唐老板："是啊，我还见过他儿子寄回来的照片呢，李老板的孙子白胖聪明，都会喊爷爷了。"

岳定唐："听您这么一说，我们觉得这次调查的方向对了，可以作一则南洋商人归国的相关文章。"

唐老板期待："那不知敝人的小铺有没有荣幸在您的文章里露脸？"

岳定唐笑道："自然有，唐记茶叶铺，我都记下了。"

他说罢还将手中本子亮出来给对方看，唐老板更是乐呵呵的。

凌枢适时插进来："对了，老岳，你看过今天的报纸没有？说起来，跟我们这次的社会调查还有点关系。"

岳定唐："还没看，怎么了？"

凌枢："上海名媛杜蕴宁死了，现在死因未明，怀疑是凶杀，我们社会调查里不是包括治安这一项嘛，正好等会儿去巡捕房问问。"

边上茶叶铺老板倒抽一口凉气，引得凌岳二人齐齐看向他。

"您说的是杜蕴宁？袁太太？她死了？！"

凌枢："正是袁公馆那位袁太太杜蕴宁，怎么，您认识？"

茶叶铺老板："认识倒不认识，她那样出名的人物，小店也没这个荣幸与之结交，只是之前几次看见她到对面咖啡馆喝咖啡……可惜了啊，袁太太多有气质的一位美人，怎么说死就死了呢！"

凌枢与岳定唐对视一眼。

"她一个人来喝咖啡吗，没约别人？"

老板犹豫片刻："有，但我记不大清了。"

凌枢："是男是女？"

"男的男的，"老板一拍大腿，"我想起来了！是两个人！她每次只约一个，但来来去去好像就两个，其中一个，哎，别说，跟您的身量还有点像！另外一位，比您矮一些，大概矮半个头吧，经常穿一身暗红色的洋装！"

凌枢："您确定？"

老板："自然，那位先生有一回还到隔壁洋货店买雪花膏，正好被我撞见，长得挺俊俏斯文，还戴了一副眼镜，看上去就像您二位一样，是有文化的人。"

辞别茶叶铺老板，凌枢跟岳定唐步入咖啡馆的时候，天色已经变得深邃幽蓝，像随时都会被一砚墨水泼上去变得漆黑。

寒风夹着冬季的冰冷无情，在大上海的霓虹灯上盘旋，又穿过弄堂街巷，将外面衣不蔽体的乞丐折腾得越发抱紧身躯，最终被咖啡馆的厚重大门阻挡在外面。

进了里头，便是一派暖意，暗香袭来。

第 11 章

"今天是大年三十了。"

刚进门，他就听见岳定唐道。

凌枢的脚步微微一顿。

要不是岳定唐提醒，他还真忘了今晚是除夕夜。

因为被卷入这桩案子，也因为杜蕴宁的死，这两天来回奔波，凌枢差点儿都忘了今天出门前，姐姐凌遥叮嘱他晚上一定要早点回去吃团圆饭了。

现在家里肯定已经做好一大桌子的菜，姐夫估计也已经下班回家，两人围坐桌前，唯独空了凌枢那个位置。

但如果这件案子没能尽快找到真凶，将其绳之以法，只怕凌家会更加不得安宁。

反正现在还有个岳定唐在，等会儿回去，拿他当借口就好了。

咖啡馆里冷清寂寥，就只有一桌洋人在用餐。

有钱没钱，回家过年。

作为东亚最繁华的城市，上海的除夕与中国其他地方并没有什么不同。

天还未黑，街上就已行人寥寥，现在外面更加安静，好像一瞬之间，全上海所有人都藏了起来，不肯冒出一个头。

新月咖啡馆倒是敬业，还坚持开门营业。

那头有个侍者提着一篮子面包走出去。

凌枢扭头一看，瞧见他站在路边，在给几个乞丐分发。

"先生，这是餐单，您二位先看看，需要的话按一下桌上的服务铃即可，我会马上过来。这是柠檬水，温热的，先解解渴。"

他们刚进门，就有两名侍应生迎上来，主动接过他们的帽子、围巾和外套，又将他们引到宁静一隅，点亮桌上蜡烛，奉上餐单。

岳定唐打开略略看了一眼。

纯粹的西餐在中国很难得到所有客人的青睐，即使这里是公共租界，所以这间新月咖啡馆也不例外，餐单上都是中西结合的西餐，譬如番茄鸡蛋牛肉意面，他是绝不会点这道菜的，但可以想象，这道菜肯定会有不少客人点，否则老板不会一直把它留在餐单上。

"你们大年三十都不关门吗？"凌枢问侍者。

侍者笑道："我们老板说，大过年的，家家户户肯定都关门，但肯定还有不少人没能回去，好歹这有个遮风挡雪的地方，给客人进来小憩。"

凌枢："那你们不也回不了家了？"

侍者："我们都是家里没了亲人，或者只身来到这里闯荡的，幸得老板收留，大伙吃住都在这里，倒也方便。"

两人说话的当口，岳定唐已经点好餐了。

"要这个套餐吧，炭烤西冷牛排，七成熟，甜点就要蜜瓜冰激凌好了。"

"好的，先生。那这位先生，您要点什么？"

凌枢沉默不语，侍者也不敢催促，就在一旁耐心等候。

岳定唐瞟了一眼，他发现凌枢跳过主食套餐那一页，直接翻到最后的甜品部分，眼睛半点没挪动。

时间一分一秒过去，凌枢就像那伫立于蜀山之巅，等待倾城一剑出鞘的高手，敌不动，我不动，木雕也似，天荒地老。

岳定唐看不下去了，终于打破沉默。

"这顿我来请。"

凌枢肉眼可见地舒展身体，整个人如同重获新生。

"来一份龙虾烩面的套餐，甜品就要芝士千层、树莓冰激凌、草莓布丁吧，你再帮我们拿一瓶香槟吧。"

岳定唐："……"

侍者如获大赦，连忙应声离去。

岳定唐："你怎么不干脆把这里的甜品都包下来？"

凌枢懒洋洋靠在椅背上："你以为我在故意讹你？我姐做了一桌菜还等着我回去吃呢，只是我们现在要是主动去找老板，就太冒昧了，也容易引起他的戒心，如果他真像左邻右舍说的那样是个大好人，看见我们点了这么多，肯定会出来阻止我们，到时候就有机会攀谈了。"

岳定唐还真没想到这一层，一时间倒没接上。

凌枢见状，跷起二郎腿，下巴微微一抬："没想到吧，像你这种不食人间烟火的大少爷，怎么会懂这些细节处的手段，最后还不是得高手出马？"

他头顶悬着一把随时有可能落下的达摩克利斯之剑，还能这样跟没事人一样得意扬扬，换作别人死亡之期逼近，案子又毫无线索，只怕早就惶惶不可终日，更别说这么冷静地去寻找突破口了。

"当年……"

看着这样的他，岳定唐缓缓开口。

"凌家出事，杜家是不是落井下石，给了你们不少难堪？"

凌枢愣怔失笑："怎么突然问这个？我早就忘了。而且死者为大，杜蕴宁已经去世，这些事情也烟消云散了，不提也罢。"

岳定唐："你这些年，过得还好吧？"

凌枢："怎么，岳教授要给我安排工作吗？"

岳定唐："我可以帮你留意，只怕你不肯去。"

凌枢："那倒是，我觉得我现在就挺不错。"

"你也留过洋，最终却屈就在这么一个小职位上，不觉得可惜吗？"

"还好吧，要是换作了以前，我爹还在、凌家风光那会儿，自然想帮我安排什么，就安排什么，去南京捞个肥差也不是不可能。不过，我留洋几年也没学到多少正经本事，洋文来来回回就只会那几句，要真给我什么要职，我也胜任不了，倒不如像现在这样，按部就班，在警察局混个差事，清闲度日，多少人求都求不来。"

被屋里的暖气一熏，凌枢的语气也变得懒洋洋起来，不紧不慢，像是没有什么事能让他波澜乍起，眉眼变色。

但岳定唐觉得，这也许只是一种假象。

以前的凌枢争强好胜，现在虽然傲气内敛，混吃等死，但人三岁看老，本性难移，他内心未必就甘心这么得过且过混日子。

"如果杜蕴宁和你一样这么想，未必会有今日的悲剧。"

以前的凌枢意气风发，天之骄子，却很好揣测。

现在的凌枢看似落魄，反倒沉淀下来，令人看不透。

凌枢："杜蕴宁跟我不一样，就算跟袁冰感情不和，她也一直锦衣玉食，所有的烦恼不过是丈夫爱不爱自己，华丽的牢笼能否少几个枷锁，多一些五彩斑斓的浮华。从某些方面来说，她还是和以前一样天真，从未变过。"

岳定唐："既然她当年已经按照家里的安排，嫁给袁冰，为什么后来还会和娘家人闹翻？"

凌枢："袁冰为人如何，你也瞧见了，婚后杜家出了些事，希望袁家能伸出援手。当时袁秉道已经死了，袁冰不肯帮忙，杜家长子因此惨死，自此之后，杜家就跟杜蕴宁断绝了关系，再没来往。"

岳定唐对这些事情不大清楚，他原本还考虑杜蕴宁娘家人行凶的可能性，现在听对方一说，基本可以排除了。

说话间，菜一道道上来。

老实说，厨师水平马马虎虎，但两人奔波大半天都饿得很，一顿饭风卷残云，干干净净，中途也没顾得上再讨论两句案情。

直到上甜品的时候，一名中年人带着侍者走过来。

"先给您二位拜个早年咯！"

对方彬彬有礼，虽然穿着洋装，却还习惯拱手问好，实打实的中国人作风。

"冒昧打扰，鄙人姓李，是这里的老板，感谢二位光顾，二位先生可是头一回来？"

"是，我们是大学教员，今日有事外出。"岳定唐道。

"原来是大学先生，失敬失敬！"李老板连忙拱手，"我见二位点的甜品有些多，只怕接连几道用下来，会有些腻味，所以过来冒昧提醒一声，还请您二位不要见怪！"

岳定唐笑道："旁人做生意都巴不得多买一些，您倒是还特地让我们少点一些，生怕东西卖得出去，如今像您这样厚道的生意人也不多了。"

李老板不好意思道："瞧您说的，做生意最讲究诚信，我若没提醒，那就是没尽到本分，您回过神来，下回怕是再也不上门了，长远来看，我就亏本了。"

凌枢道："这多出来的几道甜点，劳烦您给我打包起来，回头我想带回家，给家里人尝尝。"

李老板恍然："没问题！"

东西很快打包好送过来，小盒子外面还绑了绸带，小卡片写上"新春大吉"，很见心思。

便是岳定唐这样见惯了大场面的人，也觉得这里食物虽然称不上顶级，但以老板这样的服务态度，肯定会有许多回头客，这些客人也足以撑起这间咖啡馆的营业额了。

中途李老板分身去招呼另外一桌的洋人，待两人吃得差不多，才又折返。

"您二位都是有学问的先生，鄙人能不能冒昧请两位在咖啡馆的名人簿上留个言？"

"我们当不得'名人'二字，也就是教书匠罢了。"岳定唐摆摆手。

李老板笑道："是我妄言了，李某见识短浅，只知道读书多，修养高，就是有识之士，恨不能将他们的墨宝留下来，好以后回老家的时候，给孙儿们也看看，熏陶体会。"

岳定唐："您要是不嫌弃，我们就却之不恭了。"

李老板大喜，忙亲自去将名人簿捧来。

岳定唐接来一看，发现上面还真有几个熟悉的人名，也许放眼全国不算如雷贯耳，但在这上海滩，也算是小有名气了。

他用钢笔在后面空白页写下一句"宾至如归"，再签上自己的名字，顺手往前翻了几页。

一个熟悉的签名映入眼帘。

如沐春风。

杜蕴宁。

第 12 章

"杜蕴宁，是那位袁夫人吗？"

岳定唐抬起头，脸上有着恰到好处的惊讶与好奇。

李老板叹息："正是，袁夫人有空的时候，会来喝下午茶，这大过年的……唉！方才伙计已经给我念过报纸了，没想到数面之缘，竟成天人永隔！"

岳定唐："您与袁夫人来往多吗？"

李老板："承蒙袁夫人不弃，聊过几句，但没有深交。"

岳定唐："我们现在正在做一份社会调查，其中就有关于上海治安方面的内容，碰巧遇上袁夫人这案子，您看方便与我们聊两句吗？"

李老板："方便，我儿子、媳妇都在南洋，国内我也无亲无故的，正准备跟伙计们一块吃团圆饭呢，您只管问便是。"

岳定唐看了凌枢一眼，将手中本子递过去。

"小杨，你来帮忙做笔录吧。"

俨然把他当助理的口吻。

凌枢："……"

他抹抹嘴，像模像样掏出钢笔。

"好嘞！不过老岳，你得整快些，你媳妇还在家里等着呢，要是大年夜都不回去，明儿起来你膝盖怕是要跪肿了。"

岳定唐："……"

他勉强控制自己扭曲的嘴角，正色看李老板。

"你和袁夫人最近一次交谈，是在什么时候？"

"前天。"

那不就是杜蕴宁跟凌枢最后一次见面的时间？

凌岳二人对视一眼。

"当时袁夫人和你聊了什么，她神情态度可与平时有何不同？"

李老板想了想："好像没有。"

岳定唐："没有不高兴或哀愁幽怨，也没有对你抱怨过？"

李老板摇头："我瞧那天袁夫人的兴致还是很高的，她和我说过，每回来这里，最喜欢点的就是草莓蛋糕，而且只有在心情好的时候才会想吃，那天她就点了一份，还打包一份回去。"

凌枢冷不防问："她和你聊了什么？"

方才灯光昏暗，李老板顾着和岳定唐说话，这会儿才闻声留意到凌枢，一见之下，不由得"咦"了一声。

"您……您好生面善，我好像在哪见过。"

见对方绞尽脑汁，凌枢好心提醒。

"前天，就在这里，我和袁夫人喝过咖啡。"

"对对对！"李老板一拍掌，"我想起来了，是您！"

凌枢点头："是我，但我不记得袁夫人和你聊过。"

李老板："是您还未来时，我见袁夫人独自坐在那里，便走过去和她打招呼，她看上去心情挺不错的，她还说，明天要去参加英国领事馆夫人举办的宴会，想从我这儿买点咖啡豆，去当礼物，让我挑选好之后，遣人送到府上去。"

凌枢："没有别的了吗？"

李老板："没有了，就这些。"

凌枢："平日里，袁大人过来，除了我，还跟谁有过交集吗？"

李老板犹豫："倒是还有一位。"

凌枢："长什么模样？"

李老板："斯斯文文的。"

凌枢："戴着眼镜？"

李老板想了想："应该戴着的。"

凌枢："红色洋装？"

李老板为难地笑道："这我就不大记得了，有时我不在店里，都是伙计们打理经营，也不是每回都能遇见袁夫人，要不喊他们过来，您再问问？"

凌枢："好啊，那就有劳您将平日白天经常在的伙计叫出来，耽误他们一点时间，我们询问几句就好。"

李老板答应下来，又有些摸不着头脑。

"二位先生，恕我直言，你们不是学校老师吗，怎么倒像是在问案子？"

岳定唐温和道："社会调查涉及方方面面，不乏个案叙述，难免得问仔细些，正好我们跟袁夫人有过几面之缘，听闻噩耗，颇为惋惜，就顺道过来问问，说不定以后还能帮上点忙。"

"原来如此，那请稍等。"李老板不疑有他，转身去喊人。

高高瘦瘦的伙计很快被喊过来。

他没当值，穿了身褂子，一脸老实，有问必答。

"那位袁夫人过来的时候，的确经常有一名男士出现，两人在那里一坐就是大半天，然后一前一后离开，有三次正好是我白天当班的时候。"

凌枢跟杜蕴宁也差不多在这里见过三回，闻言就道："你说的不会是我吧？"

伙计仔细端详他片刻，摇摇头，肯定道："不是您！那位先生经常穿一身红色洋装，戴着眼镜。"

岳定唐："他们聊些什么，你知道吗？"

伙计先是摇摇头，而后又道："有一回我送茶点过去，就听见两句，仿佛是在讨论写诗，我是粗人，又不懂什么诗，也没听明白。"

岳定唐："他姓甚名谁，你可还有印象？"

伙计："他说自己姓洪，别的没提过，但看模样，应该和二位差不多，是个文化人吧。"

他说的，与方才茶叶铺老板提供的消息差不多是一致的。

排除两人临时撒谎的可能，基本就能确定是同一人了。

一个新人物浮上水面。

这与他们之前的推测对上号了。

那么，这个男人很可能就是帮杜蕴宁起草财物清单的那个人。

甚至，两人可能有着更亲密的关系。

"他是咖啡馆的常客吗？"

伙计："我在这间咖啡馆工作三年了，从以前那位老板，到现在的李老板，承蒙李老板不弃，将我留下来继续做事，不过我以前很少见到这位洪先生。"

岳定唐："那他住在哪里，在哪里办事工作，你知道吗？"

伙计自然摇摇头。

萍水相逢的客人而已，除非像杜蕴宁这样的名人，否则旁人又怎会认识？

岳定唐皱起眉头，有点失望。

这固然是一条值得挖掘的线索，可要是这姓洪的真跟杜蕴宁的死有关，新闻一出，他肯定再也不会在附近露面，更有甚者，直接买张车票去外地，从此消失在茫茫人海，那他们就彻底没辙了。

"啊，对了！"

伙计忽然灵光一闪："上回外面下雪，这位洪先生要走，我为他叫了黄包车，听见他给车夫报个地址，好像是……是——恒通路36号！"

恒通路。

岳定唐下意识看向凌枢。

后者也正好望过来。

那也是肖记面馆所在的地方。

就在两天前，杜蕴宁出事前后，面馆老板老肖，也因为隔壁起火而被牵连，被活活烧死在面馆里。

是巧合，还是有意？

姓洪的、杜蕴宁、老肖之间，又是怎么扯上关系的？

李老板一直垂手在旁边站着，没有打断他们，见他们问得差不多，这才出声。

"二位先生，天色不早了，若是再晚一些，就怕街上都找不到黄包车了。"

刚才外面还有些宝石蓝的天空已经完全黑下来，可以想象这里有多温暖，外面就有多严寒。

岳定唐瞅一眼手表，他们的确该离开了。

"多谢老板，今日叨扰你许久，过意不去，待年后再上门致歉。"

另外一桌洋客人不知何时吃饱结账走人了，偌大咖啡馆内就剩下他们这桌。

李老板笑呵呵："不妨事，反正我小老头也是在这里过年，不耽误你们回家与家人团聚才是正经事，小店过年会停业歇息一阵，二位先生若喜欢这里，不妨等年后再来。"

告别老板，两人从咖啡馆出来，朝街口走去。

司机还在那儿等着。

"大姐现在肯定急着等你回去吃团年饭，你可以先回去，过两天再说。"岳定唐道。

"大姐大姐"喊得真是亲热，凌枢把到嘴的吐槽咽下。

"现在不趁热打铁，过两天还不知道会出现什么变故，总不能为了过年，把自己小命给丢了，走吧，直接去恒通路。"

他说罢，当先钻进车厢。

恒通路一带，新老房子鳞次栉比，在夜色下，新旧颜色和模样并不那么分明，万家灯火却在错落中呈现，鱼肉蒸煮的味道夹杂在蒸年糕的气味里一起飘荡在空气中，迎来年味分明的除夕夜。

鱼肉和猪肉的味道淡淡的，几近于无，毕竟对于平民百姓来说，这年头桌子上能出现一碗里脊煮年糕或一条红烧鱼，已经算得上年节丰盛了，像刚才他们那样吃上龙虾和牛排，更是奢侈到无法想象。

这里多是住宅区，间或有些铺子，也都是上了年头的老字号，老板几代经营，靠的都是回头客口口相传。

如今山河不全，有些地方还在打仗，上海外紧内松，老百姓也许天天都能看见报纸上间或燃起的硝烟，但毕竟总体还算平静，上班的暂时有个饭碗，上学的暂时也有书可读，抛开忧国忧民的热血青年和知识分子不说，大部分小老百姓日复一日，依旧照着自己平日的节奏去过自己的小日子。

不过在这场家家户户关门过年的热闹中，也有两处地方例外。

那就是之前被火灾毁于一旦的两户人家。

其中一户，正是凌枢经常去光顾的肖记面馆。

"起火的这户人家，家里男主人原是在码头当苦力的，有一回搬货的时候砸伤了腿，后来就只能在家接点弹棉花的活计，女主人绣活不错，偶尔会接了外面的布料回来绣，所以他们家里堆积了不少棉絮和布料，这些都是极易起火燃烧的东西。"

"根据后来的调查推测，很有可能是家中小儿玩火，大人们又都在睡觉，没有及时察觉，导致火势迅速扩大，最终活活烧死在里面，还牵连了隔壁的肖记。"

在两人走向恒通路 36 号的时候，岳定唐如是说道。

"有问题。"

凌枢停住脚步。

"且不说贫苦人家为了省钱，晚上一般不点灯，也难得买火柴、蜡烛甚至油灯，就算他们家孩子半夜找到火柴，顽皮弄火，那对夫妻也好，老肖也好，都不是五感失灵的人，火情一起，他们睡得再熟，也该醒过来了。就算那对夫妻逃不出来，为什么连肖老板都没逃出来？"

第 13 章

这个问题，岳定唐无法回答。

因为他也有同样的疑问。

但当时法医验尸，一家三口，连同隔壁肖记面馆的肖老板，全都是被烧死的。

至于死之前他们是否遇到变故，就不得而知了。

除非肖老板死不瞑目给他们托梦，否则一时半会儿肯定是个谜。

说话间，他们已经来到恒通路 36 号。

这是一处住宅，典型的上海民房。

像这样的民房里，一般不是一户人家在住，而是几户人家住在一起，往往可能是主人家住了其中一间，再将剩下的房间租出去，租客大多是外地人。

此时的上海，几乎汇聚了全中国最奢华的享乐，经济比南方其他城市发达，民风又比北方开放，当一二十年前，北方还在为女子是否能穿短袖旗袍而殊议纷纷时，上海的时尚女人们早已一个赛一个婀娜多姿地出现在大街小巷。

所以来上海的外地人很多，求学的、求财的、求权的，哪怕当不了人上人，也想来搏一搏，所以这些房子根本不愁没有人租，自然，租金也不会便宜。

除夕夜，家家户户在吃团年饭，但也有顽皮的小孩出来放鞭炮。

鞭炮声此起彼伏，伴随着小孩的吆喝，间或闪亮的烟火，反倒显得凌岳二人格格不入。

岳定唐原本还担心怎么寻找机会进去瞧瞧，但来到民宅面前，发现他们家的小孩子也吃饱喝足溜出来玩，大门开了半面，脚一跨就越过门槛。

"你们找哪位？"
一名中年女人迎出来。
"嫂子好，先给您拜个早年，请问这里是否有一位姓洪的先生？"岳定唐彬彬有礼。
"你们找姓洪的做什么？"女人脸色难看起来，只是瞧他们衣着打扮，一时没发作。

这句话有两个意思。
一、他们来对了，跟杜蕴宁往来的洪姓男人果然住在这里。
二、姓洪的在这里的行为，让这个女人不喜欢他。

"我们是他的朋友，快过年了，特地上门来看看他，这些点心你拿着，给小孩子们吃。"
岳定唐从凌枢手里拿过点心盒子，转手塞给对方，一气呵成，片刻不停。
凌枢："……"
这是他在咖啡馆里打包，准备带回去当夜宵的！

女人看着精致的点心盒子，也不好再摆脸色，还勉强挤出一丝笑容。
"真没想到，姓洪的……洪先生居然还有朋友，他已经两三天没回来了，你们怕是找错地方了。"
岳定唐："那您知道他上哪儿去了吗？"
女人面露嘲讽："不是在赌场，就是在舞场呗，还能在哪儿？"
岳定唐温文有礼："那您知道能在哪里找到他吗？"
女人叹了口气："我也不晓得，他这个月的房租还没缴，我也想找他，这样吧，你们先上去坐坐，说不定他很快就回来了。"

房东回屋拿了钥匙，又带着岳定唐和凌枢上楼。
有些年代的木质楼梯嘎吱作响，光线从外面透进来，映出边缘高低不齐的窗棂。
"话说回来，你们怎么会认识他这种人的？"房东好奇道，"姓洪的怎么也不像是能结交你们这种人物的。"

凌枢："我们是在来上海的火车上认识的，洪先生挺热心，还帮我们提了行李箱，我们就多聊了几句，后来通过一回信，他告诉我们，自己住在这里。"

女人哂道："他帮你们提行李箱，只怕是黄鼠狼给鸡拜年，不安好心，别有所图！"

凌枢笑道："毕竟大家都是异乡人，平时我们也没联系，这不是想着快要过年了，来看看老乡，要是早知道他住在这样热闹的地方，又有大姐您这样热心、有担当的房东，还有那么可爱的小孩子，我早就搬过来了！"

女人被他夸得笑逐颜开。

"他租期快满了，你若想搬过来，我将房子给你留着。"

凌枢："好，回去我和我媳妇商量一下，她总嫌弃我们现在住的地方不好，又说我是教书育人的，得住在有书香的地方，我瞧您这里就挺好。唉，女人胡搅蛮缠起来，谁也顶不住，她若有大姐你一半通情达理，我也就不用这么头疼了。"

岳定唐："……"

他以为自己随机应变的本事已经挺不错了，没想到一山还有一山高，这还有个眨眼说瞎话的高手，凭空捏出一个媳妇不说，还摇身一变，成了教书匠。

一来二去几句话工夫，凌枢连人家姓什么、夫家是干什么的，都摸清楚了。

女人被他一顿猛夸，都快找不着北了，又听说他们是老师，更热情了几分。

"哎呀，瞧你说的，你回去跟你媳妇好好说，带她过来看一看，大姐保管她一看就喜欢，不过，你这么年轻就娶媳妇了？"

"是，都是家中父母之命，在我们那儿成亲早，不过倒没听说这洪先生结婚了，他一个人住的？"凌枢不着痕迹又把话题绕了回来。

"的确没见他带女人回来，哎呀，别提了，他之前跟我们说，他在报社当编辑，我原想这每个月收入怎么也足够支付房租了，他在这里住了快半年，头三个月还是按时支付房租，后面就开始拖欠，直到将押金都抵光了，还倒欠了一个月，也没见他拿出半分钱！"

女人絮絮叨叨的抱怨不满在楼梯间回荡。

"这儿租金也不贵呀，前两天他一脸兴奋地回来，还破天荒给我带了一只烧鸡，给自己换了整套行头，我以为他快发财了，谁知道他宁可把钱拿去买衣服，也不肯付租金，真是岂有此理，我没见过比他更能赖的老赖了！就他这德行还当什么文化人，我看跟街头混混也差不离了！"

"喏，就是这里了！"

女人带他们来到二楼尽头的房间门口，拿出钥匙打开门。

"既然你们和他认识，那就进去坐坐吧，等会儿他要是回来了，我告诉你们。"

"这不大好吧，毕竟没经过主人家的同意。"凌枢假客气道。

房东不以为意："那没事儿，反正他这里头也没什么值钱的物事，你们稍坐，我给二位沏两碗茶来。"

她既是这般说了，两人自然不再推托客气，待房东离开之后，就开始四处观察房间。

凌枢是警察，他最懂得如何翻看东西之后复归原位，不让主人家察觉。

岳定唐则在房间内溜达，上下左右，边边角角，眼睛没闲着。

房间里布置很简单，近乎简陋。

书桌上有纸有笔，下面还压着一张吴淞大学的借书证。

借书证很新，背面是用过的次数记录，一个"正"字只写了三画。

与此同时，凌枢看见借书证上的名字。

洪晓光。

旁边放着三本书。

一本是欧洲文艺复兴之后的诗集收录。

一本是泰戈尔的《采果集》。

还有一本是莎士比亚的著作，最广为人知的《罗密欧与朱丽叶》。

笔记本大概被用了半本，而且基本都是抄录诗句，以莎士比亚的诗句为主。

"有什么发现？"岳定唐走过来。

"前面的字迹比较认真，后面的字迹比较潦草，还有涂鸦。"

凌枢翻到后面几页，岳定唐发现那些涂鸦就是一直在重复抄写诗句里的那几个字而已。

"聪明人变成了痴愚，是一条最容易上钩的游鱼；因为他凭恃才高学广，却看不见自己的狂妄。"岳定唐照着念了一遍，"莎士比亚的名句。"

凌枢："不错，你应该还记得，杜蕴宁上学时，最喜欢看他的著作，对这些台词倒背如流。"

岳定唐："所以……这位洪先生是在投其所好？"

凌枢："有意思的是，这三本书全部是外国著作，没有一本是本国的。而杜蕴宁生前对诗作的喜爱，同样也有这方面的偏向。也许她背不出白乐天最著名的三首诗，却能默写出莎士比亚的半本台词。"

"我这里也有一些有趣的发现，你过来看。"

岳定唐走到床边，轻轻掀起枕头。

下面压了一本书。

《金瓶梅》。

凌枢拿起书翻开。

岳定唐发现他手上还套着两只白手套："你从哪儿弄来的手套？"

凌枢低头看书，漫不经心道："问沈人杰要的，扯着你的虎皮，他很痛快就给了。这玩意儿又不值钱，但关键时刻可以派上用场，避免留下指印，被细心的人发现这里有人动过。你看——"

《李瓶儿私语翡翠轩，潘金莲醉闹葡萄架》。

这是《金瓶梅》中最知名的章节之一。

不仅从人性、风俗、世情上深刻描绘，也满足了寻常人的窥私欲。

这一章的几页，被反复翻弄，远比其他书页要褶皱旧损，说明主人肯定经常看。

凌枢露出意味不明的笑容："只怕这本《金瓶梅》对洪晓光的吸引力，要远远大过桌上那些诗集。"

岳定唐："诗集是用来讨杜蕴宁欢心的，而《金瓶梅》是自己喜欢看的，自然不一样。这个洪晓光，不会是拆白党吧？"

拆白党和仙人跳类似，都是民间俚语，指那些通过一些手段骗财骗色，给受害者设局的人。

世道一乱，鱼龙混杂，三教九流倾巢而出，这样的拆白党，遍地皆是，小者骗点吃喝，大者让人倾家荡产。

特别是那些本来混混出身的贫寒子弟，靠着一张还过得去的脸，稍加打扮，花言巧语，引诱富家女眷入局，令她们惑于自己的美色，再予取予求，报纸上屡屡登载，大家已经见惯不惊。

"但拆白党一般只谋财不害命吧？"

现在不仅仅杜蕴宁死了，就连他也凭空背上一口黑锅。

这个局至今扑朔迷离，真凶尚未浮出水面，若是拆白党所为，这些人也太过于神通广大了。

凌枢将小说翻了一下，放回原位。

房间不大，举步转一圈就眨眼工夫，陈设多是房东的，甚至衣柜里就一套睡衣可换，可见这个洪晓光的经济并不宽裕。

杜蕴宁虽然天真，未经世事，但她在文学上的造诣，远远超过一般富家千金，如果仅仅凭借能掰扯几句外国诗句，洪晓光就能赢得她的芳心，还让她晕头转向准备跟对方私奔，也太可笑了。

凌枢觉得，这其中一定还有别的环节，和他们尚未得知的隐情。

"这里。"

岳定唐忽然出声。

"你从这里看，看见了什么？"

凌枢走过去，站在窗边，顺着他的视线往外看去。

托除夕夜此起彼伏的烟火和灯光之福，外面尚且能影影绰绰看个大概。

凌枢果然面露意外，忍不住倒抽一口凉气。

"他果然早有预谋！"

第 14 章

他们从这里的窗边往外看下去，正好看见一片低矮的建筑，和它们门前的街道。

这其中就包括那两处刚刚被焚毁殆尽的房屋。

肖记面馆门口若有人进进出出，从他们这个方向俯瞰下去，正好看得一清二楚。

"一个假设。

"如果这个洪晓光是个拆白党，为了袁家的钱财去引诱杜蕴宁，在杜蕴宁发现他的真面目之后，两人翻脸成仇，洪晓光恼羞成怒，失手杀了杜蕴宁，这倒也说得过去。

"这也就解释了他为什么住在这种地方，出入却是洋装、领带、眼镜，还能跟杜蕴宁谈论诗歌，无非都是为了迷惑对方，拆白党惯用的伎俩。

"他跟杜蕴宁打交道，知道你的存在，又因为住在这里，可以看见你出入肖记面馆，于是在失手杀人之后，索性一不做二不休，把面馆老板也给杀了，以此消灭你不在场的人证，把你诬陷为杀人凶手。"

凌枢的眉毛越拧越紧，终于在岳定唐的话告一段落时出声。

"不对，你的推测里有个漏洞。我办过不少拆白党的案子，一般这种骗财骗色的拆白党，在事情败露之后，第一反应肯定是逃跑，而不是多杀一个人，就为了诬陷我。因为他们身份本来也是假的，每骗一个人，就换一个名字和来历，这才是最省事、最安全的办法。

"他甚至不带走杜蕴宁房间里的任何财物，却急着跑到肖记面馆来杀老板，诬陷我，这根本说不过去。

"也许，我们一开始就把方向弄错了。"

岳定唐点点头。

"那就进行第二个假设。

"这个洪晓光不是为了袁家的钱，也不是为了杜蕴宁的美色，但他给了我们这样的错觉。

"对比他和杜蕴宁认识的时间，和你跟杜蕴宁重新联系的时间，他在前，你在后，也就是说，杜蕴宁是认识了他之后，才想起要联系你的。"

凌枢："你的意思是，杜蕴宁找上我，可能是出于他的授意？"

岳定唐："不错，这个洪晓光很不简单。杜蕴宁那里，一定有他需要的东西，单纯美色，可能还不足以满足他的胃口。甚至，他背后，也许还有别人，不要钱，也不要人，那要的是什么？"

杜蕴宁娘家早已没落，她也和娘家断绝来往，图谋杜家的人绝对不会想到杜蕴宁身上来。

袁秉道虽然早年是个厉害人物，但虎父犬子，袁冰烂泥扶不上墙，他这个人身上，也没有什么值得别人利用陷害的价值。

除非——

"是不是当年袁秉道留下了什么，或者袁家有什么东西？"

岳定唐若有所思。

"袁冰抽大烟中毒已深，常年浑浑噩噩，骂骂咧咧，杜蕴宁出事当天他也不在袁家，所以我们一直没有问他太过深入详细的东西，可以尝试突破一下。"

凌枢："现在太晚了，明天成不？我得赶紧回家，不然我姐该着急了，大年夜的不回去，她要是看见报纸上杜蕴宁的报道，肯定会想东想西。"

岳定唐翻起手腕看了一下时间。

"也行，那就明早八点，我让司机去接你，还是你熟悉的老地方，老闸捕房，袁冰现在被安排在单间了，小日子过得还不错，据说——"

他说了半天没见凌枢回应，不由得抬头看向对方，却见后者正目不转睛地盯着外面。

远处焰火时不时绽开璀璨的光芒，刹那之间，骤明骤暗，也在凌枢侧脸映下明灭不定的光斑，更显诡谲莫测。

"你在看什么？"

话还没问完，他就被凌枢猛地一拽，给拽到窗旁的墙壁边上。

"嘘。"凌枢压低声音，"我刚才看见有人进去面馆了。"

岳定唐眉头一跳。

肖记面馆自从老板死后，哪里还有人？

就算是小偷，也不可能选择这种地方进去偷东西。

会不会是避寒的乞丐？

刚冒出这个想法，岳定唐立马就推翻了。

谁能在满是烧焦气味的地方待上一宿？还不如去福利院碰碰运气。

如果不是贼匪乞丐，会特意跑去那里的，也就是跟案件有关的人。

两人迅速下楼，甚至没顾得上跟房东告别，就匆匆离开这里。

虽然嘴上没说，但他们有一个共识，那就是洪晓光但凡有点警惕性，肯定就不会再回到这里，房间里私人物品很少，唯一暴露身份的只有借书证，但洪晓光这个名字甚至不知真假。

狡兔三窟，此人必然不止一个据点。

从这里到面馆很近，拐过一条街，跨过几栋房子，须臾便至。

面馆旁边是一家三口惨死的废墟，另外一边虽然没有被大火波及，但对方家里只有一老一幼相依为命，祖孙二人早早就熄灯上床了，没有旁人过年过节的热闹气氛。

四周冷冷静静，与隔着一条街的烟火气对比鲜明。

凌岳二人兵分两路，岳定唐从前面走，凌枢则绕道后门。

如果刚才进去的人真是洪晓光，他被前后堵截，也只能进退不得束手就擒。

面馆后门虚掩着，那本来是为了避免与客人正面碰上，专门运送食材，供主人家进出的，无论规模大小，许多饭馆酒店都有这样一道后门。

后面可能不是火势最先蔓延到的地方，因为这道木门没有被完全烧毁，还剩下一大半，孤零零挂在门框上，风从破损洞开的木头间进进出出，一股若有似无的烧焦味被吸入鼻腔。

凌枢伸手去推门。

砰！

残破的木门直接从门框上掉下来。

要不是他退得快，现在砸的就不是地面，而是他的脚面了。

没了木门遮掩，黑暗扑面而来，如同一头急欲噬人的野兽，张开血盆大口，等着他自投罗网。

凌枢打开刚才从岳定唐那里顺手牵羊过来的手电筒，抬步走进去。

他把围巾挡在口鼻处。

手电筒照过处，已经不复面馆原本的模样。

凌枢还记得，自己跟老肖当时坐在里头，酒醉三分，聊天侃地，老肖挥舞着手臂说要在三年内把面馆做大，以后开成国际大酒店那样的规模，让洋人也能见识见识中国美食的博大精深。

虽然明知道老肖在吹牛，但他无儿无女，把做面当成自己排遣寂寞的追求，难道还不让人家瞎吹吹吗？

可现在，就连想听他吹牛，都成了一件奢侈的事情了。

凌枢禁不住轻轻叹了口气。

四下无人，以至于他那一口气直接层层回荡，就像暗处有无数个幽灵也跟着同时回应。

他一身汗毛霎时全奓开。

以前觉得面馆不怎么大，现在没了那些桌椅板凳，前厅后厨几乎夷为平地，立马就觉得空旷起来。

手电筒微弱的光线，能让他见到的范围很小，还有大部分笼罩在伸手不见五指的黑暗里。

凌枢甚至有种感觉，刚刚那个进入面馆的影子，现在就隐藏在某一处，在暗中观察他的一举一动。

他尽可能放轻了脚步，就连呼吸也几乎与这里融为一体。

但呜咽声依旧从四面八方传来。

那是寒夜里的风声，刺骨冷风钻入围巾衣领的缝隙里，再狠狠扎在皮肤上。

民间故老相传，无辜横死的人无法投胎转世，亡魂总会在临死前的地方徘徊不去，寻找替身，伺机发泄心中怨恨。

凌枢不太确定，自己刚刚在二楼窗户里看见的，是活生生的人影，还是自己的错觉。

又或者，果真是老肖死不瞑目的冤魂？

不去细想还好，一展开想象，恐惧就荒草一般在内心疯长。

岳定唐在前面，也不知道进来了没有，凌枢没看见他，也没看见别人。

耳边除了风声，就只有自己略显粗重的呼吸声。

老肖啊老肖，你我朋友一场，我是来帮你找凶手的，你可得认清敌友，冤有头，债有主，别寻仇寻错了！

凌枢在心里念念叨叨、念念叨叨，冷不防脚下踩到一块碎石，脚崴了一下。

身后呼的一下，仿佛有什么东西一掠而过。

凌枢顾不上脚疼，猛地扭身，手电筒跟着晃过去。

什么也没有。

当啷！

锅掉在地上。

右前方！

凌枢扑了过去。

"喵！"

一只黑乎乎的长尾巴动物从灶台里蹿出，快得让凌枢没反应过来，就已经三下两下跑了出去。

所以刚才是猫？

凌枢疑心未消，还未等松一口气，前头又传来动静。

乒！

是枪声！

岳定唐在那里！

凌枢心下一沉，暗道大意，想也不想就奔向前门的方向。

岳定唐一个教书的文人，虽然被史密斯临时聘为顾问，但一般来说身上是不可能带枪，所以枪声从何而来——那必然是有人朝岳定唐开枪。

但就在他迈开脚步之时，身后一股劲风，竟是对准他的后脑勺，狠狠扫来！

第 15 章

凌枢弯腰低头避开，转身扫腿，对方被扫中摔倒，顺势向旁边滚开，再一跃而起，手里的木棍再度挥舞过来，快准狠，将凌枢手里的手电筒打飞。

手电筒被甩进角落里，唯一微弱的光亮也彻底消失。

在回头的瞬间，凌枢依稀看见对方戴着个傩戏面具，一身短褂，形容古怪夸张。

是个练家子。

而且身手还不错。

没等凌枢的眼睛彻底适应黑暗，对方就再度扑过来。

木棍虎虎生威，招招对准他的要害。

而此时，面馆前门处再度传来枪声。

凌枢有点急了。

对方动作快准狠，身手明显非常专业，还不是一般的江湖野路子。

每当凌枢要往腰间摸枪的时候，总会被对方打断，一根木棍就能令他完全没有闲暇去关注岳定唐那边的情况。

一失先手，处处受制。

对方扫腿踢来时，凌枢趁机翻滚至旁边，顾不上身上被碎石木料扎过的痛楚，顺手抄起一根称手的棍子也朝对方挥去。

啪的一下，两棍相遇，凌枢手里这根发出不堪撞击的呻吟，直接断成两截，对方一条腿踢在凌枢腰间，他闷哼一声，人往后倒去。

外头再度传来两声枪响。

与此同时还有搏斗的动静。

可以想象外面的场面必然也很激烈。

凌枢感觉肋骨可能有点骨裂了，钻心的疼痛正一拨拨涌来。

但凶徒的动作丝毫没有停止，对方拳脚相加，木棍挥舞着当头劈下，招招都是要把凌枢打成残废的架势。

枪刚被摸出来，转头就被踢飞，对方脚尖正好踹在凌枢手腕上。

那一瞬间，他差点儿以为自己手要废了。

岳定唐知道自己的处境很危险。

他也知道，刚才如果不是自己反应够快，现在流血的肯定不是胳膊，而是心脏了。

枪手就在距他咫尺之遥的地方，也许躲在面馆门口，也许在墙边，只要他一露面，枪子儿就会往他这边招呼。

他身后远处有光源，有光就会暴露存在。

而对方藏身之处没有光。

正所谓敌暗我明。

唯一庆幸的是，对方枪法似乎不算很好，如此近的距离，三发子弹，一发命中岳定唐胳膊，另外两发则打空了。

岳定唐想，这也许是个新手，也许是头一回杀人，还很紧张。

屋里传来打斗的动静。

对方应该不止一个人。

也就是说，洪晓光可能还有同伙。

他跟凌枢两个人还未查出什么，对方就迫不及待冒出来杀人，是不是太急了？

岳定唐想去帮凌枢。

但他的身影刚刚从圆柱后面冒出来，枪声再度响起。

火辣辣的痛感自脸颊传来，岳定唐随手一摸，就是一手的黏腻。

他意识到，对方枪法再不准，想打死他也只需要一发子弹。

得想个法子。

岳定唐的目光落在脚边的石块上。

凌枢喘着粗气，侧头避开对方一记重击，反手朝凶徒心脏出拳。

在击中对方的同时，他的脑袋也被木棍重重敲了一下。

他与对方，不由自主往后倒下。

耳朵嗡嗡作响，像有无数只苍蝇飞来飞去，钝痛于沉闷中散布开来，整个脑袋木木的，一时间什么也想不起来，身体无数处都在叫嚣着，他昏了过去。

凶徒似乎也没想到凌枢出手这么狠，心脏被踹个正着，剧痛难忍，只能捂住胸口喘息，一面捏紧木棍，试图爬起来。

他熟知人体各处弱点，确信刚才自己那一棍下去，凌枢绝对不可能躲过去，而且必然会短暂性昏迷。

他不想要凌枢的命，否则以他的枪法，凌枢早就当场毙命了，绝无可能在这里与自己周旋许久。

但他也很恼火。

恼火外面的同伴还未将事情圆满解决，也恼火自己遭遇凌枢的暗算。

心口的剧痛令这种恼火加剧。

面具人踉踉跄跄起身，深吸一口气，朝凌枢的方向走去。

口袋里还有手电筒，他摸索一阵掏出打开，往凌枢那里晃了几下。

对方躺在地上，一动不动，应该是昏过去了。

他弯下腰去查看。

必须暂时留着姓凌的小命，又不能让对方太快醒来。

如果时间把握不好，稍有差池，这件事就不算圆满解决，还会留下许多后患。

已经出过一次纰漏，不能再疏忽了。

他将手电筒放在一旁，伸出手探向凌枢的颈子。

外面又有枪声响起。

面具凶徒不禁在内心咒骂外面同伴的不济事。

恰在此时，他感觉自己碰触的身躯似乎微微一颤，肌肉下意识收缩。

面具人心头警铃大作，立时抄起棍子就朝凌枢当头挥下！

迟了半步！

凌枢稳稳接住，另一只手朝他递来。

面具人这才瞧见，对方手里还抓着半截木棍，刚才一直藏在身后，没让他瞧见。

想要后退已经来不及，他随即感到腹部传来一阵剧痛。

不必低头也能感受到那截断裂的棍子刺入身体是什么样子的。

碎掉的木头和尖刺一下子扎破了褂子的布料，直接扎进皮肉，与鲜血迸裂出令人牙酸的动静。

尤其当这种动静发生在自己身上时。

面具后面的脸露出难以置信的表情，他很难想象凌枢在刚才那一记重击之后，不仅能清醒过来，还能及时做出反击。

在半截木棍刺入身体之后，凶徒脚步凌乱，不由自主开始后退，试图找到一个可以支撑依靠身体的平衡物。

但眨眼工夫，凌枢已经抽出木棍，一脚踢来。

凶徒闷哼一声，往后狠狠摔去。

凌枢也没好到哪里去。

以正常人来说，他现在早该昏过去不省人事了。

他勉强克服人体的本能，虽然扭转局面，将凶徒暂时压制，但脑袋越来越沉，刚才被重击的脑袋几乎疼到无法碰触，整个人都是摇摇晃晃的，只要灯光大亮，对方马上就能发现他的虚张声势，外强中干。

温热的液体从鼻孔流出，顺着嘴角渗入嘴巴里，咸腥咸腥的。

凌枢扑过去捡起枪，紧紧抓在手里。

子弹上膛的声响惊动了凶徒，后者连滚带爬，跌跌撞撞跑入黑暗中，很快消失在后门。

对方也许回过神来之后，会发现凌枢带着枪还不乘胜追击的行为很蹊跷，也许会后悔跌足不已，但现在他已经笃定凌枢胜券在握，不想也不敢冒这个险。

凶徒并不知道，凌枢现在莫说瞄准，就连枪也快要握不住了。

又一颗子弹打在圆柱上。

枪声四下回荡，在周围绝不低调。

但警察迟迟未至，也许是除夕夜都去休息了，也许是周围的人不想多事，眼下的上海龙蛇混杂，发生什么事都不稀奇，寻常百姓不想因为自己的一时好奇而丢掉平静生活。

一把手枪能装几发子弹？

型号不同，弹匣容量也不同，如果对方身上带着备用的，迟早有一发能打到岳定唐身上。

脚步声传来，很轻，但在全神贯注之下，岳定唐听见了。

他屏气凝神，蓦地扔出手里的石块！

乓！

对方果然一惊之下开枪了。

与此同时，岳定唐扑了出去！

在开枪与开枪的空隙，枪手必然有半秒以上反应不过来，更何况这个枪手的枪法并不好，说明他是新手。

岳定唐不再犹豫，他依照自己的判断，果然狠狠扑在对方身上。

两人翻滚倒在门外，岳定唐一手掐住对方的脖子，一手想要打掉对方手里的枪，但对方一拳挥在他的面门上，迫使岳定唐往后仰去，枪手趁机坐起，枪口朝他！

千钧一发！

枪手从背后被踢翻，枪打歪了，子弹擦过岳定唐耳郭，钉入他身后的墙壁。

连带枪也跟着甩飞出去，在地上滑出老远。

枪手立马意识到，同伴失败了。

他如果现在再奋起一拼，也许可以打死岳定唐，但自己也会死在凌枢手下。

几秒钟足以让枪手做出选择。

蝼蚁尚且贪生，他也没有视死如归的情操。

他躲开凌枢再度踹来的一脚，狼狈爬起身，匆匆逃离现场。

"人呢？"

岳定唐问的是刚才屋里跟凌枢搏斗的那个人。

"跑了。"

凌枢答道。

他甚至不知道自己有没有出声，或许只是在鼻腔里哼哼，脑子只是本能反应，无法做出再多的思考。

周围昏暗，岳定唐也受了伤，没有察觉同伴的异样，他勉力起身。

"来扶我一把。"

凌枢没吱声。

岳定唐扭头看去，发现对手手里还抓着一把枪，顺口问道："你刚才怎么不开枪？"

话音方落，玉山崩塌，黑云压城，凌枢整个人倒下，直接压在他身上。

包括那条受了伤的胳膊。

岳定唐脸色都变了。

也不知是疼的，还是被凌枢惊的。

"你没事吧！"他伸手一摸，只摸到满手的血。

"……你回头别跟……跟我姐说实话，就说我摔了一跤。"凌枢喃喃道，也不知听见岳定唐的话没有。

"闭嘴！"

岳定唐咬咬牙，忽视自己受伤的那条胳膊，将凌枢拉过来，驮在背上。

司机离得有点远，应该没有听见这边的动静，否则早就赶过来了。

今夜是他们大意了，本以为只是查找线索，没想到对方有备而来。

"年夜饭也吃不成了，我的大鸡腿……

"打包的蛋糕，你还送了人。

"我姐今年肯定不给我压岁钱了……"

岳定唐忍无可忍，打断他在自己背上的絮絮叨叨。

"你再多说一句，我就把你扔下去，让你自生自灭。"

凌枢像没听见，兀自开口。

"刚才有两个人，一个想杀你，一个不想杀我。"

这话有些拗口。

岳定唐本不想搭理，转念忽然皱起眉头。

"你是说，里面那个人没有枪？"

凌枢喃喃道："他想把我打晕，却不想要我的命。不然以他的身手，我不可能挨到出来救你。"

"但外面这个人想杀了我。"岳定唐很笃定。

要不是此人枪法不准,他现在早就凉了,尸体估计都能做凉拌菜了。

"想杀你,却不杀我,我们俩在一起,是不是又可以嫁祸于我,让我身上多背一条命案……"

凌枢不知是否清醒的喃喃自语,却让岳定唐猛地一下,如梦初醒,福至心灵。

像是之前许多模模糊糊的关节,也悉数被打通了。

"他们不希望我们再把这件案子查下去了,正如之前你被诬陷为凶手,现在把凶手的嫌疑扣在你身上,再多我一条人命,你必死无疑,案子自然也就结了,不会再有人追查下去。

"反过来,也正说明,我们现在追查的方向是正确的,否则他们无须跳出来动手。

"袁家、杜蕴宁、洪晓光,看来姓洪的十有八九跟杜蕴宁的死脱不开关系了。"

岳定唐说完,迟迟没得到凌枢的回应。

"喂?"

原本搭在他肩膀上的手软软垂了下去。

岳定唐的心跟着一沉。

第 16 章

凌枢睁开眼睛,表情有着一瞬间的茫然。

他看见一片白色。

白茫茫的颜色有种熟悉感,恍惚间好似又回到冰天雪地里。

那种感觉刻骨铭心。

人刚刚置身冰雪里是不觉得冷的,看惯了小桥流水、细雪柔风的南方人头一回见识到冰天雪地的浑厚雄壮,除了叹为观止,再也找不到别的形容词。

但这种感觉维持不了多久,很快全身就会被冰冷渗透,从本来就不厚的衣裳,到皮肤肌肉,再深入骨髓,让人终于明白,那种冰寒彻骨的冷,不是形容词,而是一种状态。

手放在外面超过五分钟，就开始麻木得发疼，但还是不能缩回兜里取暖，因为手里还握着枪，也不能站起来抖抖身上的雪，跺跺脚让身体暖和起来，还得努力让自己隐藏在冰雪里，让自己与冰雪融为一体，直到可以开枪的那一刻到来。

头晕目眩仿佛时空颠倒，在错觉与真实之间来回切换，即使身体还躺着，也很难控制思绪的飞奔混乱，凌枢忍不住皱起眉头，重新闭上眼。

"你醒了！"

他听见一个熟悉的声音。

那声音有点激动，又有点小心翼翼，生怕高声一点就会让他旧伤复发。

凌枢没有睁眼，手朝凌遥的方向抬起。

手背传来微微刺痛。

"你别动，打着吊针呢！"

凌遥连忙制止，刚握住他的手，又赶忙放轻力道，稳稳将其按在床上。

"你现在能说话吗，有没有感觉哪里不适？"

这是另外一个男声，悦耳低沉，但不是全然的浑厚。

像雪水融化后的清冷，带着理性的冷静沉着，无法轻易被外物所撼动。

凌枢终于睁开眼睛。

他的动作很慢，但明显能让人看见他的不适。

病房里两个人都安静下来，不敢催促着急。

他们看见凌枢的目光在他们身上慢慢转了一圈，脸上露出疑惑的表情。

凌遥的心一下子提了起来，悬在半空。

然后她听见凌枢说出那句在意料之外又在情理之中，她不敢相信又不能不相信的话。

"你们……是谁？"

凌遥顿时腿软，要不是岳定唐及时扶住她，她能直接往后栽倒。

"小弟！"

凌遥泪眼汪汪，刚出口就泣不成声。

岳定唐沉下脸色，扶凌遥坐下。

"你什么都不记得了？那你还记得自己是谁吗？"

凌枢神色茫然，摇了摇头。

凌遥禁不住捂嘴扭头。

之前医生就和他们说过，病人脑部受创，醒来可能会有短暂失忆的情形，但听见这样的可能性，跟亲眼看见是两回事，凌遥感觉自己从凌家崩塌之后就没受过这么大的冲击，顿时有些经受不住。

"你叫凌枢，冰凌的凌，北斗七星的天枢。这位是你姐姐，名叫凌遥，遥远的遥。

"医生说你头部被木棍击中，脑袋还缝了十几针，一时半会儿记忆可能会有些混乱。

"现在也不着急，等你好些了，再慢慢回忆。"

岳定唐面色和缓，语调很慢，生怕对方听不清楚。

可惜凌枢的表情依旧迷茫。

"那你……又是谁？"

他望向岳定唐。

"我是岳定唐，岳飞的岳，我们家三男一女，男丁都以朝代命名，我排行第三，上面两位家兄，分别是定秦和定晋。家姐岳春晓，你以前也见过的，她对你印象很好，还让你有空去我们家吃饭。"

岳定唐以前所未有的耐心和包容，详细解释自己名字的来源。

凌枢疑惑："岳飞是谁？"

岳定唐："历史上一位有名的抗金将领。"

凌枢："我和你，是什么关系？"

岳定唐叹了口气："我们是中学同学，以前交情特别好，好到穿一条裤子的那种，每次有什么好吃的，你都让着我，考试的时候还非要给我看答案，有一回我迟到了，你还帮我作掩护，不让先生知道。后来，你问我借了五百大洋，说是要去红粉窑子见见世面，我二话不说就给了，就算后来你一直没还我，我也没问你要。"

凌遥止住哽咽，蓦地抬头。

"什么红粉窑子？什么五百大洋？"

岳定唐神色沉重："大姐，现在凌枢都成这样了，咱先不提这些，以后再说，那五百大洋我也不急用。"

凌遥："不行，五百大洋不是小数目，我不知道这小混账还背地里跟你借过这么多钱，你等着，我先回家拿钱，凑也要凑出来还你！"

凌枢："……"

岳定唐起身作势去拦。

"大姐，要不这样，你看现在手头拿出多少方便，随便还一点就行了，剩下的等凌枢好了再说，您别着急！"

"欠债还钱，天经地义，我们凌家现在虽然不如从前了，但我不能让别人说凌家连钱都赖着！"

"还个头！"

凌枢忍不住了。

"我压根儿就没跟这姓岳的借过钱，还逛什么红粉窑子，你连你自己亲弟弟都不信，还被这姓岳的牵着鼻子走！"

凌遥茫然一瞬，而后勃然大怒。

"你装失忆？！"

她身后生出熊熊怒火，几步走过去，一把拧起凌枢的耳朵。

"你翅膀硬了还是胆子肥了，你知不知道老娘有多担心你？！你天天在外面闯祸，还被冠上杀人犯的罪名，还想把我蒙在鼓里是不是？！这下好了，脑袋破了，人都进医院了我才知道！你有没有想过我看见你伤口的时候吓成什么样了？！我今天就代爸妈打死你算了，让你先下去陪他们打麻将！"

凌枢被吼得脸色煞白，摇摇欲坠，连手背上的吊针都开始血液倒流。

岳定唐一看情形不对，赶忙上去把愤怒的凌遥拉开。

"大姐，有话好说，别激动，他脑袋刚缝针，还晕着的。"

"晕死拉倒，这一天天的，他没死，我得先被气死！"

凌遥没好气，音调却也小了下来。

护士正好推门进来，看见凌遥的手还拧着病患耳朵，不由得皱眉。

"你们这是在做什么，不知道病患现在需要安静休养吗？"

凌遥松开手，讪讪道："抱歉。"

护士走过去给凌枢换吊针。

"你感觉怎么样？"

"头有点晕。

"手疼，耳朵也疼。

"姑娘，我浑身都难受。"

凌枢苍白着一张脸，气息虚弱，望着护士的眼神就像看见从天而降的仙女。

护士狠狠瞪了凌遥和岳定唐一眼。

"家属请妥善照顾病患，不要大声喧哗，影响病患恢复，否则我只能请医生过来了。"

回头对上凌枢时，她又恢复轻声细语的温柔。

"你别怕，他们要是再闹，你就按动床头的响铃，我们会赶过来的。"

"谢谢姑娘。"凌枢朝她感激地笑。

凌遥、岳定唐："……"

好不容易等护士换完营养液，她又再三嘱咐他们不能影响病人休息，这才端着药盘离去，凌遥气得牙痒痒，恨不能把凌枢的耳朵给拧下来。

顶着她的死亡射线，凌枢捂着脑袋，小声道："我也是怕你骂我。"

凌遥又好气又心疼："你这样我就不骂了吗！现在大报小报全都报道了，有些缺德冒烟的，已经把你名字都爆出来了，就算你不说，还能瞒多久？！"

凌枢："如果能赶在报道出来之前找到凶手，就不需要让你知道了。放心吧，我们已经有眉目了。"

凌遥："你现在好好养伤，我才能放心！"

她还想多啰唆两句，见凌枢抚着额头露出不适的神情，又赶紧闭嘴。

"姐，我想吃橘子。"凌枢撒娇。

"大冷天的，谁在外头卖橘子？！"凌遥说完，还是道，"我出去瞅瞅，你先把鸡汤喝了！"

她又对岳定唐道："鸡汤我备了两份，你跟小弟一人一碗，你也多歇着，别跑来跑去的！"

岳定唐笑道："放心吧大姐，我的胳膊只是被子弹擦伤，不妨事的，我会看着他的，您忙您的。"

凌遥一走，两人就开始大眼瞪小眼。

一个房间两张病床，一张是凌枢的，一张是岳定唐的。

凌枢躺在床上，一动就头晕。

而岳定唐除了胳膊裹着纱布，连病号服都不用换，还能自由走动。

凌枢越看越不爽。

"你怎么看出我是装的？"他忍不住发难。

岳定唐老神在在："医生都说你是短暂性失忆了，你还不厌其烦地追问我名字的来历，连岳飞都不知道，不是摆明了在装吗？我怎么忍心让大姐继续为你伤心？"

凌枢哼笑，心说我想整的是你。

"我拼死出来，可是为了救你一命，你就是这么对救命恩人说话的？"

岳定唐点点头："正是为了你的救命之恩，我已经跟大姐谈过了。"

凌枢："？"

岳定唐："等这件案子结了，我设法给你换个安稳的工作，当我的教学助理亦可。"

凌枢："？？？"

岳定唐："别露出这么感动的表情，看来你对这个安排也很满意，那我就放心了。"

凌枢皮笑肉不笑："你哪只眼睛看到我对这个安排很满意？我是不会去给你做牛做马的，你死了这条心吧。"

岳定唐讶异："但大姐很满意啊，她不是一家之主吗？"

凌枢："别大姐大姐叫得亲热，那是我大姐。"

他被气得头昏脑涨，眼前阵阵发黑，不由自主往旁边一歪。

颈子被稳稳扶住，后背多了一个温暖的身体。

"行行，是你大姐，不是我大姐，工作的事以后再说。案子有一些新发现，等你好了再说。"

岳定唐还真怕他当场昏倒在医院，害自己又被护士一顿骂，竟难得地妥协了。

第 17 章

"什么新发现？"

凌枢原本已经躺下了，听见他最后那句话，重新坐起。

岳定唐也不废话，直接从牛皮纸袋里拿出一把枪和几颗子弹。

事情发展到现在，非但凌枢被牵扯进去，连带他也不可能再置身事外。

对方摆明不想让他们查出什么端倪，可今晚对方既然没能把他杀了，这步棋已经作废，反倒是让他们肯定了自己调查的方向。

"枪和子弹都是对方落下的。"

凌枢将枪接过来。

"M1906，俗称掌心雷，轻巧玲珑，携带方便。据我所知，南京那边的要员，乃至一些女士自卫防备，也都喜欢用这款手枪，时下的购买渠道主要是通过洋行进口，价格虽然贵一点，但很容易购买，没什么问题。"

岳定唐微抬下巴："你再仔细看看。"

他这样说，必是有什么发现。凌枢认真起来，拿起几颗子弹，一颗颗看，再放下，又拿起枪，不一会儿，就皱起眉头。

"这是什么？"

枪本身完好无损，也许没用过几次，起码有九成新。

不过凌枢发现，扳机上有一些黏着的黑色粉末。

他用指甲略略一抠，抠下几许，放到鼻子下面闻了闻，微微色变。

凌枢望向岳定唐，后者点点头。

"竟然是公班土。"

他们之前搜查杜蕴宁房间的时候，无意间在她的床底下发现了烟土碎屑。

也正是这种公班土。

"太多的巧合，就成了必然。我是不是可以认为，今晚这两个袭击我们的人，很可能也是引诱杜蕴宁抽大烟的人？"

岳定唐道："杜蕴宁曾经对大烟深恶痛绝，因为她的祖父和父亲，就是沉溺烟瘾的人，祖父还因此惨死，她本人也是上过学堂的新女性，一般情况下，绝对不会去碰这些东西。"

凌枢自然而然接下去："婚后，袁冰也许一开始也迷恋过她的美貌，但好景不长，全上海的人都知道袁冰袁大少最喜欢带舞女出去玩，外面还养着几个如夫人，即使杜蕴宁穿金戴银，不愁吃穿，内心也绝对不是快乐的。她越沉迷于那些荣华富贵，内心就越空虚，在洪晓光的引诱下开始抽大烟，就能理解了。"

岳定唐："至今我们还不知道洪晓光那伙人究竟图谋袁家什么，但他若能彻底控制杜蕴宁，也就不难实现他们的目的。"

凌枢："他们为什么不从袁冰下手？此人性格软弱，贪图美色，不是更好攻陷吗？而且他作为袁家的主人，他知道的，杜蕴宁也许知道，他不知道的，杜蕴宁也一定不知道。"

岳定唐："你怎么知道他们没有尝试过？"

话音刚落，两人都是一怔。

四目相对，似乎想到什么关键之处。

这时敲门声响起。

两人只好暂时中断交谈。

岳定唐将子弹和枪都收起来。

"请进。"

推门而入的是岳春晓。

她挎着包，手上提着个篮子，后面还跟了一名男佣，双手都提了餐盒。

"你们没事吧？我给你们带了吃的过来。"

她放下水果篮子，目光从岳定唐身上扫过，确定他浑身除外伤外别无大碍，最终将视线停在凌枢那里。

"你就是凌枢吧？还记得我吗？"

凌枢笑道："春晓姐，怎么不记得？从前我和杜蕴宁去岳家做过客的，你还亲自下厨给我们做了小点心，那时候我还跟岳定唐夸你。"

他头上和脖子都裹着纱布，身上套着病号服，偏还笑得一脸温软，像只人畜无害的小动物，格外惹人怜惜。

岳春晓原就喜欢他，眼下见了真人，发现比记忆里的还要好看，当即被他笑得心都塌了一角，怜爱之情瞬间爆发。

"你怎么伤成这样了？医生怎么说？我看这医院也不咋地，要不我找人给你们换一家吧！"

她上前查看凌枢的伤势，越看越心疼。

"好端端的，还把脑袋给弄伤了，以后留下伤疤可如何是好？你现在头晕不晕，能动吗？"

"没事的，春晓姐，我就是脑后挨了一下，额头没伤着。"

"那就更不得了了！脑袋的事情可不是闹着玩的，跟断手断脚不一样，姐给你们带了吃的喝的过来，有中餐也有西餐，不过路上过来耗了些时间，味道可能跟刚出炉有些差别，你都打开看看自己喜欢吃什么！"

岳定唐看着两人有说有笑的模样，一脸无奈。

不知道的还当他们俩才是亲姐弟，而自己是路边捡来的。

"两位是不是忘了还有我这个活人在场？"

岳春晓回头嗔睨他一眼。

"你又没什么大碍，不就是手臂受了点伤嘛，养养就好了，凌枢伤到的可是脑袋，得好好补补，不然以后出毛病怎么办？"

岳定唐："……"

岳春晓疑惑道："我还不知道，你们到底怎么受的伤？怎么就都住院了？去家里报信的人也说得不清不楚，我还当你们出车祸了！"

凌枢："老岳手臂上是枪伤，不过幸好没命中，只是擦伤。"

岳春晓脸色一变，先是仔仔细细打量了岳定唐一眼，确认他的确无妨之后，又转向凌枢，倒抽一口凉气。

"那你的也是枪伤？"

凌枢乖巧道："当时岳定唐在外边被枪手困住，我冲出来救他，挨了一记闷棍，没什么大碍。"

岳定唐："……"

他觉得凌枢这话的因果关系颠倒了，但对方的确也是救了自己一命，这点是毫无疑问的。

当时要不是凌枢那一脚，现在他估计要躺在太平间面对三姐的眼泪了。

岳春晓一听这话，果然大惊失色。

"怎么又有枪手？这到底怎么回事，你们惹上了什么人？要不我给大哥、二哥拍个电报，让他们赶紧回来！"

岳定唐沉声道："我们自己能解决，没必要让大哥二哥他们担心。"

岳春晓对上他的眼神，沉默片刻，再望向凌枢时，又是一脸心疼。

"好孩子，你是定唐的救命恩人，从今往后也是我们岳家的救命恩人，从前我就是把你当弟弟来看待的，以后你也别和我见外，有什么事只管说。快来看看姐姐给你们带了什么吃的！"

她让同来的佣仆将食盒一个个打开。

粉蒸肉和糖醋鱼的香气率先蹿出来占领整个房间，人参鸡汤则慢慢悠悠，有条不紊地跟在后面。

凌枢虽然刚喝完凌遥送来的鸡汤，但不妨碍他看见糖醋鱼时食指大动。

岳春晓一见都笑了，忙把筷子拿出来，往他手里一塞。

"糖醋鱼最好吃的时候就是刚出炉那会儿，皮酥肉嫩，酸甜入味，放久了酥皮会变软，糖醋汁也会变稠，就没那个味道了。"

岳定唐则偏好那道猪蹄。

炖得软烂，骨头全剔掉了，酱油调出来的醋汁裹着猪皮，映出晶莹的光泽。

肉不是单纯的肥肉，肥瘦相间又入口即化才能称作真正的蹄肉。

就着这一道炖猪蹄，岳定唐就能吃完一碗米饭。

两人刚开吃没多久，凌遥就回来了，手里还提着一袋橘子。

岳春晓正好回头，双方打了个照面，凌遥的笑容就僵在脸上。

岳定唐是听过自家三姐在家那些吐槽的，还怕她出口就是奚落，正想打个圆场，岳春晓已然开口。

"你来看凌枢了。"

态度还算平和。

凌遥"嗯"了一声，颔首以致意，又见凌枢正拿着筷子津津有味地吃糖醋鱼，笑容顿时直接没了。

凌枢连忙放下筷子，巴结道："姐，你终于回来了，我等你的橘子等得脖子都长了！"

凌遥挑眉："你都在吃鱼了，还能吃橘子？刚撞了脑袋，就想把肚子也吃坏了？"

凌枢："哪能呢，我就爱吃你买的橘子！"

凌遥冷冷道："橘子我带回去了，你多喝点白开水吧。"

岳春晓看不下去了。

"你冲孩子发什么火呢！他都伤成这样了，不得多吃点好的补补？大冬天吃什么橘子，这冷冰冰的让人怎么吃得下？还不如买橘子罐头呢！你自己买不起，总不能让凌枢跟你受苦吧！"

凌遥怒道："这是我弟弟，又不是你弟弟，关你什么事？！"

凌枢："……姐，春晓姐，橘子是我让买的，是我的错，你们别动气。"

岳春晓："你瞧瞧孩子多懂事！他不是我弟弟，可我把他当弟弟，我心疼他，你成天除了教训他、骂他，你还会做什么？"

凌遥："那也比你好！打从上学的时候就爱花枝招展，跟个布谷鸟似的，成天这里叽叽，那里喳喳，别以为我不知道，背后说我坏话的，总有你一份！"

岳春晓："我说你坏话？你自己不去打听打听，上学时女同学里谁瞧你顺眼了，还用得着我背后说？你自己每天一套衣服，比花蝴蝶还要花，还好意思说我花枝招展？！"

岳定唐抚额。

饶他舌灿莲花，在讲台上从不词穷，此时此刻也插不进嘴。

——总算领会到什么叫女人的战争不宜旁人在场。

他忍不住扭头去看凌枢。

后者已经躺在床上，被子蒙得老高，一副"我正安眠，请勿打扰"的模样。

岳定唐："……"

他急中生智，奔去凌枢床边。

"凌枢，你怎么了？你醒醒！"

两个女人立马住嘴，循声望来，面露紧张之色。

"小弟，你没事吧？"

"快快，去喊医生！"

医生很快赶过来，后面还跟着护士。

"你感觉哪里不舒服？"

凌枢扶着脑袋，虚弱苍白，可怜无助。

"我不知道，就觉得头阵阵发晕，连床上都坐不住，只能躺下。"

在无人注意的角度，岳定唐为凌枢的演技竖了个拇指。

凌枢觉得自己太难了。

第 18 章

请神容易送神难。

好不容易把医生护士打发走，两位姐姐都安静下来，凌枢已经身心俱疲。

凌遥看着凌枢憔悴的神情，嘴上不说，心里却有些懊悔。

她把橘子放下，叮嘱凌枢好好休息，率先退出战局。

凌遥一走，岳春晓也觉得没意思，同样很快离开。

凌枢松一口气，看着食盒里已经冷掉的糖醋鱼，面露遗憾之色。

"真不让人省心啊！"

岳定唐的米饭也没能吃完，因为猪蹄冷了，味道也就全变了。

他起身拿起大衣和围巾穿上，摸了摸受伤的胳膊，随手从果篮里拿了个苹果咬一口。

"我去捕房找袁冰问话，晚点再回来，你先好好休息吧。"

他戴上帽子走到门口，想了想，又回过头。

"对了，春节快乐。"

凌枢苦笑。

这个大年初一，过得还真是跌宕起伏。

他还是头一回在医院里过春节。

时近下午，阳光从窗外照进来，冰雪已融，透着暖洋洋的气息。

外面遥遥传来放鞭炮的动静，将市井烟火味一点点传递进来。

病房外面的走廊却很宁静，兴许是大部分病患都被家人接出去过年了的缘故。

往年这个时候，他应该早就被姐姐撺出门去挨家挨户拜年了，或者是跟着他们回姐夫老家，吃着刚出炉的年糕，一口年糕就着一口茶，围炉夜话，其乐融融。

想想自己"人在家中坐，祸从天上来"的悲惨遭遇，凌枢禁不住又叹了口气。

"干啥呢，大过年的，搁这儿叹气，小心把福气都叹没了！"

伴随着声音，来客推门而入。

凌枢挑眉。

"什么风把你刮来了？"

"东南西北风！"程思嬉皮笑脸，"看你还能开玩笑，应该没什么大碍吧？"

凌枢朝他伸出手。

"大碍没有，小碍还是有的，撞到脑袋了，随时随地可能失忆，你不得慰问慰问？"

"喏。"

程思将手上的纸袋递给他。

"糖炒栗子，刚出炉的，还热乎，够有诚意了吧！"

凌枢毫不客气，伸手探入纸袋拿出一个，丢给程思。

"帮我剥壳吧。"

程思瞪他："你撞到脑袋，手也断了？"

凌枢抬起自己正在打吊针的手扬了扬示意。

程思没好气地帮他剥壳，再把甜甜的栗子肉递过去。

"说起来都是你自找的！要是案发那天晚上，我喊你去舞场，你去了，别跑去什么肖记面馆吃面，我还能帮你做个人证，怎么也不至于像现在这样，还要背上杀人犯的罪名！"

凌枢意味深长道："如果那天晚上换成是你与我一起，很可能现在我就看不到你了。"

程思顿时愣住，半秒之后打了个冷战，栗子都没心情剥了。

"你别吓我！到底是谁和你有如此深仇大恨，非要置你于死地？！"

凌枢："不一定是针对我，只不过我正好是个合适的人选。现在外边怎么样了，杜蕴宁的死讯是不是已经传遍整个上海滩？新闻都怎么说的？"

程思来了精神。

"你还真别说，大报小报全都登载了，现在闹得可玄乎，自从昨天袁家有个女佣死了之后，今天一早，全城头条几乎都在说这桩新闻……"

"谁死了？"凌枢打断他。

"袁家一个女佣。"

凌枢有种不好的预感。

"叫什么名字，怎么死的？"

程思："名字我没留意……报纸说是上吊死的，今天早上被发现吊死在袁家前楼，杜蕴宁生前的房间里，尸体都凉了，根本救不回来。"

凌枢："前楼已经上锁了，用人们都住在后面的小楼。"

程思"咝"的一声："这么说报纸写的都是真的，果真是杜蕴宁阴魂不散，拿女佣做替身？"

凌枢："你也是上过新式学堂的人，居然信这些，报纸怎么写的？"

"说法可就多了。

"有的说，这女佣想飞上枝头，背着女主人，去爬男主人的床，还珠胎暗结，被杜蕴宁发现之后，夫妻俩起了争执，袁冰失手把杜蕴宁给杀了，杜蕴宁死不瞑目，回来找这女佣复仇。

"还有的说，这女佣闹得袁家家破人亡，良心不安，日日梦见杜蕴宁来寻仇，才一死了之。

"还有更离奇的呢，说是杜蕴宁为了笼络丈夫的心，让这女佣去勾引袁冰，毕竟袁家孩子出生在袁家，总比母亲不知道是外面哪朵野花好吧，谁知道这女佣是个烈性的，宁死不屈，却被袁冰玷污了……"

"打住！"

凌枢越听越无语。

但他也确定了一点。

程思说的这个女佣，十有八九就是杜蕴宁身边那个哑巴姑娘阿兰。

"这都是什么乱七八糟的？那个女佣我见过，眉清目秀，但袁冰一个阅尽千帆的欢场浪子，连杜蕴宁都没能拴住他的心，阿兰怎么可能？什么阴魂不散、厉鬼寻仇就更离谱了！"

程思无辜摊手："那我怎么晓得？不过好事是，你的名字没怎么被提及，除了最开始一两家报纸报道了你的嫌疑，现在大众的注意力几乎都放在夫妻俩的恩怨情仇和袁家到底还有多少家产上面了。"

凌枢指着自己的鼻子："作为最大的疑犯，我为何不配拥有姓名？"

程思哈哈一笑："兴许是因为他们觉得，军阀之子杀妻，比你这个青梅竹马在其中插个一脚，更具有曲折离奇的色彩吧？可惜我把报纸忘在警局了，不然给你带一份过来，让你瞧瞧。大报还好一些，小报简直肆无忌惮，他们一个个跟躲在袁家床底下似的，都快把一出凶案写成豪门艳情故事了。"

程思的想法代表了大多数普通市民的想法，对于平铺直叙的案情描述，很多人宁可看些另辟蹊径的分析和想象，把故事当真事来看，津津乐道，作为茶余饭后的谈资。

有些小报甚至趁机推出袁家豪门三部曲，从袁秉道发家写起，内容两分真实，八分虚构，浮夸玄幻，可这也赢得不少人的喜爱，小报销量顿时上涨不少。

袁家已经没人了，袁秉道一死，偌大家族作鸟兽散，袁冰自己又不争气，现在还待在牢里，若是袁家还有点能量，这种虚构故事肯定不可能面世。

在舆论的带动下，巡捕房那边的办案思维很可能也会受到影响，说不定对凌枢来说还是一件好事。

凌枢却陷入了思考。

昨晚他们刚刚遭遇了暗杀，今天阿兰就死了。

从时间上来说，阿兰应该是在昨天半夜之后遭遇不测的。

阿兰作为杜蕴宁的贴身女仆，知道的事情一定不少，但为什么先前她没死，现在却死了？

是不是凶手认为她知道了什么，不能让她活下去，生怕她暴露自己？

阿兰的身份，注定她是调查询问的重点对象。

但是之前他们没有太过怀疑阿兰，因为她是个哑巴，不识字，又是个弱女子，没有杀死杜蕴宁的力气，也很难成功。

现在阿兰一死，反倒暴露了她与本案有关的事实。

死人是不会说话的，也是最安全的，哪怕他们意识到这一点，也很难再有什么突破。

袁冰，袁家。

现在看似离真相越来越遥远，换个角度，反倒是像在帮他们一步步筛选出真相。

第 19 章

凌枢一边啃栗子，一边全心全意沉浸在自己的思绪里，连程思什么时候走掉的都不知道。

他的精力毕竟比不上从前，又刚刚受了伤，想着想着就迷糊过去，手里吃了一半的栗子落在地上，滚满半个房间。

恍惚间，有个人弯腰把它捡起，放在病床边的柜子上。

"你总是丢三落四的。"来者柔柔地道。

不是程思那把急吼吼的声音，而是记忆里的温婉清甜，就像夏天里那碗冰过的甘蔗水，不用加蜂蜜，也能沁人心脾。

凌枢揉揉眼睛翻过身，果然看见一个人站在窗边，背对着他，正把窗帘拉起来。

"外面风大，你就这么敞开睡，等会儿吹了脑袋，更不容易好。"

"杜……蕴宁？"凌枢疑声道。

旗袍女子"嗯"了一声。

"你不是……"

凌枢想问你不是死了吗，话到嘴边，却怎么也问不出来。

杜蕴宁身上的气质很宁和，不像刚刚嫁入袁家时意气风发的她，也不像后来成为深闺怨妇时的她，更像是从前读书的时候，无忧无虑，什么也不必去想，大家一腔热血，尽可浇灌在青春热土上。

"我没死，我一直活着。"凌枢听见她道，"你们是不是以为我死了？"

凌枢扶着阵阵发疼的脑袋坐起来，眼前视线也时不时发黑模糊，天色渐暗，随着窗帘拉上，他几乎看不清杜蕴宁的表情。

"你没死？那你在哪里？你知不知道这些日子我们一直在找你？全上海滩的人都以为你死了，你的丈夫袁冰也被关在牢里！"

"我知道。"

杜蕴宁的声音很愉悦，很轻快。

"现在正是我要的结果，我恨他，若不是他把我关在这牢笼里，眼睁睁看着我衰败腐烂下去，我又怎么会染上烟瘾？你知不知道，他在外面还有了私生子，我就像个傻子，什么都不知道。凭什么他能三妻四妾，左拥右抱，我就得顶着袁太太的贞节牌坊过一辈子？"

凌枢："这么说，你果然与洪晓光有染，他到底是谁？"

杜蕴宁："他？他就是你啊！"

凌枢："胡说八道……"

他正想起身去拉杜蕴宁，免得对方逃走，却见杜蕴宁说罢，忽然转过身来，面色青白不似活人，嘴角淌血，两颗眼珠几乎要落出眼眶，十分瘆人。

凌枢登时冷汗直冒，他浑身猛地一颤，鲤鱼打挺似的跃起。

"你醒了？"

杜蕴宁不见了。

她刚才所在的方向正坐着一个男人，在低头看卷宗。

是岳定唐。

凌枢惊魂未定，赫然发现自己梦魇了。

"我刚做了个梦。"

他微微喘息，胸背皆湿，像刚从水里捞出来。

纤细的脖颈绷得笔直，像随时会折断。

"噩梦？"

岳定唐抬起头，摘下眼镜，起身开灯。

屋里一片亮堂。

凌枢莫名暗松了口气。

但岳定唐接下来的话，又让他这口气绷住了。

"一个坏消息，袁冰死了。"

真是怕什么，就来什么。

凌枢愣住片刻，脑袋嗡嗡作响，一时有些混乱。

"怎么死的？"

他嘴唇发白干燥，声音也跟着干涩无比。

"烟毒发作，病入膏肓，无药可救。"

岳定唐起身给他倒了一杯白开水。

"我去晚了一步，他抢救无效，刚刚咽下最后一口气，连一句话都来不及问。"

"杜蕴宁的贴身女佣，那个阿兰也死了，两日之内死了两个人，都是案子的关键人物，怎么就这么巧？"

凌枢喝了几口水，才感觉喉咙舒服许多。

岳定唐："我问过了，袁冰死之前，有人去看过他。"

凌枢："谁？"

岳定唐："袁凌波，袁秉道的二妹。"

凌枢："此人应该早就在香港定居了，怎么会突然回来？"

岳定唐点头："袁冰有单独的牢房，他跟巡捕处得也还不错，来探监的人自称是他二姑，巡捕就同意她去探监了。"

凌枢忍不住道："堂堂租界捕房，管辖竟如此松懈？"

岳定唐哼笑："说得是，要不然怎么能让人在里头喝酒打牌吃夜宵？"

凌枢一脸"你在说什么，我根本听不懂"的表情。

他一头散发汗湿贴在额前，黑白分明，中气不足，再撑也撑不起平时的潇洒惬意。

岳定唐扫他一眼，把原本到了嘴边的奚落咽下去。

"按理说，袁二姑如果是假的，袁冰当即就会发现，但是根据巡捕供词，此女进去之后，在里头待了约莫一个小时，都没有太大的动静传出来，对方离开之后，他还进去看了一眼，袁冰老老实实坐在那里，并无吵闹喧哗。直到半个小时后，里头传来声响，袁冰说他身体不适，并且情况越发严重，巡捕赶紧喊人叫来医生，但已经来不及了。"

凌枢："食物中毒？你们确认过尸体是他吗？"

岳定唐："尸体的确是他，毫无疑问。他的死因初步判定是吸食大烟过量，也就是说，他那位二姑进去探监，还给他带去了大烟抽食。监守的巡捕收受贿赂，所以一开始对我们隐瞒了这一点，现在已经被革职查问了。"

有钱能使鬼推磨，这话用在当下的上海滩，半点也不夸张。

袁冰虽然因为嫌疑被暂时关押，但袁家毕竟还有些家底，足够他买通巡捕房，在里面过得舒服一些，而且因着他的身份，大家也不敢乱来，连带袁凌波的突然出现，也不会有人去询问，她就这么轻易被放进去，与袁冰近距离接触。

没有人知道他们在那一个小时内谈什么，那个女人到底是不是袁冰的二姑，这些都将随着袁冰的死，彻底成为一个谜。

如无意外，现在即使他们把整个上海都掀了，也找不到一个叫袁凌波的女人。

"那么阿兰呢，尸检结果是什么？"凌枢转而问起那个女佣。

"说出来你也许不信。"岳定唐道，"现在初步的报告显示，阿兰的确是上吊死的。"

凌枢："这也不能完全排除他杀，若是有人先令她昏迷，再将她搬上吊绳，同样可以令她上吊窒息而死，且查不出任何异状。"

岳定唐摇摇头。

"不管是不是，现在都不重要了。"

之前他们还奇怪，对方如果冲着袁家而来，为什么没有直接从袁冰那里下手，而是先通过杜蕴宁，这话才刚说没多久，袁冰果然就出事了。

袁冰的死讯一旦传出去，势必将再度引起轰动，为这桩谜案增添更多扑朔迷离的色彩。

不少小说家或许会因此触发灵感，编出更多稀奇古怪的情节，报刊连载的袁家三部曲，也能因此赚得盆满钵满。

但，这些都与案件本身没有什么关系了，甚至会令案子离真相越来越遥远。

如果将视线从三个人的死因上拉回来，直接跳到结果呢？

当了警察之后，凌枢接触过不少案子，从鸡毛蒜皮到大案悬案，上海滩每天发生的事情不少，无法侦破的案件更多，许多卷宗早已积灰堆尘压箱底，凌枢闲来无事的时候会去档案室慢慢翻看，也没有人会来催促他赶紧看完，这已经成为他的一种消遣和乐趣。

从这些案件里，凌枢也慢慢悟到一些思路。

比如说，当你看似被一根线牵着走的时候，先不要去理会那根线，可以直接尝试越过牵线的人，走到前面去，也许又会发现另外一番景象。

"袁冰有没有私生子？"

"没有。"岳定唐很肯定地道，"袁冰虽然在外面风流成性，但长期吸食大烟，对他的生育能力应该还是造成了一定影响。"

凌枢："袁冰有三个姑姑，如果袁冰和杜蕴宁都死了，按理来说，袁家遗产应该由三个姑姑来继承。但是三姑已死，无儿无女，大姑远在美国，现在还不一定收到了袁家出事的消息，唯一一个二姑袁凌波，就是他临死前过来探望的。"

岳定唐："不错，但她一出现，势必难以摆脱杀害侄儿、图谋财产的嫌疑，如果这个袁凌波是真的，她就不可能再出现。"

凌枢："要是袁家财产迟迟没有人继承，政府就会回收充公，并把宅子重新进行拍卖。"

岳定唐皱起眉头。

他做了个手势，示意凌枢暂时不必再说下去。

他自己却迟迟没有出声，显然在厘清思路。

凌枢想到女佣阿兰，也想到袁家宅子。

这个女人，势必是其中关键的一环。

她也许本来是知情者，或参与者，所以她必须死。

凶手为了掩盖一些事情而杀人灭口，认为人死了就一了百了，但从另一个角度来看，死人越多，破绽也越多。

"我先去查查阿兰的来历。"

"我想去袁家看看。"

两人几乎同时开口。

岳定唐："袁冰和阿兰的死，虽然是个不幸的消息，但也有一个好处，那就是间接为你洗清嫌疑，现在你大可不必那么着急了。"

凌枢："案子早日告破，我才能早日彻底摆脱嫌疑，否则凶手逍遥法外，我肯定也要被警察局那边停职察看的，我的职业理想就是当警察，可不想丢了这份工作。"

这份混吃等死又清闲的工作。

他在内心补充道。

岳定唐一脸看破不说破的了然。

"医生让你多休息，你现在不宜走动。"

"我觉得我好多了。"凌枢摸摸脑袋，"我刚才梦见杜蕴宁了。"

岳定唐沉默了。

这个名字对他们来说，虽然已经是过去的记忆，但记忆终究在那里，永远不会被抹去。

现在的杜蕴宁多可悲，从前的她就有多纯真美好。

那是属于两人共同的过去。

虽然嘴上不说，但谁都想以真相告慰她的在天之灵。

"明天等医生查房，确定你可以出院之后，我们再去袁家仔细查看一遍。"岳定唐道。

凌枢打了个哈欠："我觉得我们上次应该遗漏了什么重要的细节。"

岳定唐看他一脸倦意，苍白无神，便将手中卷宗整理好，起身。

"你好好休息，明天我再过来。"

"慢走不送，别关灯。"凌枢顺势滑入被窝，将被子拉高盖过耳朵。

"你怕黑，还是怕鬼？"岳定唐调侃。

那人果不其然没吭声，像是睡着了。

岳定唐笑笑，走到门边，正要开门，似想起什么，又回过头。

"对了，忘了问你，你说你图好玩，练了几年左手写字，怎么连开枪也换手了？也是图好玩？"

凌枢一动不动。

良久，在岳定唐几乎要离开之际，才听见对方睡意蒙眬的声音。

"我是警察，左右手都能用，才能在关键时刻保命，说了你也不懂。"

第 20 章

大年初二，清晨。

岳定唐起了个大早，先去学校把批好的作业放在办公室，再去医院。

他以为凌枢早就穿戴整齐在等自己，结果一推开房门，就看见对方还赖在床上，床边一左一右是两个姐姐。

凌遥，以及岳定唐他亲姐岳春晓。

"快起来吃点东西，你空腹怎么能出门？"

"我给你带了油条豆浆，刚出炉的，油条还酥脆，再晚一点软了就不好吃了，还有酱油，你不是最爱油条蘸酱油吗？都给你备着了。"

"我这儿还有豆花，你要是不喜欢吃这些东西，就喝点鸡汤，从昨晚就开始熬的，岳定唐回去想喝，我都没让。"

站在门边的岳定唐："……"

他仿佛看见两个老妈子在不厌其烦地哄小孩。

问题是"老妈子"不老，"小孩"也不小了。

他所认识的三姐岳春晓，也不像是这么有耐心的人。

兴许是家里两个哥哥一个弟弟，全都独立自主，各有事业，从小到大就用不着她怎么操心，所以一看见白皙漂亮软乎的凌枢，母爱与姐姐的怜爱之情就一下子都水涨船高，泛滥成灾了。

简而言之，看脸。

岳定唐不得不承认，凌枢在不说话、没有摆出那副吊儿郎当的样子时，看上去是挺能迷惑人的。

许多女性，从幼到老，就吃这一套。

两位年轻女性并不知道岳定唐的腹诽，还在不遗余力又劝又哄。

单是把凌枢从被窝里挖出来坐起，到他肯拿着一块油饼啃，就足以让她们有莫大的成就感。

"多吃点、多吃点。"

"吃慢点、吃慢点。"

两个女人唱着反调，雄踞两侧，又维持一种微妙的和谐。

皆因中间这个人。

但他还得了便宜又卖乖。

"姐，春晓姐，我想吃豆皮。"

"那是什么？"岳春晓不明所以，"豆腐做的？"

凌枢："据说是湖北那边的小吃，上回有人在街头卖，我吃过一回，就是豆皮里裹着糯米香菇，放在锅里煎，特别香。"

岳春晓笑道："那还不容易，我家里厨子就是武汉人，回头让他做一个，中午给你送过来，再弄点汤好不好，你喜欢排骨汤还是鲜虾豆腐汤？"

凌遥微微沉下脸色："不用麻烦你了，我已经在家给他熬了，今早忘记带过来而已。"

岳春晓撇撇嘴："你看你，又来了，你要真熬了汤，今天能让我出风头？现在排骨多贵，你们少吃点没事，别回头死要面子，把凌枢给饿瘦了！"

"岳春晓，这是我弟，关你什么事？你别假惺惺做好人，想挑拨我们姐弟关系？"

"他救了定唐，怎么就不关我事？我这是心肠软，见不得凌枢为了你，委屈自己！"

凌枢正一口豆浆一口豆花，低头无声，试图降低自己的存在感。

岳定唐几乎要气笑了。

他咳嗽一声，把两人从战场拉回来。

"姐，遥姐，我跟他有点正事要谈，你们先走吧。"

岳春晓这才想起有他这个弟弟的存在。

"你早餐吃了没有，家里我给你留了一份的。"

凌遥也道："要是没吃，我多带了一份，就在桌上食盒里，没打开的，不知道你喜欢甜口还是咸口，都买了。"

岳春晓睨她一眼："现在会来做好人了？刚还说你弟弟用不着我操心。"

凌遥冷笑："我喜欢定唐懂事稳重，又跟你有何关系？"

岳定唐终于忍无可忍，把她们全赶了出去。

结果回头就看见凌枢冲他笑。

"她们俩为你争吵，你还挺乐是吧？"岳定唐挑眉。

凌枢一脸无辜："姐姐们对我好，我当然知道。"

这话听着，好像是有那么一丝幸灾乐祸的味道。

岳定唐心想，此人见人说人话，见鬼说鬼话，连岳春晓这么难伺候的人，都被哄得团团转，愿意反过来护着他。要是凌父还在，让凌枢去混官场，他没准儿几年真能步步高升。

就是现在放在警察局当警察，以他这种又浑又油的资质，的确如鱼得水，也难怪凌枢舍不得这份工作。

"两个消息。"

他点起烟，走到窗边。

"那个自称袁凌波的女人，追查不到下落。只知道对方离开巡捕房之后叫了黄包车前往火车站的方向，后来就不知下落了，我已经让人继续搜查，不过很可能不会有结果。"

这也是意料之中的消息。

凌枢"嗯"了一声，把最后一口豆花吃掉。

"另外一个消息是女佣阿兰的？"

"阿兰是童养媳，七岁的时候被卖到一户姓沈的人家，十五岁刚成亲不过两个月，丈夫就病死了，她自己也生了一场病，夫家人嫌她是个累赘，又不能干活又要吃饭，就将她赶了出去，是杜绵卿把她带回去的。你认识杜绵卿吗？"

凌枢道："杜蕴宁的小姑，见过一面，但不熟。"

岳定唐点头："没两年，杜绵卿嫁人去了无锡生活，把阿兰留在杜家，杜太太见她干活勤快，也不能胡乱说话嚼舌根，就让她去服侍杜蕴宁，后来她又跟着杜蕴宁来到袁家生活。"

这些只是经历，从中发现不了什么有用的内容。

凌枢："那我们现在先去袁家？"

岳定唐抬手看表："今天晚上我有一个酒会，是美国领事馆那边的，我们现在过去，下午还来得及回家换一身衣服，我们的一个老同学林鼎康，现在在领事馆任翻译，他应该会在，正好你也过去，跟他叙叙旧。"

凌枢伸了个懒腰："我就不去了吧。"

比起酒会，他更想回家睡觉。

岳定唐似乎早就料到他的回答，叹了口气。

"你恐怕没法如愿了。第一，你姐让我给你介绍名媛，今晚酒会我也与她说过了，你要是不去，回家恐怕不得安宁。第二，你现在虽然暂时摆脱一半嫌疑，但仍不能证明杀杜蕴宁的凶手另有其人，巡捕房那边虽然同意保释，但史密斯也交代过，你不能离开我的视线范围太久。"

凌枢："我不懂社交礼仪。"

岳定唐："我教你。"

凌枢："我没礼服。"

岳定唐："我借你。"

凌枢："我不会说话，怕得罪人，你背了锅。"

岳定唐："那你可以多吃东西少说话。"

凌枢："我怕我这张脸会引起在场女士的疯狂追捧，令其他男士感到不快。"

岳定唐："没关系，我相信我的魅力足以让你消除这种顾虑。"

凌枢："……"

岳定唐老神在在："作为你的老同学，以及受令姐之托，我真诚建议你去，不仅仅是男女姻缘，这种宴会，连你的顶头上司，也未必有资格拿到请柬，而你上司的上司，市警察局长，也将以出席为荣，这种情况下，你能到场，你上司会怎么看你，对你的仕途又会有什么帮助，你是个聪明人，不需要我多说吧？"

凌枢揉揉鼻梁，一副生无可恋的样子。

两人一直拖到中午才出门。

倒也不是凌枢太磨蹭，而是医生过来查房，原本不同意他出院，凌枢当着对方的面做了十个俯卧撑，医生当场震惊，勉勉强强才同意他们离开半天，不过还是要求凌枢当晚得回医院，这才签下同意书。

一路上，岳定唐频频瞅着凌枢。

凌枢莫名其妙："我没洗脸？扣子没扣好？"

岳定唐："你上学的时候，手被花刺扎了，都要拿着手帕擦半天，又是用针挑，又是涂酒精的，现在连脑袋缝针都能做俯卧撑了，我只是想看看，现在这个凌枢，是不是被人冒名顶替的。"

凌枢摸摸后脑勺的伤口："我不这么做，医生怎么会同意我出院？要是偷溜出去，回头我姐到医院一看，又要哭哭啼啼了，我最见不得女人的眼泪。"

岳定唐笑了笑："你这样的性格，应该挺受法国女人的喜欢吧？"

凌枢总觉得他这句话颇有深意，但他刚在小汽车上颠簸片刻，就觉得脑袋的确还是有点晕，一时之间没去深究。

"还成，出国前我姐特意嘱咐我，不能在外边找大洋马，最起码不能带回国，要不然我还得发愁带哪个回来呢。你呢，就没想过娶个外国老婆？"

岳定唐淡淡道："我是个中国胃，外国菜尝一下就算了，不可能天天吃，别看我三姐和你姐总过不去，在这一点上，她们的看法还是挺一致的。"

他没继续这个话题，伸手摇下车窗，往外探看。

"快下雪了。"

天阴沉沉的，不像大中午，反倒像傍晚。

没了阳光，路人也都行色匆匆，大年初一的喜庆只能从四处的张灯结彩和衣裳穿着上体现。

凌遥从家里给凌枢带来一身新衣服，原本就是让他过年出门穿的，结果凌枢把自己给折腾进了医院，这衣服到现在才穿上。

黑云压城城欲摧。

袁公馆几乎被压折了腰。

有些年岁的白墙看上去更显阴森，饶是白天，也让人心里很不舒服。

凌枢抬头望向二楼阳台。

那里正是杜蕴宁的房间，也是上次花盆砸下来的地方。

自从花盆事件之后，负责看守的巡捕把阳台上的花盆全都撤了下来，现在那里光秃秃的，什么也没有。

但窗边薄纱飞舞，在楼下也能看见，总给人一种后面还站着一个人的错觉。

第 21 章

袁家人还未被获准从小楼里出去，阿兰一死，他们个个儿精神不振，看上去比前几天更消瘦憔悴，凌枢跟岳定唐刚走进去，就感觉到扑面而来的压抑。

连巡捕也待不住，等他们接手，就寻了个借口出去喝酒了。

"我觉得，前楼不太干净，老爷和夫人的死，可能也跟这个有关。"

管家被叫到面前，吞吞吐吐半天，终于语出惊人。

岳定唐皱眉："你上次不是这么跟我们说的。"

管家苦笑："上回我也不晓得会闹这么凶哩，现在连阿兰都……唉，由不得人不信！"

岳定唐："怎么个不干净法？"

管家叹息一声："当初老太爷搬进这宅子的时候，就被人劝过……"

再早些年，政权频繁更迭，名副其实的天下大乱，那些数得上名号的军阀比比皆是，今日是友，明日可能就是敌，数不上名号的小军阀更是遍地可见。

袁秉道原是四川督军刘存厚的手下，刘失势苗头初现，他立马拉了一支人马出走，企图自立山头，好景不长，袁秉道很快又被别的军阀并吞，手下要么被杀，要么转投高枝，袁秉道还想依附国民政府东山再起，国民政府却嫌弃他名声不好，又无兵无权。

无奈之下，袁秉道只好带着一家老小到上海来当寓公，所以这栋房子，原本就是他作为养老之用，自然精心挑选，无比重视。

当时有三处房子供其挑选，但他独独看中了这里，因为老奸巨猾的袁秉道认为，当今世道，列强环伺，国弱民弱，恰逢世界大战刚刚结束，这片肥沃的土地迟早还会被盯上，不是英美就是日俄，总归还是地处租界的房子要更安全些。

这房子的前任主人是个英国人，娶过三任妻子，据说个个儿死得蹊跷，当时就有传闻说，是英国人杀妻，但无人报案，也没证据，此事就不了了之。

后来英国人也死了，被发现时已经抢救不回来，传闻他临死之前形容恐怖，像是看见什么极为可怕的东西，后来闹鬼之说不胫而走。

袁秉道买下宅子之后，此处作为袁公馆，十来年平安无事，大家也就逐渐忘记从前的传闻，但老管家还记得，这次接连死了三个人，记忆又从脑海深处一下子被他揪出来，他越想越是后怕。

凌岳二人相视一眼。

十年前的旧事，别说他们，就是袁家用人，资历年轻一些的，恐怕都不知道。

"你家老太爷那么有钱，什么房子买不到，再大再好的也有，为什么就非要一栋闹鬼的房子？"凌枢问道。

老管家苦笑："当时急着入住，正好这房子又够大，老太爷有好几房妻妾，不是这样的房子，都安置不下。"

凌枢抬头环视一圈。

"袁公馆虽然地段不错，但采光差了点，临街的房子也有些吵，对于袁秉道这种不差钱的主儿来说，这里绝对不是养老的首选。而且，据我所知，袁家举家搬过来的时候，你们老太爷只带了一妻一妾，以及袁冰一个孩子，来到上海之后十余年，也未纳新人，似乎不需要那么大的房子。"

老管家："老太爷的考量，又岂是我等能置喙的？我也劝过，他老人家执意买下这里，我等也只能听从。"

岳定唐："那么你们在此居住的十余年前，就没有闹过鬼？"

老管家迟疑片刻："倒是有过几回，当时袁家人口还多，大家也没当回事，后来老太爷、老太太相继去世，房子逐渐空下来，怪事就越来越多。"

凌枢："那袁冰他们怎么没想过搬走？"

老管家叹气："我家老爷花天酒地，一日里有半日不在家里，哪里管得了那么多，再说后来坐吃山空，除了这宅子，也没地方去了啊！"

再问起阿兰的时候，无论管家还是袁家其他人，都一问三不知。

正如凌枢他们所料，阿兰的存在，在袁家近乎透明，虽然她是杜蕴宁身边极为重要的人，可她的哑和不识字，给她与其他人的交流造成严重障碍，除了老管家会一些手语，其他用人根本无法与她交流。

没有人喜欢她，没有人讨厌她，也没有人在意她，如果不是这次跟命案联系起来，她的一呼一吸，生与死，都注定掀不起太大的波澜。

这样的小人物，在这个时代，这座城市里，比比皆是，毫不出奇。

凌枢："阿兰有没有留下什么东西？"

老管家道："她出事之后，巡捕房的长官过来，已经将她平日所用的那些东西都带走了，二位可以去问问。"

岳定唐不置可否："我们先去前楼看看。"

老管家吞吞吐吐，不肯一起去。

岳定唐倒是知道原因。

现在外头谣言满天飞，尤其是袁公馆闹鬼的传闻，一日盛过一日，连负责看守的巡捕，都信誓旦旦说自己曾经见过杜蕴宁站在窗边往外凝视。

这种情形下，其他人自然也风声鹤唳，草木皆兵。

凌岳二人也不勉强他，岳定唐自己有钥匙在手，直接就可以打开前楼的大门。

一股尘封的气息扑面而来，裹挟冰雪的冷，卷作一团，阴冷干燥，没有半分令人愉悦振奋的元素。

这栋小楼的主人才离开不久，人气就已经消失得一干二净，甚至还有点儿鬼气森森，难怪老管家就杵在外边不肯进来。

岳定唐先去楼下的用人房，凌枢则上楼去了杜蕴宁的房间。

该看的，上回都已经看过了，实际上并没有太多可供发现的新东西。

但凌枢生怕自己有所遗漏，依旧将每一处角落及细节，都重新查看了一遍。

门外传来脚步声，很轻，也不快。

"你发现了什么？"凌枢头也没回。

他以为是岳定唐。

但身后没有人出声。

凌枢正在翻看床边的抽屉，一时没留意，直到后颈被轻轻吹了一口气。

凉凉的一口气，吹得后颈汗毛根根竖起。

凌枢反手一抓，抓了个空。

他猛地回头。

头顶的电灯忽然灭了。

第 22 章

冬天天黑得早，外面天光早就照不见东西，灯一灭，立马漆黑。

他这一回头，自然什么都看不见。

凌枢想也不想，迅速起身，朝前方扑去。

扑了个空！

房间里没有。

走廊也没有。

偌大一栋楼，只有他凌乱的脚步声在木板走廊上回荡。

"岳定唐！"

他喊了一声。

"我在。"

楼下的声音稳稳传来。

"停电了？"

"应该是。"

"你刚才没有上来过？"

岳定唐不知从哪儿摸出一盏煤油灯点上，举着灯上楼。

微弱摇曳的灯光在整栋楼里成了唯一的光源。

但它也显得四周越发漆黑。

仿佛在地狱中举灯行走，光明无法吓退黑暗，反而会引来黑暗的蠢蠢欲动。

"我刚才没有上来过。"

岳定唐走上二楼。

"你看见了什么？"

凌枢就站在门口，看着他把一间间房门推开，用灯往里照看。

"刚才好像有人在我背后，但一转身又没了。"

"会不会是你的错觉？"岳定唐走进来，在杜蕴宁的房间里转了一圈。

"也许。"凌枢也不确定，他甚至怀疑是自己脑袋上伤口还没好的缘故，因为刚才猛地起来之后，现在脑袋正阵阵发晕，"但老管家可能说了谎。"

岳定唐："你也发现了？"

凌枢"嗯"了一声："你刚才问他，袁家搬过来之后有没有闹过鬼，他神情不安，先是抓手指，然后又抓耳挠腮，在我审讯过的嫌犯里，这也正是许多人说谎的表现。"

岳定唐："如果他在说谎，那么袁家闹鬼的事情，很可能也是有人制造出来的。"

凌枢："你怀疑这三个人的死，都跟老管家有关？"

岳定唐："袁冰和杜蕴宁没有子女，老管家有足够的动机，而且他在闹鬼的事情上说了谎，就一定有什么事情瞒着我们，这件事也许正是解开谜题的关键。"

凌枢打了个哈欠："那我们是不是可以打道回府了？现在停电了，再查也查不出什么，我该回家休息了。"

岳定唐："现在是下午六点钟，现在你跟我回去换一身衣服，正好能赶上七点钟的酒会。"

凌枢捂在嘴巴上的手一僵。

敢情姓岳的还没忘记这件事呢？

凌枢先走下楼，又在楼梯口站定，因为灯还在岳定唐手里。

"我感觉我这一身衣服直接去酒会也行……"

他一边说，一边自然而然抬头后望。

岳定唐正要下楼。

在煤油灯能够照见的有限范围内，凌枢分明看到，他身后的墙壁上，多了一个黑影。

黑影拉得很长，可以看出是人形。

可那，绝不是岳定唐的影子。

因为——

那黑影手里正抓着一把斧头，高高举起，对准岳定唐的后背。

"闪开！"

千钧一发之际，凌枢只来得及喊出两个字。

这两个字就足以囊括所有含义。

他如果喊"小心"，岳定唐根本就不知道要小心什么。

他如果喊"背后"，岳定唐说不定会转身，那样就来不及闪避。

半秒时间，只能看岳定唐的反应能力，以及他对凌枢是否信任。

要是他觉得凌枢在开玩笑，可能压根儿就不会动。

岳定唐动了。

他立马抓着楼梯扶手往前一跃，后腰重重撞在楼梯扶手上，脚步踩空，人跟着往下摔了好几级阶梯，直到楼梯口才站稳。

煤油灯从他手上跌落，碎了一地，登时熄灭。

在他扑下来之际，凌枢早就跳离好几步远，压根儿就没有被波及，完好无损地站立在一旁。

岳定唐："……"

他顾不上去摸自己剧痛的老腰，回头就往上面看。

外面微光映出枯枝摇曳，张牙舞爪，状似人形。

什么也没有。

他疑心凌枢眼花看错了，或者就是故意在耍自己。

再看凌枢，表情要多无辜有多无辜，就跟刚才出声的人压根儿不是他一样。

"二位先生……"

老管家站在门外，提着灯伸长脖子往里探看，却死活不肯踏进一步。

"你们看好了吗？需要灯吗？"

寒风里，佝偻的背脊战战兢兢，像随时会被这冬夜压塌。

"刚才，你进过屋子？"岳定唐走出去。

老管家把头摇得跟拨浪鼓一样："我一直站在外面，听见有人在里头大喊，才走近几步看看。我都跟你们说过了，这屋子，夜里还是别来的好！"

凌枢："就算屋子不干净，那也是你家老爷和夫人的亡魂，别人怕还情有可原，你怎么吓成这样？难道你做了什么亏心事，才不敢见他们？"

老管家欲言又止，面露难色："夫人生前，不怎么待见我们，有一回，她与老爷吵完架，还说，说袁家把她半辈子都耽误了，她就算以后做鬼，也不能让这里每个人快活……"

在岳定唐的目光逼视下，他的声音越来越小。

"你在说谎。"

岳定唐淡淡道。

"你家夫人根本没说过这句话。还有，刚才你在编造袁家闹鬼的故事时，明显也在说假话。"

"我哪里敢骗二位！"老管家争辩，"夫人她生前的确……"

"刚才我看见她了。"凌枢忽然道。

语调幽幽，飘忽轻淡，如夜里一口凉气，冲着老管家吹去。

后者吓得一激灵，还未反应过来，又听见凌枢说道："她刚才就穿着睡裙站在房间里，还像生前那样漂亮，唯独脸色阴惨惨的，嘴角还流着血。"

他直勾勾地盯着管家，又似乎在看管家身后的某一点。

"不信，你回头看看。"

管家差点儿提不稳手里的灯，他头也没回，反倒往前几步。

"您就别吓唬我了，冤有头，债有主，我不是杀害夫人的凶手，她又怎么会来找我？！"

凌枢森森一笑："你的意思是，你知道谁是杀害我的凶手，对吗？"

他特意将声音压低，捏出几分阴柔尖细，慢慢悠悠，乍听还真有几分杜蕴宁生前说话的腔调。

老管家的膝盖再也坚持不住，直接就跪倒在地。

"没没，我不知道，我什么都不知道！袁家是真的闹鬼，不信您问他们，袁家下人，还有巡捕房的长官，个个儿都说看见了，这哪里是我一个人能生编出来的！"

凌枢蹲下，还待再接再厉，那头巡捕房的人溜号回来，拎着两盒夜宵，正准备给岳定唐送过来，好好巴结这位警务处洋高官面前的红人。

"长官，要不休息一下吧？"

对方扬着笑脸近前，没承想却打断了凌枢的好事。

老管家一下醒过来，大汗淋漓，神情由惧怕转为警惕。

嘴巴闭如蚌壳，再也不肯开口说出半个字。

"你来得正好，将他带回巡捕房，好好盘问一下他与这几桩凶杀案的关系。"岳定唐想了想，"袁家其他人，也难保毫无瓜葛，先一并带回去吧。"

巡捕一愣，连忙应下，喊来同僚把众人带走。

袁家人口本就不多，两个巡捕足够应付，只是这些袁家下人原本就被凶杀案闹得人心惶惶，突然听见自己还要被带回去关押审问，一时慌乱的、喊冤的、哭诉的，五六个人乱作一团。

"此人上了年纪，可以逼问，但不可过甚，以免出了事情，得不偿失。"岳定唐交代道。

"我省得，您放心吧！"巡捕答道。

袁家人很快被带出来，个个儿垂头丧气，满面愁容。

凌枢略扫一眼。

"怎么少了一个？"

第 23 章

"少了谁？"

巡捕一听吓一跳，赶紧清点，很快就有了答案。

"长官，少了一个叫三才的下人！"

平日里那几个人在后边小楼里，吃喝拉撒全在里面解决，顶多是送菜挑粪的进出，毕竟这些人的嫌疑没有那么大，至今上头也没定罪，只是出于谨慎把他们先看管起来，负责看守的人也就不那么尽心，甚至不会每天按时按点数人头。

三才是何许人也？

凌枢眯起眼，看向老管家。

"你曾说过，杜蕴宁出事当晚，三才吃坏肚子，老德又告假回老家，所以你才替他们守夜巡视。"

他没有放过老管家任何一个表情变化。

对方好不容易镇定下来的神色果然再度起了微澜。

但他很快把头低下，生怕他们继续逼问自己，不肯吱声。

"你们呢！一个两个也都没看见吗？！"巡捕冲其他人喝问。

"报告长官，"一名中年女佣怯生生举手，她是袁家的厨娘，"中午吃饭的时候，还看见过三才的。"

"午饭后呢，谁看见他了？"

巡捕环顾四周。

没人回答得上来。

"回头问完，你带弟兄们去吃点夜宵。"

岳定唐掏出几块大洋放入对方手心，光明正大，从容不迫。

若他不这么做，哪怕冲着史密斯的面子，这些人也会消极怠工。

他又压低声音额外交代："老的上了年纪，不要刑讯，尽量诱逼他自己交代。"

巡捕会意，还立正敬了个礼："我明白，您放心就是，明早保管这老东西什么都说出来！"

岳定唐："还有这里……"

巡捕："我们先把这里搜一遍，若是没找着人，就先将他们押回去，再让弟兄们过来搜捕、看守。"

如果巡捕房的人足够多，现在先把前后两栋小楼掀个底朝天，也许还能找出藏匿在小楼里的"鬼影"，但现在人手不足，只能退而求其次，先这样了。

岳定唐不是他们的直属上司，虽然这两人客客气气，但他无法直接命令他们。

"那就有劳你们了，正好我等会儿要去赴领事馆的晚宴，会将此事与你们的功劳，一并告知史密斯先生的。"

巡捕一喜："多谢长官！"

将哭哭啼啼的袁家人抛下，岳定唐带着凌枢快步上车。

"时间有点仓促，恐怕来不及让你去换衣服了。"岳定唐看了一下手表。

凌枢刚想说那正好自己可以不去赴宴，再一转念，如果不跟岳定唐同行，这缺德鬼必不可能让司机绕路把自己单独送回去，他还得走路回去。

想想从这里到家的路程，凌枢果断换了个话题。

"老管家不是杀人凶手。"

岳定唐："何以见得？"

凌枢："他的表现，太过慌乱，轻易就露了破绽。而杜蕴宁的死是一个局，那天晚上，袭击你我的人，才更像是手上沾过血的。如果不是枪手的枪法不准，你现在很可能已经没命去赴宴了。"

岳定唐："管家也许没杀人，但他一定知道袁家的秘密，而这秘密，很可能与三人的死有关。"

凌枢摩挲下巴："如果，一切鬼怪皆是人为，老管家又刻意营造袁家闹鬼的氛围，想要造成那里是鬼宅的既定事实，久而久之，袁家闹鬼的消息不胫而走，那里无论出什么怪事都不稀奇。"

岳定唐蹙眉:"袁家的秘密,一定藏在我们还未发现的细节里,不管老管家有没有跟凶手勾结,这些人布局也好,制造动静也罢,最终依旧要回到袁家这个关键地方。"

换而言之,只要他们一直守着袁家,对方就会束手束脚,无法达到自己的目的。

凌枢挑眉:"所以你故意把人调开一会儿,就是为了引蛇出洞?"

岳定唐没有直接回答:"宴会结束时间大约是晚上十点,到时候你和我去一趟巡捕房,看看管家那边审问出什么结果。"

凌枢:"……我还是个病人。"

岳定唐淡淡道:"你早上吃了一碗豆花、两根油条、半碗番茄面片汤。"

凌枢面不改色:"病人要多吃一点才能好得快。"

岳定唐:"领事馆的自助餐很丰盛。"

凌枢终于不说话了。

小汽车从袁公馆一路驶向领事馆。

沿途还有几个衣不蔽体,或裹着破棉袄的人,缩在路边的圆柱下瑟瑟发抖。

贫穷的人没有过年的资格,他们唯一的愿望只是能活过这个冬天。

凌枢知道,这些人里,有些可能都撑不到他坐车回来的时候。

离领事馆渐近,两旁景物飞换,一切变得高级起来,洋房目不暇接,高雅漂亮的红墙在夜色下依旧闪烁着远离贫穷的光芒。

他们仿佛进入了另一个世界。

但,这都是上海。

贫穷与富有,萧条与繁荣,仅有咫尺之遥。

一九三三年的上海,看上去大体繁华依旧。

战争的阴云在去年有过短暂的停留,随即很快消散。

本地居民们也许记忆犹新,也许刻意遗忘,所有人歌照唱,舞照跳,马照跑,硝烟与鲜血逐渐随着时间褪色,这座东亚最大的城市重新回归它的本来面貌。

浮华之下的朽败,就像光鲜皮肉下开始溃烂的内里。

领事馆外面很应景地挂上彩灯,五颜六色,小洋房门口甚至还有一个个小灯笼,将门口一张张笑容洋溢的脸,都照得红通通的,喜庆非常。

入乡随俗,洋外交官来中国待的时间越长,一举一动就越发具有中国人的特色,殊不知这只是他们的保护色，也是他们用来谈判和结交军政人士的手段，骨子里依旧是精明能干、绝不吃亏的西方人。

但国民政府依旧乐意与这样的"中国通"打交道，这个时代的许多人，向往西方文明，以羡慕且谦卑的姿态仰望，却又不甘于泱泱五千年的身段骤然弯下，总有些自卑又自大的矛盾心理，这间领事馆的主人特里·彭斯，就完美理解并利用了众人这种心理。

他没有像来客一样穿西装打领带，反倒是穿了一身长袍马褂，四处给人拱手打招呼，引得不少与宴人士频频夸奖吹捧。

自然，也不乏暗地里嘲讽奚落的。

"彭斯先生真是熟谙中国文明礼仪啊！"

"据说，这个彭斯在南京那边的人脉也很广，连委员长都听说过他，跟别的洋人不太一样，是个地道的中国通。"

"哼，非我族类，其心必异，有什么好夸奖的？"

"身为堂堂美国驻上海领事，竟还亲自到门外迎接，实在是比咱们一些本国人还要礼数周到，难道不值得赞扬两句？现今都讲民主科学，可自打五四之后，许多人媚洋过了头，矫枉过正，竟把老祖宗的礼数都忘光了，可耻、可耻！"

"行了，你少说两句，这种场合，多少上海高官名流，别胡乱嚷嚷，一会儿让人给听见了，吃你的东西去，多吃点，少开口！"

窃窃私语从四面八方传来，尽收耳中。

凌枢又起一块蜜瓜配火腿送入口中，安然享受地咀嚼。

作为为数不多的中国通，彭斯自然是很懂礼数的，只不过，也不是人人都能有让他亲自出迎的待遇，凌枢不巧正是其中之一，还是托了岳定唐的福。

从彭斯和岳定唐相谈甚欢的情形来看，岳定唐那两个兄长，肯定是在官商两界混得风生水起，也与彭斯这样的外交人士维持了不错的关系。

不过这些都不关凌枢的事。

他这个位置，位于长方形自助餐桌的尾部，一般很少有人会过来，但周围自发形成的几个圈子，都不远不近在他周围，他这边听听，那边站站，竟也得到了不少小道消息。

譬如说，晚宴上不只有政商人士，也有不少文化界名流，甚至有人把近来名声赫赫的大明星何幼安也带来了。

譬如说,上海滩大名鼎鼎的柳三小姐,居然抛下已有婚约的未婚夫,离家出走,跟人私奔了,消息被柳家人压了又压,实在压不住,这才爆了出来,她的未来夫家震怒不满,两家人仗着家世相当,各有来头,这会儿已经快把官司打到南京去了。

譬如说,《佘山晚报》新近连载一篇小说,名为《柳泉纪事》,借了晚清时期的背景,写柳泉县一位县太爷遇到的种种奇人怪事、悬疑案件,因情节跌宕,引人入胜,近来颇受欢迎,不仅市井坊间在讨论,连带这样的场合,也有人提起,互相猜测情节。

又譬如说,近来袁公馆闹鬼的传闻,也沸沸扬扬,甚嚣尘上,成为众人议论的焦点之一,不少人就杜蕴宁的死因乃至袁冰生前交往的各色女星聊得热火朝天,连杜蕴宁那个报纸上鲜少登载姓名,只提到姓凌的青梅竹马,也一并出了回名。

"姓凌的青梅竹马"从蜜瓜火腿吃到法国鹅肝,又喝了杯小酒,把这些当故事来听,倒是津津有味。

直到有人从背后叫住他。

"哟,这不是我们玉树临风的凌大少吗?"

第 24 章

别人不知道凌大少爷是谁,但是此人一说玉树临风,四周目光登时汇聚过来。

凌枢和说话之人,霎时成了焦点所在。

大家自然先循声看说话者的容貌,不出意料,容貌平平,不免有些期待之后的失望。

但等他们再看凌枢时,不由得眼前一亮。

其实凌枢和岳定唐刚刚进门,已经有不少名媛小姐暗暗注意他,但凌枢转眼就从焦点躲到角落去,会场人多热闹,女孩子们遍寻不至,本着矜持,不好到处张望,没想到蓦然回首,对方却在灯火阑珊处。

比起岳定唐的沉稳干练,许多女孩子更喜欢凌枢的漂亮潇洒。

她们在看见凌枢的第一眼,就会赫然发现,漂亮是个形容词,不只能用在女性身上。

有一种漂亮，叫如春风拂面，见之难忘。

凌枢的女人缘向来很好，就连去舞场跳舞，都能有舞女倒贴小费，就连凌遥和岳春晓两个不对付的人，都能为了他暂时放下成见，虽然场合不同，但万变不离其宗。

此刻也不例外。

林鼎康对这种无心栽柳的效果有点意外。

他知道凌枢生得好，读书时对方便是女学生茶余饭后绕不开的焦点，而今没有长残，反倒经过岁月沉淀，身形比记忆中还要高大不少。

"好久不见，凌枢，你还好吗？"他主动伸出手。

"挺好。"凌枢腾出拿蛋糕的手，跟他握了握。

"前些年听说你去法国留学了，之后一直不闻音讯，我还以为你留在那边定居了。"林鼎康从侍应生那里拿来两杯酒，递给对方一杯，"什么时候回来的？也不约老同学出来喝两杯。"

凌枢举杯示意："择日不如撞日，现在咱们不就喝上了？"

对方一愣，哈哈笑道："你还是这样幽默！像你这样的人才，现在一定混得很不错吧，是在领事馆高就，还是进了政府？"

凌枢耸肩："在江湾区当个小警察而已。"

林鼎康不信："怎么可能，像你这样的，怎么说也得是个副署长吧？"

凌枢笑道："我爸去世了啊。"

林鼎康这才想起来，自从凌枢父亲去世之后，凌家一落千丈，江河日下，早已从上流社会消失，只是他刚才乍见凌枢，对方潇洒已久，不免生出一时错觉，以为凌家还是那个凌家，凌枢还是那个凌枢。

不过能受邀出席这种场合的，七弯八拐肯定有点关系，今日落魄，未必明日就落魄，林鼎康工作数载，见多了政界人物浮浮沉沉，深明此理，绝不至于因此就看低凌枢，更何况以对方的一表人才，若是今晚被什么名门千金看中，不就立马飞上枝头了吗？

要知道当年，某位委员长也是因为与宋家联姻，才能更上一层楼的。

他正想说两句宽慰的话，把些许尴尬圆过去，冷不防旁边却多了一个声音。

"鼎康，在这儿干吗呢？这是谁家公子，介绍介绍？"

来者语气轻佻，但当林鼎康心有不快地转过头，看见对方何许人也时，就知道此人自然有轻佻的本钱。

沈十七，真名当然不叫十七，而是因为他在沈家排行十七。

这个家族人口庞大，人才辈出，有做学问的，也有从商的，沈十七的亲叔父就是在国民政府任职，官位还不小，据说属于英美系，也就是亲近蒋夫人的那一拨，近来也是红人了。

沈十七自己也在从商，做的是进出口贸易这一块，沈家家大业大，在资本积累达到一定程度之后，甭管沈十七有没有过人的生意头脑，只要他没有蠢到天怒人怨，资质在一般人的水平，就不会亏损到哪里去。

在他周围的人，自然也众星捧月一般，对这位十七公子诸多赞美，导致沈十七日益膨胀，飘飘然起来。今晚宴会，名流云集，能入他眼的也不过十之一二。

林鼎康的工作还是走他叔父的关系得来的，沈十七就更没把他放在眼里了，说话随意，如指使家中佣仆。

林鼎康扬起笑脸："沈公子怎么过来了？我这正好遇到了老同学，叙旧呢！"

沈十七抬起下巴点点凌枢。

"该不会也是在哪个领事馆做翻译吧？"

这话不是在指桑骂槐吗？林鼎康心里不爽，面上却没表现出来，依旧热络地为两人介绍。

"我中学同学，姓凌，单名一个枢。这位是沈十七，大名鼎鼎的沈家公子！"

他特意将大名鼎鼎四个字加重语气，就是怕凌枢不小心得罪了贵人。

"沈公子您好。"

凌枢果然够上道，当即就主动伸出手去。

但，沈十七慢吞吞打量他一眼，没动。

林鼎康当下就咯噔一下，心说，姓沈的这是来找麻烦的？

果不其然，沈十七没搭理凌枢，却望向林鼎康。

"你这同学，是靠脸吃饭的？"

林鼎康打了个哈哈："沈公子真是幽默，凌枢现在在警察局当差呢！"

"哦？"

沈十七挑眉，拖长了语调："长得跟个小白脸似的，不去当电影明星，跑去当什么警察？来，我给你介绍——"

他拉过自己身边的美人："这位你们肯定都认识，电影明星何幼安，最近名声响亮，估计整个上海滩都听过，她很欣赏你，让她给你介绍一份工作，保管你一炮而红，不用再去当什么警察了，那一个月能挣多少啊！"

林鼎康早就认出他的女伴是何幼安。

不单是他，与会客人，没有几个不认识的。

有喜欢她的名媛和年轻公子哥儿过去找她签名，何幼安来者不拒，签了许多，不摆大明星的架子，话也很少，跟在沈十七身边亦步亦趋。

美则美矣，终究是玩物。

这年头，戏子依旧是不入流的，何幼安名气虽然大，在这种场合，却只能因为美貌和名气而受到瞩目，沈十七带着她，更像带着一个珍贵的花瓶四处炫耀。

何幼安听见沈十七的话，就笑了笑，轻声细语道："别开玩笑啦。"

沈十七揽上她的细腰，得意道："你不是说他生得好看吗？有这样的皮囊，不去造福大众，岂不可惜？"

林鼎康听出他的敌意，忙打圆场："凌枢当警察，巡视治安，稳定秩序，把那些小偷坏人都抓了，咱们才能放心出门，这也是造福大众的！"

他又对沈十七道："凌枢也是留过洋的读书人，从前他上学时，成绩可是顶呱呱的！"

这年头能出洋留学的，除了公派留学生，便是有些家底的，林鼎康这话是在提醒沈十七，凡事留些余地。

岂料沈十七却全不买账。

"留洋？哼，这年头，跟亲戚借点钱，也能出国勤工俭学了，不知道的还当是学了什么东西，可龙生龙，凤生凤，老鼠的儿子还不照样得打洞？凌先生一表人才，我看当警察实在是暴殄天物，你若是不肯当电影明星，我倒是有个朋友推荐给你，他最喜欢像你这样年轻漂亮，又有干劲的年轻人，你若肯去他手下干几年，保管比你当十年警察还有用，你意下如何？"

他目光灼灼盯住凌枢，非要看见对方露出难堪的脸色才满意。

可凌枢偏偏神色如常，还慢条斯理地把手中香槟喝光，这才开口。

"多谢沈先生的好意，这工作听上去不错，不过可惜了。"

沈十七不快："可惜什么？"

凌枢："可惜我现在身上还背着一桩命案，案子里有三条人命，那三条冤魂正日夜不停地在我身边萦绕叫唤，我岂能——"

他朝沈十七幽幽一笑，阴森瘆人，竟还抬步向对方走去。

沈十七下意识后退两步。

"我岂能再去祸害别人，多背几条人命呢？"

"姓凌的警察……你就是杜蕴宁那个青梅竹马？！"

不知哪家的千金小姐娇呼一声，喝破凌枢的身份。

人人变色，退避三舍，唯恐慢了就会被凌枢捅上一刀。

他四周的人霎时潮水般散出一大块空地。

"这是发生了什么事情？"

带着洋腔的中国话飘入耳中，许多人都知道，这是宴会的主人来了，纷纷让出道来。

大多数人看的是彭斯。

凌枢看的，却是彭斯身边的岳定唐。

两人四目相对，眼神无声交锋。

凌枢：看戏看了那么久，好玩吗？

岳定唐：还成，本来以为能看见你手足无措的样子，精彩度略逊一筹。

凌枢终于知道自己上学的时候为什么特别讨厌岳定唐了。

不是因为这家伙跟自己抢女人，也不是因为他跟自己从成绩到家世处处攀比，而是因为他三不五时露出这种表情，似笑非笑，似嘲非嘲，让人一见就想往他脑门上扣个大酒瓶子，先把那张脸砸个稀巴烂再说。

年纪越大，这欠揍的模样越发惹眼了。

沈十七回过神，立马沉下脸色，对凌枢胆敢恐吓他，生出几分恼火。

他家庭背景摆在那里，对上英美领事也不怯场，当即就质问了。

"彭斯先生，您的宴会高贵优雅，是上等人出没的地方，什么时候连杀人犯都能放进来了？听说他还是个警察？我记得今晚市局黄局长也来了是吧，黄局长，您别躲人群后边啊，过来给我们说道说道！"

黄局长一脸尴尬，绝没想过自己会在这种情形下被迫露脸。

"这……沈公子您可难住我了，杜蕴宁的案子发生在租界，可不归我管，再说我手底下那么多人，怎么会认识一个区里的小警察？"

窗外寒意凛冽，屋内暖气融融，暖得黄局长都差点儿掏出帕子擦拭额头沁出的细汗了。

沈十七笑道："这么说，黄局长是想推卸责任了？"

黄局长不想为了一个小人物得罪沈十七，自然连声说不是，又看向凌枢。

"你过来！"

凌枢吃饱喝足，放下酒杯，举步走过去，敬了个礼。

"局长好，江湾区警察局凌枢向您报到！"

黄局长沉着脸色，将自己当众丢了面子的一应不快自然而然发泄到他身上。

"你怎么混进来的？！"

凌枢："报告局长，有人带我来的。来之前，他跟我说，您也会到场，我就说，我现在身上背着嫌疑，得好好在巡捕房待着，更不能给您添麻烦了。但那人说，今晚这里没有人能驳他的面子，局长您见了他也得客气三分，我就信了。谁知道这人也是信口开河，沈公子这不就完全不看他面子吗？"

岳定唐："……"

他刚看了一分钟的戏，凌枢就能给他挖个一米深的坑。

黄局长："谁？谁这么说？！让他出来！"

"是我带他来的。"

岳定唐终于站了出来。

他冲黄局长微微一笑："鄙人姓岳，家兄岳定秦，早年在上海任职，您应该也认识的。"

岳定秦这个人，何止黄局长认识，在场大部分人，应该都认识。

黄局长一下子变了脸色，从愤怒到震惊，从尴尬到惶恐，也就几秒钟的事情。

"原来是岳家二少爷！"

岳定唐笑了笑："我二哥北上了。"

黄局长打了个哈哈："是岳三公子啊，我与令兄当年也算交情匪浅，可惜自他去了南京以后，我们就鲜少联系了，今日也算有缘！"

岳定唐点点头，也甭管他说的是真是假。

"我来介绍，这位是美国驻上海领事馆的总领事，彭斯先生，这位是市警察局的黄局长，不久前才因表现出色，荣升正职。"

黄局长赶紧正正领带，上前伸出双手，微微倾身。

"彭斯先生，我是黄岐，幸会幸会！"

彭斯矜持地与他握手，目光落在凌枢和沈十七身上。

"我刚才听说这里有些误会，现在都解决了是吗？"

沈十七虽然不怵美国人，但也不至于憨到在人家的地盘上大闹天宫。

他原是看凌枢不顺眼，想教训教训对方，通常这种小事，最后都是对方卑躬屈膝来找他道歉求饶，至于愿不愿意饶命，就看沈十七的心情了。

可这次的故事走向，居然脱离了他的控制。

"解决了，都是小误会。"沈十七勉强道。

彭斯点点头，可不管他神色自不自然，心里情不情愿，当即就转头跟旁人聊了起来。

"彭斯先生，这位是我的老朋友、老同学，凌枢。他与你我一样，都是留法学生，虽然现在被牵连进一桩案子，但是已经有证据证明他是清白的。"

既然已经出面，岳定唐索性正式将凌枢介绍出去。

彭斯颔首微笑，伸出手，对凌枢说了一句话。

凌枢顿了顿，也回了一句。

黄局长听得一头雾水，扯过旁边的林鼎康问："他们在说什么？英语？"

林鼎康："是法语。领事先生说，他相信事实将会还绅士一个清白。凌枢则回了一句谢谢。"

黄局长挠挠脑袋："还真是留洋的，那怎么跑去当了个小警察？"

林鼎康不介意拉老同学一把，闻言就道："您有所不知，凌家早年也是名门，只是后来家道中落了，这人嘛，不都是有个三灾六运的！"

黄局长恍然："难得难得，遭逢变故还能发愤图强，果然是个好青年，该好好褒奖才是！"

林鼎康笑而不语。

当个小警察怎么就跟发愤图强扯上关系了？只怕最终关系还是落在岳定唐身上，但黄局长这么说，他就这么听，林鼎康还思忖着待会儿也去跟岳定唐拉拉老同学的关系。

一场风波雷声大雨点小，宴会主人自己都不在意，其他人自然也都假装忘了凌枢的嫌疑人身份，更何况他的外貌气质，也足以让人放下戒心，与他亲近。

有些胆子大一点的名媛贵妇，还主动上前和他闲聊两句。

在场唯一一个倍感丢脸和恼怒的，就是沈十七。

虽然身旁的何幼安从头到尾都很安静，可他总感觉四面八方的人都在窃笑讥讽自己。

"你笑什么？"他忽然看向何幼安，冷冷问道。

对方正听岳定唐他们聊天，嘴角微微扬起。

何幼安被点名，面露意外，忙收回笑容："沈先生，我没笑。"

沈十七冷哼："别以为我带你过来，你就能攀上高枝了，在他们眼里，你再怎么红，也是个下九流的戏子！"

他声音不小，周围的人都听见了。

何幼安脸色唰的一下变白，紧紧咬着唇，似在控制自己的情绪。

凌枢正想开口，却被岳定唐按住肩膀。

他对上岳定唐的眼睛，后者波澜不兴，手却始终没挪动过。

那意思很明显，让他不要多管闲事。

何幼安和他们非亲非故，他们也不了解她和沈十七之间的关系，贸然出手，未必是英雄救美，还可能是笑话。

但，凌枢还是动了。

何幼安面前多出纸笔，还有一只好看的手。

"何小姐，家姐是你的影迷，可以帮我签个大名吗？"

"当然可以！"

何幼安忙将纸笔接过，冲他勉强一笑，匆匆签下大名。

"需要我写一句对令姐的祝福吗？"

凌枢："如果方便的话，那就更好了，家姐闺名凌遥，遥远的遥，就祝她身体康健吧。"

何幼安很快写好了，字迹娟秀，看得出是练过的。

"也给我写一句！"

"我也要！"

"多签几个吧，我拿去送人的！"

边上的千金小姐和年轻公子哥儿一看还能这么玩，赶紧也掏出自己刚刚只让何幼安签了大名的本子。

簇拥上来的人一下子将沈十七给挤到外围去了。

后者盯住凌枢看了三秒，才转身离去，算是彻底记住他了。

"凭空多了个敌人。"

凌枢正想转身去拿酒，岳定唐的声音在背后响起。

"沈十七蛮横霸道，横冲直撞，做事不按章法来，你为了美人出头，美人会心生感激，以身相许吗？"

凌枢没回答，弯腰去端详每种酒的口味。

"苹果还是橘子？"

岳定唐："……橘子。"

凌枢把一杯橘子果酒递给他，自己则拿了一杯苹果的。

"路见不平，拔刀相助，这难道不是绅士所为？美人感不感激无所谓，彭斯先生看在眼里就好了，你没见到他刚才对我流露出赞赏吗？"

岳定唐挑眉："彭斯再怎么也管不到警察局去，你让他印象好有什么用？"

凌枢."嫌疑犯总得多做两件好事吧，要不然怎么对得起你带我过来这里的初衷？好了，我现在要去巴结黄局长了。"

说罢他还真端起酒杯，诡诡然朝黄局长那里走去。

"如果我刚才没教你那句'多谢'的法语，你还应付得了彭斯吗？"

岳定唐悠悠问道。

凌枢头也没回，只朝他抬手晃晃，做了个拜拜的手势。

岳定唐眯起眼。

有了前面的铺垫，黄局长果然对凌枢另眼相看。

黄局长是个粗人，能爬上局长的位置，全靠拍马屁和运气，跟这里一干文人墨客、豪门名流格格不入，他就是想拍马屁，人家也没兴趣听，好歹遇到个凌枢，跟他聊起大江南北的美食，聊起新近的案子，居然也能相谈甚欢。

直到黄局长去上洗手间，阳台又来了一位娇客。

"实在抱歉，刚才沈公子不是刻意针对你的。只是因为我在他面前夸过你，他才心生不满，说起来，全都怪我。"

何幼安诚挚道歉，甚至还朝凌枢微微倾身，鞠了个躬。

凌枢举杯："没关系，为美丽的女士解围，是每个绅士应尽的义务。"

何幼安果然笑了。

凌枢点点自己的嘴唇提醒她："你的唇妆，有点花了。"

何幼安忙掏出小镜子和口红，对着阳台上的吊灯开始补妆。

鬼使神差地，凌枢正好看见她手中的口红。

电光石火，记忆交错，仿佛有什么东西骤然闪现。

真相就隐藏在夜幕重重的雾气之后，等待他去捕捉。

"你这支口红——"

何幼安抬头就看见凌枢盯着她的口红看，不由得一笑。

"怎么，你想给女朋友买？这是丹祺新出的唇膏，玫瑰红，这个色号限量发售，包装外形也跟别的颜色不一样，现在恐怕买不到了，你若是想要别的颜色，我那儿还有未开封的几支，是之前买的，回头可以给你送过来。"

凌枢："限量发售，很贵吗？"

何幼安："跟其他颜色一般价格，只是很难买到，发售当天就被一抢而光了，我也是托了人，才能拿到。"

凌枢："什么时候上市的？"

何幼安："听说三个月前在欧美就发行了，只不过运到中国需要时间，这边是在1月25日发行的。"

1月25日，大年三十。

也就是杜蕴宁出事之后。

何幼安手里那支口红，跟女佣阿兰在袁家掉落的那一支，一模一样。

但阿兰说，那是杜蕴宁送给她的。

当时杜蕴宁已经死了，难道做了鬼还不忘送口红给女佣？

所以，阿兰必然在说谎！

正思索间，岳定唐忽然走进来。

"现在马上跟我去一趟捕房！"

第 25 章

"又死人了?"

凌枢下意识就冒出一句。

岳定唐:"……你就不能盼点好的?"

凌枢无辜道:"这不能怪我,案子里死的人太多了,每次我们刚查出点眉目,线索就断了。要不是你命大,现在你应该躺在棺材里,而我应该在吃牢饭了。"

岳定唐:"是老管家,他招出了一点东西。"

巡捕房的电话打不到领事馆这里来,前来汇报的人也不可能三言两语把事情讲清楚。

凌岳二人必须亲自过去一趟。

岳定唐给彭斯打了声招呼,就带着凌枢去外面坐车。

凌枢没有注意,在他身后,一直有一双眼睛跟着他。

沈十七沉着脸,阴郁和暴躁几乎溢出眼睛,以至于三尺之内没有人愿意接近他,连平日里溜须拍马的人,也都暂时偃旗息鼓,状若隐身。

有彭斯在,沈十七怎么也不能在晚宴上闹事,那样非但美国人不高兴,他叔父也不会放过他,但离开这里,别人就管不着了。

沈十七缓缓冷笑了一下。

"沈公子。"

沈十七循声侧首,何幼安端了两杯酒走过来。

"喝杯酒,消消气好不好?"

她温柔婉顺,就像银幕上扮演过的无数千金小姐、贤妻良母那样。

一个美人但凡有了出众的气质,就不仅仅是美人,而可以进入令人一见难忘的大美人行列。

虽然何幼安不言不语、安静无声的时候像个花瓶,但她说话微笑的时候,有一种繁花摇动的璀璨光华,连一举一动都变得美丽而不可方物。

这样的美貌,没有一个男人能免疫,沈十七起初也不例外,所以才花大力气把美人弄到手,但此时此刻,哪怕对着这张脸,他也没能消除内心的怨恨和怒火。

"你刚才一直躲着，是生怕我迁怒，还是跟那个姓凌的私会去了？"沈十七阴恻恻道，表情如地狱归来的恶鬼。

何幼安的声音更柔了："您误会了，刚才是领事馆一等秘书的夫人拉住我，想知道我的耳环从哪里买的，我说是您送的，我们聊了一会儿。都是我的错，您不要生气了好不好？"

她的低声下气没能让沈十七怒气稍解，后者面无表情接过何幼安递来的酒杯，然后泼向她。

美人的乌云鬓发，如花容颜，登时变为一头一脸的酒水。

众皆哗然，人人瞩目。

"你干什么？就算何小姐是你带来的，也不是你能任意欺凌的！新时代都人人平等了，你还拿旧的一套来欺压人呢？！"

有人当即挺身而出，挡在何幼安面前。

何幼安的影迷很多，拜倒在她美貌下的仰慕者更多，沈十七对她如同玩物的态度，众人早已看在眼里，先前没发作，只是碍于场合与宴会主人，眼下沈十七发怒，大家就纷纷为她打抱不平了。

自然也有同性嫉妒何幼安的容貌，暗骂一声红颜祸水，但美人漂萍楚楚可怜，惜玉护花，又有什么错处？

沈十七眼见自己成了众矢之的，彭斯先生也在远处转头看过来，知道自己再一次犯了冲动的错误，只好咬咬牙，吞下这口气。

他不再理会何幼安，而是越过人群，去向彭斯道别，然后才大步离开宴会厅。

何幼安是他带来的，他一走，何幼安自然得跟上。

她拿着侍应生递来的帕子，匆匆擦拭湿漉漉的头发，那种强忍委屈又强颜欢笑的模样，能让任何一个人，不分男女，都为之动容。

立马就有人看不下去："何小姐，你不必跟他走了，待会儿我可以送你回去，家父在上海滩还有几分薄面，他沈十七不敢对你怎么样！"

何幼安冲他感激一笑："如果不是沈公子将我带过来，我今夜也无缘认识各位，他可以无情，我却不能无义，我虽然出身寒微，但这点做人的本分，总得恪守。不管怎么样，今夜多谢你们啦，改日新电影上映，我让人给你们送影票过来。"

这番话明理而又敞亮，连先前不喜欢她的人，也都稍稍改了印象，女子心肠软，立场容易动摇，何幼安立时又多了不少支持者。

"你若是被他刁难了，一定要告诉我们，我把电话写给你，你直接摇到我家去，柳公馆，就报我柳五的名字，会有人转告我的。"

"对，回头我也跟你的电影公司说一声，让他们派两个人保护你！"

"沈十七他不敢怎样的，他还要靠他叔叔吃饭呢，回头我让我爸去和他叔叔说，保管你安心拍电影，别的不用担心。"

他们七嘴八舌地包围了何幼安，也给她提供了勇气。

她一一向众人道谢，然后快步走出门口，跟着等候在那里的沈十七保镖离开。

沈十七早已坐在车里，面色阴沉，没比他离开时好多少。

如果说之前凌枢将那火药桶装了一半，那后来与会客人袒护何幼安的言语，就更是火上浇油，让沈十七彻底爆发，可他最后又不得不按捺隐忍下来。

光影斑驳下的表情，比之前更显阴郁。

何幼安暗暗叹了口气，轻声道："沈公子，我回来了。"

沈十七："你怎么还舍得回来？仰慕你的人那么多，不如跟别人走了，省得在我这里受气。"

何幼安："我是您带来的，自然要跟您走。您对我的好，我都明白，那姓凌的不过是个小人物，根本不值得您放在眼里，您就别生气了，好不好？"

她的下巴忽然被捏住，强行拉近。

近在咫尺，沈十七的气息几乎喷在她脸上。

刚才泼在脸上的酒水，加上对方鼻腔里的酒气，何幼安的眼眶很快就湿润了。

"沈公子……"

"别以为在人前，你是万众瞩目的电影明星，翅膀就硬了，可以离开我单飞了，我能捧你出来，也就能把你拽下来，让你比原来——"

沈十七一字一顿，阴森残酷。

"摔得更惨！"

何幼安气息微弱，睫毛颤动。

那一瞬间，她就像一只将行折颈的天鹅，生命垂危。

她也许并不晓得，往往落难美人坠入黑暗，哀泣求饶，反而更能激起一些人毁灭美好的嗜虐欲。

"我明白的，沈公子，我这一辈子都是您的，从来不敢有二心。"

凌枢他们见到老管家的时候，对方已经神色惨白，连说话都有气无力。

这倒不是被巡捕房刑讯的缘故，老管家这么大年纪了，也经受不住一次老虎凳或辣椒水，而是被抓进来之后，面对审讯室的压抑和审讯人员阴沉的逼问，很难有人还能保持在外面的精气神。

"袁公馆闹鬼，是我，是我让三才去吓唬人的！"

经过这番折腾，老管家终于不敢再绕圈子，见了凌枢他们，立马就开门见山，说出他们想听的东西。

旁边沈人杰这才递给他一小碗水，让他稍解进来之后滴水未进的干渴。

岳定唐："这么说，人也是你杀的？"

管家连忙摇手："不是不是！我没杀过人！我打从十几岁就跟着老太爷了，对袁家一直忠心耿耿，又怎么可能杀害主人！"

沈人杰："那你为何要让三才去吓唬人？！"

老管家喘了口气，从表情上看，凌枢发现对方根本不想提这件事，但现实一步步发展，已经完全脱离原本的轨道，老管家也开始发慌了。

三个人，六只眼睛灼灼逼视，审讯室内摇曳不定的灯火仿佛幽灵作祟，死不瞑目，铁窗之外树影婆娑，沙沙作响，呜咽声不远不近，幽幽袅袅，听不大清。

可正因为听不清，才更让人心里发怵。

老管家的心理防线彻底崩溃了。

"因为……因为老太爷在世时，给袁家留下了一批财物！"

凌岳二人相视一眼。

他们之前就推测过，凶手几番杀人，看似与杜蕴宁有奸情，其实兜兜转转，最后都围绕着袁家，很可能正是由于袁家有什么东西，让他们求之不得。

如今看来，杜蕴宁、袁冰和阿兰三人之死，就算跟老管家没关系，也一定跟这件事有关。

"什么财物？"

老管家捧着碗的双手不断颤抖，神色变幻，可见内心激烈挣扎。

事到如今，他已经无法将这桩埋藏多年的秘密继续隐瞒下去。

"黄金，数不尽的黄金……足以铺满半间屋子！"

非但沈人杰合不拢嘴，连凌枢和岳定唐，也禁不住流露出震惊之色。

财帛动人心，幸亏审讯室内现在就他们三人，否则很难保证其他人听见这个消息之后，会不会因此疯狂，再闹出事来。

岳定唐适时看了沈人杰一眼。

后者何等机灵，马上起身立正："案件所有内容，在结案之前一律不得公开，相关人员的口供我也会收藏妥当，一旦外泄，您唯我是问！"

岳定唐点头，转向老管家："你继续。黄金从哪里来的？"

袁秉道在四川说得上话的时间不长，派系斗争中失意的他，很快就被迫离开那里，但他之所以能够下半辈子都过得安稳舒适，坐拥数不尽的财富，不止是因为他当权期间搜刮了许多民脂民膏，还源于他发现的一艘沉船。

沉船是袁秉道亲信先发现的，当时只以为是一艘普通的民用沉船，年代大约在明末清初，但后来，当袁秉道派人将沉船里的大部分箱子打捞上来时，竟发现里面不是黄金就是器物珠宝。

船主是谁，又是何人沉船在此，那并不是袁秉道关心的重点，对于乱世里的军阀而言，没有什么比从天而降的财富，更让他们欣喜若狂。

袁秉道很快从迷梦中清醒过来。

他虽然是军阀，可军阀也分大小，大鱼吃小鱼，袁秉道的势力绝对不足以称雄，若是让人发现这些巨额财富就集中在他一个人手上，用不了多久，别说离开四川，就连家里都未必安全。

袁秉道想了三天三夜，终于下定决心。他叫来亲信，先拿出一部分财物，给他们分掉，再把剩下的分批伪装，运出四川，他自己则装病隐退，逐渐淡出四川军政界，急流勇退，去上海花花世界享福。

他的计划很成功，虽然也有一部分在路上出了意外，或者被人私吞，但大部分黄金，还是运到了上海。

"只有把黄金放在自己眼皮底下，老太爷才能放心。但当时时间很紧，想要找栋这样的房子并不容易，最终老太爷看中了袁公馆，正是因为它有一个足够大的地窖。"

沈人杰："地窖？我们搜查过，没有发现你说的黄金。"

老管家："你们看见的，只是房子自带的地窖，在那下面，还有一层。"

岳定唐："房子本来就有的？"

老管家点头："买房子的时候，意外发现的，当时已经荒废了，石头土块堆积，根本不能用，老太爷让人清理了一下，把黄金藏好之后，就重新锁上，入口隐蔽，寻常人根本找不到，就算找到了，也没有钥匙打开。"

凌枢："如此说来，房子闹鬼之事，果然就是你杜撰出来的？"

老管家苦笑："我也是迫不得已。老太爷膝下只有老爷一子，他知道老爷自小浪荡惯了，挥霍无度，根本不是撑起家业的料子，所以一直没将这个秘密告诉老爷，就是怕他坐吃山空，袁家彻底没落。太爷把钥匙给了老爷，又让我帮忙保守秘密，直到老爷振作起来，或者他们的孩子出世。"

袁冰果然不出老父所料，非但染上烟瘾，还把袁家偌大家业都败光了，如果那批黄金到了他手里，势必很快也会散尽。

只是袁秉道没有想到，不仅袁冰指望不上，老管家甚至没等到袁冰的孩子出世，袁冰就死于非命了。

"我想着，老太爷苦心积攒的家业，无论如何也不能被外人夺走，这个秘密，我在一日，便守一日，哪怕将来姑太太她们回国，起码也是给姓袁的继承。

"可那房子接二连三出事，你们全盯上那里，我怕人一多，来来去去，迟早会发现那里的秘密，所以才让三才在那里扮鬼吓唬人。

"吓人归吓人，我是绝不可能去杀人的，长官明鉴，我怎么可能杀害老爷和夫人呢？！

"还有阿兰，我完全没想过她会上吊啊，这肯定是因为她做了对不起老爷和夫人的事情，良心不安，日夜难寝，才以死谢罪的！"

说话间，沈人杰从外面拿来一个铁盒子。

"岳先生，这是我们从阿兰房间里搜到的，据说存着她所有的家当。"

岳定唐接过打开一看，却露出狐疑的神色。

第 26 章

"这么少？"

存放阿兰积蓄的铁盒子里，零零散散就十来块银圆。

岳定唐抬头看向管家。

"阿兰平日薪资多少？"

管家毫不犹豫："每月三元，吃住都在袁家。"

"她在袁家多久了？"

"跟着夫人嫁过来的，有五六年了吧。"

"她平日花钱大手大脚？"

"不可能，她素来节俭，头绳断了都不肯买新的，还两边接起来继续用。"

"既然勤俭，五六年下来，怎么会就只有这一点积蓄？"

老管家自然答不上来。

沈人杰生怕岳定唐误会，忙主动解释。

"岳先生，我们知道这个案子上头很重视，袁家的东西收缴之后，弟兄们是一点都没敢动，原来是什么，现在就是什么，不多也不少，铁盒子里本来就只有这些东西！"

岳定唐"嗯"了一声，他也相信捕房的人现在没胆子在这上面动手脚，否则一旦影响案情进展，这些人通通要吃不了兜着走。

凌枢拿起铁盒子。

盒子上印着糖果的广告，已经锈迹斑斑，色彩磨损，看得出有些年份。

但盒子周围细心地用毛线织了一个套子，严严实实把盒子边角套住，虽然毛线套子也不如何精致，用的是最糙最便宜的线，但就阿兰的生活条件来说，这已经是她能想到最好的珍宝了。

由此也可见她对这个盒子的重视。

那里头必然曾经存放过她这些年来辛辛苦苦存下来的积蓄，她半生飘零，无依无靠，唯一能够让她稍感安慰的，也就是这些劳动换来的心血，假如有人想要剥夺她的心血，那肯定比要了她的命还要严重。

如果捕房和老管家，谁也没私吞的话，那就只有两种情况。

"一是阿兰自己把钱挥霍一空，那必然是她得到了更多的钱财，让她不必再在意这点积蓄；二是阿兰的亲人突然出现，让她心甘情愿把钱花在对方身上。"

岳定唐忽然道："为什么是亲人，难道不能是爱人？"

凌枢："哪来的爱人？"

但下一刻，岳定唐的话让他彻底消音。

"洪晓光。"

凌枢从未将洪晓光与阿兰联想在一块。

因为在许多人的描述里，这个年轻人英俊不凡，虽然他们在对方临时住所里发现，洪晓光并不像旁人想的那么有学问，但只要杜蕴宁愿意沉浸在他编织的美梦里，别人就永远叫不醒她。

而阿兰，就更好下手了。

这个不会说话，也不识字的女佣，离开了袁家甚至无法活下去，她一辈子的活路是遇到了杜家的贵人，但最后将她埋葬的，也与杜家有关。

如果有一个人，对她温言软语，能用熟练的手语与她沟通，给她前所未有的关怀，让她感受到从未在任何人身上感受过的温暖，如同一缕阳光照进常年阴暗的牢房，牢房里的人必然如获大赦，顿觉新生。

岳定唐的话，为他打开一扇新大门。

"钥匙呢？"岳定唐问老管家，"你说的地窖入口的钥匙，在哪里？"

"在老爷那里。钥匙被做成吊坠，老爷也不知道那是吊坠，随手就送给了相好的头牌舞女，当时我知道之后，赶忙告诉夫人，说那是老太爷留给她的传家之宝，夫人这才出面，去将钥匙要回来，后来钥匙就一直存放在夫人那里。"管家面露疲惫，"但是夫人出事之后，我就再也没见过这把钥匙了。"

所有细枝末节与琐碎线索串联起来，凌枢心中隐隐有了真相的雏形。

洪晓光与其幕后主使从某种途径得知袁家地下黄金秘库的消息，于是借机接近对方，按照杜蕴宁的喜好虚构了一个长相、性格、爱好、才华都符合她想象的人，一步步攻占她的心。

也许在两人相处的过程中，洪晓光还不断给杜蕴宁洗脑，用未来的美好，对比现实的残酷，让杜蕴宁逃离袁家这座华丽牢笼的心思一日胜过一日，她最终下定决心，跟洪晓光私奔。

这也正是为什么她来找凌枢，随着次数增加，越来越透露出想要离开袁家的想法。

凌枢回想起来，当时的杜蕴宁对袁冰早已失望透顶，竟连华衣美服、纸醉金迷的生活也不再留恋，神色行为不似作伪，她没有想到，自己一心一意追求的浪漫，竟是通往死亡路上的迷障。

而凌枢，当时他以为杜蕴宁对自己还怀有旧情，避之唯恐不及，生怕与已婚妇人藕断丝连，却也没料到，杜蕴宁只是拿他做幌子，来布一个局。

假如当时杜蕴宁跟洪晓光果真私奔了，目睹凌枢几次跟杜蕴宁约出去的人证，就足以让他陷入泥潭，而杜蕴宁早就金蝉脱壳，不知在哪里风流快活了。

但以上这些，都是杜蕴宁一厢情愿的臆想。

她没能私奔成功，反倒断送了卿卿性命。

而凌枢的确是被拖入她布下的陷阱里，现在反倒成了帮她追查真凶的人。

老管家为袁家尽心尽力干了一辈子的活，现在却连主人临终的嘱托都做不到，早已心力交瘁，面容沟壑分明。

"我可以带你们去地窖下层入口，但钥匙，我真的不知道在哪里。"

"事不宜迟，现在就动身吧。"凌枢道。

夜长梦多，岳定唐也是这样想的。

但他们两个加上老管家，明显有些势单力薄。

万一又遇到上次的凶徒，只怕两人都要歇菜。

岳定唐望向沈人杰。

不等他开口，后者知机道："岳先生，我可以一起，您看还需要再带两个弟兄吗？"

如果按照老管家的说法，那地下一层全是黄金，难保会有人把持不住，租界巡捕房的大部分人什么德行，岳定唐倒是有所了解，如沈人杰这般察言观色的不少，贪小便宜误大局的也比比皆是，还有许多洋捕，仗着肤色，自诩高人一等，根本不将华人放在眼里，未必肯听岳定唐指挥。

相比之下，反倒是沈人杰还靠谱一些。

"不用了，你回头给我一把枪，我要带着防身，先准备一下，半个小时后我们就出发。"

沈人杰立正："是！我这就去准备！"

趁着沈人杰去取枪的间隙，凌枢抓紧时间盘问老管家。

他看得出后者精力不济，思绪已经开始飘散，再晚一点，未必还回答得出问题。

"你们家夫人出门的时候，阿兰有没有跟着？"

"有时跟着，有时不跟。"

"什么时候跟着，什么时候不跟？"

"我想想……夫人出门赴宴的时候，不让阿兰跟着，我曾听见她对别人说，阿兰不会说话，怕去了失礼，被太太们笑话。早年袁家还有一个阿青，略通文字，说话也机灵，夫人出门都爱带着她，但后来袁家一日不如一日，都让老爷抽大烟给败光了，阿青是自由身，也就离开了袁家。"

老管家果然上了年纪，絮絮叨叨，一说起来就容易离题万里。

凌枢不得不提醒他："你还没说，夫人什么时候才带着阿兰？"

老管家："夫人有时候出门买东西，需要人帮忙拿着，像是去百货公司，或者是约了好友，就会带上阿兰。"

凌枢："她约了什么好友，你记得吗？"

老管家："我不敢过问这些，但有一回她和老爷吵架，老爷说了很难听的话，说她根本就没有什么好友，全是去见奸夫偷情的借口。"

凌枢："那你家夫人是怎么回答的？"

老管家苦笑："夫人说，老爷不仁，她也不必守贞，即便偷情，那也是老爷逼的。可依我看，这些都是气话，老爷对夫人，终究还是念旧的，否则这些年外面的莺莺燕燕从未断过，老爷也没想过要另娶新人。只是老爷这性子……唉！我也说不好，要是老太爷还在世，老爷必会收敛许多，不至于到今日的！"

岳定唐淡淡道："你家老太爷还活着的时候也管不好他，即便在世，他年高老迈，又能奈何？小时候觉得他是独子，难免更宠爱一些，哪怕犯了一些小错，也都可以容忍，久而久之，小错变成大错，容忍度也跟着升高，最终误人误己。"

袁秉道不算什么好人，他在四川的时候，也从未为四川百姓做过一件好事，反倒是利用手中权力，搜刮了不少地方财富，就连这笔从天而降的黄金，他也没有想过拿出来行善，除了分给手下的一小部分，其余全都中饱私囊，如此落得今日下场，袁家家破人亡，也算应有之报。

只不过这些未竟之言，在面对老管家的时候，岳定唐没有再说出来。

管家自己心里也明白，只是不愿意承认，不愿意面对现实罢了。

两人相对无言之际，凌枢打破了沉默。

"你们夫人最后一次带阿兰出去，是什么时候，你可还记得？"

管家苦思冥想，不确定道："仿佛是 23 号。"

凌枢："别仿佛，你再好好想想。"

管家："我想起来了，的确是 23 号，因为那天阿兰来找我，说想趁着跟夫人出去，顺便给自己买点过年的东西，所以跟我告个假，晚回来一些。她这么多年来，过年也没说给自己买点什么，我瞅着她挺可怜的，就答应了。”

1月23日，大年三十的前两天。

那天是凌枢和杜蕴宁最后一次见面。

但他并没有看见阿兰。

也许那时候阿兰已经告假离开了，也许是杜蕴宁不想她在一旁，借口把她支开。

这世上巧合的事情很多，如果所有的事情正好全部巧合，那就不是偶然，而是必然的。

说话间，沈人杰回来了。

他将一把花口撸子递给岳定唐。

这是时下最常用的警用手枪，正式名称是勃朗宁M1910，虽然体积比掌心雷大一些，但也比掌心雷更加实用。

“里面是装满子弹的，刚试过，您放心！我已经叫了另外两个弟兄一起过去，让他们在袁公馆外边守着，一旦有什么动静，咱们在里头大喊一声，他们立马就会赶过去。”

沈人杰很贴心，什么都设想好了。

岳定唐点点头，把枪连同枪套往大衣下面一放。

凌枢似笑非笑：“老岳，你一个教书的，装枪动作也这么熟练，一点都不含糊啊！”

岳定唐奇怪反问：“你不也是这么放的吗？”

凌枢：“我是警察。”

岳定唐点头：“天才的学习能力，总比混吃等死的警察要强，你说对吧？”

凌枢：“……”

岳定唐拍拍他的肩膀：“别嫉妒，你要是想学到我这么潇洒，回来我可以传授你秘诀。”

凌枢抽抽嘴角，很想把他那只手剁掉，心里暗道，等会儿你别栽我手里，不然我铁定坑死你！

袁公馆。

曾经盛极一时的两栋小楼在浓浓夜色下一片漆黑安静。

这一带的房子本就价格不菲，便是原先隔壁还有人住，在接连几桩凶案发生之后，能搬走的也已经搬走了，搬不走的，也都去亲戚朋友家暂住，等风波过了再回来。

原先后楼关着袁家下人，入夜之后还有些灯光，但他们被带走关押之后，这里就越发透着一股没有生气的死寂，乍看上去挺能唬人。

"晚宴前我让人回来看着的，怎么一个人也没有了？"岳定唐皱眉。

沈人杰听出他语气里的不满，忙笑道："他们定是躲懒去了，回头我一定好好报告上司，严惩这些人，您别跟他们一般见识！"

岳定唐没有说话。

凌枢发现他双手插兜，口袋的位置正好就在枪套那里。

老管家领着他们进入前面的小楼。

凌枢发现他径自走向阿兰生前的用人房。

"地窖入口在这里？"

"对，就在床底下。"管家指着阿兰生前睡过的床铺，"将床铺掀开，下面就是地窖入口了。"

凌枢问沈人杰："之前有人搜查过这里吗？"

沈人杰："有，全都搜查过了，那地窖不是秘密，下面放了许多腌菜，但我们没有发现更下一层的入口。"

老管家："袁家虽然有厨娘，家里腌菜却都是阿兰在打理的，入口又正好在她房间里，她进进出出很方便，但秘库入口很隐蔽，她不可能找到。"

凌枢不相信老管家的话，对方毕竟年纪大了，容易失去正常判断能力。

像阿兰这样，在袁家连个说话的朋友也没有，必然会把精力放在日复一日的重复工作里，譬如说做腌菜。

也许寂寞无聊使得她在漫长时间中，早已把地窖里的每一个角落都摸透了，能发现秘库入口也不稀奇。

所谓不可能，仅仅是在老管家认知范围里而已。

凌枢伤势未愈，是从医院里"逃跑"出来的，沈人杰也不可能让岳定唐亲自动手，于是主动上前把铺盖木板抬起，果然下面出现一道石阶。

"我下去过一回，我跟着管家，岳先生你们最后，管家你来带路吧。"

老管家拄着拐杖，走在前面，嘴里还絮叨着。

"这下面，我也很久没来了，以往的腌菜，都是阿兰拿出来，直接送到厨房里的……"

沈人杰手里的灯，跟着他的步伐晃动，一点点在黑暗中向前挪动。

在凌枢看来，那下面的黑暗更像是巨大的怪物，随时准备将这仅存的一点光明吞噬殆尽。

第 27 章

这里常年不见天日，气息阴冷潮湿，虽然没有地面上那样寒风凛冽，但静止凝固的寒意，更像是无声无息侵蚀的恐惧，令人浑身每一处毛孔都骤然警惕。

沈人杰不由得握紧了枪。

但潮意依旧从手心不断渗透出来。

他开始暗暗后悔了。

在租界，有一条人人皆知的规矩，洋捕和华捕的薪资待遇是不一样的。双方的地位自然也截然不同，有时候华捕甚至比印度裔巡捕的待遇还低一些。

遇到棘手难办的事情，华捕先上，遇到轻松记功的差事，多半是洋捕在前面，就连逮捕犯人，对方在看见洋捕时，也可能不敢反抗。虽然近年来把持租界权力的工商部增加了华人董事席位，但那对基层的华捕并没有太大帮助。

就像沈人杰，他虽然在捕房混了几年，但还是一个普通巡捕，很难往上晋升，除非背后有人，或者抱上大腿。

岳定唐就是他眼里的那条大腿。

此人留洋归来，人脉广，能量大，就连史密斯这样平日眼高于顶的人，都对岳定唐客客气气。

沈人杰还听说，岳定唐家里人来头更大，两个兄长跟各方关系都很好，政商两界黑白通吃，这样的大腿，过了这村就没这店，此时不抱，更待何时？

难得有机会出来查案，哪怕心里害怕也要咬牙盯上，但现在，沈人杰是真有点发寒了。

手里那一盏煤油灯没能让他多一点勇气，反倒生出由外而内的胆寒。

他伸手在兜里摸索，又掏出一支手电筒。

身后一声细响，在黑暗里分外清晰。

沈人杰吓一大跳，差点儿蹦起来，半秒之后才意识到那是身后的人打开手电筒的声音，不免暗骂自己一声。

有了几支手电筒，周身又明亮不少，总算卸下一些恐惧。

老管家手里没灯，只管往前走，不像沈人杰他们这样走走停停，打量周围环境，他自顾自走在前面，越走越快，沈人杰一时不察，伸手抓了个空，居然就把对方弄丢了。

"管家！老白！"
沈人杰喊了几声，没得到老管家的回应。
"岳先生，怎么办？老管家会不会特意躲起来了？"
沈人杰再竭力镇定，也免不了抖落一地的鸡皮疙瘩。

以管家的老迈，躲又能躲哪儿去？他更怕的是不知谁躲在黑暗中，把老管家给拉走了。

敌暗我明，沈人杰甚至不知道对方是人是鬼。
人鬼未必可怕，可怕的是不断猜测想象的未知。

岳定唐没有出声，这让沈人杰更慌了。
他生怕身后两人也突然不见，赶紧时不时回头去看。
"岳先生，要不我去找找他？"

"我找找入口，明明是在这里，怎么不见了……"
老管家的动静终于从另外一边传来。
中间隔着坛子，看不见人。
但沈人杰总算松一口气。

"别紧张。"
岳定唐的声音也适时响起，他正弯腰去看堆在地窖里的坛子。
这样的坛子有很多，堆积在地窖中各个角落和中央空地，一个叠着一个，小山也似。

手电筒照过的地方，他们可以看见坛子与坛子中间留出弯弯绕绕的小道，供人行走，这是为了方便拿取腌菜，若是堆在一起，就不方便区别日期和新鲜与否。

凌枢"咦"了一声。
沈人杰的心跟着往上狠狠一提！

他现在已经有点草木皆兵的意思了。

下一刻他就知道自己虚惊一场。

因为凌枢蹲在角落看他前面的坛子，并没有什么神神鬼鬼出现。

碍于岳定唐在，沈人杰没敢骂人，但也禁不住对着凌枢后背狠狠给了一个白眼儿。

白眼儿还没翻完，凌枢转过头来。

沈人杰又吓了一跳。

但他很快意识到凌枢根本看不见自己的表情，因为这里太黑了。

"你们过来看。"凌枢招手。

沈人杰半信半疑走过去。

他还以为自己会看见十足惊悚的画面，譬如断手断脚，或者坛子里流出血来。

然而并没有。

凌枢让他们看的坛子，被压在最下面，跟别处的没有什么不同。

"坛子周围的痕迹，还有坛子本身。"

没等沈人杰发问，凌枢就主动给出了答案。

"这个坛子太干净了，手一摸上去，几乎没有灰尘，跟旁边的明显不一样。"

凌枢用手电筒杵杵压在它上面的坛子·"这上面几个坛子上还有手印，说明有人搬动过，先把上面的坛子搬开吧。"

岳定唐道："老沈，你去帮忙吧。"

沈人杰："……"

他认命走过去，把坛子一个个搬开。

凌枢得以拿出最下面那个。

他把上面的纸戳破。

"没有封泥。"

没有封泥，就意味着里面装的不是腌菜。

而且他们刚刚进来的时候就发现了，这里面的腌菜味道并不重，甚至可以说淡得近乎没有，只有潮湿冰冷的尘土气息。

这就说明，起码最近几个月，甚至再往前，阿兰很可能已经没有做腌菜了。

至于她在这个地窖里做什么，是否早已发现秘库的入口，正是他们这次探寻的目的之一。

凌枢拿起坛子摇了摇。

丁零当啷。

许多零碎的东西在里面晃动。

沈人杰心头一动，暗道，莫非是金银财宝？

凌枢直接把坛子推倒敲碎，里面的东西散落一地。

手电筒一照，沈人杰愣住。

全是女人的化妆品。

口红，雪花膏，胭脂，眼影。

有国产的，也有舶来品，但全都是叫得上号的大牌子。

就连三个大男人，也认得出里头的CHANEL和丹祺。

但问题来了。

这样的化妆品，每一件都价格不菲，阿兰买一两件也许还可以，这里起码有几十上百件，样样崭新，大部分没有拆封过，她就算花光半辈子积蓄，也买不起。

她哪来的钱？

或者，是谁送给她的？

是洪晓光吗？

他以这种手段骗取阿兰的芳心，又脚踏两只船，去追求杜蕴宁？

洪晓光是不是早就得知秘库的存在，所以才处心积虑，接近这两个女人，杜蕴宁手上的钥匙，可能也早就被他拿走了？

除了化妆品，坛子里还有几封书信。

凌枢原本没认出这些是书信。

因为它们都被折叠起来，卷成圆筒状，塞在小盒子里。

打开外包装印着"雪花膏"的盒子，这些信纸才掉落下来。

凌枢看了没两行就知道，这些都是情书。

基本都是摘抄外国诗人的情诗，莎士比亚就占了大部分。

确切地说，还是洪晓光写给阿兰的情诗。

因为上面的字迹，跟他们在洪晓光临时住所里发现的，一模一样。

"那个女佣真的不识字吗？"沈人杰忍不住发出疑问。

"应该是。"凌枢修长的手指在信封背面滑动，"但你看，她认得自己的名字，所以在背面临摹洪晓光的字迹，一遍又一遍地写那个兰字。"

沈人杰啧啧两声："我光知道美色误人，原来不单是女人对男人，连男人也可以用美男计，把一个女人迷成这样！"

信纸上那些情诗，段落与段落之间衔接得并不好，可以看出抄写情诗的人没什么功底，仅仅是生搬硬套，或许对方根本就没在阿兰身上用心思，认为她不值得自己花费精力。

但不识字的阿兰仍旧将这些书信妥善珍藏，放在她认为根本没有人能发现的"秘密花园"里，从这些书信上反反复复的折痕来看，她必然在有空的时候，拿出来反复欣赏默读，稍解对秘密情人的思念。

"啊！"

另外一边，老管家的惊叫骤起。

短促慌张，毫无准备。

在短短一声之后又戛然而止，结束得非常突然。

沈人杰犹豫半秒，岳定唐就已经抢在前面疾奔过去。

他只好赶紧跟上。

三人循声奔至老管家刚才出声的地方，却见老管家已经躺在地上，脑袋上像被什么东西重击过，血水顺着脑门流得七道八岔。

沈人杰忙将手电筒四下照去，却什么也没看见。

"什么人？！"

凌枢突然喊道，拔出枪转身追去。

就在刚才，沈人杰的手电筒随意晃动之际，连他自己都没发现，正好把他们身后一角的影子给照了出来。

但凌枢发现了。

他出声只是为了引起两名同伴的注意，毕竟仓促之间，唯一的选择就是追上去。

黑影反应极快，一边跑一边把坛子推倒，哗啦啦摔了一地碎片。

后面追上去的凌枢闪避不开，脚直接踩上碎片，还往前滑了一下，要不是岳定唐从后面拽住他，估计他直接脸朝地倒插碎片了。

"别让他跑了！"

凌枢疼得龇牙咧嘴，不是因为鞋底太薄被扎穿，而是因为他刚才膝盖着地，正好砸在碎片上面，现在应该已经流血了。

"岳先生，你们快来看！"

沈人杰在前方喊道。

两人赶过去时，就看见碎了一地的坛子旁边，砖石被撬起来，露出下面一个乌黑黑的入口。

沈人杰正站在那里，犹犹豫豫不敢下去。

岳定唐狐疑："这是地下秘库？不是说需要钥匙吗？"

沈人杰忙道："我方才听见下面有动静，应该是还有一道门！"

两人说话之际，凌枢已经弯腰钻入，岳定唐根本拉都来不及拉。

"凌枢！"

前者刚刚钻下去，就看见他刚才一直追逐的那道黑影闪身没入铁门后边。

凌枢毫不犹豫追上去。

他有种强烈的感觉，自己的脚步已经离真相越来越近了。

不管凶手是洪晓光还是另有其人，今晚也许就能彻底见分晓！

第 28 章

老管家的话给凌枢留下了深刻印象，在他想象里，地下秘库估计藏着半屋子黄金，自己闯进去之后，看见的就算不是闪瞎眼的金灿灿，可能也是一个又一个的箱子。

但，凌枢蒙了。

在他面前是一堵墙。

刚才要不是他及时刹住脚步，现在脑袋已经撞上去了。

饶是如此，这堵墙和他的鼻尖，也仅有不到半米的距离。

墙直接顶到天花板，一条缝隙不到半个手掌宽，即便攀上去也无法看见墙那头。

两边各有一条狭长通道，通向同样黑暗的彼方。

老管家昏死过去，他们已经没有带路人了，只能自己探索。

几秒工夫，岳定唐和沈人杰追过来了。

他们也看见了这堵墙。

凌枢没有给他们傻眼的时间："一人一边，追吧！"

他当先往左，岳定唐毫不犹豫跟在后面。

沈人杰："……"

他慢了半步，只能往另外一头跑。

悔青了肠子不足以形容一个人的后悔程度，如果有后悔药，沈人杰现在都恨不得买上十罐给自己吞下，他在脑海里拼命扇自己巴掌。

让你逞强！让你抱大腿！今晚要是把小命都搭在这里，看你去哪里抱大腿！

沈人杰心烦意乱地如此想道，终于跑到通道尽头，绕过那堵墙。

又是一扇铁门。

但铁门已经打开了。

沈人杰拿手电筒晃了晃，似乎是个房间。

奇怪的是，只隔着几道墙，他却没听见岳定唐他们的脚步声。

事到如今，已经没有退路了，沈人杰深吸了口气，硬着头皮走进去。

下一秒，他的脑门上多了一把枪。

"别动！"

凌枢跟岳定唐发现这个所谓的地下秘库，其实是一个个小房间组成的。

房间与房间之间是狭窄的通道，七弯八拐，如同迷宫，每个房间都堆着一些杂物和几个箱子。

凌枢进了其中一个，打开箱子，发现里面装的不是黄金，而是衣服。

各色各样的礼服，有旗袍，也有西洋的裙子。

拎起来抖一抖，裙子上的珍珠和亮片在微光下光华闪烁，可以想象女子穿上它，在水晶灯下旋转，又是如何华丽曼妙。

"这是杜蕴宁的？"岳定唐站在门口望风，扭头看一眼，随口问。

凌枢比了一下身量，却道："不是她的，杜蕴宁的个头儿比这高一些，这几条裙子她穿不了，如果我没猜错，应该是阿兰的。"

岳定唐面露意外。

凌枢："看来阿兰已经知道这里的存在，她被杀，十有八九也是因为知道得太多……"

话音未落，枪声响起。

而且就在他们不远处。

几乎是同时，岳定唐和凌枢停下话题，立马循声奔向枪声来源。

又是几声枪响，与此同时还有打斗的动静。

二人赶到时，两道身影正打得难舍难分。

枪被踢到一边。

一人洋装皮鞋，一人布褂布鞋，赤手空拳，招招都往对方致命处招呼。

他们即便看见凌枢和岳定唐，也已经顾不上了，洋装男人一个不察，腹部被踹了一脚，下意识后退几步，布褂青年没有乘胜追击，反而转身扑向地上的枪。

乒！

布褂青年惨叫一声，捂住手背滚向一边。

凌枢以为他蜷起身体已经无力反击，但下一刻，他又陡然舒展身体，像一只蛤蟆鼓气蓄力，陡然砸向洋装男人，没有中枪的另一只手捏指为拳，直指对方脑袋上的太阳穴。

练家子这一拳下去，只怕对方就要当场毙命。

这是不管自己安危，也要置对方于死地。

说时迟，那时快，岳定唐一脚飞过去。

这一脚蓄了七八分力，又快又精准，竟也没能将那人完全踹开，只是令他的拳头稍稍偏离，砸在洋装男人旁边的石板上。

一声闷响，骨头碎裂的动静传来，听得人头皮发麻。

洋装男人连滚带爬，想躲到岳定唐身后，却被岳定唐闪身推开。

"救我！救我！"

洋装男人也不以为意，直接嚷嚷求救，脸上鼻涕眼泪糊作一团。

"别杀我，我知道黄金在哪里，我全都告诉你们！"

布褂青年脸上露出狞笑。

凌枢一直盯着他的一举一动，见此情状马上举枪扣下扳机。

但对方的动作快了半秒，他不知从哪里摸出一把短刃，直接掷向洋装男人。

后者根本反应不及，还愣在原地动弹不得。

岳定唐狠狠撞开洋装男人，自己却随即闷哼一下，挨着洋装男人重重摔在地上。

几乎同时，凌枢的子弹也穿透对方的后脑勺。

血花绽开，布褂青年重重倒在血泊里。

洋装男人见状还想跑，直接被凌枢毫不客气一枪打在后腿弯。

"别打别打！我不跑了！别杀我！"

凌枢走过去踹了对方一脚，洋装男人呻吟着滚向一旁。

"你怎么样？"他问岳定唐。

那匕首不偏不倚，正中岳定唐的肩膀。

"死不了。"岳定唐脸色苍白，语气还是很稳。

他抬起下巴点点死去的布褂青年："此人是三才，你记得不？"

凌枢"嗯"了一声。

三才，袁家的下人。

之前老管家说过，他不希望有人再接近小楼，发现袁秉道留下的秘密，所以让三才在小楼里吓唬人，制造出袁家闹鬼的假象。

先前三才不知所终，现在却在这里杀人。

一个袁家下人，哪怕是护院，身手都不可能如此利索。

防身术和杀人功夫截然不同，前者只为自卫，而后者则是真正见过血的，三才刚才出手，无疑都是冲着杀人去的，一招毙命，绝不含糊。

"你就是洪晓光？"凌枢看向洋装男人。

对方一把鼻涕一把眼泪，胡乱点头。

"是你杀了阿兰？"

"不不不！"洪晓光疯狂摇头。

凌枢把枪口对准他的脑袋。

"我现在头有点晕，等会儿说不准手也有点抖，要不了你的命，子弹再打腿打胳膊，就不大好了，你说是吧？"

"不是我！我都是被逼的！阿兰知道太多了，是他让我杀了她的！我也不想杀人的！"

"他是谁？阿兰知道了你们什么？你们怕阿兰要求和你们分赃吗？还有杜蕴宁，她是不是也是你们杀的？"

枪声再度响起。

乓！

根植内心的恐惧让洪晓光整个身体狠狠弹跳一下。

随后他才发现子弹打在自己身旁的地面上。

但洪晓光已经浑身发软了。

"我说！我说！别杀我！"

整个故事的开头，有点像麻雀变凤凰。

只不过这只麻雀，是男的。

洪晓光出身寒微，住的是上海贫苦人家最多的棚户区，那里的孩子几乎一出生就可以看见自己的结局，洪晓光也不例外，他卖过报，跑过腿，打过杂，干过一切底层干过的活儿，甚至还混过青帮，只是一直出不了头，连个小头目都没混上，还得打零工才能养活自己。

有一回他去拉黄包车，正好就遇到从银楼里出来的杜蕴宁。

美丽不可方物的杜蕴宁，优雅曼妙，吐气如兰，就像从月历牌上走下来的仙女，一下子点亮了洪晓光的眼睛。

他从未见过如此漂亮，还如此有气质的女人，即便是最有牌面的舞女，她们身上的风尘味，又怎及得上杜蕴宁这种锦衣玉食滋养出来的绝代佳人？

洪晓光有心和杜蕴宁说一句话，哪怕得到对方一句"你好"，也能让他心满意足，但从头到尾，杜蕴宁根本没有看他一眼。

下车的时候他听杜蕴宁和袁家下人说话，得知了她的身份，也得知袁家小汽车那天正好故障，否则杜蕴宁这样的人，根本不需要来乘坐黄包车。

"这位太太！"

洪晓光鼓起勇气喊住杜蕴宁。

但后者头也不回，飘然离去。

洪晓光甚至以为自己没有喊出那一声，或者闷在喉咙里声如蚊蚋，又或者杜蕴宁压根儿就没想过回头，他只感到无底洞一般的失落。

他打听到杜蕴宁的丈夫，打听到对方花心风流，和杜蕴宁那徒有虚名的袁太太头衔，他忍不住想，要是自己有钱有势，那天杜蕴宁还会头也不回吗？

"讲快点！"

凌枢踢了他一脚。

脚尖正对他的伤口。

洪晓光又号了一声，敢怒不敢言，被迫从迷梦中醒来，加快进度。

没过几天，有个人找上洪晓光。

他自称能够让洪晓光脱胎换骨，令洪晓光得到杜蕴宁，也不需要洪晓光支付任何报酬，只要事成之后，与洪晓光瓜分袁家。

他对洪晓光说，袁家的财物，洪晓光可以全部拿走，自己所要的，就是袁家的房子，那栋袁公馆。

凌枢："他是谁？"

洪晓光："我……我不知道，他让我喊他老板，什么都不肯告诉我。"

凌枢："外貌打扮呢？难道他天天蒙着面？"

洪晓光："那倒没有，但他面容普通，平时一袭长衫，我也不知如何形容……四五十的年纪，与我说话的时候，也很客气和蔼，但如果我不照他的话做，他就会惩罚我。"

凌枢忽然打断："他是不是经营一家咖啡馆，姓李？"

洪晓光："你怎么知道？但他其实不姓李，我不知道他姓什么。"

李老板。

新月咖啡馆的主人。

归国华侨，家在南洋，儿女双全，家底丰厚，咖啡馆不为赚钱，只为找点事做，左邻右舍，没有一个不交口夸赞。

但这些，都可以伪造。

一个人想要伪装自己的身份，有时候连口音、外貌、说话方式、举手投足都能改变，更何况他仅仅是在别人眼里塑造了一个好人的形象。

凌枢还记得，他跟岳定唐去咖啡馆打听杜蕴宁生前的事情，李老板还热情招待，知无不言，就连他们询问伙计，对方也没有打断，让他们得到了洪晓光的住址，从而发现洪晓光这号人物。

此人根本就是挖了个坑，又一步步把他们引到坑里来。

第 29 章

起初，洪晓光不知道此人正是经营新月咖啡馆的李老板，他只当这人脑子有毛病，但是当对方直接为他置换了一身行头，带他去理发修容，又为他租下恒通路 36 号的房间作为寓所时，洪晓光就开始有点相信他的话了。

虽然恒通路 36 号的寓所并不高档，但这已经是洪晓光住过最好的地方，墙壁粉刷干净，屋里亮堂堂，还有架子床和衣柜。

从前下雨时，他原来住的旧屋子甚至会漏水，补也补不好，只能拿个脸盆在床上接着，夜里听着滴答雨声入睡，醒来也许还会发现胳膊上多了个伤口，那是夜里被老鼠咬的。

这样噩梦般的回忆，再对比李老板为他置办的这些，就如同从地狱到了天堂。

洪晓光嘴上不说，心里已经不愿意再回到过去了。

但接下来，李老板没有急着让他跟杜蕴宁见面。

他开始让洪晓光学习礼仪，读书识字。

洪晓光认得几个字，那是当报童的时候学的，他有些小聪明，脑子反应也快，许多东西一教就能上手，还能举一反三，李老板对自己的眼光很是满意。

李老板雇了个老师，一个教识字，一个教礼仪，前者主要集中在诗词歌赋，后者则教会他西洋礼仪，如何正确吃西餐，如何优雅对待女性。李老板告诉他，现在许多上层女性，尤其是上过新学堂的女性，特别吃这一套。

终于，过了一段时间之后，李老板告诉洪晓光，他现在已经基本出师了，但还不能马上去找杜蕴宁，自己为他安排了一个实验对象，如果他成功拿下对方，才算真正出师。

"是阿兰？"

听到这里，凌枢已经隐隐猜到了。

洪晓光有气无力地点点头："可以给我一点水吗？"

凌枢："这里哪儿来的水？"

洪晓光："隔壁屋子里有些吃的，还有几瓶格瓦斯和白兰地。"

凌枢心说，你现在喝酒，不得醉得七荤八素，还能交代事情？

但他二话不说起身走到隔壁。

角落里果然堆着一些包裹，用随身匕首戳开，里面是一些干粮，旁边还有几瓶酒。

凌枢拿起两瓶返回。

洪晓光早已奄奄一息，但岳定唐也没好到哪里去，他双目紧闭养神，肩膀上的匕首也还没有拔出来。

凌枢打开一瓶烈酒，往他伤口上倒了些许，岳定唐打了个激灵，猛地睁开眼睛瞪他。

"消毒。"凌枢把酒递给他，"自己来？"

岳定唐嘴角抽动两下，许是为了节省力气，什么也没说。

凌枢暗自嘿嘿两声，才把一瓶格瓦斯丢给洪晓光。

洪晓光费力咬开瓶子，刚灌了一口，酒瓶就被夺过去。

"赶紧说！"凌枢用枪点点他，一副地痞流氓你奈我何的样子。

洪晓光："……"

他只好舔舔嘴唇，再度开口。

洪晓光觉得李老板肯定观察杜蕴宁很久了。

他连杜蕴宁身边有个哑巴女佣，乃至那个女佣的出门周期都知道。

阿兰不是每天都出门的，她至多一个月出门一次，有时候甚至是两个月，她没法说话，自卑敏感，不想被人指指点点，所以总会去同一家店铺买东西。

但有一回，她在经常去的布铺里，遇到了洪晓光。

她不小心把洪晓光手里拿的东西撞翻在地，对方非但没有不耐烦，反而对她和声细语，知道她不会说话之后，还主动帮她询问老板，最后给阿兰挑选了一些适合绣花的碎布，还让老板打了个折扣。

外头正好下雨，洪晓光将自己的雨伞给她，给她叫了一辆黄包车，把她送到袁家门口，当时袁家人还挺奇怪，怎么向来节俭的阿兰，这次居然舍得雇黄包车了。

有了借伞，自然就有还伞。这一切都是安排好的，桥段不怕老，只要有人肯上钩。

阿兰十几二十年的生命里，从来没有遇到过一个像洪晓光这样的男人，没有鄙视嘲笑她，对她温柔备至，还是个读书人。

阿兰很快就沦陷了，这份心思被阿兰藏在心里，不敢吐露半分，但洪晓光又怎么会看不出来，他窃喜得意于自己的魅力，开始进行对杜蕴宁的攻陷计划。

通过阿兰，洪晓光掌握了杜蕴宁详细的作息，在杜蕴宁去书店之际，洪晓光用李老板为他搜罗过来的一本绝版诗集，吸引了对方的注意，再借此与对方攀谈起来。

早已将诗集倒背如流的洪晓光非但没有露馅，反倒与杜蕴宁侃侃而谈，令杜蕴宁眼前一亮。

杜蕴宁绝没想到，眼前这个打扮入时、彬彬有礼的绅士，竟然是不久之前她连看都不看一眼的黄包车夫。

那时候的洪晓光，也绝对预料不到，他心目中遥不可及的女神，会经常穿着绸缎吊带睡衣躺在他怀里，梨花带雨地和他哭诉起自己丈夫的各种冷落。

征服美人的巨大虚荣心一时捕获了他，洪晓光情不自禁陷入自己所编织的陷阱里，还真像模像样跟杜蕴宁谈起恋爱，两人背着袁冰及袁家其他人偷情，在忐忑不安的同时又收获了刺激快感。

更何况，洪晓光不必忧愁钱财，自有李老板源源不断将经费送到他手上，让他可以大手大脚地给杜蕴宁买各种物品，令杜蕴宁越发坚信自己遇到了真正的良人。

但好景不长，李老板找上洪晓光，告诉他，他必须履行自己的约定了。

在李老板的计划里，袁公馆是必须到手的，袁冰和杜蕴宁膝下无儿无女，只要他们都不在了，袁公馆自然要被政府收回重新拍卖，到时候就容易操作了。

袁冰是个大烟鬼，寻欢作乐，病入膏肓，想要让他消失并不困难，难的是杜蕴宁这边，她虽然空闺寂寞，却没什么不良嗜好。

另外一边，杜蕴宁和洪晓光的感情日渐深厚，甚至在洪晓光的引诱下，也开始染上烟瘾，她对洪晓光越发言听计从和依赖，将在袁冰那里得到的所有委屈，通通告诉洪晓光，渴求他的抚慰。

她开始向洪晓光倾诉过往，将自己在杜家的成长，怎么认识凌枢，怎么跟凌家解除婚约，嫁给袁冰，一五一十，娓娓道来。

女神从神坛走下来，揭开自己的面纱，洪晓光发现杜蕴宁并非像他想象中的那么不食人间烟火，她性格软弱，喜欢凌枢却不敢反抗家庭，对袁冰流连花丛深恶痛绝，又舍不得荣华富贵，口口声声讨厌抽大烟的人，却又禁不住沉沦深渊。

意志力软弱，是她一生的悲歌。

凌枢这个人名伴随着杜蕴宁的口述，进入李老板的视线。

"杜蕴宁几次约你出来见面，其实是李老板出的主意。他让我怂恿杜蕴宁私奔，再伺机杀了她，别人自然而然会联想到你，这样可以推在你头上，神不知鬼不觉。"

与此同时，对洪晓光已经情根深种的杜蕴宁，也告诉了他一个秘密，那就是袁秉道将黄金藏在袁家地下的事情，而且进入秘库的钥匙，就在她身上。

为了让洪晓光相信自己不是在信口开河，杜蕴宁还亲自带他去了地下秘库。

在地窖的下一层，洪晓光亲眼见到，一箱箱的黄金被陈列其中，一下子把他的视线填满了。

有生之年，洪晓光何曾见过这么多的黄金？

别说洪晓光，他相信李老板也不会见到过。

杜蕴宁逐渐接受了私奔的提议，并开始一心一意谋划两人以后的出路，在她看来，这么多黄金是绝不可能全部搬出去的，但只要能偷运出一箱，妥善藏好，他们后半生也足以衣食无忧了。

这一切，作为杜蕴宁的贴身女佣，阿兰肯定是知道的。

杜蕴宁没有避开阿兰，连带她离之后的出路都安排好了。

但杜蕴宁不知道，阿兰也喜欢洪晓光。

那种在心里慢慢发酵，不敢诉之于人，见不得光的喜欢。

洪晓光后悔了。

他本来就不想杀人，在听见杜蕴宁说的秘密之后，只想带着财富与美人远走高飞，不被袁家，也不被李老板找到，从此逍遥快活。

虽然一开始，他仅仅是抱着报复的心思和李老板为他构筑的美好未来接近杜蕴宁，但相处久了，他也逐渐有了点感情，虽然这点感情不知是出于对美人的怜惜之意，还是出于对黄金的追逐不舍。

但初出茅庐的幼兽，又怎么逃得过狡猾的猎人？

"李老板不知怎么就发现了我想带杜蕴宁走的想法，他威胁我，如果我敢逃脱他的掌控，他就会将我交给袁家，我才发现，原来袁家的下人三才，也是他的眼线，我的一举一动，都在他的监视之下。"

"所以你就杀了杜蕴宁？"

"我没有办法！我没有办法……我都是被他逼的，如果我不动手，他就会杀了我，你知道吗？！"

洪晓光面露痛苦，他盯着岳定唐手里的酒瓶，恨不能夺过来一醉方休，彻底忘记世间烦恼。

"那天杜蕴宁把秘库钥匙给了我，当晚李老板就让我动手，我……我第一次杀人，看着她在我手里挣扎，一点点没了呼吸，我是真的不想杀她，可李老板跟三才就在我旁边……"

凌枢："阿兰也目击了这一切？"

洪晓光胡乱点头："三才原想把阿兰也解决掉，但被李老板拦住，说死的人太多反而不好解释，他让我先稳住阿兰，拿财物诱惑她，阿兰也答应了绝对不泄露出去。"

凌枢："那为什么后来阿兰又死了，李老板后悔了？"

洪晓光："阿兰之后总是觉得自家太太死不瞑目，疑神疑鬼，你们又正好在查这桩案子，李老板怕她走漏风声，就一不做二不休，让三才把人杀了。"

凌枢："面馆老板老肖是不是你杀的？还有那天我们夜探面馆废墟，想杀我们的也是你吧？"

洪晓光："老板下定决心将杜蕴宁的死嫁祸在你身上的时候，你的行踪就已经被他摸清了……我……喀喀，我也是奉命行事，那天晚上，他将你们引到那里，本想让我和三才，将你的同伴杀了，再推在你身上。他说姓岳的家里有背景，如果死了，你就完完全全逃脱不了，到时候有你挡在前面，不管我们再做什么，都不会引起旁人的注意……结果被我搞砸了，我枪法不准，也实在下不了手，不想杀人……你们放过我吧，我真的是身不由己！"

凌枢没有理会他的哀求崩溃。

"李老板到底是什么来头？"

这是他最想知道答案的一个问题。

寻常人，即便心怀不轨，图谋袁家财产，也不会养出三才这种训练有素的职业杀手，三才隐藏在袁家，一直以来甚至没有人发现。

凌枢也早就跟岳定唐说过，假如那天晚上是三才而非洪晓光动手，岳定唐早就凉透了。

"我不知道……我连他真名叫什么都不知道，我只知道，他心狠手辣，绝对不会放过不听话或者敢背叛他的人，早知道我就不应该上这条贼船的！"

洪晓光呜呜哭了起来。

他那张英俊不凡的脸现在已经皱成一团，软弱虚伪，就像包装完美的孔雀被拔光五彩斑斓的毛，发现其实只是一只光秃秃的鸟。

杜蕴宁如果看见现在的他，说不定会给自己两巴掌，后悔鬼迷心窍。

但一切为时已晚，从她踏入李老板布下的局时，就注定会成为祭品。

比起杜蕴宁，洪晓光其实也没好到哪里去。

这两个人都是李老板手里的棋子。

那么李老板呢？

他是棋手吗？

或者，他又是谁的棋子？

"不对。"

岳定唐忽然出声。

"姓李的本来应该不知道黄金秘库的存在，那他图谋袁家是为了什么？"

"他是为了……"

洪晓光的呼吸急促起来。

"黄金秘库下面的东西！"

一语惊人。

凌枢忍不住看了岳定唐一眼。

后者脸上流露出与他一般无二的意外之色。

袁秉道知不知道黄金秘库下面还有东西，那是否又是他所藏的？

凌枢待要再问，洪晓光已经失血过多晕死过去。

鼻息微弱，但他还没死。

凌枢将手指收回，朝岳定唐走去。

"我们先找沈人杰会合，出去之后再……"

乓！

一声枪响将凌枢的话打断。

两人俱是心头一惊。

沈人杰觉得自己今晚遇到的意外，比过去几年的都多。

他只是一个普普通通的巡捕，为什么要遭这样的罪？

如果今天晚上不是热血上涌，一时脑子进水，就不会跟着岳定唐到这里来。

也就不会遇到后面这些事。

沈人杰满腹心酸地如此想道，一边回首自己短暂而平凡的半生。

他曾经为自己的碌碌无为感到羞耻，总想找个机会再拼一把，但事到临头才发现，还是碌碌无为更好。

平安是福啊！

"老板，车已经准备好了，在外面等着。"

说话声将沈人杰从胡思乱想中拉回来。

他看见三才走到长衫男人身边。

后者点点头，圆帽下的目光落在沈人杰身上，让他登时有种被毒蛇盯住的感觉。

"这……这位仁兄，我是被临时抓来当差的，什么都不知道，也不想知道，要不这样，你们先走，别管我了，就让我在这里，我绝对什么都不会说的，您的大恩大德，我一定报答！"

沈人杰舌头打结，说到后面都语无伦次，不知道自己在说什么了。

"先把他带上车等着，我要会会他们。"

三才点点头，粗暴地拽起沈人杰就往外面走。

乓！

沈人杰听见一声枪响。

他腿都软了半截。

但随即，他发现自己身上没有痛感，枪根本不是打在自己身上。

而那头，李老板跟三才已经在房间里开始枪战了。

两个本来是同伙的人，突然之间就内讧了。

这又是什么戏码？

沈人杰瞠目结舌，下意识滚向一边，连滚带爬躲在架子后面。

"我一手培养的狗，现在竟然想要杀我。"沈人杰听见李老板阴恻恻道。

"老师，你也别怪我，这是上面的吩咐，上面明明说要黄金，你却有了异心，想把黄金独吞，上面自然是不痛快的。"三才回道。

沈人杰跟三才打过几回照面，那时此人畏畏缩缩，问三句答一句，一副没见过世面的乡下人模样，老实巴交，胆小怯弱，与现在这个淡定举枪、杀人毫不手软的三才，判若两人。

他忍不住把身体往角落里缩，希望这两位瘟神自相残杀，最好两败俱伤，这样他还能捡回一条小命。

"我辛辛苦苦为他们做事，他们要的东西，我也找到了，我只是要一点黄金，他们就想把我杀了，还不是怕我知道得太多。三才，你有没有想过，哪天你也会落得这样的下场？"李老板冷笑。

"我不会的。"三才的声音很淡定，"非我族类，其心必异。"

沈人杰对这句话并没有太大反应，李老板的反应却很大。

"原来你——好好好！"

他连声说了三个好字，就陡然安静下来。

乓！乓！乓！
接连几声枪响，头顶的电灯全灭了。

沈人杰眼前，顿时陷入伸手不见五指的黑暗。

第 30 章

黑暗令人内心深处的恐惧无限放大。

沈人杰坐在冰凉的地上，控制不住胆儿发颤。

他想起自己在审讯室，听见老管家说袁公馆地下有黄金时，难以避免动了心。

沈人杰相信，甭看岳定唐道貌岸然的，他在听见黄金的那一刻，动心程度只怕不会比自己小。

但沈人杰没想到，自己一根金条都没见着，现在还被绑住双手扔在这个地方，眼看就要成为炮灰，连明天的太阳都不知道能不能看见。

他想起自己刚才在灯灭之前看见的一切，呼吸禁不住急促了一些。

收发报机、地图、柴油、枪械……
谁能猜到，袁公馆的地下，竟隐藏着一个这么大的秘密？

沈人杰对枪械认知不多，但刚才他慌慌张张，错眼一扫，竟仿佛还看见马克沁机枪的零部件。

直到现在，他还疑心自己看错了。

一般人家，柴米油盐酱醋茶，说到底，钱才是不可或缺的，所以哪怕袁秉道这样的军阀，也不忘囤积财富，因为有钱才能买命。

但谁会在地下室安放收发报机？

至于马克沁机枪，寻常防身自卫，暗杀袭击，一把手枪足矣。这种发明于1883年，并在战争里发挥重大作用的重机枪，一般只会在战场上出现，索姆河战役里，德军就曾用这种机枪，一天之内打死过好几万英军。

如此威力可怕的武器，为什么会出现在大上海一栋民宅的地下室？

难道当年袁秉道被排挤出四川之后，还念念不忘，想要东山再起，所以暗中准备筹谋？

如果不是他，又会是谁？

沈人杰不敢深思下去，他觉得这个坑很深，一不小心就会跌个粉身碎骨。

他只是想要立功升职，要是能顺带占点便宜，拿几根金条回去，那就更好了。

黑暗，依旧是黑暗。

不远处有脚步声，快速，敏捷，一闪而过。

沈人杰浑身神经都紧绷起来。

但很快，周遭又归于安静。

他知道对方两个人肯定都在伺机寻找对手的弱点，把敌人干掉，而他夹在中间，只是无足轻重的小鱼，但沈人杰也知道，这两个人绝对不会把他的命当回事。

他只能自己怜惜自己的小命了。

正在胡思乱想之际，肩膀忽然一沉。

沈人杰微愣过后，下意识就要尖叫出来。

他的嘴巴被死死捂住了。

"是我。"

气音带着温热的气息喷进沈人杰的耳朵里，他能感觉到对方连气音都压抑着。

是凌枢。

沈人杰顿时浑身瘫软，冷汗全出。

他想怪罪对方为什么这么晚才赶来，又想提醒他对方有两个人，身手一流，手里还有枪，但当下环境让沈人杰什么都说不出来。

凌枢将手伸到后面，给沈人杰解开绳索。

三才把绳结绑得很紧，手法专业，没有一点技巧是解不开的。

那头黑暗里传来重物落地的动静，不知道谁不小心碰翻了架子上的东西，随即又有枪声响起，双方必然在互相试探而且不想落了后手。

沈人杰的身体明显震颤一下，吓着了。

凌枢摸进来的时候，只来得及看上一眼，这里就彻底黑了。

他只能大概判断，他们现在应该是在角落，暂时不会被波及。

但如果其中一方向这边移动，就不一定了。

现在他急需摸清一个问题。

凌枢抓过沈人杰的手，在沈人杰掌心写下几个字。

谁在打？

按照推断，这其中一个应该是李老板。

那又会是谁在他们进来之前，就跟李老板交上火了？

沈人杰哆哆嗦嗦，总算反应过来，颤着手也在他掌心写下几个字。

三才。

凌枢惊疑不定。

他以为沈人杰弄错了，又写了两个字：内讧？

沈人杰简单明了回复：对。

乓！

一声枪声响起。

沈人杰吓了一跳。

不远处架子上的东西哗啦啦往下掉，整个架子被掀翻，产生连锁效应。

下一刻，他感觉有人往这边奔来，脚步急促，又非常迅速，不一会儿就已经到了背后。

沈人杰感觉自己被凌枢拽起，随后拽住他的那只手猛地松开——

凌枢后背被猛踹一脚，整个人不由自主狠狠撞上旁边的架子，放在最上面的发报机当头砸下，凌枢下意识避开，机器只擦着肩膀落下。

他顾不上许多，扭身扑向对方，一把抓住对方手里的枪。

对方索性用臂弯扣住他的脖颈，力道之大，凌枢一下也吃不住，手松开些许，下巴立马挨了一拳，眼冒金星，连退数步。

一点微弱的光芒亮起。

不知是谁点了一盏煤油灯，就在不远处的角落。

光亮起的那一刻，凌枢看见对方模糊的轮廓。

那赫然就是刚刚跟洪晓光搏斗，最后又被他打死的三才！

一个死人，怎么可能瞬间复活，又出现在了这里？

那就只有两个可能。

要么两个三才里，有一个是假的。

要么这两个人，都是三才。

电光石火，趁着三才下意识扭头去看动静，凌枢将人扑倒在地，两人瞬间缠斗在一起。

凌枢身手不差，但他之前受过伤，脑袋还晕乎乎的，三才身手却是异乎寻常地狠辣，招招都往要命处招呼，凌枢肋骨被扫中一掌，登时疼得说不出话来，被直接锁住脖子摁在地上。

对方面容狰狞，五指越收越紧，直接就想把凌枢当场掐死。

乓！

枪声传来。

不是他们这边的。

三才手里的枪已经被凌枢踢开了。

但三才难以避免顿了一下。

就是这半秒，凌枢趁机飞腿，直接踹在对方胯下要害上。

沈人杰也已经连滚带爬抢到枪，对准三才开了一枪。

三才往后倒去。

血从他的肩膀蔓延开来，但三才不管伤势，竟还爬起来扑向沈人杰。

后者根本没想过他反应会那么快，当即就被扑了个正着，枪在抢夺中走火，又朝天花板射了几次。

凌枢感觉自己现在连呼出来的气息都带着血腥味。

嘴巴里跟生了锈似的，不断有液体从鼻腔流入，又被他咽了下去。

脑袋比身体还重，摇摇晃晃不断往旁边歪，即便有那一丝微光，凌枢眼里所有事物也都是扭曲不成形的，人影散成几个，半点无法对焦。

凌枢忍不住揉揉眼睛，却摸到一手血。

他这才想起自己刚才被三才揍了几拳，不仅下巴肿了一圈，眼角也破了。

枪响数下。

沈人杰脸上多了一摊热血。

还有一些溅到嘴巴里。

他呆呆瞅着三才脑袋上泉涌而出的血，后知后觉地发现那一枪不是自己开出来的，刚才在跟三才抢夺的过程中擦枪走火，子弹已经全部用尽。

未来得及反应，他已经被凌枢推到后面柜子边。

"出来。"

他们听见李老板的声音。

阴冷，黏腻，像常年生活在地下的某种生物。

凌枢还记得他在新月咖啡馆跟李老板打交道的情景。

同一把声音，却可以说出完全不同的风格。

前者温厚老实大度，古道热肠。

后者辣手无情，一枪把同伙打死。

凌枢不得不承认，自己看走眼了，他也许怀疑过李老板的完美，却绝没想到对方竟能伪装到如此程度。

"刚才我没有杀那个巡捕，现在也不会杀你们，要杀的人已经死了，只要你们帮我把东西找出来，今晚的事情，我就当没有发生过。"

李老板的语速很慢，像是为了安抚他们，李老板没有再靠近一步，只是站在两三个柜子之外。

沈人杰看见凌枢朝自己打了个手势，示意他往里面躲藏，凌枢则往外移动。

"你要找什么东西？我们怎么相信你？"

不一会儿，沈人杰听见凌枢如是问道。

"一份外国文件。"
"什么语言的文字？"
"德文，也有英文版。"
"我不会德文，但能看懂英文。"
"很好，角落里有几盏还没用的煤油灯，你点起来，然后在最后两个柜子找，文件基本都在那里。"

凌枢知道自己一时半会儿死不了了。

李老板离开之前，肯定会把他们通通灭口，这份文件对他来说肯定很重要，所以他宁可让凌枢多活半小时。

自然，那得是凌枢在他掌控范围之内的前提下。

"你还有一个同伙呢？让他出来！"
李老板发现只有凌枢一个人提着煤油灯，眯起眼睛道。
凌枢指指门口的方向："他刚才受了伤，动不了了。"
李老板用枪遥遥指他，晃了晃："带我过去看看。"
凌枢带他走到门口，李老板果然看见沈人杰靠墙坐着，满头满脸的血，连眼睛都睁不开。

李老板眯起眼："那个跟你一道去咖啡馆的人，怎么不在了？"
凌枢："我与他本来就是短暂结缘，他想用我来立功，我想用他来脱罪，大难临头各自飞，他一个大少爷，上次遇险已经够了，怎么可能还跟我来蹚浑水？"
对方不禁冷笑："这就是你们多管闲事的下场！"
凌枢叹了口气："我人在家中坐，锅从天上来，莫名其妙就成了杀人犯，若是不积极一点为自己洗脱罪名，又怎会追查到这里来？也就不会看见人见人赞的李老板您，还有这么威风的一面了！"
"少废话，赶紧找文件！"李老板的语调毫无起伏，冷冷道。

凌枢走到最后两个柜子前面。
那里密密麻麻，全是一沓又一沓的文件。
每一沓前面都贴了个标签。

"你要的那份文件，开头字母是什么？"

李老板："也许是 m，也可能是 n，那两沓你都找找。"

凌枢："内容呢？大致是什么？"

李老板不耐烦："说了你也不明白，里面有一些机械构造的设计图，你把这两沓文件中有设计图的全部找出来就是了！"

凌枢把两沓开头字母是"m"和"n"的文件拿下来，开始一本本翻找。

灯光微弱，翻看起来很麻烦，但每当他的动作变慢，李老板就立时察觉到了，冷声呵斥并威胁他，迫使凌枢不得不又勤快起来。

文件越快找出来，就意味着他的死期也会越快临近。

凌枢开始没话找话："咱们相逢也算有缘，虽说你拿我做棋子，但你帮我解决了姓袁的，若非他当年夺我所爱，我今日也不至于沦落至此，若不是你陷害我杀人，我还本该多谢你的。现在你把三才杀了，外面那些人肯定也不会放过你，倒不如咱们三个合作，把外面的人解决，再把这里的黄金分了，你看怎么样？"

李老板没有吱声。

"你不说话，我就当你在考虑了，老李啊，你肯定不姓李，不过你肯定也不会跟我说真名的，就姑且这么喊你了。

"我说老李，你给他们卖命，尽心尽力栽培他们，他们却当你是外人，想把你灭口，到头来徒弟还想欺师灭祖，我能理解，这就跟当年杜蕴宁要跟我悔婚一样，那种被背叛的感觉，至今我都记得。

"话说回来，我刚才在上面明明看见三才了，怎么这里还有一个？他俩是双胞胎吗？"

李老板似乎嫌他烦，终于开口了。

"这世上哪来那么多双胞胎？只要刻意训练，连言谈举止习惯都一样，就算面貌稍有不同，也会让人产生分毫不差的错觉，你懂什么！"

凌枢恍然："你辛辛苦苦在新月咖啡馆经营那么久，也没有让人怀疑到身上，这份本事就不一般，老李，要不你收我为徒，也教教我，我保证不拖你的后腿！"

岳定唐真不知凌枢哪来的本事，对着李老板那么个阴狠毒辣的人，也能滔滔不绝说单口相声，但不可否认，他的话分散了李老板的注意力，让岳定唐得以一步步绕到李老板背后。

"你？"他听见李老板哂笑，"你还用得着我教？我看你声东击西不也熟练得很，可惜——"

他蓦地转身，枪口直直对准岳定唐。

说时迟，那时快，凌枢从地上一跃而起，扑向李老板后背。

枪声响起，李老板被凌枢扑倒，把子弹打偏了。

两人缠斗在一起，岳定唐无法冒险开枪，李老板似笃定他这一点，直接踹开凌枢，一枪打中煤油灯。

墙角两盏煤油灯被打翻，火苗顺着煤油很快蔓延至柜子上的文件。

岳定唐连开数枪，李老板胳膊中弹，闷哼一声，扳机连扣，似乎也打中了岳定唐的小腿。

刚才用三才的鲜血涂了个满头满脸在那装死的沈人杰突然一跃而起，趁着岳李两人缠斗之际，拽起凌枢就飞快往另外一边的门后奔逃。

"里面全是柴油炸药，会爆炸的！"

要不是凌枢刚刚救过自己，沈人杰才不想管他。

凌枢："你先出去，我回去救人！"

沈人杰不肯松手，声音里都带哭腔了："他们在我身上绑了炸药啊！"

凌枢一愣，就被他拽了出去。

他们前脚才刚逃出生天，身后就传来轰隆巨响。

地面震颤摇晃起来。

一场小型爆炸。

李老板死不足惜，可岳定唐还在里面。

凌枢定睛一看，他们出来的地方，并非刚刚进去的入口。

两人身后，是袁公馆后面那栋小楼，紧挨着小院柴房的位置。

不远处的空旷草地上，停着一辆卡车。

车上下来两个人，鸭舌帽黑夹克，一手棍棒一手拿枪。

这显然就是之前李老板口中在外面接应他们的人。

那两个家伙正一步步朝凌枢和沈人杰走来。

而身后，爆炸过后的地下室，一片死寂。

进退两难，四面楚歌，是他们现在的处境。

凌枢感到沈人杰抓着自己的手又开始发抖了。

如果对方那两人知道沈人杰现在身上绑着炸药，只要一枪，他们两个人立马就可以七窍升天，去见刚刚死不瞑目的三才。

第 31 章

前后只有不到三秒的时间思考。

身后是刚刚发生爆炸的地下室，旁边是袁公馆后院小门。

凌枢拽起沈人杰，闪身躲到门后。

得亏他眼明手快，就在他们的身体刚刚被墙体遮挡的瞬间，外面就传来两声枪响。

子弹慢了半拍，打在门框上，距他们仅有半步之遥。

沈人杰剧烈喘息，一句话抖成七八瓣："你、你先把我身上的炸药解开吧！"

他现在就像背着个死神，死神双手还放在他的脖子上，随时能将他掐死。

但来不及了，脚步声越来越近，那两个人已经跑过来了。

他们只能往小楼里躲藏。

这栋小楼，在袁家人口鼎盛时期，也住着袁秉道的姐妹和妾室，布置装潢必然不会差到哪里去，三层的楼梯，每层都有房间。

两人进去之后直奔三楼。

凌枢低声快速交代："等会儿上去，我们分开，一人从一边窗户下去，你什么都不用管，就往租界内跑！"

沈人杰："我……我不想和你分开，你别抛下我！"

凌枢："……"

这要是说话的是个年轻漂亮的姑娘，也许还有几分逃亡中的罗曼蒂克，但凌枢看着沈人杰那张泪光闪烁的圆脸，实在怜惜不起来。

"就这样定了，分开跑才有生机，我得伺机回去救姓岳的！"

凌枢实在没有多余的力气说话了。

他觉得打从大年三十前一晚，杜蕴宁出事起，自己就没过过一天安生日子，眼看真凶已经浮出水面，他却还要四处逃命，分分钟都有可能被爆头，死于非命。

头一阵阵地发疼，即便没有电灯，他也能感觉到天旋地转，跟醉酒之后的人似的，头重脚轻，如踩云朵，若不是脑子里还绷着一根弦，死死抓着楼梯扶手往上爬，现在怕是早就一脚踩空滚下去了。

沈人杰紧紧抓着他这根救命稻草，不敢片刻分离，只差跟凌枢来个生生世世你侬我侬的海誓山盟了。

追兵须臾就到。

凌枢正好爬到三楼，从楼梯口往下看，能看见一道黑影从门口进来。

皮鞋在木地板上的动静是瞒不过人的，哪怕对方刻意放轻了。

怎么只有一个？

疑问在心里升起，来不及细想，凌枢将沈人杰推进附近一个房间，指着房间里的窗户示意。

沈人杰拗不过他，只好松开手，临走前那个依依不舍的无声眼神，被窗外光线照了个正着，差点儿让凌枢掉一地的鸡皮疙瘩。

他自己则特意加重脚步，跑到走廊尽头的房间，又脱了鞋放轻脚步，折身奔入倒数第二个房间。

年轻男人走进小楼。

他的脚步不慢，步伐很均匀，似乎在无数个夜里，有过这样的经历。

小楼里没有灯，但他还是下意识把花格子鸭舌帽檐往下拉了拉。

他本想伸手去开灯，但很快又否决了这个想法。

有时候没灯，才更便于行动。

对方虽然看上去威胁不大，但花格子已经习惯去谨慎对待每个敌人。

他循着楼梯慢慢往上走。

皮鞋在木板上发出富有规律的响动，悦耳，动听，就像他扣下扳机的那一刻。

尤其是子弹打在猎物身上，对方发出的惨叫，更能令他感到愉快。

花格子心里想着，已经自动配上一首圆舞曲，但他面上依旧不动声色，拿枪的手稳稳举起，对准空无一人的长廊，站定片刻，才往第一个房间走去。

房门虚掩着。

花格子直接一脚踹开。

房门砰地撞上墙体又反弹回来，动静颇大。

借着外面的月光，房间内一览无余。

一张小床，方寸空间，仅此而已。

花格子的目光扫过门后的位置，转身前往下一个房间。

房间一个个看过，全部无人。

还剩最后一个。

四周寂静异常，但花格子相信，对方根本不可能在这么短的时间内跑掉。

何况他的同伴还守在外面。

哪怕对方从窗户遁走，他们也能立时察觉。

最后一个房间的房门紧闭，拧一拧，居然打不开，必然是从里面反锁了。

果然在这里。

花格子无声冷笑，举枪直接对准门锁来了一下，再踹开门。

这个房间大了许多，应该是以前的主人房改的，有大床、衣柜，还是个套间，有独立的盥洗室。

一眼望去，空空荡荡，花格子先上前将衣柜打开，又去盥洗室查看，都扑了个空。

他立马跑到窗边，俯身张望。

没有脚印，没有攀越的痕迹。

说明对方没有跳窗逃跑。

那就只有——

花格子立马俯下身去看床底。

几乎同时，一把香灰扑面而来。

花格子眼睛被眯住，扣在扳机上的手也立马按下。

乓！

乓乓！

没有听见惨叫，他心下一沉，手腕已经被拧住，剧痛传来，枪被甩飞，脑袋也被重重一脚踢中。

这一切，电光石火，绝不超过一秒。

花格子发觉自己还是小觑了对方，很快抓住床脚在地上顺势一滚起身。

对方想要打他，必然会从床底钻出。

果不其然，在凌枢探头的那一刻，他屈起手肘朝对方头颅狠狠撞去。

但对方反应极其敏捷，居然一下闪开了，这让花格子感觉有点诡异。

他们这次的任务，除了得到袁公馆的东西，就是把李老板灭口，但现在事情起了变化，花格子怀疑这其中还有别的势力。

难道李老板早已预知自己的下场，找来援手反抗？

思忖间，两人你来我往，已经过了数招。

善于格斗杀人的花格子很快发现一个秘密。

对方反应虽然快，身手也不差，但他的右手明显使不上力，出拳全是靠左手。

那么只要废了他的左手……

花格子眯起眼，右手掌心多了一片薄如蝉翼的锋刃，倏地滑向对方。

沈人杰觉得自己的命真是太苦了。

脚下就那么一点点石阶能站住身形，他还得费力抓住窗棂，避免摔下去。

这可是三楼。

就算楼下就是草坪，摔下去还是会要人命的。

更何况，他身上还有炸药。

想到那些炸药，沈人杰又是一阵心酸。

寒风中，一个人贴着三楼窗户外面的墙体，努力扮演一只壁虎。

拐角的另一面，花格子的同伙正从那边走来。

余光瞥及，沈人杰心急如焚，试图蹲下从二楼窗户溜进去。

腰间绑着炸药，他不敢用力弯腰，只能伸长了手去够窗棂。

话说回来，以他的身材，想要做出这个动作，也有点困难。

但他只有三秒的时间。

三秒之后，对方走过来，只要稍稍抬头就会看见他。

那时候将是他的死期。

三。

二。

一。

沈人杰默数，咬咬牙扑了一下，双手抓住窗户边缘，手一滑，整个人往下坠。

妈呀！

他差点儿尖叫出声，赶紧攀住窗台，双脚死死蹬在墙上稳固身躯。

但鸭舌帽已经走过来了。

他以丰富的阅历和经验，自然而然抬起头，看见了沈人杰。

一愣之后，鸭舌帽举起枪，动作迅猛，保险也同时打开。

完蛋了。

沈人杰心想。

他已经彻底放弃反抗，准备等死了。

当子弹落在身上，瞬间炸开，等待他的还不是一般的死法，而是血肉模糊，四分五裂。

太惨了。

沈人杰觉得，他这辈子最遗憾的，就是前两年隔壁邻居想把自己的胖闺女许配给他的时候，他看不上，觉得自己还年轻，怎么也得先立业后成家，找一个更漂亮的媳妇儿。

现在他后悔了。

甭管那闺女胖不胖，长得是不是有点丑，起码现在也能给他留个后。

乱七八糟的想法一下在脑子里炸开，沈人杰整个人七荤八素，像被地震摇晃的残垣断壁，甚至没有感觉到子弹打在身上的痛。

过了好几秒，他才发现，不是他的脑子在震颤，而是房子在震。

确切地说，是房子下面的地在震。

地震了？！

沈人杰往下一瞅，鸭舌帽没顾得上他，正下意识往爆炸的地方看。

他赶紧弯腰往窗户里使劲一翻，把身体倒腾进房间里。

沈人杰惊悸未定，想起爆炸来源。

那是他们刚刚出来的地方。

地下秘库，发生了二次爆炸？

沈人杰后知后觉想起自己那条"大腿"的安危。

保住命之后他的心思又活泛起来，只是岳定唐现在，怕是真的凶多吉少了。

李老板心狠手辣，来历成疑，沈人杰真怀疑岳定唐从对方手里活下来的可能性。

他暗暗叹息一声，跑到房间门口探头探脑，打算趁着没人时溜走，赶紧先去找救兵过来。

血，顺着胳膊流下，蜿蜒曲折，几乎将整个手背染红，又滴答滴答落在地上。

凌枢从鸭舌帽的尸体上费力爬起，动作扯动腹部的伤口，身体禁不住僵住。

良久，他才轻轻出了口气。

凌枢已经记不清，自己多久没有这样伤筋动骨了，以至于骨头都生出惰性，差

173

点儿就把命交待了。

以前不是没有受过更重的伤，但那些都是看得见的对手造成的，现在，算什么？

与躲在黑暗里不见天日的幽灵周旋？

他挪了几步，把刚刚被踢到角落里的枪拿到手，又抓着床柱稳住身形，走向窗边。

外面，一道黑影奔向爆炸来源。

凌枢举起枪，毫不犹豫地射击。

对方应声而倒。

他确定自己打中了对方，但他不能确定是否打中要害。

数九寒天，凌枢竟出了一头一脸的汗。

前胸湿漉漉的，他分不清是血还是汗，衣裳贴肉，腻得让人不舒服。

眼前像有星星在乱飞，每次闭上眼睛再睁开，都是一次艰难的尝试。

凌枢慢腾腾走到楼下，头也不回，道："扶我一把，我被划伤了。"

偷偷摸摸跟在后面的沈人杰："……"

沈人杰想问凌枢是不是后脑勺长了眼睛，但看着凌枢摇摇晃晃的身躯，沈人杰识趣地啥也没说，赶紧把他扶住。

爆炸处火光冲天，火势蔓延得很快，再过不了多久就会把地面的小楼也彻底吞噬进去。

趴在地上的鸭舌帽一动不动。

对方应该是被凌枢一枪毙命了。

沈人杰弯腰伸手，探向对方脖颈。

冷不防对方突然翻身，藏在身下的手掏出一把枪。

枪口倏地对准沈人杰。

枪响！

沈人杰一震。

鸭舌帽额心多了个血洞，身体往后仰倒。

沈人杰也直接瘫软在地。

第几回了，他今晚经历的生死瞬间委实多得数不过来了。

"凌老弟……"他有气无力喊道，"让我歇会儿吧！"

沈人杰实在是走不动了。

他知道自己现在应该去爆炸的地方看看岳定唐是否还有生还的希望，应该赶紧去巡捕房找人手过来，应该让史密斯调动所有人过来营救。

但他的身体叫嚣着，一根手指也动弹不了。

凌枢根本没法回应。

他张了张嘴，感觉喉咙里都是黏腻的血气。

此刻之所以还能勉强维持清醒，全凭一丝意志力在撑着。

他眯起眼，望向火光冲天的地方。

仿佛有个人，从那里缓缓走出，身形轮廓映在火光之中，如同凤凰涅槃。

是岳定唐，还是李老板？

凌枢一时竟分不清了。

他想举起手里的枪，却发现自己的身体正往后仰

最后的意识，是头顶浓浓的硝烟和从乌云后面探出半面的皎洁月亮。

也许，醒来的时候，天就亮了。

凌枢缓缓合上眼。

| 卷二 |

神秘的预告信

这是第三封死亡来信了。

第 32 章

凌枢闻到了花香。

迎面而来的是水仙，馥郁浓厚，伴随着嗅觉的清醒，花香立时在鼻腔各个角落里流窜，企图占据他的五感六觉，然后才是丝丝缕缕的清雅，独属于冬天的气息，越是严寒，它就越能绽放异彩。

谁家的梅花开了？

凌枢混沌的脑袋在接触到满眼白色的瞬间，记忆慢慢恢复。

兜兜转转，又回到了医院。

他轻轻叹息一声，旁边马上有人察觉了。

"你怎样了？"

轻柔的、小心翼翼的女声，带着惊喜。

不是他姐姐，但有点熟悉。

凌枢眨了眨眼，对着浓妆艳抹的漂亮女人茫然片刻，才终于想起来。

这是雅琪，他在翡冷翠认识的舞女。

"还好，给我点水。"他舔舔干裂的嘴唇。

雅琪忙起身倒水，又坐到床边，扶着他的脑袋喂下。

软玉温香，温柔小意，换作任何一个人，都会觉得享受。

凌枢也不例外。

不过为免误会，他还是选择主动从对方手里接过杯子。

虽然这个动作比平时多花了好几秒。

"你……怎么找到这里的？"

"我问了程思，央他带我过来的，他还要回去执勤，先走了。"雅琪拿起一个苹果削皮，时不时抬头看他一眼，含情脉脉，秋水潋滟，"我都听说了，你是被凶手诬陷的，幸好现在洗脱嫌疑了，那时你被抓走，我真怕再也见不到你……"

凌枢的重点集中在其中一句："凶手？抓到凶手了？"

雅琪疑惑："凶手不是都被炸死了吗？报纸上写的。"

凌枢："有报纸吗？给我瞅瞅。"

雅琪左顾右盼。

"这里没有，别的病房或许有，你等会儿，我去给你拿一份！"

没等凌枢反应过来，她就踩着高跟鞋跑出去，不一会儿又噔噔噔跑回来，拿回一份当天的早报。

《袁公馆案尘埃落定，真凶竟然是他》。

耸动的标题足以吸引任何一名读者。

报道用了一整个版面，从上海名媛杜蕴宁横死家中开始，洋洋洒洒写到袁公馆爆炸，最后才提到新月咖啡馆的老板。因为杜蕴宁是咖啡馆的常客，他在得知杜蕴宁身份之后，就起了歹念，派人接近杜蕴宁，想通过仙人跳，来谋夺袁家的财产，可惜竹篮打水一场空，最终跟帮凶一道葬身火海。

笔者又用数百字，介绍了李老板平日里乐善好施的为人，此事一出，左邻右舍在采访中的反应尽是不肯置信，都说李老板不像是会干出这种事的人，更有甚者，怀疑李老板是被冤枉的。

报道还提到，袁冰因吸食大烟过量，死于巡捕房，他们夫妻俩膝下无子，袁家尚留下一些存在保险箱里的财产，无人继承，只能暂时由公家保管，等袁冰两个姑姑回来认领。

凌枢的目光定格在袁家两栋小楼被大火肆虐后的黑白照片上。

报道无疑是详尽的，记者想必也做了不少功课，以这份报纸的公信力来说，内容即便有些夸张，也不会夸张到哪里去。

也就是说，记者认为自己把听到看到的，都如实写上去了。

但凌枢知道，这份报道里，有许多是与事实有出入的。

李老板虽然心狠手辣，但他只是听命行事，能够使唤动三才的人，也许才是真正的幕后主使。

袁冰死前，他的姑姑曾经出现过，但这一段，也没有被报道出来。

看似花团锦簇，实则只是给不知内情的市井小民看的，对凌枢而言，半点价值都没有。

"怎么了？"雅琪见他久久不语，有点担心。

凌枢摇摇头，合上报纸，正在考虑是要面露疲态委婉送客，还是直接闭眼往后一躺了事，有人推门进来了。

雅琪看见来客，先是一愣，再瞅瞅凌枢，心里有些不痛快，再听见凌枢喊姐姐，心情立马又不同了，仿佛从含沙的春天一下跳跃到灿烂的夏天，以无比真诚自然的笑容迎上去。

凌遥见凌枢已然清醒，先是面露惊喜，在看见雅琪时又有些意外。

"这位是……"

雅琪主动迎过来："您好，我叫雅琪，是凌枢的朋友。"

她没有说自己的姓氏，也没有说自己是在读书，还是工作或嫁人了，但凌遥从她的打扮和气质里不难猜到。

"你好，我是凌枢的姐姐，多谢你来看望他，凌枢平日惹是生非，有他这么一个朋友，想必给你添了不少麻烦。"

雅琪忙道："没有的事，听说凌枢受伤了，我也很担心，只是之前找不到他在哪家医院！"

凌遥笑吟吟的："那现在看见他没事，你也该放心了，你这样年轻，应该是还在上学吧，现在正是学校上课的时间，快回去吧，别耽误课业了！"

雅琪欲言又止，既想多留一会儿，又对自己的职业难以启齿，勉强笑了笑，只好起身告辞。

她一走，凌遥就瞪向病床上的人。

"你瞧瞧你，成天都招些什么人！"

凌枢满不在乎："雅琪是个好女孩儿，只是沦落风尘，身不由己，姐，你何时变得这般庸俗了？"

凌遥伸手就想戳他脑门儿，看见他脑袋上厚厚一圈纱布，最终还是没忍心下手。

"你要是有这份招蜂引蝶的本事，就赶紧给我找个正经的弟媳，别成日跟舞女厮混在一起，能有什么出息！"

凌枢被她念得头疼，有气无力道："你再念我，我要跟春晓姐告状了。"

这小兔崽子！

凌遥牙痒痒，恨不得把自己手上的水壶直接塞他嘴里。

"姓岳的呢？他没受伤吗？"凌枢动不了，嘴巴一刻也没闲着，又问。

"他伤得不比你轻，肩膀中了刀，腿中了枪，不过好在性命也没有大碍，岳家找了人，给你们安排到单间，让你们更方便休养，他就在你隔壁。"

凌遥至今都记得凌枢被从手术室里推出来的样子，要不是丈夫撑住她，她只怕当场就软倒下去了。

"你们是怎么把自己弄成这样的？追查案子那么危险吗？你这警察不如不要当了，我让你姐夫重新给你找一份工作，干什么都不重要，最重要的是平安……"

"姐，"凌枢无奈道，"这次的事情，跟我是不是警察没关系，我现在还能坐在这儿跟你说话，正是说明我继续追查是对的，你也清楚的，一身伤换洗脱杀人嫌疑，不亏。"

凌遥视线落在他那只被包裹得里三层外三层的左臂上，眼眶登时红了。

"你快帮我瞧瞧桌上的礼物都是谁送来的！"凌枢撒娇道。

凌遥没辙，只好走到桌边，拨弄那满满一堆的东西。

有花，有用的，也有吃的。

不看不知道，她的弟弟的确有挺多人惦记。

特别是女人。

不仅仅是刚才的雅琪，还有两个以前跟他有过往来的舞女，也都送来了慰问礼物。

凌遥眼不见为净，直接跳过那几个，去看别的。

"这我知道，是程思送来的，还有你局里几个伙计，一道过来看你，那会儿你还没醒，他们很快就走了。

"这是何幼安送来的花，还有两张电影票……咦，是那个电影明星何幼安吗？"

凌枢懒懒道："你现在知道你弟弟的能耐了吧？"

凌遥啐他一口："肯定又是靠你那张脸去招摇撞骗！"

凌枢："……"

凌遥自然而然将两张电影票没收。

"看你表现再还你。"

凌枢知道她喜欢何幼安，便道："你与姐夫去吧，我也不爱看电影。"

他说完，忽然想起一件事。

"我之前出来的时候，身上那件大衣哪儿去了？"

"你找它做什么？那件大衣被你弄得那样脏，还破损了，我正打算找个机会拿去让人修补呢，若是缝补不了，也只好送给你姐夫的乡下亲戚去穿了。"凌遥的语气颇为惋惜。

凌枢："快将它拿来，我放了些东西在里面，让我先拿出来！"

"你现在安安分分给我养伤，既然罪名嫌疑都洗清了，还需要什么东西？"

"你别管，快拿来便是，姐，你最好了，你不给我看一眼，我睡不着！"

凌遥拗不过他，只好起身去盥洗室将挂在墙上的大衣拿下来。

拿的时候还得小心翼翼，因为上面沾满了尘土，得亏原来就是灰色的，若是浅色衣裳，现在怕完全没法看了。

"喏。"

凌遥将大衣递过去，就见凌枢一把抓过来，单手伸进去掏来掏去，一会儿惊疑不定，一会儿面露喜色，比川剧变脸还要精彩。

"里面到底有什么，瞧你宝贝的！"

凌枢抱着衣服不肯松手。

"姐，你回去吧，它陪我度过了生死浩劫，现在是我的患难兄弟了，我要抱着它才能睡着。"

凌遥："……"

她眼睁睁瞅着凌枢将那件脏得不成样子的大衣搂在怀里，跟宝贝似的，只差没凑上去亲一口。

凌遥怀疑她弟脑子可能也撞坏了，而且坏的还不是寻常方向。

对方不仅搂着大衣，还开始赶人。

"姐，你先回去吧，不还得给姐夫做饭吗？明天再来好了，我没事的。"

凌遥无语片刻，实在拿他没办法，只好拎包离开。

"那你自己注意着点儿，要是有什么事，随时叫护士，我晚上再给你送饭过来，有你最喜欢的葱油拌面。"

"谢谢姐！"

凌遥一走，他立马把衣服暗袋里藏的东西掏出来，掂了掂，喜形于色。

四根小黄鱼。

大约四两黄金。

这可是拿命换来的四两黄金。

有小黄鱼，就有大黄鱼，小黄鱼一根一两，大黄鱼一根十两，凌枢本想摸两根大黄鱼的，可掂量着实在太显眼，只能退而求其次。

还没来得及焐热它们，外面就有人推门进来。
谁这么没礼貌，连门也不敲？！
凌枢赶忙把小黄鱼随手往身下一塞，被子盖上。
岳定唐自己转着轮椅进来了。

"你醒了？"他奇怪道，"怎么满头大汗，要不要我叫护士？"
凌枢："不用，那是突然看见你劫后余生，激动的。"
岳定唐："……"

第 33 章

"看见我，有那么激动吗？"
岳定唐上下打量，露出古怪神情。
小黄鱼放在大衣里不显，但隔着薄薄睡衣，腰下黄金随着身体挪动的感觉，就像鹅卵石硌着皮肉。
凌枢扯出一抹虚弱的笑容。
"咱可是死里逃生的患难之交，能不激动吗？你后来怎么跑出来的？"

岳定唐一边肩膀受了伤，很难单手推轮椅，索性拿了拐杖撑起来，一瘸一拐走到凌枢床边坐下。
"屋里有暖气，你还冷成这样，盖着被子还得把大衣搂着？"
凌枢把大衣搂得更紧一些："这也是我患难与共的兄弟，谁都不能把我们分开。"
岳定唐的表情就跟几分钟前的凌遥一模一样。
他叹了口气，从病号服的口袋里拿出巴掌大的半片纸。
"你先看看这个。"

纸片是一份文件的其中一页。
但那也仅仅是它原来的样子。
凌枢只能看见纸片上有四五行英文词句，还都是不完整的。
边缘乌黑焦黄，字迹中央还有几处烧焦的小洞。

以岳定唐的作风，如果可以带出一整份文件，他必然不会只带这么半片纸。

当时情况，只会比想象中的更加危急。

对方将纸片递过来时，凌枢才发现他病号服下面的半截手臂也有被火灼烧过的伤痕。

"从上面仅存的字句来看，应该是跟那些军火的来源有关。"凌枢仔细辨认上面的单词，"英国联合运输公司……

"中间还有名称，但看不清了，这个公司在 1920 年运输了一批火柴和药品到中国，应对即将可能发生的危险局面。

"后面全被烧了，唔，还有一个词语，我看看，street fighti……最后两个字母也许是'ng'？巷战？为什么会提到巷战？

"只能看出这么多东西，如果能拿到一整份文件，我们就能知道更多。"

"当时火势蔓延很快，我没来得及把文件抢救回来，差点儿连人也折在里面。"

岳定唐回忆起之前的情景，千钧一发之际，他没有跟在凌枢他们后面跑，而是扭头去了他们进来的入口，前脚刚走，后脚爆炸产生的气流就引发了地下室坍塌，岳定唐好不容易跑到上一层，李老板紧追不舍，也跟在后面上来。

岳定唐本来还想把洪晓光也一并带走，李老板却不肯放过对方，似怕他暴露太多信息，直接一枪把洪晓光解决，两人为此在地下周旋缠斗，浪费了不少时间，等到二次爆炸发生时，他甚至差点儿就葬身火海了。

凌枢摸着下巴。

"没关系，观一隅而见全貌，我们可以大概推测一下。

"袁家地下那批军火，应该就是跟文件里说的这批货物一起运过来的，甚至所谓的火柴和药品，可能也只是一个名目而已。

"我记得，1919 年，战争结束没多久，欧美就联合日本，对华实行武器禁运。但实际上，这个措施并没能得到落实。"

岳定唐："不错，很多武器照样可以拆分运送过来，各地军阀也继续跟欧美购买军火，只不过明面上肯定还要遮掩一下，所以才用了药品的名义。"

凌枢："这些东西抵达之后，一直没有出过上海，可见订购这批货物的人，本来就是想用于此地，只是后来没有派上用场。那么问题来了，二十年代前后，上海面临过什么可能到来的危险局面？"

十余年前的事情，当局者迷，他们很难一下子回忆起来。

印象中，上海自开埠，日益繁荣，大事倒也不少。

那会儿还是军阀混战正酣的时候，而上海——

好像是皖系军阀的地盘。

段祺瑞、徐树铮、段芝贵……

凌枢脑海里掠过一个个人名。

这些耳熟能详的人名，当时都是皖系军阀的头面人物，当然现在十余年过去，有些业已作古，本地许多少年郎也未必知道这段过往，但他们又跟这些军火有何关系？

凌枢忽然灵光一闪，想到了一个可能性。

间接的利益。

"袁公馆最初的主人是英国人。"

岳定唐忽然开口道。

"当时皖系军阀投靠了日本，也许是英国人担心日本利益急剧扩张，最后爆发冲突，蔓延到公共租界这里，所以才准备了这批东西，以备不时之需。但是后来，局势变化，皖系也陆续失势，这批武器就没用上。"

如此看来，之前买下这宅子的英国人，身份必定也不简单，包括当初他为什么突然扔下房子和下面的东西，任其出售，此人如今是生是死，等等，只是年代久远，许多细节也无法追查。

至于袁秉道，他很可能不知道黄金下面的秘密，否则不会把自己辛辛苦苦从四川运来的黄金藏在军火库上面，那么当初又是谁给袁秉道推荐了这所房子，推荐人知不知道这所房子下面隐藏的秘密，就不得而知了。

而三才听命的人，很可能从英国人留下的信息，或者其他渠道，得知了这个秘密，所以才派出李老板，处心积虑想得到房子。

"李老板呢？"凌枢问。

岳定唐摇头："火灭了之后，巡捕房的人负责清理善后，目前只找到两具尸体，初步认定是洪晓光和老管家，不排除后续还有发现。"

老管家被三才打晕在二层入口处，后来场面混乱，众人自顾不暇，自然也没法把年迈且无法动弹的管家营救出去。

凌枢："新月咖啡馆？"

岳定唐："也去查过了，史密斯亲自带人过去的，伙计一个没跑，全被抓回去了，但从初步审问结果来看，他们什么也不知道。在他们眼里，李老板就是一个彻彻底底的好人和恩人。"

这是合乎想象的结果。

知道的人越多，事情败露就越快，以李老板的心机，当然不会在这些小细节上暴露。

如果不是洪晓光主动招供，他们可能至今还无法将李老板和案件联系起来，即便有所怀疑，也很难确认。

凌枢问起沈人杰。

岳定唐："他被烧伤了，还摔断一条腿，但没大碍，总比没命好。"

若是没有意外，这件案子很快就会以结案的方式告一段落。

杀害杜蕴宁的凶手浮出水面，天网恢恢，真凶葬身火海，有头有尾，十分符合群众喜闻乐见的因果循环、报应不爽结局。

袁公馆化为废墟，真凶同时被烧死，也免去了后续追踪缉拿的麻烦，正是史密斯想要的结果，进可对上面交代，退可尽情在报纸上吹嘘，不管怎样都能吹成天大的功劳。

对凌枢而言，他的嫌疑彻底被洗清，也不失为一件好事。

更何况……

"你不舒服？"

岳定唐看着他在被子下面轻微扭动。

幅度不大，但离得近，就显眼。

"还行，背有点痒。"

"搂着脏衣服，能不痒？"岳定唐蹙眉，伸手把那件大衣拿走，"哪里痒？我叫护士来帮你挠挠？"

凌枢："不用，我一个大男人，男女授受不亲，等会儿我自己来就行了。"

岳定唐："……"

他可还清楚记得凌枢在翡冷翠舞场里拥美谈笑的一幕，再看桌子上送来的卡片上的口红印，很难和眼前说"男女授受不亲"的这人联系起来。

"你转过身去，我帮你挠挠。"

"那哪好意思？你先回去休息吧，我看你受伤也不轻，赶紧回去休息吧，不用管我了！"

话还没说完，岳定唐已经掀开他的被子。

病号服被凌枢自己往上蹭，露出一片白花花的肚皮，中间贴了纱布，那是之前被捅伤的地方。

周边常年不见阳光的部位，比女人还要细皮嫩肉。

"你做什么？！"

凌枢"咝"的一声，待要反抗，却因动了受伤的手，疼得牙一颤，身体已经被翻过去。

四根小黄鱼赫然入目。

金灿灿的，在灯下闪烁光芒，诉说无言诱惑。

凌枢未来得及伸手，对方已经把他还没焐热的财产顺走了。

"快还给我！"

"你哪来的小黄鱼？"

岳定唐把手举高，凌枢够不着，又不可能翻身起来抢。

"我姐给我的！你想咋的？堂堂岳家老四，光天化日还当起劫匪了，要不要脸！"

岳定唐似笑非笑："大姐给你的黄金，上面还刻着'崇祯'字样？"

凌枢脸不红心不跳："怎么？我们凌家也算富贵过，还不准有点家当了？"

岳定唐："自然可以。既然如此，我回头先问问大姐，如果真是她给的，我再还你。若不是，我权当帮你保管，以免你又随意挥霍在那些舞女身上。"

凌枢气笑了："姓岳的，你也太厚颜无耻了吧！"

岳定唐将小黄鱼收入口袋，表情意味深长。

"你很快就会感谢我的。"

养病的日子枯燥而且无聊，凌枢没几天就嚷着想出院，又被凌遥无情镇压。

反倒是岳定唐被获准出院回家疗养，不必像他一样继续被困在这里。

岳春晓倒是每隔三两天就来看他一回，就算自己来不了，也会遣用人过来送点汤汤水水，等十天半个月后，凌枢终于可以出院时，非但没有瘦下来，反倒胖了一圈。

一回到警局，程思见了他，就啧啧出声。

他一掌拍过来，却不防凌枢露出吃痛的表情，忙把手收回来。

"你没事吧？伤还没好啊？"

"扯到伤口了！"凌枢白他一眼，"袁公馆被烧成什么样你也见着了，换了你能那么快痊愈啊？！我就是被关在医院久了，实在待不住，央着医生给我出院的！"

程思笑嘻嘻："那敢情好，双喜临门，今天你得请饭，受了伤不能喝酒，我也不勉强你，但你可以点给我们喝啊！"

凌枢一脸你脑子坏了的表情："哪来的双喜？"

伤口现在还没痊愈不说，他一想到自己那四根小黄鱼，就想把岳定唐的脑袋拧下来做成酥炸黄鱼。

程思："你要高升了！"

第 34 章

"今天一大早，你还没来的时候，老鬼就来了，见人就问你在哪儿。"

老鬼是他们江湾区警察局级别最高的那个头儿，因为形容消瘦黝黑，笑如洪钟，人称老鬼，久而久之，大家只记得他本姓是江，人前喊江局长，人后喊老鬼，已然忘记了他本来的姓名。

"我本来还以为是找你碴儿呢，见他满面春风的又不像，就让竹竿去打听了一下，旁敲侧击，让你提前有所防范准备，怎么样，我这兄弟够义气吧？"

程思绘声绘色，得意扬扬，下意识又要用手肘去撞他，凌枢眼明手快跳开半步。

"然后呢？"

"然后竹竿从老鬼那里大概打听到，好像是想带你去市局办点什么事，反正不是坏事，坏事他能那表情吗？既然不是坏事，那就是出风头了？出了风头回来，你不就要高升了？"

程思啧啧两声，为自己完美的逻辑推理感到自豪。

凌枢无语："你要是办案有这积极的劲头，现在还愁不能升职吗？"

程思嘿嘿笑，勾肩搭背："我现在就指着你提携我了。"

话刚说完，从局长办公室出来的同僚就过来喊凌枢了。

"局座让你进去一趟。"

程思冲他挤眉弄眼。

"你看，说曹操，曹操就到。待会儿可得帮我美言几句啊！"

凌枢懒得搭理他，整整衣冠，迈步走进局长办公室。

"老鬼"江局长正在桌后批阅文件。

他早年面部受过伤，从鼻翼到嘴角有一道斜斜的疤痕，恰似天然法令纹，不笑的时候不仅显老，还有些狰狞，众人摸不清他到底是喜是怒，都不敢轻易冒犯。

凌枢心想，程思到底是怎么看出他满面春风的，也是绝了。

"局座好！"

他立正敬礼。

"您找我？"

江局长"嗯"了一声，抬起头看他，居然缓缓绽放笑容。

但他的笑容配上疤痕，委实有些吓人，江局长似乎自己也意识到了，立马又收敛起来，只是尽量让眼神变得温和似水。

凌枢禁不住在内心打了个寒战。

"今天我去市局办点事，你陪我走一趟吧。"

江局长说道，起身收拾桌上文件。

凌枢很有眼色地上前主动揽过活儿，顺道还冲茶倒水，把桌面打扫干净，从衣架上拿来衣帽给江局长换上。

江局长看他的眼神果然更满意了，那表情像是在说：以前怎么没发现你这么个人才？

凌枢回以憨厚一笑。

江局长不是个磨蹭的人，说走就走，喊来司机开着小汽车到门口等候，带着凌枢分头上了后座。

凌枢无辜道："局座，我这种小喽啰，平时也接触不到市局的人，怎么突然把我带过去，是不是我犯了什么错？"

江局长靠在后座，闭目养神。

"前段时间，你不是卷入一个案子吗，上海名媛凶杀案？"

凌枢："是，不讨已经还我清白了，之前我已经让程思帮我请假了，就怕给局里带来不好的影响。"

江局长露出一丝微笑："这件案子我也听说了，你的确是被无辜牵连进去的，而且听说你还协助老闸捕房侦破了案件，将真凶缉拿归案？"

凌枢谦虚："这都是侥幸，差点儿连命也没了，医生本来不准我出院的，说我腹部被割了一刀，手也受了重伤，起码得静养一个月，但我心系差事，又怕耽误了局里的重要任务，这不紧赶慢赶，强烈要求，医生拿我没办法，还是让我带伤回来了。"

若换了旁人如此吹嘘，江局长怕是一个冷眼就过去了，但他今日的脾气竟是如此之好，非但没有打断凌枢，眼神还更温柔了。

"好，不错！少年人就该有这样的朝气和毅力，打从你刚进局里的那一天起，我就一直在默默观察你，果然不负我的期待！"

凌枢："……"

这也太反常了。

区局说大不大，说小不小，平时这位江局长来去匆匆，他也没打过几回照面，更何况是让江局长反过来吹捧自己。

难道他死去已久的老爹其实还活着，忽然摇身一变，衣锦还乡，他们凌家再度崛起，他也重新跟着得势？

还是他姐夫突然高升，一跃成为连警察局长都能不放在眼里的大人物，让所有人匍匐在脚下，他这个妻弟也立马鸟枪换炮？

凌枢天马行空地胡思乱想，小汽车一路畅通无阻，很快就抵达市局。

而他也终于知道江局长对他的容忍度为什么会如此之高了。

因为市局有个会议，副市长与各界贤达都出席了，前者还点名要见江局长和凌枢。

当然，主要是想见凌枢。

"这位就是协助侦破袁公馆案，表现英勇的警界后起之秀？"

不仅副市长在，市局黄局长也在。

在他们身旁，还站着一位老熟人。

岳定唐。

面对副市长和蔼可亲的问候，凌枢回以无辜纯良的笑容，配合江局长的吹嘘和谦虚，当好一个尽责尽职的陪衬品。

虽然他还不知道，明明是为自己洗刷清白的行为，怎么就成了功劳。

要说功劳，应该也是算在岳定唐和租界捕房头上，租界那边绝不可能轻易将功劳拱手相让，更何况是让给凌枢这样一个没有来头背景的小警察。

但这样魔幻的事情，竟然发生了。

要不是亲身经历，凌枢都不会相信。

他直觉这件事情跟姓岳的有关。

吞了自己四根小黄鱼的岳某人，此刻正西装革履站在几人身侧。

不必退让避其锋芒，不必刻意插话显其高调，自然而然就让不少眼光落在他身上。姓岳的还面无表情，装出一副道貌岸然的模样。

凌枢在内心撇撇嘴。

以凌枢的职务，能和副市长见一面并说上几句话，就已经是无上光荣，接下来的会议自然也没有他的事，凌枢可以溜号，不过还得等江局长开完会才能一起回去。

在短短一个半小时的会议时间里，凌枢直接把市局每个角落都逛遍了，认识了每个部门里在那个时间段上班的人员，连楼梯间清理垃圾的工人都没放过，把人家早饭吃了什么、午饭准备吃什么都摸清楚了，眼看会议时间差不多了，才诡诡然回到江局长的临时休息室。

但开完会回来的江局长并没有带他一起走，反而给他一句话。

"你不用跟我回去了，先熟悉一下这里的环境，待会儿会有人带你去新部门，明天起你就在市局了。"

凌枢很讶异，他还真升职了？

"您早上还夸我，这就不要我了？"

江局长被他逗笑了："要是早点知道这个消息，我还真舍不得放走你这个福将。不过你现在既然立了功，市局这边也问我要人，我总不能再耽误你的前程，只希望你以后前程似锦的时候，不要有了新人就忘了旧人啊！"

凌枢："您是老领导老上司，我走到哪里都会记着您和江湾区分局的，不过这新职务也来得太突然了，我这儿还一头雾水呢，您能不能给点拨点拨？"

江局长道："倒也不突然，只是你在住院不知道，立功的通知前几日就下来了，这边催得急，你就先过来报到，授奖过些时间也会有消息的。"

凌枢："那具体的职务名称是什么？"

江局长："市局顾问助理。"

凌枢内心升起不祥的预感，犹抱着一丝希望问："这位顾问是……"

江局长："你刚不是见着了？就局长旁边那位，岳定唐岳先生，你的老熟人。"

凌枢："……"

那一刻，凌枢的表情只能用四个字来形容。

五味杂陈。

自从杜蕴宁死的那天起，自己就好像摆脱不了这个姓岳的了。

走到哪里，这人的阴影就笼罩到哪里。

虽然不可否认，没有岳定唐，这案子现在能不能破，还两说。

最起码他那些人脉，还是挺好用的。

但凌枢实在不乐意跟他相处。

在凌枢看来，姓岳的让人捉摸不透，又很喜欢多管闲事，要跟他走得近，不知哪天就被带阴沟里去了。

案子一结束，他立马找借口歇着，巡捕房那边传唤他去问话做笔录，凌枢也能拖就拖，岳定唐来医院看过他两回，都被凌枢找借口躲过去了，就是不想再跟姓岳的有什么瓜葛。

以岳定唐的聪明，想必也能看明白凌枢的暗示：咱们过往没啥交情，以后也各走各路，各找各妈。

结果现在——

凌枢露出牙疼的表情。

江局长呵呵一笑："你也挺惊喜的吧！"

凌枢：……您哪只眼睛看见我脸上哪处地方散发着惊喜？您说，我改。

江局长："听说你跟岳四还是老同学，那岳家的情况，你应该也知道吧？"

凌枢勉勉强强："知道一点。"

"那你就应该知道，寻常人想找岳家的关系，还不得其门而入，你现在近水楼台，不趁机利用起来，还等什么时候？这老同学的感情经营好了，以后你的前程还不是一路开绿灯？"

平时话不多的"老鬼"，难得语重心长多说了两句。

凌枢有苦难言，只能挤出一个笑容："多谢长官教诲，我一定铭记在心！"

江局长拍拍他的肩膀，走了。

凌枢先去人事科报到。

这不是什么难事，他刚才已经把这里摸得七七八八，又有副市长的接见、杜蕴宁案子的加成，也算是小有名气了，人事科自然不会在这种小事上拖拉卡拿，三两下就给他办好手续。

凌枢这才知道，岳定唐作为市局顾问，虽然没有警衔，也不必辞去他大学教授的正职，却在这边有独立办公室，每个月还有不菲的薪金酬劳。

再反观自己……

凌枢已经不想反观了。

他似写给自己，
又似写给他人，
终归是想给一个永远无法寄到的人。

同一所学校出来的老同学、老对头、老冤家，甚至曾经是情敌，结果现在一个上级、一个下级，他只要一想到自己管姓岳的叫长官，就有种生无可恋的感觉。

还未做好心理建设，冷不防门一开，里面的人在视线里冒出来。

两人面面相觑。

"你站在这里做什么？"

岳定唐看见他手里的文件，笑了。

"他们真把你派过来了？"

凌枢暗骂：难道不是你故意为之吗？他深吸口气，立正敬礼。

"长官好，我奉命前来报到！"

"进来吧。"岳定唐原想出去一趟，看见他来了，又折返到办公桌前。

凌枢假惺惺地笑："我也没想到还有能跟长官您朝夕相处共事的机会，实在荣幸非常！"

岳定唐点头："那倒也是，的确是你的荣幸。"

凌枢："……"

岳定唐挑眉："你不会以为我是故意问他们要人，把你要过来磋磨的吧？"

凌枢："卑职哪敢这么想！"

岳定唐："杜蕴宁的事情了结之后，我陪同史密斯去跟市局交流此案的时候，遇到了上回在领事馆宴会上遇到的黄局长，对方邀请我来担任市局的顾问，本来我是拒绝的，但盛情难却，只好勉为其难，走马上任，以微薄之力为大众效劳。"

凌枢：虚伪，这话说得太虚伪了！你看看，连墙角的壁虎都听不下去溜走了。

岳定唐："正好呢，大姐也来找我，说想给你换一份工作，怕你再有什么危险，我一想，市局怎么说也比区局安全，而且是高升，你姐肯定乐意。"

凌枢：跟着你，指不定哪天就被你坑死了，我姐肯定更不放心。

岳定唐："不过你原先职位太低了，突然一下跳到市局，别人肯定说闲话，你的上司也未必肯放人。所以我就让人顺便从上到下打点了一下，让你能顺顺利利过来。现在你知道你那四根小黄鱼的作用了吧？"

凌枢："四根小黄鱼，够您从上到下打点一遍？"

岳定唐点头："是不够，所以我自己还贴了不少，这算是你欠我的。"

凌枢："……"

他为什么要这么嘴欠，刚才不接茬儿不就完事了吗？

岳定唐："不过你放心，我不会算利息的，大姐已经跟我说了，到时候由她来监督你，每个月你的工资上缴一半，用来偿还债务，以免被你用去花天酒地。"

凌枢："？？？"

岳定唐笑了笑："我相信，你能明白，大姐是为你好。"

凌枢嘴角抽动，面容微微扭曲，几乎感觉要控制不住发痒的手。

"你都跟我姐商量过了，我怎么不知道？"

岳定唐的表情和蔼可亲，就像对待一个不懂事的晚辈。

"为你好的事情，你无须知道那么多。"

凌枢："……那么岳长官，请问我以后的办公桌在哪里？我想回一趟区局，把原来的东西搬过来。"

岳定唐指了指办公室内另外一张桌子。

"你就在这里吧。"

抬头不见低头见。

以后他每天都要在姓岳的眼皮底下干活了。

凌枢内心一片惨淡，就像萧索秋风里死死咬住树枝不肯离去的叶子，最终还是要被无情刮走，徒留伤痕遍地。

岳定唐却没给他太多适应调整的时间，就把一份文件塞过来。

"现在我得出去一趟，你帮我把这份东西送去引翔区的警察局，交给他们姓陆的副局长就行，顺便给你半天的假，让你把东西搬过来，你没问题吧？"

凌枢半天没吱声。

他的脑袋微微垂着。

表情有些看不清，但从眉毛和发梢颤动的频率来看，内心正处于激烈的挣扎交战之中。

原本还没恢复的、苍白的脸色，好像又虚弱了一些。

警服袖口伸出来的手臂还缠着纱布，可见伤势没有好透。

可见老同学成为上司这个事实，一时半会儿还没法让他彻底接受。

岳定唐有点好笑，又有点可怜对方。

他的确是故意的。

能给凌枢安排的职位很多，但凌遥来找他的时候，他的确就顺手将其放在身边。

因为他觉得现在的凌枢，已经跟读书时大相径庭。

原本耀眼聪明、锐意进取的少年，若干年后，变得如此意气消沉，得过且过。

岳定唐甚至怀疑凌枢根本没去留学，只是拿着凌家的救命钱不知在哪里挥霍了几年之后回来，用谎言骗过凌遥，通过姐夫的关系混上一份稳定差事。

但这无法完全解释环绕凌枢周身的谜团。

有时候，凌枢很好看懂。

他就像这座东亚繁华都市里的芸芸众生，好吃懒做，得过且过，贪小便宜，没有长远目标，更无志向气魄，只想让自己的小日子过得更舒适些，虽然他本性也不坏，不似这个时代许多警察那样，搜刮小民，趁机勒索，但也仅此而已。

这样的升斗小民，多一个不多，少一个不少。

然而有时候，凌枢又总表现出不太好捉摸的一面。

他枪法不错，开枪的时候也很果断。

不是每个警察都有开枪的机会，也不是每个警察的枪法都能精准，并且和他一样果断。

凌枢的身手也不错。

想必他在入职前的训练中，一定勤奋刻苦。

但岳定唐很难把这个懒散到极点的老同学，跟刻苦联系在一块。

还有，凌枢的右手应该受过伤，平时看不出来，但重物肯定提不了，也影响握枪的稳定性，所以他干脆换了左手，这必定是一个很艰难的过程，因为一个人的习惯是十几二十年积累起来的，并非朝夕之间就能改变。

越是如此，岳定唐就越是感兴趣。

就近安置，既是一种基于人情的体面照顾，也是一种监视。

所有思绪在脑海中一闪而过，只有几秒。

岳定唐就听见对方整衣立定，猛地挺胸敬礼。

"是！！！"

声音震耳欲聋，穿透门板，几乎能响彻整个楼层。

岳定唐猝不及防被吼一嗓子，心脏都差点儿吓出来。

他并没有预料到，这仅仅是开始。

第 35 章

岳定唐虽然名为顾问，实际上也没有什么具体工作。

只要警局这边无事相召，他即便十天半个月不来，别人也不会过问。

说到底，这个职位只是上头的养士之策，岳定唐很清楚，所以他的主要工作依旧是放在学校那边，警局这头只要有凌枢看着，帮忙跑腿，代为传话，就足够了。

他把文件交给凌枢，让对方送过去之后，自己就回到学校上课。

中午时，司机按时抵达，将他载去预先约好的茶楼赴宴。

又是饭局。

岳定唐不爱去饭局。

虽然他人前八面玲珑，滴水不漏，甚至有些外热内冷，但如果可以选择，他宁可安静地待在家里看看书，写写评论。

万言万当，不如一默，再怎么舌灿莲花的人，说多了总会出错，出错就需要弥补，就会有无穷无尽的麻烦，只有彻底不说，才能杜绝麻烦。

但有时候，这种饭局是必不可少的。

尤其作为知识分子，总有些文化圈的交际往来。譬如今晚的客人，便是从北面京城过来参加活动的，也是国内颇有名声的先锋诗人和作家，他们点名体验南方戏曲艺术，东道主就将饭局安排在这间有黄梅戏的茶馆里，二楼雅间，听戏、吃饭、谈事情，三不耽误。

大白天的，茶室人不多，晚上才是真正热闹的时候。

他们从二楼俯瞰下去，戏台演员，一楼稀稀拉拉的观众，一览无余。

"明虹和少鱼远道而来，招呼不周，还请见谅，二位甭看这茶室简陋，在本地还算有些年岁和名气，连梅先生早年都在此地搭过台唱过戏的。"

"哪里哪里，赵兄你太客气了，原本我们过来交流，也就是待个三两天，你让我们自己闲逛便好了，何必还如此大费周章，出来作陪，这位是……"

寒暄客气是免不了的开场白。

几人之中，有岳定唐这样西装革履的，也有长衫圆帽的，中西合璧，是时下最常见的特色。

"来来，我介绍一下，这位是《时报》主编韩舟韩先生，二位想必也有所耳闻。"

"岂止有耳闻？韩先生之名如雷贯耳，在下仰慕已久，您用笔名'小白杨'写的社评，我可是一次都没有错过！"

"哈哈哈，明虹老弟过奖了，你们的诗集著作，我在上海也没少拜读，都是每期必买的！"

"这位是岳定唐岳先生，既是法学教授，也是上海市警察局与租界警务处的顾问。"

相对于文学界那些耳熟能详的名字来说，"岳定唐"三个字就陌生许多了。

两位客人果然没有什么反应。

负责居中介绍的副校长又道："近来十分有名的上海名媛凶杀案，其侦破者正是这位岳先生。"

那两人这才恍然大悟，登时多了几分刮目相看的意味。

"原来是岳先生破获的案件，我们在北京城也都听说了！"

"这案子，大江南北的报纸都报道了，分了好几期，我们是从头追到尾的，的确跌宕起伏，不过报章上再花团锦簇，也难免有夸张之词，今日有幸得遇，不知岳兄是否有闲暇与我们讲讲其中细节？"

岳定唐走神了。

他头一回在这种饭局上走神，没听见别人对自己说的话。

因为他看见了一个人。

就在一楼，戏台前面第一桌。

那一桌就他一个。

桌上一碟花生米、一碟桂花糕、一碗茶博士刚刚泡上的热茶。

他跷着二郎腿，一手搭在桌上跟着节奏敲，手背上隐隐还能瞧见纱布。

岳定唐以为自己眼花了。

"岳先生？岳先生？"

岳定唐回过神。

"抱歉，刚刚看见个朋友，走神了。"

"无妨无妨，您还有朋友在这儿，不如喊他上来，一并吃茶聊天。"

岳定唐笑道："他喜欢听戏，就让他在下面吧，不必互相打扰。"

盛情难却，在众人的要求下，他就略讲了几句案情经过，虽然寥寥数语，也足够令人惊叹不已。

毕竟这样在生死边缘游走的经历，不是每个人都能有的，对于许多成日在书桌边挥毫的文人来说，这更像是另一个世界发生的事情。

岳定唐讲完故事，看一眼手表。

现在是一点。

大白天，上班时间的中午，一个本该出去送文件的人，却在这里听戏。

哪怕自己给他放了半天的假，可那是让他回去搬东西过来的，不是让他去娱乐消遣的。

老虎不发威，当他是病猫？

岳定唐在心里冷笑一声，自然而然抬起头，又朝楼下看去。

冷笑凝结在嘴角。

人不见了。

刚刚还坐在那里啃花生米的人失踪了，无影无踪。

岳定唐微微蹙眉。

眼看饭局进行过半，他寻了个借口先行离开，返回市局。

静悄悄的走廊，空无一人。

现在应该还是午休时间。

岳定唐缓步走到办公室前，停了片刻。

里面毫无动静，内外一片安静。

岳定唐笃定凌枢必然还未回来，才伸手推开门。

主桌，自然是没人的。

办公室一侧的桌子——

一人正襟危坐，奋笔疾书，刻苦勤奋，悬梁刺股。

听见开门动静，对方抬起头，一脸惊讶。

"长官，您这么快回来了，不是说有饭局吗？"

岳定唐："……"

他踱步过去。

凌枢笔下的白纸上只写了一行标题——

《论上海茶楼周边治安整顿的必要性》。

岳定唐："我让你送的文件，你这么快就送到了？"

凌枢："送到了，您让我去的地方又不远，我出门的时候正巧遇到宋秘书去办事，他就让司机顺道载我一程，这不，回来得就快。"

宋秘书是副市长秘书，论理说，跟凌枢八竿子打不着。

而且这位宋秘书，岳定唐也有所耳闻，并不是那么好亲近接触的人。

但上班第一天，凌枢就跟人家搭上关系，还让对方愿意送他一程。

即便是顺风车，那也是得看对象的。

岳定唐挑眉："凌老弟好交际啊！"

凌枢谦虚："哪里哪里，这都是跟长官学的！"

岳定唐："……"

怎么听着有点不对味？

"我不是给你放了半天假吗，你东西都搬完了？"

"还没回去搬，我回来时经过茶楼，瞧见门口有人财物被窃，就想到了这个议题，等写好了，能不能劳烦您给斧正斧正？"

岳定唐意味深长地"哦"了一声，表示疑问："你只是经过，没有进去坐坐，歇歇脚，听听戏？"

凌枢一脸无辜纯良："哪能呢，这不是心系工作吗，上班期间怎好干这样的事？"

岳定唐微微笑道："我果然没有看错人，读书时你便是这样勤奋积极的人，现在自然也不例外，那明天我能看见你写的这份报告吗？"

凌枢为难道："明日恐怕太仓促了些，能否宽限些时间？"

岳定唐不肯放过他："那你定一个时间。不过，一份报告而已，总不至于要写十天半个月吧？"

凌枢故意道："十天半个月恐怕完成不了，还得一个月才行。"

岳定唐点点头："那就给你一个月。"

这事就这么揭过去了。

当天晚上岳定唐回到家里，姐姐岳春晓听说凌枢在他手底下干活，还多问了两句，让他多少照顾点老同学，别让人家太辛苦。

岳定唐闻言抽抽嘴角："顾问助理，成日坐办公室，又不必像从前那样四处跑，哪里辛苦？"

岳春晓："那你不是还让人家写个什么报告吗？听说要跑遍整个上海，还要去周边区县调查，还得申请经费，这一听就很辛苦，小凌伤势还没好全，那伤口我在医院可是见过的，你想让他帮忙打下手，也得有点分寸才是。"

岳定唐越听越不对劲："什么经费，他到底是怎么跟你说的？"

岳春晓责怪道："他就是什么也没说，我才心疼他，他为了报答你的提携，把事情全揽在自己身上了，你得帮帮他。"

岳定唐："……"

他百口莫辩，索性半句话也不说，由得亲姐絮叨。

鉴于时间已经太晚，他没来得及去找凌枢追究。

翌日清晨，岳定唐直接就去了凌家。

凌遥却告诉他，凌枢一大早就起来，去市局了。

岳定唐只得又赶往市局。

刚下车，还未来得及去办公室，迎面就遇到宋秘书。

宋秘书一见他便道："岳老弟，你来得正好，你申请的经费下来了，跟我走一趟去签个字吧。"

说罢他又靠近一些，以神秘的口吻笑道："你的面子可真大，一路畅通无阻，陈市长一听说是你提的方案，立马就让财政那边批了，不过也是因为你的方案的确不错，岳老弟，你是块走仕途的料，不如辞掉学校那边的工作，专心干这边的吧！"

岳定唐："……"

虽然还不知道发生了什么，但他预感这一切肯定跟姓凌的脱不开关系。

凌、枢！

正在电影院外面准备入场的凌枢打了个喷嚏。

不用说，肯定是岳定唐在骂他。

岳定唐初来乍到，根基不稳，无所事事，他主动请缨，跟各方打好关系，为长官申请项目经费，为此还费了半个通宵的工夫，姓岳的非但无法体察自己的用心良苦，居然还在背后编派他。

唉，这年头，真是好人难做。

第 36 章

凌枢是来看电影首映礼的。

电影的名字叫《浴火重生》。

男女主角都是当下赫赫有名的电影明星，这样的票，一张难求。

但凌枢有两张。

之前他住院的时候，何幼安来探病，顺便送来两张票，他都给了凌遥，因为凌遥是何幼安的铁杆影迷。

但最近姐姐姐夫两口子冷战，凌遥赌气把票退了回来，凌枢只好自己一个人拿着两张票过来了。

上班当值偷溜出来，这放在以前自然不可能。

但岳定唐那个警局顾问，实际上就是别人为了拉拢他，专门给他开的光领薪水不必干活的闲差，名头好听，待遇优厚，还不用做事。连带凌枢这个助理，实际上就算每天不去市局，到处闲逛，时间到了去领薪俸，也绝对不会有人说半句闲话。

既然如此，出来看个电影，就不算个事儿了。

凌枢抬头看看天色。

今日放晴，无雪无风，大太阳暖融融悬在头顶，为底下的人挥洒热情。

大上海一如既往，繁华热闹。

电影院外头，因为首映礼而赶来的人几乎把队伍排到半条街外去。

还有不少拿不到票的人在外围等着别人临时出让。

何幼安和男主角林枫的巨幅彩色电影宣传画就挂在他们头顶，边上镶满五颜六色的小彩灯，这是时下具有一定地位的电影明星才有的待遇。

虽然画中的人像略带夸张，依旧难以掩盖何幼安的美貌。

许多人便是没瞧见过真人，单单是看见这幅画，也足以为其吸引。

真正的美人，正是如此。

几个穿着长褂的人在队伍外面游走，小声兜售自己手里为数不多的高价票。

走着走着，就走到凌枢面前来。

"先生，您出票吗？"

"怎么出？"凌枢问。

"就是按您这票面的价格，我多出一份钱收，您想，电影又不是只放一天，您啥时候来瞧都成，但能多拿一份钱，多划算啊，您说是不？"对方道。

凌枢："那要是多一个签名呢？"

"什么签名？"

"何幼安的亲笔签名。"

"您还有何小姐的签名，真的假的？"

"自然是真的，一张首映礼的电影票，加上一个签名，两块银圆，怎么样？"

"嚯！您可真敢开口！"

凌枢拿出带有签名的电影票，娟秀的签名赫然入目，熟悉何幼安的人立马能认出，这的确是她的签名，对方伸手就想拿过来瞧瞧，又被凌枢抽回去。

"何幼安的签名，多的是人想要，我能拿到这个，还是因为我姐的同学是何小姐的邻居，近水楼台，你懂吧？要不是我这会儿赶着进场去看电影，懒得四处兜售，这张票转出去，两块也不为过吧？"

一通随口胡诌的话下来，对方登时心动了。

凌枢作势把票收回口袋。

"你不要，那就算了，反正有签名在，我总能找到何小姐的忠实影迷来收藏。"

"别别别，我收我收！"

看场电影还能飞来一笔横财，凌枢美滋滋地把银圆揣入口袋，迈步走进电影院。

这年头两块钱不算小数目，当然对有钱人来说，莫说五块银圆，一百块也出得起，因为何幼安的粉丝里，不乏富家子弟，这人转手出去，一倍利润也不在话下。

凌枢不爱看电影。

不过比起在办公室里枯坐，自然还是这里更有趣些。

电影讲述何幼安扮演的女主角，为了给亲人复仇，处心积虑改头换面，接近仇人，并使他爱上自己之后，趁其不备将仇人杀死，却发现自己最终爱上仇人，痛苦自杀的故事。

当是时，坐在前后左右的观众，都沉浸在男女主角精湛的表演之中，有人甚至感动落泪，小声啜泣。

只有凌枢揣着自己手里的小纸包，从里头一颗接一颗摸出椒盐花生，眼睛和嘴巴同时运行，还不忘在内心发表感想。

电影谢幕时，何幼安也出来了。

场面登时由悲情转为沸腾。

她被林枫和一干配角簇拥在中间，身穿白色西洋长裙，头戴礼帽，嘴角微微翘起。

与那夜凌枢见到她时的孤单又有些不同，此刻的何幼安浑身上下，散发着恬静优雅，笑得甜美灿烂，正如在大银幕上那样光彩照人。

如无意外，这部《浴火重生》又将成为最近大街小巷热议的焦点，也将为何幼安的从影生涯再添光辉一笔。

即便她已经不缺知名度，在物质方面也已经远远超过一般人，但没有人会拒绝锦上添花的荣誉。

制片方当先致辞，然后是林枫和何幼安分别讲话。

两人中规中矩，无非说了些感谢的内容，但参与这场首映礼的观众，将有机会排队过去请几位电影明星签名，这就是之前在外面排起长龙的原因——不止何幼安，林枫这样的奶油小生，在富家千金中也是相当受欢迎的。

今日过来排队要签名的影迷里，也有不少是受雇于这些千金，帮她们要的签名。

凌枢原本不想过去的，他吃完花生就准备拍拍屁股走人。

一个年轻人却过来找他，自称是何幼安所在电影公司的人员，说何幼安刚刚看见他也来了，希望等会儿首映礼结束之后，能请他到后台说两句话。

凌枢左右无事，就答应下来，找了处人少的角落坐着，等何幼安忙完。

不少影迷上前献花，要求与心爱的电影明星合影留念。

何幼安周围的人自然是最多的。

有人捧着一大束火红的、不知叫什么名儿的花过来，十分引人注目，连何幼安也忍不住看了那束漂亮的花儿好几眼。

那花儿到了近前，仿佛还散发若有似无的香气，香气很特别，非兰非玫瑰，何幼安笑着双手接过来，正要张口道谢。

就在这时，变故陡生！

一柄尖刀从花束后面闪现，直直刺向何幼安。

不知是谁当先尖叫起来。

何幼安花容失色，娇躯下意识往后闪避。

但她忘了自己还穿着高跟鞋，鞋跟一歪，整个人也跟着站立不稳。

眼看那刀尖已经划破她胸前的衣服，即将刺入皮肉，血光四溅，周围的人纷纷四散逃开，也有人拉扯着何幼安往旁边倒，但凶徒异常执着，人也跟着往前扑，几乎是不伤人决不罢休的架势。

以何幼安的娇弱之躯，白刀子进，红刀子出，能不能有命在，还两说。

那些反应不及的人，脸上都还维持着震惊呆滞的表情，只能眼睁睁看着一桩凶案即将上演。

万幸，美人没有当场陨落。

因为有人飞来一脚，将持刀凶徒直接踹倒在地。

其他人这才如梦初醒，赶紧上前，三下两下将凶徒压倒，令他动弹不得。

对方依旧在猛烈挣扎，梗着脖子，恶狠狠盯着何幼安，双目通红，像一头几天几夜没尝过肉味的猛兽。

何幼安脸色煞白，被人搀扶起来，颤声问："你是谁？！"

"我每日都把你的照片贴在床头，可是你为什么要笑给别人看？那么多人都看见你的笑了，我要让你以后只能笑给我一个人看！我好喜欢你！"

对方嘿嘿笑起来，声音古怪瘆人。

这年头能开电影公司的，自然是有些人脉与能耐，这事一闹，警察很快就赶过来，把凶徒带走。

见面会也开不成了，首映礼匆匆谢幕，工作人员将影迷观众们一一送走，电影的其他演员也都陆续离开。

何幼安则留在后台休息。

她还未从刚才的惊吓中缓过神来，神色有些愣怔，双手捧着一杯热茶，也没喝上一口。

直到凌枢到来，她才勉强打起精神，表示感谢。

"刚才要不是你，我可能就……"

何幼安似乎竭力想表示自己很镇定，但越是如此，越是楚楚动人。

双眼积蓄了一些湿润，又强忍着没肯掉出来，如同一汪月牙泉，光华流溢，越发明媚。

这样的美人，还有人狠下心去伤害，只能说世间百态，众生芸芸，无奇不有。

"小事一桩，你要是过意不去，就多帮我签几张照片好了，我好拿回去哄哄我姐。"

凌枢大大咧咧的语气让何幼安笑了，心情好上一些。

"没问题，你想要几张都给你签，回头若是有新拍的电影，我也给令姐送些票过去。"

凌枢笑道："那可好，以后我们家的电影票，就由你包了。"

"什么电影票？"

沈十七大步走进来，顺口接了最后一句。

下一秒，他看着凌枢，脸色立刻难看起来。

"你们背着我在这里干什么？你说你今日过来参加首映礼，原来是来私会奸夫的？"

这话自然是质问何幼安的，但除了何幼安和凌枢，在场还有两名电影公司的人员，这话无异于大庭广众之下，将何幼安的脸面放在地上踩。

虽然沈十七与她的暧昧并不是秘密，何幼安也已经习惯了沈十七待她如同玩物，时而热情如火，百般宠爱，时而冷若冰霜，恣意玩弄的态度，但是这并不代表她不会觉得难堪愤怒，尤其是在自己刚刚遭遇了一场刺杀之后。

何幼安的心情一下子糟糕起来。

刚才强忍住的泪水，也瞬间落下，彻底变成断了线的珍珠。

沈十七见状冷笑一声，非但没有怜香惜玉，反倒朝凌枢大步走来。

"好啊，今天总算让我抓个正着，你给我滚——"

一边说着，他一边伸手过来抓凌枢的衣领。

"出去"两个字还没来得及说出口，沈十七就觉得天旋地转，他整个人竟一下被摁倒在地上。

下巴紧接着挨了重重一拳，痛楚令他如被宰杀的肥猪一般号叫起来。

第 37 章

这一拳堪称惊天动地。

沈十七长到这样大，从来没给人碰掉一点皮，更何况是这样毫不留情的一拳。

几乎将他的骄傲自尊霸道横行，全部打碎在地上。

号叫声中，他的两名保镖冲进来，二话不说挥拳招呼凌枢，却又很快被掀翻在地。

这两个人号称保镖，实际上也只是从青帮找来的混混，会些拳脚，跟着沈十七混口饭吃，反正平日里前呼后拥，沈十七动辄乘坐汽车，一般也不会遭遇什么危险。

但今天失算了。

沈十七的号叫声更大了，方圆几十里几乎都能听见。

凌枢的伤口也在隐隐作痛。

当时腹部那一刀，凶徒划得很深，到现在也没完全愈合。

刚才动作剧烈，伤口似乎又有裂开的趋势。

但怎么也比沈十七现在的狼狈模样好。

他朝沈十七近前走一步。

何幼安以为他还想动手，忙拦住他，眼神示意他马上离开。

但凌枢不但没走，反而蹲下，对沈十七道："沈公子，你再号，明日《申报》头条，只怕就是沈氏为非作歹意欲仗势欺人，反被制服在地贻笑大方了。"

沈十七的号叫果然戛然而止。

他恶狠狠盯住凌枢。

"你还敢出现在我面前。"

凌枢："我是来看电影的，刚刚何小姐遇袭，我见义勇为，若不是我，你现在看见的，就是何小姐的尸体了。你非但不感谢我，还对我挥拳相向，这恐怕说不过去吧？"

沈十七冷笑："别以为我不知道你癞蛤蟆想吃天鹅肉，今天这事我记住了，有本事你别离开上海，只要你在上海一天，我就有的是办法收拾你！"

凌枢笑道："沈公子想怎么收拾我？"

沈十七阴恻恻地说："你叫凌枢是吧，我听人说了，你们凌家，以前的确很厉害，但现在，你也就是个落魄子弟，听说你姐夫在政府里边，也只是一个小科员，你光脚的不怕穿鞋的，我还收拾不了你姐夫？"

凌枢面容一冷，郑重道："如果沈公子真能收拾我姐夫，我真得谢谢您！"

沈十七："？？？"

凌枢："您有所不知，当年我姐姐嫁给我姐夫时，我就对这门亲事很不满意，正好他们俩现在也没孩子，您要是把我姐夫的工作整没了，我不正好劝我姐另嫁吗？上回您也瞧见了，我之所以能出席领事馆的宴会，实则是因为岳四公子对我姐姐，旧情难忘，如此一来，岳四若成了我的新姐夫，我岂非应该多谢您？"

沈十七一时竟说不出话，也不知是被气的，还是被反驳到无言以对。

凌枢拍拍身上尘土起身。

"既然沈公子来当护花使者了，那我就先告辞了。"

何幼安满怀歉意："实在对不住，这件事情我会跟沈公子解释的，你走吧，我就不送了。"

凌枢头也不回地挥挥手。

离开电影院，凌枢这才优哉游哉回到市局。

岳定唐就在办公室等他。

"凌大公子终于舍得回来了？"

他摆出恭候已久的架势，面带微微笑容，甚是和蔼。

只是这笑容在凌枢看来，颇有风雨欲来的意味。

凌枢提起手中纸袋晃了晃。

"长官，您用过午饭了吗？我给您带了包子，有猪肉白菜馅的，还有豆沙馅的，我记得您上学时最爱吃豆沙馅的，我就多买了两个，您不会怪罪我吧？"

岳定唐皮笑肉不笑："你这一早上不见人影，就是出去买包子了？"

凌枢："自然不是，我是出去做调查了。昨日那份上海茶楼周边治安整顿的必要性报告，您心疼我，给了我一个月的时间，我无比感动，昨夜回到家中之后苦思冥想，彻夜未眠，终于灵感泉涌，将整份报告完成了。"

岳定唐："然后今天一大早就给了我一个惊喜，直接把报告递交上去，还申请了一份经费？"

凌枢露出不好意思的表情："本来的确是想给您惊喜的，没想到让您给发现了。"

岳定唐发现，几年不见，这位老同学的脸皮是越发厚了。

也许现在把一张牛皮放在面前，用针戳一戳，牛皮破了，凌枢的脸皮都还没破。

岳定唐冷冷道："你还未给我看过，就将项目直接报上去，是不是忘了谁才是你的上司？"

"长官，天地良心，这我得为自己说两句。今天一大早我到市局的时候，正好就遇到陈副市长从市局门口路过，您也知道，政府跟咱们市局是紧挨着的，抬头不见低头见，我自然要打招呼行礼。他老人家平易近人，就问起我在忙什么，初来乍到，习不习惯，我就一一给他老人家汇报。"

凌枢一脸无辜，绘声绘色，唱作俱佳。

岳定唐明知道他在演戏，又想知道他怎么演，这种矛盾的心理让他没有马上打断对方的话。

"结果他老人家非但耐心听完了，还主动表示可以为我们提供帮助，我就想啊，这都是看在您的面子上，我肯定不能给长官您丢脸，所以就硬着头皮，为项目申请了经费，陈市长也马上就批了。我为了尽快履行计划，这不，一整天都在外面奔波，为计划做详尽的调查呢！"

岳定唐看着他在那睁眼说瞎话："那你调查出个什么结果了？"

凌枢："调查结果是，茶楼附近之所以治安太差，原因在于茶楼鱼龙混杂，三教九流出没其间，抢劫偷盗不在少数，巡防警察数目有限，也无法一一顾及，但若是我们发动百姓，在许多案件发生的瞬间，就能找到线索。所以我建议将这笔经费花在改善与周边居民的关系上。茶馆周边的人家，家里条件大都平平，平日里看哪家有困难，我们就给他们一些资助，让他们渡过难关，这些人都是一家几口几代，数十年居住在附近的，对周围环境人员流动了若指掌，如此一来，就算当真发生了什么案件，也能让他们充当我们的眼线。"

岳定唐半晌没说话。

凌枢也不管他，依旧说下去。

"您瞧，现在政府每年要批大量经费，也不知有多少能真正落到实处，既然现在有个机会，既能给您带来好处，又能帮到别人，两全其美，何乐不为？"

岳定唐似笑非笑："没想到，凌大少爷还有一副扶危济困的热心肠。"

凌枢躬身："不敢当，长官谬赞，主要还是为了给长官创收，虽然您不在意这点小钱，但您现在也算是市局的人了，怎么也得先将威望树立起来，让人不能小看，我这当下属的别无长处，只能冲在前头为您尽心尽力了！"

岳定唐没有说话，足足看了对方半晌。

因为他实在不知道说什么好了。

他并不知道自己此刻的心情，可能跟刚刚被揍倒在地的沈十七，有微妙的异曲同工之处。

"这件事，到此为止，以后没有我的允许，你不能再自作主张，尤其是越级上报。"

岳定唐笑了一下。

"我知道你不想待在我手下，希望我把你撵走，但你越是这样，我越是不可能让你离开。

"凌枢，想想自从咱们重逢，你欠了我多少人情，别的不说，就算你现在走了，大姐能放过你吗？"

岳定唐的话，成功让凌枢沉默了。

两人对视片刻。

咕噜。

凌枢的肚子在叫。

岳定唐："……"

凌枢一脸无辜："长官，我午饭还没吃，包子都凉了。"

岳定唐登时有种对牛弹琴的感觉，懒得再和他说，转身迈步离开办公室。

兴许是真被他气着了，岳定唐一下午都没回来。

凌枢不慌不忙，到了傍晚快下班，慢腾腾把东西收一收，上别人家蹭饭去了。

等到岳定唐在学校里的事情告一段落时，天色已经完全暗下来。

数九寒天的日子尤其难熬，哪怕周身裹得严严实实，只在外面待一小会儿，岳定唐也希望能尽快回到温暖的室内，特别是在这样的天气里，若能叫上一个锅子，摆上各色荤素，涮着肉片，蘸着调料，定然是美事一桩。

岳定唐是真的饿了。

对他而言，下午的事情只是小插曲。

虽然凌枢自作主张，但那份方案岳定唐看过了，并没有什么纰漏。

诚然凌枢越过他直接申请经费，是职场大忌，但这位老同学一心想让自己被开除，大忌也就成了无关痛痒的小问题。

更何况，如今这年头，经费滥用乱用挪用，甚至被中饱私囊，已经成为心照不宣的事实。

多一份不多，少一份不少，老实说，凌枢申请经费的用途，岳定唐内心深处甚至是有一丝赞同的。

但，此风不可长，否则日复一日，他颜面何存？

"有没有跟我三姐说晚上要吃锅子？"

进门时，他还不忘询问老用人一声。

"说了的，三小姐备了好多菜呢，加上客人也足够了。"老用人笑眯眯道。

什么客人？

岳定唐心里的疑问还没发出来，就看见他三姐坐在饭厅里，正夹起一筷子牛肉，往凌枢碗里送。

一边送，还一边说话。

"快多吃点，趁定唐还没回来，他可爱吃牛肉了，别全都给他吃光了！"

岳定唐："……"

我不是亲生的弟弟吗？

我是不是当年被抱错了？

为什么我姐对凌枢，比对我这个亲弟弟还要热情？

发自灵魂深处的疑问，在岳定唐脑子里彻底炸开。

他现在就跟一只刚在外面打完架回到窝里，发现自己的窝都被人占了的猫，心情一样。

疲惫凌乱，还略有一丝震惊吃醋。

第 38 章

冬天最适合做什么？

起一个锅子，倒三杯两盏淡酒，摆上一桌涮锅的菜。

肥瘦相间的牛肉，最好是片得薄些，越薄越好，这样在滚烫的锅底里一涮，很容易就能熟透入口。

至于锅底，最好便是用老母鸡熬高汤，熬上个几小时，这样的汤做锅底，放上些白萝卜、蘑菇，煮上半小时，也足够让素菜被鸡汤的味道包裹透彻，成为这场盛宴中不可或缺的元素。

还有鸭舌、牛肚、大白菜，林林总总的荤素搭配，成就了冬日围炉的热闹。

这是岳定唐记忆中的家宴。

与别人家不同，岳家的家宴，不爱让厨子做那些精致繁复的菜式，摆上一桌，尤其在冬天，哪怕是豪门世家，也得一帮用人看着，主人家但凡吃得慢点，就得拿下去热了又热，久而久之，容易让人刚坐下，就感觉到从筷子上透出的一丝冰凉气。

岳家的老爷子是从北边过来定居的，他生前就爱一口热腾腾的锅子，从起菜到离席，一桌子都是热情洋溢的氛围，汤锅沸腾，人心不冷，再冷冰冰的话题也变得温暖起来。

围坐在一起涮锅，更像是岳家的传统。

岳定唐不爱吃羊肉。

岳春晓爱吃羊肉。

岳家另外两个男人，则一个爱吃卤味，一个喜欢脑花。

四个人各有所好，这火锅只能是四宫格，四人同聚一堂，又能各得其乐，也算是求同存异，有容乃大。

哪怕后来岳家人天各一方，岳春晓随夫去了国外，冬天里逢年过节，岳家这四宫格也是不可或缺的存在，只是有时老大不在，老二缺席，锅子面前就剩下岳定唐一个，独享四宫格，也独享热腾腾的寂寞。

今夜是岳家难得的热闹时刻。

岳春晓在，也只是两个人相对而坐，但多了一个凌枢，就完全不同。

后者惯会活跃气氛，一个人能说出四个人的热闹，有他在，岳春晓脸上的笑容就没消失过，不是那种带着客套疏离的笑，而是发自内心的欢喜。

三姐怎么就那么喜欢凌枢？

岳定唐想不通这点。

两人也就许多年前有过来往，凌枢到家里吃饭，当然那时候三姐就表现出挺喜欢凌枢的样子，但她对同龄小姐妹，对杜蕴宁，也差不多是这样的态度。

少年人的热情往往来得快，去得也快，时隔多年之后，三姐还能一如既往，这样对待凌枢，那就有点令人啧啧称奇了。

当然，岳定唐知道，凌枢皮相好，嘴又甜

他对自己阳奉阴违一套又一套，但对岳春晓，那是拿出了哄自己姐姐的架势。

只要锄头挥得好，就没有挖不动的墙脚。

岳春晓这块"墙脚"，都已经直接歪到别人家去了。

岳定唐不想承认，凌枢愿意哄人的时候，的确是人见人爱，花见花开。

"小弟回来了！"

岳春晓笑吟吟朝他招手。

"愣着做什么？快过来，碗筷都给你准备好了！"

岳定唐摘下帽子围巾，脱下大衣，递给用人，净手擦拭，迈步走过去。

"你怎么又来了？"

这句话是对着凌枢问的。

严厉的语句，却无多少严厉的语气。

凌枢一脸无辜，还未作答，岳春晓已经抢着说话了。

"凌枢姐姐他们一家回乡下探亲去了，凌枢一个人在家孤零零的，我就让他过来一道吃晚饭了。这正月十五刚过，家里无烟无火的，对着张空桌子，吃残羹冷饭，得多难受啊！"

岳定唐心说，他家里不是还有个老用人虹姨吗？您这说得跟他自己没手没脚似的。

凌枢乖巧道："春晓姐姐疼我，让我过来吃饭，吃完饭我就走。"

岳春晓："你别急着走，外头大冷天的，你姐夫还在南京，定唐晚上又不陪我说话，你留下来正好陪我唠唠嗑，楼上空房间多的是，回头让用人给你收拾一间出来，往后你常来常往，就住那儿。"

凌枢："那不行，太打扰你们了，而且姐姐不在，我总得回去看看，虹姨上了年纪，她一个人在家，我不放心。"

岳春晓爱怜道："你真懂事，但别见外，你现在不是跟定唐一起工作吗？正好早上用了早饭再一道去，等会儿我遣人去凌家给虹姨带点吃的，顺便说一声，明儿你再回去就好了。"

这两人跟唱双簧似的。

岳定唐面无表情地如是想道，夹了一块萝卜送入口中。

十月萝卜赛人参，现在虽然已经不是十月，但在鸡汤里浸泡久了的萝卜，终究有些与众不同的清甜，一口下去，鸡汤和着萝卜汁爆开，瞬间把所有寒意驱逐在外，一直暖到胃里。

原本只有他和岳春晓两个人分享四宫格，如今多了个人，却像多了双份热闹，凌枢一个人就能撑起半边天，生生将三个人围炉吃出五六个人的感觉。

就连一片普普通通的上海青，他也能讲出一段有趣的故事。

"据说以前有个人特别爱吃上海青，但他人在外地漂泊，想吃又吃不到，只好拿些大白菜将就，他省吃俭用买了点粉条子，东北不是流行猪肉炖粉条嘛，但他买不到新鲜猪肉，只好就着大白菜和粉条，再放些萝卜和晒干的玉米，从邻居家借来点老腊肉，这么一炖，居然从中找到了点上海青的味道。"

岳春晓听得食欲大增，忍不住又烫了一片上海青。

"这大白菜炖粉条，怎么也跟上海青扯不上关系啊！"

凌枢笑道："看似没关系，可他能吃出上海青的味道，不正因为思乡吗？所以吃什么都能吃出家乡菜的味道了。"

岳春晓有感而发："可不是嘛，我在国外的时候，别的不想，就想这一口家乡菜，天天想月月想，这国外虽说也有唐人街，也能自己买菜做饭，可那做出来的菜，终归是少了那么点意思。就拿素鹅来说，你们姐夫喜欢吃，我就买了豆腐皮和粉丝自己做，但他老说不如家里的好吃，有一回都把我给说生气了。"

凌枢夹起一片薄牛肉，就着酱料一扫，送入嘴里，美滋滋下了总结。

"所以，生为中国人，是有福气的。"

岳春晓嗔睨道："哪还有什么福气？现在也就上海这一亩三分地还太平些，别处那些个地方，哪里不是三天两头在打仗？天灾人祸的，能图个安稳都不容易。"

"不破不立，居安思危，才能更让人奋发图强，追求太平。"

这有点逢年过节家人一道吃火锅的感觉了。

虽然家人只有一个，另外一个还是不速之客。

但，岳定唐心情不知不觉好了一些，矜持地顺口加入话题。

岳春晓却不大买账，还吐槽他："你们男人一开口，就总是这些国家大事的论调，半点不着地气！"

岳定唐淡定道："这叫居高临下，目光长远。"

他没理会岳春晓撇嘴的反应，转而问凌枢。

"凌遥姐他们怎么突然去乡下探亲？"

凌枢看了岳春晓一眼。

后者温和鼓励："你别怕，只管说，这事你又没错。"

岳定唐登时有种不好的预感，很想让凌枢别说了。

"何幼安被激进的影迷刺杀，被我救了，她感谢我的时候，正好被沈十七瞧见，这厮想打我，反被我揍了一顿，我怕他跑去找姐姐姐夫的碴儿，就让他们先出去避避风头，顺便回乡下探亲了。"

岳春晓补充道："他这明明是见义勇为，路见不平，拔刀相助，那个沈十七不知好歹，还恩将仇报，照我看，下回你再遇到那个何幼安，也不要管她了，省得姓沈的再找你麻烦！"

凌枢无奈道："她当着我的面遇险，我总不能见死不救，下回我见了沈十七就绕道走，过个十天半个月，他也就忘了我这号小人物了。"

岳春晓心疼道："哪里用得着这样？这年头好人都做不得了？你别怕，咱们岳家在上海还是能说上话的，回头让你二哥出面去找沈十七的长辈，沈家是什么来头？"

她不由得望向岳定唐。

岳定唐：“……"

这怎么又成了我的事呢？

岳定唐如此想道，缓缓开口："沈家家世一般，唯独沈十七有个叔父，是蒋夫人那边的人，能说上一些话，他拉大旗作虎皮罢了。"

岳春晓："那如此一来，就更不必忌惮他了，依我看，也无须你二哥出面了，小弟，这件事你办一下吧。"

岳定唐："……"

凌枢："春晓姐，多谢你，但我不想麻烦你们，岳家帮我的忙已经够多了，即便是看在老同学的分儿上，这份情，我也还不起。既然惹不起他们，我就躲远点好了，一人做事一人当，你不必为我操心了。"

岳春晓："你懂事，可我心疼，这张脸若是被人揍坏了，那如何是好？"

岳定唐："……"

这个时候的凌枢，要多无辜有多无辜，就像是旁边天崩地裂，日月无光，也不干他的事，他就像那片纯洁无瑕的雪花，就像天使翅膀上拔下的羽毛，干净，明澈，不沾一丝尘埃。

但岳定唐可没忘记，凌枢在袁家地下仓库开枪杀三才的时候，短短半秒千钧一发之际的反应，那叫一个精准，狠辣，毫不犹豫。

一个没有沾过血、见过死人的雏儿或混子，是绝不可能有这种反应能力的。

只能说，凌枢跟岳春晓，是一个愿意哄，一个愿意被骗，一个愿打，一个愿挨。

依岳定唐看，岳春晓跟凌枢才是亲姐弟，他就是从路边顺便给带回来的。

“既然凌枢这样说了，沈十七的事情，就由他自己解决。"

岳定唐坚决不肯踩这个坑。

“姐，凌枢已经长大成人，而且当差几年了，不是被抱在怀里哄的小娃娃，你要相信他的能力，我们就不必插手了。"

岳春晓狠狠瞪他。

岳定唐不为所动。

反倒是凌枢十分通情达理。

“春晓姐姐，你就不要费心了，听说姐夫很快就会过来接你去团聚，你们又要出国了，我让我姐准备了一些本地土产，有酱菜和虾干，给你带出国去，聊解思乡之苦。"

岳春晓直接忽略了他话中的"我姐"，把关注重点放在凌枢身上，感动道："姐姐真是没白疼你！"

又看了岳定唐一眼，她那表情明白写着：你看看人家。

岳定唐已经不想说话了，他放下筷子，用餐巾抹嘴。

"姐，我送凌枢回去。"

岳春晓："怎么要回去，不是说好晚上在这里睡吗？"

岳定唐皱眉："你别想一出是一出，他家里那边老用人都不知道他要在外面过夜，等会儿白担心，再说客房许久没人住了，一时半会儿也拾掇不出来，想留客，也改日再说吧。"

他认真严肃起来，眉目间就有了点岳老爷子的神韵，岳春晓反倒不好说什么了。

凌枢笑道："春晓姐，我先回去了，改日再来看你。"

岳春晓有些不舍："那你们让司机开慢点，天冷路滑，对了，我这儿还有些亲手做的糕点，下午刚出炉的，你带些回去给虹姨吃吧，晚上饿了你也可以垫垫肚子。"

她对凌枢的态度近乎溺爱，岳定唐敢打包票，自己以前出洋留学，都没有这等待遇，不知道的还以为凌枢这是要远渡重洋，十年八载才回来。

岳定唐叹了口气，真是慈母多败儿，想必凌老太太生前和凌遥，对凌枢也是这等溺爱，这才惯得他不求上进，令人怒其不争。

凌枢裹上帽子围巾，一踏出岳家，扑面而来的狂风无孔不入，几乎要将他侵蚀殆尽，令他从温暖天堂骤然跌落到冰寒地狱，禁不住打了个寒战。

岳定唐走在前面，先弯腰进了车厢。

凌枢则跟在后面。

一路无话。

直到车至中途，岳定唐才忽然开口。

"你处心积虑接近讨好我三姐，是因为与她投缘，还是因为岳家这块招牌？"

他的声音很低，虽然车窗关着，但还有汽车发动机运转的动静，不仔细听，几乎会误以为是错觉。

凌枢吃饱喝足，正在温暖的车厢里昏昏欲睡，冷不防被这一句话惊动，睡思昏沉，疑似梦中，下意识"嗯？"了一声，而后才慢慢回过神。

"春晓姐性格飒爽，与我姐姐一样。"

岳定唐没再说话。

凌枢也没再主动解释。

连前座的司机似乎都感觉到这股异样的氛围，忍不住在座位上动了动，有点如坐针毡。

幸而，街上车不多，路也不远。

很快，凌家在望。

"送到这里就行了，多谢。"

凌枢出声，司机自然而然在街边停下。

"谢了啊岳长官，明儿见。"

凌枢还是那副吊儿郎当的口吻，漫不经心挥挥手，头也不回，身影很快消失在风雪夜色里。

岳定唐看了一会儿，才道："开车吧。"

凌枢拎着岳春晓给他的糕点，嘴里哼着小曲，走上台阶，一面将钥匙掏出，准备开门。

冷不防后面细碎动静传来，他未来得及反应，竟被麻袋从上而下直接套住，眼前顿时一黑。

第 39 章

"四少，凌先生落下东西了。"

车刚开出没多远，司机就说话了。

岳定唐："什么东西？"

司机道："是放在副驾上的纸包，里头好像是一些吃的，刚才三小姐命人放到车上，应该是要给凌先生的，他忘了拿。"

岳定唐实在是拿这个三姐没办法。

凌枢连吃带拿，大包小包，不知道的还当是乡下亲戚进城。

他想故作不见，回家就说凌枢自己忘了，但免不了三姐又会絮絮叨叨，听得耳朵生茧子。

岳定唐叹了口气。

"掉头回去，等会儿你下车给他送过去。"

"是。"

凌枢背上挨了一棍。

对方力道很大，不留余地，直接打得他后背震动，疼痛穿透到前胸，差点儿呕出一口老血。

就连腹部还未痊愈的伤口，也差点儿再次绷裂。

从攻击他的拳脚来看，对方不止一个人。

从出手来看，对方似乎也不只是教训一下，而是直接不打算留活口了。

对方认为这只是一件轻而易举的差事。

毕竟凌枢形单影只，又被擒住，几闷棍下去立马不省人事。

若是在太阳穴再加以致命一击，等明日再被发现，尸体都已经凉透了。

甚至无须明日，这样的天气，只要一两个小时，人便会失去知觉和呼吸。

但凌枢没有给他们这个机会。

他忽然在麻袋里蜷作一团，往旁边滚去！

旁边就是台阶，这一滚直接滚下台阶，凌枢借势挣开麻袋口子，从里面露出半身。

半身已然足够。

他一手抓住当先挥来的棍棒，往自己这头一扯，又反向用力一推，对方不自觉被他拽着走，虎口略松，棍子随即被夺走。

凌枢一棍在手，当即架开其他棍棒，双腿蹬开麻袋，从里面挣脱出来，再弯腰横扫，用身体直接撞向对方，那三人不防他竟以身体为武器，直接被撞得往后趔趄，一个倒入灌木丛，一个摔下台阶，还有一个想抓住凌枢，却被他抓住腰肋直接翻了个身压住。

一拳，两拳，左右开弓，揍得对方眼冒金星，鼻血横流。

还有一人见势不妙，赶紧从地上爬起，捡起棍子挥向凌枢后脑勺。

虎虎生威，千钧一发。

枪声响起。

对方痛叫应声倒下。

凌枢喘着粗气转过身，坐倒在地。

后背火辣辣地疼，他猜想肯定青紫瘀肿了。

枪不是他开的，但刚才他已经预知到脑后这一击了，原想低头避开，没想到有人比他更快，直接开枪。

两名身穿黑色夹克的混混连滚带爬，根本不等同伴接近，就急速狂奔离开。

被打中后膝弯的人则跑不动，爬了两步就放弃挣扎。

夜色中，风衣男人一步步走来。

握枪的手还戴着黑色手套，笔直垂着，纹丝不颤。

车前灯在他身后照出一束光，却不像是前往天堂的救赎，更像是通往地狱的指引。

而风衣男人，则是那个死神。

夹克男的面色，禁不住流露恐惧。

只是这份恐惧大多数被夜色掩盖。

凌枢一肚子气，趁机狠狠踹了他一脚。

对方闷哼，眼看着持枪那人越走越近，敢怒不敢言，亦不敢还手。

凌枢又踹了几脚，下手没留劲，直接往人小腿骨上踹，一下一下，踹得对方终于嗷嗷叫出声，不断求饶。

"别踢了、别踢了，我是受人之托，忠人之事，不关我的事！"

话音方落，脑门就被冷冰冰的枪口顶住。

夹克男倒抽一口气，身形顿时僵住。

只听岳定唐冷冷对他道："回去告诉沈十七，凌枢是我岳定唐的人，他要是少了一根毛发，我就找沈家的麻烦。你问问沈十七，他那个叔父，到时候还愿不愿意给他收拾烂摊子。"

夹克男正想辩解，又听见一句低沉的"滚"，下意识勉强爬起，不顾断腿枪伤，一瘸一拐逃离。

他走出很远，直到扭头已经看不见岳定唐二人，这才松一口气，扶着墙慢慢转过拐角。

那里正停着一辆车。

车灯熄灭，但车内还有人。

"沈先生……"

车窗缓缓摇下，露出沈十七的半张脸。

"怎么，差事没办好？你的同伴呢？"沈十七一看他的狼狈样，就已经猜到结果。

"他们全跑了！"夹克男懊恼，"有个人突然出来，自称姓岳，叫岳定唐，还拿枪指着我，我实在是没法子，您看，我还受了伤，今晚这差事……"

没等他讨价还价成功，后脑勺就挨了重重一下，立时瘫软，被人双手穿过腋下夹住。

"沈先生，怎么处置他？"司机低声请示。

"随便，别再让我看见他！"

沈十七恶狠狠道，极尽厌恶地看了夹克男一眼，就像看一堆肮脏的垃圾。

"真是废物，三个打一个都栽了，还敢来问我要酬劳，一个两个全都切了喂狗，下次再不能雇青帮的人了，成事不足败事有余，你让叔父给我找几个人过来……算了，我去找成先生，他肯定有主意！"

司机识趣没有打断他泄愤似的自言自语，等沈十七彻底发泄完，才冷静地询问了一句："那岳家那边，您打算怎么处理？岳定唐已经插手，这事恐怕不好再高调，为了一个凌枢就得罪岳家，不划算。"

这事的起因，说到底只是沈十七的嫉妒心作祟。

他目空一切，自诩呼风唤雨，却忽然来了个凌枢，样样不如他，反倒仗着张好脸，让何幼安另眼相看，哪怕在沈十七眼里，何幼安仅仅是玩物一般的存在，他也无法容忍玩物脱离自己的掌控，甚至生出一丁点让他不爽的心思。

凌枢就像插在他手指头上的那根刺，不痛不痒，又让人不舒服，非得拔出来不可。

这是大多数高高在上惯了的人物的通病，沈十七也不例外。

也许他在偌大上海滩，在真正的大人物眼里也不算什么，但他自以为对付凌枢这样的小人物，绰绰有余。

冷不防冒出一个岳定唐，就成为这十拿九稳中的变数。

沈十七沉默许久，才不甘不愿憋出一句："姓凌的那条小命，暂且寄放着，回头再跟他一起算总账！"

"感谢岳长官救命之恩，要不要我以身相许？"

凌枢依旧是那副吊儿郎当的口吻，脸上还带着点笑。

要不是亲眼所见，岳定唐还可能真以为他一丁点事都没有。

"你还有力气开玩笑，怎么不自己站起来？"

岳定唐睨他一眼，见他露出一丝痛苦，这才满意地伸手。

凌枢毫不客气抓住，借力猛地起身。

长痛不如短痛。

饶是如此,依旧疼得他"嗞"的一声。

后背,怕是肿了。

得亏不是铁棍,要不现在都内伤了。

他最近似乎流年不利,总是受伤,而且,是在重遇了姓岳的之后,才频频出状况。

必然是这姓岳的印堂发黑,把他都给带倒霉了。

岳定唐不知他心中嘀咕。

"能不能走?"

凌枢叹了口气:"那必须能,伤的又不是腿。"

但每迈出一步,都会牵连到伤处。

后背,腹部,前后夹击,那种感觉,凌枢只能想到一个词。

冰火两重天。

岳定唐忽然将他一拽,直接轻轻松松把人拽到背上,背起来朝汽车的方向走。

司机匆忙小跑过来,想伸手接人,岳定唐却抬起下巴朝凌家门口点点。

"去跟虹姨说一声,就说这家伙今晚在我那边过夜。"

第 40 章

岳定唐很快就为自己那零点零一秒的心软感到后悔。

"我肚子上回受了伤还没好,你别碰着了。

"你手往下挪一挪,我后背也疼。

"唉,这还没进家门,又要去你家了,太麻烦春晓姐了。"

岳定唐忍不住了。

"你怎么就不说会麻烦我?"

凌枢:"咱们都老同学了,哪有什么麻烦不麻烦,你这就见外了。"

岳定唐:"……"

他是真佩服凌枢。

刚刚车子停下,岳定唐正好亲眼看见,抽在凌枢背上的那一棍,知道对方必定伤势不轻,再加上原先在袁家地下仓库受的那些伤,凌枢此刻还能谈笑风生,不能不令人佩服。

但佩服归佩服，他也是真想把对方从身上丢下去。

幸而，只有短短几步路。

在司机跟虹姨说完，赶紧跑过来打开车门的瞬间，岳定唐像扔烫手山芋一样，把人给扔进后座，自己则迅速走到另外一边，面无表情交代司机。

"开车。"

岳春晓看见他们去而复返，果然很惊讶。

待听岳定唐说完经过之后，这份惊讶立刻就转变为愤怒。

"岂有此理，那沈十七算什么东西，连我们岳家的人都敢动，小弟，他在你眼皮子底下这样猖狂，你若还无动于衷，那我们岳家的血性就都被你丢光了！"

岳定唐叹了口气，只觉这句话里无数漏洞。

凌枢什么时候成了岳家的人？

岳家什么时候以血性著称了？

他大哥、二哥，也跟这两个字沾不上边。

"这件事，明天我会去问问的，现在太晚了。姐，你去叫钱医生过来。"

"我这就去！"

岳春晓如梦初醒，赶紧小步跑去给家庭医生打电话。

凌枢咳嗽两声："春晓姐，没必要喊医生了，我睡一觉就好。"

"你别动！"

岳春晓拎着个电话，隔着大老远指住他，大喝一声。

仿佛这样就能施以定身术。

凌枢只好不动了。

家庭医生很快提着药箱赶过来，在房间里给凌枢上药。

岳春晓不方便进去，在外面等了一会儿，自言自语道："我去给他弄点消夜吃。"

岳定唐把人给拉住了："他不是刚吃完火锅吗？"

他姐是不是傻了？

岳春晓嗔睨道："你懂什么？我让他们先煮点芡实莲子糖水，给他压压惊，再炖点活血化瘀的汤，让他明天起来可以喝。"

岳定唐皱眉："姐，你要是把他当弟弟，人家还有亲姐姐呢，哪轮得到你这样忙前忙后，你是不是对他太好了些？小心被人卖了还帮人数钱！"

岳春晓一笑："我的性子，你又不是不知道，爱恨分明，对合眼缘的人，恨不得把全世界最好的都送给他，凌枢就是合了我的眼缘，更何况他那么乖巧嘴甜，又生得好看。"

岳定唐：……重点是最后一句吧？

"他这样的人呀，注定以后桃花遍地，多的是女孩子愿意主动贴过来，我要是年轻十岁，我也要倒追他。你是不是吃醋了？糖水和汤我都会给你准备一份的，谁让你是我亲弟弟呢！"

说罢，也不等他多反应，岳春晓转身又风风火火下楼了。

岳定唐转身折返房间。

医生正在给凌枢上药。

白皙的后背，一条紫红交加的伤痕赫然入目。

而且现在还只是刚刚显露，再过几小时，皮下瘀血，颜色只会更加可怖。

"咳嗽吗？"医生一边上药，一边询问。

"还好，"凌枢趴在床上，脑袋埋入枕头，声音沉闷，"咳嗽是昨天着凉感冒了，不是被打出来的。"

岳定唐冷眼旁观，也觉得这伤痕有些触目惊心。

"需不需要做进一步的检查？"他出声。

钱医生："先看看情况，回头我开一些药，你先吃着，伤口注意不要沾水，每天用湿毛巾擦拭干净即可，你今晚睡觉的时候记得侧身睡，或者趴着睡。"

岳定唐："麻烦钱医生了，我送你。"

钱医生起身收拾药箱，跟着一道出去，岳定唐顺手带上房门。

两人的说话声，也随着下楼梯的脚步声，渐行渐远。

客房许久没用，匆忙之间收拾不出来，岳春晓就将他安置在岳定唐的房间里，岳定唐自己则暂时在二哥的房间休息一晚。

岳定唐爱干净，房间摆设也很简单，相框挂画一律没有，连床头柜上，除了台灯，也别无他物。

被子枕头有淡淡的古龙水味和烟味，但也并不因此显得邋遢。

只能说，该房间的主人是烟鬼，而且是个注重个人仪表的烟鬼。

除此之外，枕头边倒是有一本书。

凌枢拿起来。

《林家铺子》。

凌枢挑眉，有点意外。

这不像是岳定唐爱看的书。

但夹在中间的书签和书里的折痕，都表明他已经阅读过半，而且看得很认真。

在凌枢的印象里，岳定唐如今这般道貌岸然，应该会比较喜欢看那些符合他身份地位的书，譬如《国富论》《福尔摩斯探案集》等，而不该对这种小商人在社会黑暗势力压迫下濒临倒闭破产的题材感兴趣。

以岳家的人脉和能耐，哪怕转移去了国外，也足够过上富足无忧的生活，也许岳定唐只是纯粹爱好文学，闲来无事，想拓展阅读面罢了。

凌枢放下书，打了个哈欠，有些倦意昏沉。

但他仍挣扎着爬起来，将睡衣扣子一一系上，整整齐齐，又把挽起的袖子放下，顺带遮盖了右手手臂上的伤痕。

那旧伤即便早已痊愈，也能从疤痕上看出当时的惨烈，那几乎从右肩往下划到手臂的伤痕，当时恐怕连皮肉带手筋都挑了起来。

直至如今，他的右手，即便表面看上去毫无异样，在提笔写字时仍会微微颤抖，乃至挑提重物，也无法做到。

他不愿就此当个废人，索性练起左手，咬牙忍耐，刻苦训练，如是坚持几个月后，左手也能慢慢开始履行右手的功能，甚至现在已经跟右手没有什么区别了。

隔着衣袖，他的目光落在伤口上。

但只有片刻，他的视线就移开，毫无留恋迟疑。

往事已矣，再怎么沉浸在过去也是枉然，不如多将精力放在当下。

外头的脚步声去而复返，渐行渐近，直至敲门声起。

凌枢没有应答，反而不慌不忙躺下，拉上被子，合眼，呼吸放浅。

不一会儿，门外的人就推门进来。

岳定唐手里拿着个碗。

里头盛着岳春晓刚刚煮好的芡实莲子糖水。

"还没睡的话，起来吃点消夜，三姐特地为你做的。"

他的声音不低，但也不高，足以叫没睡的人起来，又不会吵醒已经睡了的人。

凌枢没有动。

他侧着身睡，背对房门，好梦正酣。

岳定唐又问了一声，等了片刻，没等到凌枢回应，便转身离开。

凌枢动了一下，困难地翻过身来，伸手去够枕头边的书。

他了无睡意，索性打算看一会儿书助眠。

冷不防房门再度打开。

啪的一下，灯光大亮。

凌枢的手僵在半空。

两人四目相对。

岳定唐面无表情。

凌枢一脸无辜。

"装睡？"

"不是，刚我真睡着了，你关上房门我才醒过来。"

"刚醒来立马就想看书？"

"我好奇，想看看岳长官平日里都看些什么书，好学习学习，揣摩揣摩。"

岳定唐走过来，将碗放在床头，力道有点重。

"把糖水喝了，不然等会儿三姐又要絮叨。"

凌枢"哦"了一声，乖乖坐起，依言照做，这次没再反驳或作妖。

糖水甜度适中，温柔抚慰了他今夜受惊的心灵，伤口似乎也不那么疼了。

"三姐真好！"

凌枢由衷发出美滋滋的感叹。

岳定唐道："明日之后，你上下班，都与我一道，我去学校的话，你尽量就待在市局别动，沈家那边我会处理，但沈十七只怕不会善罢甘休，你别再惹出什么麻烦了。"

凌枢："但百密一疏，总有落单的时候，若他动手，总不能叫我坐以待毙吧？我若是不小心将沈十七打死了，又如何是好？"

岳定唐："他不是蠢人，今日之后，一定不会再亲自露面了，想干点什么必定也是偷偷摸摸，背着长辈，除了你自己小心一些，别无他法，要怪就怪你不惹君子，反惹小人。"

凌枢叹道："要怪就怪我太过出众，太招美人喜欢，以后见了美人，我一定躲远一点，再也不招这种美人煞了。"

他三口并作两口把甜汤喝下，似想起什么。

"对了，你怎么看出我在装睡？"

凌枢自觉刚才从呼吸到身体动作幅度，都挑不出半点毛病。

岳定唐呵呵一笑："因为你在陌生的地方，习惯了开灯睡觉，刚才我进来前，你把灯关了，看似细心，反倒像此地无银。"

凌枢讶异："没想到老岳你对我如此观察入微，若你是个姑娘，咱们这青梅竹马久别重逢的，怕不就重谱一段鸳鸯曲了吧？"

岳定唐心说，哪家姑娘倒霉跟你成了亲，估计得天天提心吊胆，生怕你出去招什么桃花回来。

连凌枢也没想到，自己当晚竟是睡得异常香甜。

一夜无梦。

隔天刚到警察局，凌枢就收到一个包裹。

是何幼安派人送来的。

第 41 章

包裹是被一条香云纱的丝巾裹着送过来的。

丝巾外面描暗金祥云，近闻还有檀香味。

端的是讲究。

解开蝴蝶结，丝巾里面则是一个盒子。

灰黑色木质，木屑处理得干干净净，摸上去顺滑无刺。

木盒面上右下角刻了一个字，上面还描了银。

一个"何"字。

美人送礼，蕙质兰心。

凌枢不是没有收过礼物，也不是没有收过美人的礼物。

旁的不说，上学时，不少女同学每天在他书桌上留下不知名的小礼物，就连他去舞场，雅琪等人，宁可倒贴与他跳舞，也不要他的小费。

但凌枢忽然对盒子里的东西有了期待。

想必何幼安送来的，一定不是寻常东西。

盒子没锁，只有一个活扣，按下扣子即可开盒。

里面放着一张洒金红纸，一支钢笔，一瓶看似香水、又像墨水的不知名液体。

红纸像请柬或婚书，但上面空空如也，半个字也没写。

凌枢来了点兴趣。

以他的猜测，何幼安应该是因为上次自己救了她一命的事情，才会送礼过来。

既然是送礼，势必不会如此马虎敷衍，连名字和内容都忘了写。

这也许是一份猜谜有奖的礼物。

就像逢年过节去灯市，那些璀璨缤纷的花灯上都放着灯谜，只有解开灯谜，那盏花灯才真正属于你。

很有意思。

"这是什么？"

岳定唐推门而入，顺势卷来一身的寒气。

他见凌枢面露讶异，就道："学校今日无我的课，我去将学生们的作业带回来批改，这里温暖些。"

只怕是想来监视自己，凌枢腹诽道。

"何小姐让人送来的，感谢我上回的救命之恩。"他有点得意，像在一个拿不到糖果的孩童面前炫耀自己的糖果盒子。

岳定唐："她送到这里，不送到凌家，必然不是只送你一个，而是送给我们的。"

凌枢不以为然："你是我的长官，既然是送两个人，为何点名送到我手上？"

岳定唐淡淡一笑："那自然是因为你对她有救命之恩。何幼安出身贫寒，被沈十七力捧从影成名，周旋于名流富商之间，上次领事馆宴会，沈十七闹了那么一出，她非但没有被众人看低，反倒博得不少同情，我听说那晚之后，她的电影场场不空，还有富家子弟前去送花包场，一下又多了不少挥金如土的影迷，甚至有人想买下电影公司，将她从沈十七那里解救出来。她做事必是滴水不漏，谁也不得罪，又怎会出现像你说的纰漏？"

凌枢不由得问："有人想买下电影公司专门捧她，那她怎么没答应？"

岳定唐："没答应，她说沈十七对她有知遇之恩，虽然脾气急了些，但她不能因为对方的脾气，就忘恩负义，此话一传出去，人人都称赞她有情有义，就连美国领事馆的彭斯先生，也向她发来邀约，邀请她在下个月的华盛顿诞辰日出席宴会并作歌唱表演，听说，最近还有一位法国参赞，在追求这位何小姐。"

他的消息果然比凌枢灵通许多。

凌枢听罢，非但没有吃醋郁闷，反倒赞叹道："虚有其表的美人海了去，内外兼修的美人却少之又少，何小姐果然是其中翘楚！"

岳定唐觉得他中毒已深，十匹马也拉不回来了，这种毒名为何幼安美人毒，轻者见了何幼安就脸红耳热，重者就算何幼安杀人放火，也只会拍掌叫好。

根据岳定唐的推断，凌枢正有从轻度转向重度的征兆。

他拿起红纸看了看。

"必是用的隐形墨水，用火烤一烤便出来了，时下大学里的化学课，都有这样一门基础课，用墨鱼的汁水写字，几日之后那字就消失了，不少学生玩得不亦乐乎，以此传递彼此的小暗号。"

被他这样一说，凌枢登时没了猜谜的小乐趣。

岳定唐将红纸翻来覆去把玩。

"我倒是有个主意。"

他嘴角噙笑："不如我们来打赌，如果她这份礼物果真是送给我们两人的，那就算我赢，如果单单送你一人，就算我输，如何？"

凌枢："赌注是什么？"

岳定唐："为对方做一件事。自然，不能违法乱纪，不能违背公序良俗。"

凌枢想了想，觉得这笔买卖自己不亏。

"可以，那须得请个公证才算数。"

岳定唐："你怕我赖账？"

凌枢假惺惺地笑："毕竟您是长官，我是下属，您到时候说什么就是什么，我这当下属的，又怎敢置喙？"

岳定唐："那依你看，找谁当公证？"

凌枢："举贤不避亲，就春晓姐姐吧，虽然你们是亲姐弟，但我相信她的公心。"

岳定唐：……我不相信，她肯定偏袒你。

"不行。你若是如此，不如找凌姐算了。"

凌遥出马，容不得凌枢赖账。

　　凌枢抽抽嘴角："那不如，找一位你学校里的同事，大学教授，为人师表，总不至于失之偏颇。"

　　岳定唐颔首："这倒是可以。"

　　一上午，两人各做各的事，时间倒也过得飞快。

　　岳定唐批改手头作业，动作飞快。

　　凌枢则从书架上拿了一本书看。

　　岳定唐忙里偷闲，瞄了书名一眼。

　　《社会问题之商榷》。

　　哟嗬，颇有深度，令人刮目相看。

　　岳定唐有些意外。

　　过了半小时，他将作业批改完，再抬起头。

　　那人已经脑袋枕书，睡着了。

　　岳定唐："……"

　　凌枢正梦见自己跟肖记面馆的老板相谈甚欢，对坐喝酒，老肖吹着他那漫无边际、满天乱飞的牛，凌枢则吸溜一口鸡汤面里的汤底，看着老肖谈笑风生一如既往，心里还有点岁月静好的美妙，冷不防耳边笃笃作响。

　　美梦惊醒，想起老肖已死去多日，霎时变成惊悚噩梦。

　　岳定唐看他神色变幻："醒醒，口水都流出来了。"

　　凌枢下意识抹嘴。

　　"哪有口水？"

　　岳定唐面无表情。

　　凌枢自觉理亏，干笑一声将书合上。

　　"你忙完了？吃中饭去？"

　　岳定唐扫一眼页数，薄薄一本，刚翻了没几页。

　　得，收回前言。

　　"出去吃。"

　　他拿起围巾大衣，走在前面。

　　外头太阳正好晒在刚刚挂衣服的位置，把两人的大衣晒得暖融融，穿上去像披了一层阳光。

凌枢莫名心安下来。

"吃什么？"

"你想吃什么？"岳定唐无可无不可。

"鸡汤面？"

"嗯。"

"算了，我刚做了个鸡汤面的梦，不然吃牛肉面吧！"

"……"

用过午饭，两人去学校。

凌枢发现岳定唐的人缘还挺不错，一路上没少学生和他打招呼。

尤其是女学生。

这年头，"民主科学"的口号刚刚兴起，虽说有的人家也会送女孩子上学，可封闭的毕竟占多数，能在大学里出现的女学生，家里长辈要么是开明士绅、政府在职人员，要么是留洋归来的，可无论是哪一种，家里都得小有恒产，起码是个小康富裕之家，才供得起儿女学费，是以大学女生也如凤毛麟角，放到社会上，个个儿都是天之骄女。

能受到天之骄女如此欢迎的教授，自然也不同凡响。

只是今日略有差别。

平日里落在岳定唐身上的仰慕目光被分走了不少。

岳定唐身后的凌枢，则后来居上，独占鳌头。

个别胆大的女学生，打招呼之余，还主动询问岳定唐。

"岳先生，这位是您朋友吗？"

岳定唐很想说，你们别给他的外表骗了，这人连一本《社会问题之商榷》都能翻了三页就睡觉的。

"嗯，他是我的助理，叫凌枢。"

女学生眼睛一亮："那便也是学校里的老师了？"

岳定唐："是我在市局顾问职位的助理，并非在此学校教书。"

女学生并不失望，反而落落大方地冲凌枢伸出手："你好，我叫萧月，萧瑟的萧，新月的月。"

这个介绍让凌枢顿时想到新月咖啡馆，不过萧月的长相跟咖啡馆没有半点关系，反而像诗人笔下的月色，优美高洁，诗情画意。

"你好，我叫凌枢。"

女学生短短的头发一动，如她的目光，清波荡漾。

"宁静的宁？书本的书？"

凌枢被她的口音逗笑了："是凌寒独自开的凌，枢密院的枢。"

女学生难得红了脸："好，谢谢你，凌枢，我记住了，下回有空来我们学校听课吗？你是警察对不对？我们学校有法制史，你正好来听听。"

凌枢笑道："教授你们法制史的先生不就在我身边吗？你是不是该邀请我听别的课？"

女学生还想说点什么，她的同伴却已经很不好意思，强拽着她走了。

凌枢感叹："当学生真好，琅琅书声，朝气蓬勃。"

岳定唐：……是跟女学生聊天真好吧？

他虽知凌枢桃花多，却还是有点低估了，万没想到从校园走去办公室的路上都要磨蹭耽误片刻。

幸好在办公室里找个人还算方便，教授中文的赵教授正好空闲，听闻他们的来意，哈哈一笑，欣然答应做这证人，还主动请缨，找来两根蜡烛，将红纸放在火上烤。

烤了一会儿，纸上果然就有几行字渐渐显露。

凌先生、岳先生赐鉴：

感念照顾，不胜激动，自违尊面，荏苒数日，未知二位今夜是否有空，宝凤楼盈昃阁，敬候二位光临，还请赏脸，令小女做东相请。

及，知悉先生好猜谜，小小请柬做了些登不上台面的手脚，权为先生增添趣味，若有冒犯，敬请海涵。

何幼安敬上

原来是请客。

凌枢有点失望，又有点懊恼。

何幼安果然提了岳定唐的名字。

这张别出心裁的洒金红纸，仅仅是一张请客的帖子罢了。

"怎么，何小姐不是单独送给你的，还挺失望？"

岳定唐心情不错。

"别忘了赌约，老赵，你可是看着的。"

赵教授哈哈笑道："我做证，凌先生输了一局！"

跟岳定唐相反，凌枢的心情就像刚刚躺下三分钟，却被人拎起来，告诉他要通宵干活，顿时蔫儿了。

什么美人请客，也没法提起他半分兴趣。

但他跟岳定唐并不知道，此刻的何幼安，心情很糟糕。

还有一些焦虑和恐惧。

第 42 章

这是第三封死亡来信了。

何幼安看着眼前摊开的画纸，心绪烦乱。

画纸是上好的熟宣，名为金花笺。

盛唐宫闱曾以这种描绘金花的画纸上书诗画，下赐群臣，引以为风尚。时至如今，坊间又有人仿古考究，弄出金花暗纹的仿金花笺，俗称仿金花，在富家小姐和那些追求浪漫的人士中间很受欢迎。

眼下，这张"仿金花"上，画了一幅画。

一名美貌的旗袍女子正推门而出，门口一圈草木，却枯了大半，花瓣碎落，灌木丛也只剩下树枝，一地焦黄凌乱，无人收拾。

边上还注了两句小诗，却很奇怪，并非手写，而是剪下报纸上的字块贴上去的。

可怜婢子生，朝暮为卿死。

画中的旗袍女子看不清面容，但是神韵身材，无一不像何幼安。

屋子里。

除了何幼安，还有两个人。

一个沈十七，正叉腰来回踱步。

一个滕四平，电影公司老板，坐在何幼安对面。

"我说，你能不能别这么一惊一乍的？这就一幅画、一首诗，说明得了什么！"

沈十七的语气很不耐烦，他今天早上刚刚被叔父打电话训了一顿，措辞严厉，沈家最大的倚仗就是他这位叔父，后者在沈家地位超然，平日很少直接出面干涉什么小事，这次居然亲自打电话来训斥沈十七，让他夹着尾巴低调做人，别成天给沈家找麻烦，沈十七被训得诚惶诚恐，心情自然好不到哪里去。

他也大概知道自己为什么被训，可他没想到，岳家为了区区一个凌枢，居然还兴师动众，跑去找岳家老大出面，通过他叔父来教训他。

沈十七越发恼怒，既不敢跟叔父顶嘴，又不敢去找岳家人算账，只能将一腔怒火，悉数泄在弱者身上。

"抱歉，可能是我太紧张了。"

何幼安勉强一笑，眉头依旧紧紧蹙着。

美人忧愁的时候别有一番风情，甚至比平日还要更加令人生怜。

沈十七抿抿唇，也有点后悔了。

他若是不喜欢何幼安，就不会一直将她锢在身边，只是两人地位悬殊，沈十七自诩将何幼安从贫民窟中拯救解放，又将她一手捧上人人追逐的明星神坛，名利双收，加上何幼安温声细语，从未恃宠而骄，沈十七自然更进一步，骄横霸道。

但，这并不代表他就不喜欢何幼安了。

滕四平颇有怜香惜玉之心，见不得她受了惊还被这样训斥，就解围道："沈先生，您若是忙，先先走吧，这边我会找人查查的，应该就是有人恶作剧罢了，不妨事。何小姐昨日受惊，难免情绪不稳，多有联想，回头我派两个人跟随保护。"

沈十七神色稍缓，虽然语气还是不大好，但总算没那么严厉了。

"就这样，回头我让司机载你去永安百货，你想买什么，就买什么，都记我账上，明天我再过来，嗯？"

他捏住何幼安的下巴微微抬起，似要观察她的表情反应。

何幼安也"嗯"了一声，轻轻柔柔，婉转绵软，像温顺的绵羊依偎在主人怀里，任凭发落，绝不反抗。

可这样温顺的美人，有时候却越发能令人生出凌虐之欲。

沈十七心头一动，碍于滕四平在场，什么也没说，只用手指轻轻钩住何幼安白皙柔腻的下巴，又往下滑了一道。

何幼安轻颤，幅度很小，却被沈十七发觉了。

他心头得意一笑。

沈十七一走，滕四平看着她愁容不掩，心生不忍。

"你别怕，回头我找人跟着你就是，前面两次只是巧合而已，无须想太多。"

滕四平说着自己都觉得是敷衍了事的安慰，但他这个电影公司老板，能做的也就只有这么多了，人人皆知何幼安是沈十七的禁脔，他就是有心也得避嫌，否则沈十七疯起来，可是十头石狮子都未必拉得住。

何幼安心不在焉地点点头。

滕四平为了让她别再想起这幅画，伸手一抽，将"仿金花"抽走，在何幼安还没来得及阻止之时，他已经三两下把画作撕成好几块，又拿出火柴点了烧掉，动作恶狠狠的，仿佛这样就能驱赶挥之不去的阴霾晦气。

何幼安轻轻叹了口气。

她一共收到过三封这样奇怪的信件。

信封一样，但内容各不相同。

信件之后，则是陆续发生的怪事。

第一回是在三个星期前。

何幼安清楚记得，那天雪下得很大，她刚拍完电影，司机将她送到寓所楼下，女佣在楼下门口等着接她，她带着一身疲惫和风尘，准备上楼洗澡睡觉，刚刚走进浴室，就看见窗台上多了个白色布包。

她当时好奇，以为是女佣把东西落下了，谁知打开一看，里面居然是只死猫。

当时此事令她受到了很大惊吓，连沈十七也知道这件事，但后者不以为然，只当是女佣心怀不满，恶意报复，当即就想把女佣赶走，还是何幼安给拦住了。

浴室窗台朝向外面小巷，偏僻无人，白日的时候，用人经常会将这里的窗打开，通风透气，区区二楼，谁都能攀爬上来。

毫无难度，就等于找不到作案者。

更何况只是死猫罢了，充其量只能算惊吓，哪怕何幼安将案子报到警察局去，那边也抽不出人手来调查破案。

没过多久，何幼安就收到一封信。

同样是这样的仿金花笺，上面只有一首短短几行的诗。

"于是我情不自禁为你的朱颜焦虑，终有一天你会加入时光的废堆，既然美和芳菲都将离你而去，眼看别人生长，自己却枯萎。"

轻声念出这几句诗的时候,何幼安已经身处宝凤楼的盈昃阁之中。

在她对面坐着两个人。

凌枢和岳定唐。

上海自西风东渐,不少西餐厅如雨后竹笋纷纷涌现,租界之中更有许多日式餐馆,弄得此地一下子如同各国餐馆展览一般,琳琅满目,令人应接不暇。

但本地老字号依旧很有市场,毕竟中国各地菜系已经足够丰盛,也只有国人才懂得调理国人的胃,宝凤楼自晚清光绪年间开张,至今也不过数十年,却已换了三代人,手艺传承,名声在外。

其中包间按照《千字文》来排序,"天地玄黄,宇宙洪荒,日月盈昃,辰宿列张"。这间"盈昃阁"就在"日月阁"隔壁,是宝凤楼里最好的四个包间之一。

八仙桌是黄花梨木所造,看上去有些年头,但想必是日日擦拭从不懈怠,那桌角亮得出奇,边上墙壁廊柱,却都是粉刷不久,挂画山水飞墨,落款也都是当代名家。

修长白皙的手腕上套了只玉色温润的翡翠镯子,何幼安轻轻转手一碰,翠玉和桌面就玎瑢作响,仿佛在为她的叙述增加注脚。

袅袅仙音,美人在眼。

如果这不是涉及一桩死亡威胁的话,倒不失为良辰美事。

她念得断断续续,不时还要回忆一下,说罢自己先不好意思笑了笑。

"这好像是首外国诗,我自己不会洋文,请人来翻译的,意思只记得大概,但应该没有出入多少。"

岳定唐接过她递来的纸片。

一张仿金花笺,上面是优美的英文。

行云流水,堪称华丽。

寥寥几行英文诗,中文意思的确跟何幼安念出来的差不多。

凌枢探过头来看。

"你刚才念的这首诗,应该是莎士比亚十四行诗的中文译版,各人翻译习惯和语句不同,但意思差不离。"

何幼安:"帮忙翻译的人也是这样说的,可这首诗究竟是什么意思?"

凌枢:"没有特别的意思,莎士比亚一生写过许多这样的诗,或者称颂爱情,或者歌咏美貌，但是如果跟后面的刺杀事件联系起来，就有点意思了。"

何幼安点头："我收到这封信不久，就发生了首映礼的刺杀事件。"

岳定唐这时也问："那你在收到死猫之前，看来也收到过一些提示？"

何幼安："刺杀的事情后，女佣这才受到启发记起，在我们发现寓所浴室窗台的死猫包裹之前，她收到过一束花，里面写了几句话。当时她以为是影迷送来的，又不识字，就没放在心上，因为我经常会收到影迷送来的花束，上面大多会有三两句话的祝福卡片，我不可能每一张都拆开来看。"

岳定唐："既然花束那么多，为何她会独独想起这一束？"

何幼安："因为别的影迷送花，大多是玫瑰或百合，唯有这一束另辟蹊径，送的是荼蘼，而且是干枯的荼蘼，所以，女佣以为是有人送错了或故意捉弄我。"

开到荼蘼花事了。

荼蘼之花象征陌路，更何况是干花。

若是影迷向自己喜爱的电影明星表达喜爱，怎么都不可能送干枯的花。

"第一次是干枯的荼蘼花和卡片，然后是死猫。

"第二次是十四行诗，然后是首映礼遇刺。

"而现在，是一幅画，画中你推开门，周围花草全部枯萎。你担心即将会发生什么。

"可怜婢子生，朝暮为卿死。我虽才疏学浅，这两句，大体还是能看懂的。"

何幼安露出苦笑。

"我担心，这次是我身边的人遭殃。

"到底是谁，要如此作弄于我？不，他不仅仅是想作弄我，还想要我的性命，要跟我有关的人的性命。

"岳先生、凌先生，不瞒你们说，我很害怕。"

第43章

凌枢还以为何幼安约他出来吃饭，是想单纯表达一下感谢。

又因为孤男寡女，不好意思，所以她多找了岳定唐以示避嫌。

却没想到，电影院的刺杀事件并非偶然，这后面是死亡威胁的一环。

"那个刺杀你的影迷，昨日趁乱逃走了，在场众人没反应过来，后来警察四处搜捕，到现在也没抓到人。"岳定唐道。

这句话意味着，以当下警察的办事效率，再找到人的机会基本是微乎其微了。

何幼安脸上没有任何意外。

"我料到了，但还是多谢你们，特别是凌先生。如果不是您，我现在恐怕就不能坐在这里和二位说话了，救命之恩无以回报，我又怕沈公子误会，不敢单独约您见面感谢，还请您见谅。"

凌枢自然不会再计较感谢不感谢的事情，任谁遇到这种死亡威胁，肯定都会心绪不宁。

"无妨，我也只是路见不平，换作别人遇到危险，我同样会伸出援手。不过，你接连遇到危险，沈十七那边就没做点什么吗？"

何幼安微微苦笑："沈公子往我身边派了两个人保护我。他觉得，一切都是巧合，是我大惊小怪了。"

这样一个美人配不解风情的沈十七，任谁都会觉得可惜。

凌枢和岳定唐不是第一个产生这种感觉的人，也不会是最后一个发此感想的人。

身世飘零又心思玲珑的何幼安，需要一个懂她爱她、能护她周全、解她忧愁的人，而不是像沈十七这样粗鲁蛮横，将她视为金丝雀的男人。

但何幼安自己感念恩情，不愿意离开沈十七，旁人也只能由得她去，只道她有朝一日会醒悟过来，脱离苦海。

时下追求自由解放的女子越来越多，富家千金逃家千里追求真爱，反抗父命的故事并不鲜见，其中固然有团圆落幕的喜剧，也有离家出走只为读书，却被家里人捉回去成亲的悲剧。相比之下，像何幼安这样生活在大都市，却依旧囿于旧观念的女子，不能不令人扼腕遗憾。

岳定唐不像凌枢，他对美人没有太多怜香惜玉之心。

在他看来，人之一生，走什么路，都是自己选的。

何幼安怀着改变自己命运的愿望，跟了沈十七，是她的选择，那么后面那些随之而来的坎坷，她也应该有所准备。

如果因为美貌而身不由己，那么心狠决绝的，直接一刀划下去，毁了容貌，也就绝了后患，反倒能平安一世。

但，既然她舍不得，就得承受相应的后果。

岳定唐冷血地认为，何幼安如今处境，固然有外因，也有内因，没了一个沈十七，还会有李十八、张十九冒出来，前仆后继，无济于事，乱世之中，美人若无自保能力，就只能沦为权贵的玩物。

他只是单纯对威胁何幼安的死亡信件本身感兴趣。

以及，既然凌枢参与进来了，他想脱身，恐怕也不太容易。

于是岳定唐就事论事，只围绕案件本身来讨论。

"三次警告，第一次起初更像捉弄耍人，只是吓你一跳，让你心绪不宁，但结合另外两次来看，死猫更像是一种警告。"

那只死猫，就像暴风雨来临前的乌云，阴沉沉压在头顶，令人内心充满不安。

而电影院遇刺，则直接开启了暴风雨的按钮，风浪狂涌而来，带着倾覆毁灭的力量，也预兆着后面的不太平——因为何幼安虽然侥幸无碍，却不意味着后面同样幸运。

"你平时得罪过什么人？或者这么说，你得罪的人里，有哪些报复心强，有能力置你于死地，又不肯痛快杀你，要以这种方式来折磨你的？"

听见岳定唐的话，何幼安轻轻蹙眉。

"有。"

她思索回想的时间不长，显然自己之前也考虑过这个问题。

"你们听说过苏桃吗？"

凌枢有个热衷看电影的姐姐，闻言不假思索："《豪门》的女主演？"

何幼安点点头："我现在演的这部电影，原定女主角是她，但后来我这家电影公司的老板滕先生成功争取到投资权，女主角就换成了我，苏桃不止一次说过要我好看，被别人听见了。"

凌枢："你跟她本来就有矛盾吗？"

何幼安无奈："其实我们一早认识，从前交情还不错，当初在电影公司参加选角的时候，我家里条件不好，她还经常将家里带的午餐分我，只是后来，我们俩的戏路有些相似，难免就有竞争。"

岳定唐："如果仅仅是这样，不足以令她想杀人吧？"

凌枢："我想起来了，去年好像出了一桩挺有名的桃色新闻，苏桃公开在报纸上发表声明，说你意图……"

"说我意图勾引她的丈夫卫鸿轩，声明卫鸿轩对我绝无半点绮念，让我自重。"

何幼安将凌枢没好意思说出来的话接下去，语气越发无奈。

"就在声明登报前不久，我和卫鸿轩合作一部电影，在里面扮演夫妻，但我发誓，我对他绝无半点逾矩。"

岳定唐："你跟卫鸿轩，以前有过往来吗？"

何幼安："那是很久以前的事情了，我在路上被黄包车撞了，黄包车上坐的人正是他，他下来跟我道歉，又把我送到医院去，渐渐有所联系，他想追求我，被我拒绝了，因为我只当他是兄长，后来为了避嫌，我还搬了家，断绝往来，直到我演了电影，在银幕上与他合作，我们才重逢。"

岳定唐淡淡道："一个女人的直觉是最敏锐的，哪怕你尽可能保持距离，也不妨碍卫鸿轩对你旧情难忘，苏桃必然是发现了这一点，才会如此针对你。"

何幼安面露尴尬："其实这样的事情，在过去几年，并不少见。总有一些女士，以为我和她们家的先生或男朋友之间有暧昧，可是二位也知道，我有沈公子在，又怎会与别的男人牵扯不清？"

这点凌枢倒是相信的，毕竟宴会上，沈十七对何幼安的占有欲，是人人都瞧见了的。

岳定唐："从去年苏桃登报声明到现在，这段时间里，你跟卫鸿轩还有接触吗？"

何幼安摇头："在那之后，我更是注意，有卫鸿轩出现的场合，我都尽量避开，甚至是电影上的合作，也都让滕老板推掉了。但是我听说，卫氏夫妇的感情不大好，在片场公开吵过几回架，许多人都亲眼瞧见，后来苏桃还闹过割腕自杀。"

岳定唐："除了苏桃呢，还有别人吗？"

何幼安："还有一个人，叫鹿同苍。"

鹿是一个很别致的姓。

在上海，同名同姓的人几乎没有，唯一的那个还很出名。

鹿同苍原先是四川的袍哥，还是帮中大佬级别的人物，后来不知何故，离川来到上海，做起生意。

他的生意黑白两道通吃，在内陆漕运尤其吃得开，跟青帮的人关系也不错，可谓是半个身子在帮派的名人，为人心狠手辣，又极重帮派义气，很要面子。

鹿同苍偶遇何幼安，当即惊为天人，想将她包下来。

以鹿同苍的身份地位，沈十七也未必招架得了，他想要的人，基本没有要不到的，甚至当时，沈十七知道鹿同苍的打算之后，敢怒不敢言，也没说什么，默认了此事。

但何幼安自己居然拒绝了，她去赴鹿同苍的宴会，席上鹿同苍指着一大坛酒，说只要能喝下，就不再强人所难，不然何幼安从此就要跟在自己身边。

纤纤弱质的何幼安，居然无比烈性，当即将那坛烈酒倒了一碗又一碗，喝到后来，一边喝一边吐一边流泪，也还是没有求饶一声。

当着所有人的面，鹿同苍虽然脸色很难看，却不好出尔反尔，推翻自己刚刚说过的话，总算放了何幼安一马，但是自那之后，鹿同苍处处跟何幼安过不去，甚至特意去捧何幼安所在公司的对家，打压何幼安的名气。

岳定唐沉吟片刻。

"照你的描述看来，鹿同苍更多是想让你屈服，从而得到你，并非要你的性命。他若想要你的性命，也不必那么大费周章，直接派人来杀你便是，何必故弄玄虚？"

何幼安苦笑："鹿同苍可能不会，他的手下，却未必。鹿同苍身边有个得力臂膀，叫江河，一心一意为鹿同苍着想，他觉得鹿同苍对我关注过甚，可能会成为鹿同苍的弱点，曾派人来警告我，想毁我容貌，幸而被滕老板发现，派人解围。事后江河虽然没再动手，但我每回遇到鹿同苍，他总会站在鹿同苍背后，用阴冷的眼神看着我，那种感觉，就像是……"

就像是被一只毒蜘蛛盯上，四面皆网，无处逃离。

"还有，沈公子也有些仇家，他们奈何不了沈公子，有时也会冲我下手。之前沈公子就曾发生过绑架未遂的事件，后来我与他一道出门，还遇到过汽车忽然爆胎，后车厢被藏了炸弹的事情。"

如此看来，想要何幼安死的人还真不少。

间接或直接，她被推上风口浪尖，无数双眼睛环伺，不怀好意，嫉妒发狂，由爱生恨，明枪暗箭，将何幼安前后左右死死封住，进退不得。

归根结底，不过是一句话。

当美貌没有相应的权力来保护，它就会成为自身的灾难，而非幸事。

何幼安虽看似受尽万千宠爱，实则却求助无门，只能寄望于凌枢和岳定唐。

毕竟，他们刚刚因为破获了袁门凶杀案而名闻上海滩。

第 44 章

身处何幼安的环境，很难将内心恐惧担忧抒发出来。

以她的知名度，只要行为稍有偏差，立马就会被报刊登载，见诸市面，受世人非议。

她与凌枢不过几面之缘，甚至谈不上深交，却只能在此地此时，将事情和盘托出，在他们面前稍解苦闷，纵然千般美貌，亦不得一知心人。

兴许是把压抑多时的事情说出来，何幼安神色轻快不少。

"多谢两位先生鼎力相助，我知晓你们看不上铜臭俗臭之物，也不敢拿这些东西污了二位的法眼，这几年我零零散散也用积蓄购得一些玉石字画，虽然不值多少钱，但有些宋明名家之作，也可供两位赏玩。"

岳定唐："我们帮你，不是为了这些。"

何幼安恳切道："我明白，这些物件来历清白，也都是干净钱买的，还请您放心，勿要推辞，我知道送得再多，也无法表达我心中感谢之情，但这已经是我所能想到最好的方式，二位若是不收，我都没脸找你们帮忙了。"

她既是说到这份儿上，岳定唐自然也不好再说什么。

凌枢却忽然轻咳一声："何小姐，你说的不同凡俗，那是老岳，他一大学教授，家世不凡，的确喜欢这些，我就不一样了，我俗得很，什么古董字画都不喜欢，唯独喜欢袁大总统那颗光溜溜的脑袋。"

岳定唐："……"

何幼安扑哧一笑。

时下早就不是袁大总统当政的年岁了，但以袁大总统头像所铸的银圆"袁大头"，却自此流传下来，成为市面上流通至今的硬通货之一。

凌枢所言，自然是暗示自己喜欢钱，让何幼安直接用钱做酬劳即可。

这已经不是暗示，而是明示了。

岳定唐无语，想让他别这么丢人，又不知道说什么好。

何幼安忍笑点头："我明白了，您放心。"

说话间，包间门打开，菜陆续端上来。

宝凤楼独家秘方酿制的蟹粉狮子头，鸡汤做底，肉圆吸收了汤汁，自身肉香充分蒸腾，与鸡汤混融一体，你侬我侬，忒煞情多，再也不分彼此。

文思豆腐，外地人一瞅，这不就是豆腐羹嘛，初时不以为奇，用筷子拨开细挑，才发现豆腐居然被切得纤细如丝，细而不断，连针眼都能穿过去，却又入口即化，绵长细腻，以柔克刚。

再则便是松鼠鳜鱼、水晶肴肉，次第摆放在八仙桌上，菜名虽是别处也能见着的，但宝凤楼重金聘来的厨子终究不简单，同样的菜色，也能让人多出不同的期待。

更有冰糖莲藕、素烧冬笋等，有荤有素，兼顾各人口味，也算花心思了。

光是这色、香、味，就已是上佳之作。

"两位都不是北方人，我就点了淮扬菜。"

"多谢何小姐细心，那我就不客气了。"

"二位先生只管慢用，我还让人准备了桂花酿和青梅酿，稍后温了就送来。"

有凌枢在，再怎么人少的场合也不至于冷清。

有酒有菜，何幼安渐渐展颜，也加入闲谈。

她虽自幼没读过书，但从影以来，自知自身缺陷，又要跟着沈十七出入各种场合，很是下过一番苦功，字没少认，书也没少看，连洋文都能说上两句，自然不会面对凌枢和岳定唐就哑了火，间或还能接上几句。

凌枢有点内急。

他出门前灌了不少水，席上又喝了不少酒，憋得忍不住，只好起身告罪去解手。

解手回来，他路过隔壁包间，伙计正端着托盘出来，门开了半扇，抬头与凌枢迎面对上，伙计赶紧让路，请客人先走，凌枢也就自然而然朝门内瞥去一眼。

这一看不要紧，里头的人若有所觉，也正好抬起头来。

四目相对。

凌枢看到故人。

对方先是一愣，而后怒意浮现，猛地起身，朝他走来。

哟嗬，不是冤家不聚头。

凌枢笑了。

一怒一笑。

241

两人的反应截然不同。

"你还敢到爷跟前来晃？"

沈十七冷笑一声，甚至等不及自己的保镖上来，伸手就去抓凌枢的衣领。

凌枢侧身一闪，轻而易举避开。

动作流畅，看似潇洒，实则一不留神就动到旧伤，昨晚挨棍子的后背又开始隐隐作痛，凌枢内心含泪吐血，面上依旧不动如山。

但沈十七可没管他是不是有高人风范，一抓不成，直接整个身躯都扑过来，死死拽住他的肩膀，直接将人往走廊上推。

凌枢双手一抬一推，对方不由自主松开手，由着惯性往前踉跄，眼看就要摔出横栏掉下楼，一只手及时从后面揪住他的衣服，把人生生给拽回来。

沈十七坐在地上，气得脸色通红，正欲发作，就看见岳定唐从隔壁包间走出来。

满口脏话到了喉咙，登时如同果核，吞也吞不下，吐也吐不出。

一个岳定唐不足为虑，但岳定唐身后的岳家，不能不让人忌惮三分。

沈十七现阶段不想跟岳定唐起冲突，更不想在今晚失态。

凌枢有趣地看着对方表情扭曲抽搐，最终从嘴边吐出一句话——

"多谢！"

凌枢差点儿笑喷："沈公子谢我什么？"

沈十七强颜欢笑："谢你刚才拉我一把，不然我脚下一滑，很可能就掉下去了。"

凌枢调侃："那我这算是救命之恩了，您得表示表示？"

沈十七嘴角抽动："回头我让人送些礼物到府上去，聊表谢意。"

"怎么回事？"

有人将沈十七扶起，顺口问道。

凌枢这才发现，沈十七所在的包间里，还有一个人。

对方三四十岁的年纪，样貌普通，五官平平，唯独眉目之间透着一股精明，一看就是生意人，而且生意做得还不错，可能还经常跟五湖四海三教九流打交道，嘴角笑纹很深，眼角眉梢都带着笑。

"成先生！"

沈十七赶紧起身，以他的行事风格，遇到美国领事都不发怵，面对这位成先生居然有些诚惶诚恐。

"没什么事，我遇到一位朋友，有些误会，现在已经解释清楚了。"

沈十七非但没有继续咬着不放，反倒主动息事宁人。

成先生点点头，扶他起来。

"那就好，生意人以和为贵，我们出来行走江湖，靠的是朋友，朋友越多，路就越宽。"

沈十七笑道："那是，这话极有道理！"

成先生还想说什么，声音戛然而止，目光却落在岳定唐身后的女人身上。

"这位女士，好像有些眼熟。"

沈十七看到何幼安，脸色微微一变。

何幼安在里间听见沈十七的声音，原想避开不出来，以免多生事端，又听见沈十七忽然态度大变，忍不住稍稍探头，面露好奇，却被成先生看个正着。

沈十七沉下脸色，忍下发作的火气，为成先生介绍道："这位就是知名的电影明星何幼安小姐，成先生想必也听说过她的。"

成先生恍然："原来是何小姐，久仰大名，我看过您的电影，非常精彩！"

他的注意力虽然大多落在何幼安身上，目光却并不猥琐，看上去只是单纯喜爱电影和角色的影迷。

沈十七："这位是成先生，我的生意伙伴。"

何幼安微笑颔首："多谢您的赏识，倍感荣幸。"

成先生："何小姐不必过谦，我在南京时，也听许多人提起过你的名字，都夸你演得好，旁人至多演什么像什么，你却演什么是什么，若是电影也有戏曲那样的大家称号，何小姐必然当之无愧。"

这话说得很漂亮，不失礼貌，不落俗套，又不至于交浅言深。

何幼安不知听过多少漂亮话，闻言也禁不住微微动容，躬身回以一礼。

"成先生谬赞了，幼安当之有愧。"

凌枢还没吃饱，见他们寒暄起来没完没了，赶紧趁机打断。

"好了，大家认识也认识过了，沈公子，救命之恩，无以为报，你也用不着报了，帮我们把今晚的饭钱报销了就行，你看如何？"

他吃准对方当着成先生的面不好翻脸，笑嘻嘻道。

沈十七果然又是一个比哭还难看的笑容。

"当然可以，小事一桩，你们只管吃便是，都记我的账上。"

凌枢："还有，何幼安小姐今晚宴请我们，是为了请我们帮忙，你不会怪罪于她吧？"

沈十七："……不会，幼安也有交朋友的自由，更何况是岳先生这样的良师益友。"

凌枢没理会他故意略过自己，满意道："那我们就先谢过沈公子了，您二位继续聊，不用管我们。"

沈十七哪里还有心情继续吃饭，回到包间，他揉着方才被凌枢扭伤的胳膊，勉强跟成先生客气。

"让您见笑了。"

成先生："这位何小姐跟你很熟吗？"

沈十七："她与我乃密友。"

所谓密友，暧昧不清，既非夫妻，又甚于朋友。

成先生心照不宣。

那头凌枢回到包间，却叫来伙计。

"我想叫些打包的酒菜。"

岳定唐心道果然不出所料。

不过坑别人总比坑自己好，更何况被坑的是沈十七，左右两人恩怨至此，也不在区区一顿酒菜了，他就没有吭声。

伙计拿出小本："欸，先生您请说！想要点些什么，我这就去让人准备！"

"腌笃鲜、盐水鸭、桂花拉糕、糖莲藕、糯米八宝鸭、鸭血粉丝汤、酒糟汤圆、蟹黄豆腐羹、大煮干丝，"凌枢一口气不停报出菜名，也不知是不是在进门的时候就已经瞄过一楼悬挂的菜牌子，"暂时就这些吧，每样来三份，全部打包好，等会儿我要带走的。对了，再来三坛汾酒，要陈年的，可别用新酒来糊弄啊！"

伙计：……您也不怕撑死！

第 45 章

"想要查出是谁给何幼安发死亡威胁，就必须清查与她有关系的所有人。

"有权有势之人想对她下手，用不着那么麻烦，除非是出于某个目的，不想被人发现，通过这样一连串的事件，误导旁人，从而逃脱罪责。

"何幼安当局者迷，她知道的与之有恩怨的，未必就是全部，也未必就是正确的。

"这就好比，我在街上走，不小心撞了一个路人，我说声抱歉之后就翻篇了，他却因为我的那一撞，丢了准备去给母亲治病的救命钱，从而导致家破人亡，后来他又偶遇我，我早已不认识他，对方却心怀怨恨想要报复。

"又比如说，我觉得岳长官您，见天儿看我不顺眼，我觉得自己一无是处，您还非要把我调到身边来，为的就是就近控制我，整我，让我在您的眼皮底下浑身不自在。但这些说白了，都是我自己的猜测，不一定就是对的。何幼安也同理。您说是不是？"

"嗯，分析得不错。然后你准备怎么做？"
岳定唐头也不抬，提笔给自己正在修改的一篇论文写上几句评语——
论点不错，论据不足，建议从希腊文明入手，参考城邦制。

"要查，就得从头开始查。"
凌枢在办公桌上摊开卷宗。
这些都是他从何幼安所在辖区警局调来的资料，上面写明了何幼安的籍贯、年龄、亲属成员，还有一些简单的家庭情况。
还别说，在市局也有在市局的好处，从前他在江湾区的时候，想要这些资料几乎不可能，现在有了市局这块招牌，想要什么资料，只要跑一趟，动动口，就能要到，这就叫拉大旗作虎皮。

"何幼安早年家境贫寒，父母双亡，弟妹早夭，活下来的只有她和兄长二人。
"从时间上来看，她父母死的时候，她才三岁，长兄比她大七岁，兄妹俩相依为命，而且基本可以推断出，是她哥把她拉扯大的。
"但是好景不长，就在她十四岁那年，兄长何长安外出失踪，从此再也没回来过，有人说他在码头打工，失足落水淹死了，也有人说他得罪了帮派混混，被拖到暗巷打死，何幼安一个孤女，本来就贫寒的生活一下子变得更加艰辛。
"何幼安二十岁开始从影，至今二十五岁，在遇到沈十七之前，她空有美貌，却无权无势，什么情况都有可能发生，但她还能遇到沈十七，让沈十七力捧她成为广为人知的电影明星，又如此知情识趣，不简单！
"这里写何幼安的旧址，我想去看看，问问她旧日的邻居，也许还能得到一些卷宗上没写的东西。"
凌枢说罢，合上卷宗，对岳定唐道。

岳定唐颔首。

"正好，你出去的话，顺带帮我办件事。"

他从抽屉里拿出一张照片。

"中午十二点，上海饭店四季餐厅有个饭局，你帮我去见见她。"

凌枢拿过来一看，吹了声口哨。

"美人啊！"

黑白照片上，一个穿着洋装的美人笑得灿烂，背景则是白烟滚滚的蒸汽轮船。

这年头，并非人人都照得起相片，许多人从生到死，可能都没见过照相机长什么样，即便有条件照相的人家，在镜头前，或多或少也会有怯懦迟疑，是以大多数人在相片里，都是一副不苟言笑的样子。

如照片中人这样充满自信的，十有八九就是留洋归来的富家千金了。

"岳长官艳福不浅啊！"凌枢啧啧出声。

"你去不去？不去就算了。"岳定唐作势要将照片抽回来，却被凌枢按住。

"去，当然去！可我不知道去做什么，见了人又要说什么，还请长官明示。"

岳定唐道："她是甄丛云，甄家小女儿，刚从日本留学回来，我姐介绍认识的，想撮合我们俩，但我不喜甄家行事，无意与她见面，你代我走一趟，就说我赴外地讲演，无暇与她相见，她自然就会知难而退了。"

凌枢："能让春晓姐亲自介绍的人不多，莫非是那个跟行政院汪院长走得很近的甄家？"

岳定唐没有作声，但这本身就是一种回答了。

凌枢笑道："甄小姐年轻貌美，曾被誉为南京四大名媛之一，更有'南甄北林'之称，可以啊，岳长官，您这是不鸣则已，一鸣惊人，有这种绝代佳人，还推三阻四呢？"

岳定唐："甄丛云不是光长了一张脸，她出国之前曾经是她父亲的秘书，甄家跟汪氏的往来，有不少就是她在背后推动的，南京官太太的圈子里，甄丛云也是呼风唤雨的人物，我只是个教书的，不想掺和太多，这位甄小姐，我无福消受。"

凌枢："那行，包在我身上，保证那位甄小姐今日之后，绝不会再来找您。不过，这人靠衣装，我穿着这一身行头去，甄小姐只怕不会将我放在眼里，连带也丢了您的面子，再者今日约甄小姐见面，好聚好散，我怎么也得出这顿饭钱吧，不然回头她要四处去说您小气抠门了，是不是，嗯？"

他两只手指做出一个数钱的动作。

岳定唐："……你要多少？"

凌枢笑眯眯："您看着给就行。"

凌枢走后，岳定唐越想越不对劲。

对方办事能力自然没有问题，可那是在凌枢想要好好办的情况下。

如果像上次那样，招惹了一个沈十七……

两个小时后，时近中午，岳定唐的后悔达到顶峰。

他拿起座机，拨打饭店的电话。

"您好，这里是上海饭店。"

"你好，我姓岳，麻烦你帮我转四季餐厅，我想找一个人。"

"好的，岳先生，请您稍候。"

对方效率倒是不低，但岳定唐的眼皮越跳越快。

左财右灾，还是左灾右财？

留洋归来、满腹经纶的岳教授开始琢磨起老祖宗的迷信玄学。

餐厅方面很快有了回复。

"您好，岳先生，请问您想找谁？"

"你们饭店有位住客，姓甄，甄小姐现在应该和一位男客在你们餐厅吃饭，他是我的朋友，我有事找他，麻烦你去请那位男客人来听电话。"

"岳先生，真不凑巧，甄小姐和那位先生刚刚走了。"

"一起走的？"

"是的，我看甄小姐过来的时候很不高兴，一脸不耐烦，后来那位先生来了，吃饭时，甄小姐的脸色就好很多了，他们刚刚走的时候，甄小姐脸上还带着笑呢。"

"那他们去哪里了，你可知道？"

"结账的时候我听甄小姐提了一句，问最近有什么电影，那位先生说自己有票，提议去看电影，就是大明星何幼安当女主角的那一部。"

岳定唐："……"

他嘴角抽动，又有种果然如此、不出所料的感觉。

下午五点左右，岳定唐从学校归来，先回了市局一趟。

办公室冷冷清清，凌枢那张桌子上的文件，早上他离开时怎么摆，现在还是怎么摆，可见人没回来过。

岳定唐皱眉。

他以为凌枢是个聪明人，做事总归有些分寸，招惹上沈十七是意料之外，但甄丛云，在他已经那样说的情况下，凌枢应该就不会去碰，没想到他还是让自己失望了。

那样聪明的一个人，怎么就在富贵面前失了分寸？

岳家大宅冷冷清清的。

岳春晓虽然百般不情愿，但还是启程去了南京，跟丈夫会合。

往常岳定唐一回去，迎接他的必然是三姐的嘘寒问暖，今日虽也有热菜汤饭，但都是用人做的，顶多是老管家问候几句，骤然间还有些不习惯。

"今晚有汤吗？"他问老管家。

"有，天这么冷，您又在外头成日辛苦，得好好补补，三小姐临走前特地把每天主菜菜单写好，交代厨下照做的，今晚是老鸭茶树菇汤，熬了两个小时的，我去给您盛过来。"

老管家刚说完，门铃就被人按响了。

"谁啊，这么晚了，该不会是三小姐落下什么东西，又回来了吧……"

老人家絮絮叨叨走向大门。

无须他开门，已经有用人回来汇报。

"四少爷，是凌先生。"

岳定唐拿汤匙的手一顿。

没有直接让人进来，而是问——

"他来做什么？"

"凌先生说，他晚饭还没吃，想进来混口饭吃。"用人也是大开眼界，头一回见有人将蹭饭说得如此光明正大。

岳定唐挑眉："就说我们已经用完晚饭了，让他等着吧。"

这话刚说完，就听见凌枢在外面提高了声调。

"岳长官，老岳，你不能这样吧，把老同学老朋友老下属拒之门外，春晓姐姐刚走，你就开始欺负我了，连顿饭都不给我吃，这说不过去啊！是不是还想骗我已经吃完饭了？我都闻到老鸭汤的味道了！"

岳定唐："……让他进来吧。"

老管家忍笑，亲自去将人接进来。

他其实还挺喜欢凌枢的，原因无他，有凌枢在，平日冷冰冰的岳家，总有片刻能充满欢笑——哪怕四少爷多半是被气得哭笑不得。

凌枢进门就叹气，直接在岳定唐对面的位置坐下。

"周叔，给我来碗汤，多点肉，我快饿死了！"

老管家笑道："好，我亲自给你盛。"

岳定唐："你倒是不把自己当外人。"

"岳长官，你不厚道啊！"凌枢摇摇头，"今天我在外头，为你生，为你死，为你挡着母老虎，还顺道查了一下何幼安的案子，你居然连顿饭都不让吃，小心我去南京告你的状。"

"远水救不了近火。"岳定唐指指他的碗，"说说今天的情况，说不好，没饭吃，周叔，你别忙着给他盛汤。"

第 46 章

老管家闻言憨厚一笑，将汤盛好拿在手中，一动未动。

他只是朝凌枢使了个眼色。

凌枢收到信号，立马上前一把抢过汤碗。

"不是周叔给我的，是我自己抢的，这你可不能怪他。"

一口汤下肚，饱受严寒的胃立刻就暖起来了。

"周叔，这汤是不是还放了排骨？"

老管家竖起大拇指："用来提味的。"

凌枢得意："我这一喝，立马就能知道里面都放了些什么！"

岳定唐慢悠悠道："有一种动物，也与你相差仿佛。"

"岳长官，我可是为了您，辛辛苦苦跟甄小姐周旋一整个白天，没有功劳也有苦劳，您就这么对有功之臣，也不怕寒了我的心？"

一碗汤喝下，凌枢摸着心口叹气。

"我这心啊，瓦凉瓦凉的。"

岳定唐不为所动："我让你去打发她，不是让你们俩去约会看电影。"

凌枢笑道："哟嗬，您还跟踪我呢，看来是真不放心，那您最后都跟踪出些什么结果了？"

岳定唐不语，放下汤碗开始吃饭。

他有个挺好的习惯，嘴里有饭的时候从不说话，即便十万火急，也要细细咀嚼之后咽下再开口。

这点跟凌枢截然不同。

凌枢从没注意过吃饭快慢问题，之前在警局当差更是如此，吃饭中途若有差事，要么得放下饭碗赶紧办差，要么就得三两口吃完。

凌家从前富贵时，也讲究餐桌礼仪，但市井中人成日为衣食住行奔波劳碌，所谓食不言寝不语，仅仅是为有钱有闲的人家准备的，凌枢觉得自己已经完成从富贵人家到市井小民的转变，如果每次吃饭都像岳定唐这么文绉绉，估计半个小时也吃不完。

然而几次相处下来，他也发现了一个规律，岳定唐情绪不高或者若有所思的时候，就只会夹离自己近的那两盘菜，哪怕离得远的菜才是他更爱吃的。

眼下，显然就是岳四少爷不痛快的时候了。

凌枢笑笑。

对方既然不吱声，他也不着急。

把吃饭速度放缓，凌枢尽量将咀嚼频率从每秒钟四次降为两次，汤也一小口一小口喝。

像清蒸鱼这样的河鲜，还是得一筷子鱼肉蘸了汤汁，送进嘴巴回味小半天，将汤汁悉数咽下，再吞下鱼肉，方是最美。

偷得浮生半日闲。

凌枢自得其乐。

岳定唐冷眼旁观，却觉着他日日都游手好闲，别人恨不得把一日掰成三日用，他倒好，若是没事，不是趴在办公室睡觉偷懒，就是趁着办事出门看电影——如果不是中途溜号，又怎么会遇上何幼安遇刺？

"如果没什么要说的，你就回去吧。"他慢条斯理道。

晚餐用罢，用人送上水果，凌枢不拿自己当外人，伸手就拿签子叉了一块。

"这苹果是烟台的？又甜又脆，真不错！"

凌枢吃完一块，伸手还要再叉，盘子被拿走了。

岳定唐："周叔，送客。"

周叔没动："四少爷……"

岳定唐："怎么，我都叫不动你了？那老洪——"

"我说还不行吗？"凌枢把果盘夺过来，顺手拿起一块苹果，"这不是查到的消息太震撼，我怕您一时半会儿消化不了，给您点反应的时间。我中午跟甄小姐分手之后，就去了何幼安从前居住的地址，询问左邻右舍、亲朋故旧，您猜我打听到什么消息？"

他会这样说，即便是故弄玄虚，答案肯定也在意料之外。

岳定唐果然生出一点兴趣。

"她从前是个杀人犯？"

凌枢："她结过婚。"

岳定唐挑眉，脸上不掩讶异。

"该不会是邻居嫉妒她发达了，故意抹黑她的吧？"

凌枢道："应该不是，但这件事知道的人不多，我走访了好几户人家，他们对何幼安兄妹的印象，就是兄长很刻苦勤奋，夜里挑灯读书，白天去码头做工养活自己和妹妹，而当妹子的也经常出去找零工，贴补家用，直到何长安失踪，何幼安彻底失去依靠。以她的美貌，又没有兄长保护，没人动心，才是奇怪。"

岳定唐："你继续说。"

凌枢："当时就有一家姓梁的，父母跟何幼安父母熟识，家里也是父母双亡，但情况比何家好一些，起码小有余财，梁氏兄弟还能读上书，梁家长子梁昼早就喜欢何幼安，向她提出婚事。"

岳定唐："她同意了？"

凌枢："同意了，当时证婚人之一，就是跟我说起这件事的何幼安邻居，姓钟的一位老人家。可惜，两人结婚没多久，丈夫梁昼就受人蛊惑染上烟瘾，背着何幼安偷偷抽大烟，又想着一夜暴富，将抽大烟的钱赚回来，结果反倒在赌馆输了个精光。"

这年头染上烟瘾已经不得了，更何况是赌瘾。

岳定唐："看来是家破人亡了。"

凌枢："虽未如此，亦不远矣。梁昼没有烟毒发作病死，反倒是在赌馆因为输钱还不起赌资被人打个半死，当天回来就治不好了。"

岳定唐道："有些赌馆会留一手，不当场打死人，而是打到内伤，正好让人回家才发作，方便撇清责任，他们背后往往都有帮派势力，闹到警局也没什么用。"

凌枢："不错，梁昼死后，何幼安才知道，梁昼为了抽大烟，把家产都败光了不止，还在外头借了高利贷，利滚利，就算她不吃不喝打上十年的零工也还不起，更何况梁昼还有个正在读书的弟弟梁夜需要开销。债务几乎将他们压垮，直到不久之后，何幼安到电影院外头卖花，被沈十七瞧见。"

岳定唐："这些都是何幼安那个邻居告诉你的？"

凌枢点头："何幼安影迷众多，这件事一旦传出去必然损害她的形象，令她名声身价大跌，老邻居收了封口费，又怜惜何幼安身世坎坷，所以一直未有大肆宣扬。"

岳定唐："那人家怎肯告诉你？"

凌枢下巴微抬："这自然就是我的能耐了，周叔，你说是不？"

老管家笑而不语。

岳定唐："那接下来你准备怎么办？"

凌枢："少安毋躁，我查到的还不只这些。通过那位老邻居，我找到了梁昼的弟弟梁夜，也就是何幼安前小叔子的住址，巧了，他现在读书的地方，正是你教书的大学。也就是说，岳长官，这个梁夜，还是您的学生！"

岳定唐："哪个系？"

"西语系，读大二。"凌枢眉飞色舞，"还有更巧的，当初引诱梁昼下重注，结果让梁昼家破人亡的赌馆，其背后的真正老板，正是鹿同苍身边的小弟，江河。"

岳定唐："何幼安说过，因为鹿同苍对她有意，江河很不满，生怕美色误人，害了鹿同苍，还派人警告过她。"

凌枢："没错，就是他。"

岳定唐："但这件事应该是发生在何幼安从影之后了。"

凌枢："会不会在那之前，鹿同苍就已经见过何幼安，并且设下这个局，来让她妥协卖身呢？可惜最后便宜了沈十七？"

岳定唐："这只是你的猜测。"

凌枢："所以还需要进一步求证，我打算明日就去找梁夜和江河，从他们身上，也许可以得到点什么。"

岳定唐看着果盘。

里头一个苹果切八瓣，自己只吃了两块，其余六块全被凌枢干掉了。

这人天天吃，怎么还一副瘦骨伶仃的样子，难不成长了两个胃？

凌枢见他将视线从果盘移到自己身上，目不转睛看了片刻，不由得捂住心口。

"怎么，瞅着我太聪明，想偷我的心？"

岳定唐忍不住叹了口气。

他觉得跟凌枢相处，首要便是将佛家的心平气和练到极致。

为了小事发脾气，回头想想又何必。别人生气我不气，气出病来无人替。

岳定唐将这几句反复默念数遍，嘴角居然一翘，朝凌枢微笑。

"说了半天，你还没跟我讲甄丛云那边怎么样了。"

凌枢："……"

许是觉得岳定唐的反应过于诡异，他这回说得挺痛快。

"我跟甄小姐见面之后，将你的话如实转达，甄小姐居然也没为难我，我们就多聊了几句。"

岳定唐："聊了什么？"

凌枢："民俗世情，风尚流行，她虽然是日本回来的，但见识颇广，许多东西都有所涉猎，想来平日里看的书也不少，我们聊到中外电影，正好就说到何幼安何小姐的新作，她遂邀我前往电影院观看。"

岳定唐："你去了？"

凌枢："自然没有，若是去了，还怎么查案子，以我的定力，自然是婉拒了甄小姐的好意。不过，甄小姐还邀请我周末去百乐门跳舞，届时甄家将会把百乐门包下来，广邀朋友，为她庆生。"

岳定唐："你答应了？"

凌枢从口袋里掏出一张名单，放在桌上推过去。

"这是我从甄小姐那里要来的宾客名单，上面都是她准备让人邀请的客人，黑色字迹的是她自己邀请的朋友，红色的是她的秘书添上去的，用来为甄家结交人脉。"

岳定唐拿过名单，略扫几眼。

有一处角落，在"鹿同苍携眷出席"旁边，还有个熟悉的名字。

江河。

第 47 章

"好了，同学们，今天的课就讲到这里。我给大家布置一个课题，围绕英语的起源和发展论述，包括语言伴随政治军事能力、对世界各民族的影响力，以及由此衍生的第二阶文化，大家自由发挥，下周交作业。"

老学究模样的教授习惯性在离开前敲敲桌面，学生们早就观察过了，敲三下表示他对今天自己的讲课内容和课堂氛围挺满意，敲两下表示不大满意。

今天敲了三下，看来还成。

学生们赶紧起身鞠躬，目送先生，然后才表情一松，说说笑笑起来。

不同于三五成群的同学，梁夜默默收拾课本，起身往外走。

没有人喊住他，也没有留意到他。

直到梁夜看见门口多了一个人。

对方堵住他的去路，抬起手冲他摇了摇。

一般人都是拱手问好，这人打招呼的方式很西洋。

但梁夜确定自己不认识他。

"兄弟留步，我叫凌枢，你肯定不认识我，但我认识你，我有点事想请教你，我们借一步说话？"

凌枢冲他一笑，颇有些粲然生花的意味。

可惜梁夜全不买账。

他仅仅看了凌枢一眼，就打算从对方旁边绕开。

凌枢伸手拽住他。

"兄弟，我不是坏人，你好好瞧我这张脸，没有坏人生得像我这样好看的，我是警察，就想问你点事儿！"

梁夜根本理都不理，抽手就想挣开对方，连眼睛都不与他对视。

凌枢只好加大力道，想将他拽走。

"你松手！光天化日想做什么？！"

梁夜忽然大声叫嚷，引得不少学生纷纷望过来。

眼看自己被众多目光聚焦，凌枢摆出无辜的样子。

"表哥，我妈重病，临终前就想见你一面，就算你不看在她是你的亲姨妈，也看在她曾经资助你上学的分儿上，行吗？"

梁夜怒道："你在胡说八道些什么？！"

他根本不认识凌枢，甚至没见过对方，自己成天往来学校家里，安分守己，更不要说作奸犯科，所以他下意识将对方视作骗子。

"表哥，我知道你不想认我们母子，可我真没有问你讨债的意思，我妈很想你，她在病床上总念叨你，你就当是行善积德了，求求你去见见他吧！"

梁夜看着眼前的年轻人。

对方苦苦哀求，说得跟真的一样，问题是拽着他的力道大得出奇，梁夜根本挣脱不开。

更可怕的是，围观的同学居然有人信了。

"梁夜，为人子当重孝道，否则读书何用？你堂堂大学天之骄子，这个道理都不懂吗？"

"就是，你姨妈都病成那样了，你去见一面又如何？难不成要等到老人家出事了，才后悔莫及吗？"

众人纷纷出声，支持凌枢，指责梁夜。

"你跟我走一趟，我就不为难你。"

梁夜听见拉着自己的年轻人凑近，用几乎无人听见的音量说道。

他越发觉得这是一个阴谋，但他无从反抗。

平日里来去匆匆，连朋友都不交，同学对他了解不多，只道这是一个性格孤僻的人，再热情的太阳也融化不了，渐渐地敬而远之，更何况凌枢英俊不凡，神情哀楚，脸上每一处细节都写着"好人"两个字。

大家肯定站在凌枢一边，异口同声讨伐梁夜。

梁夜意识到自己被孤立了，内心顿时一片苍凉，终于没了反抗，呆呆被凌枢拉着走出人群包围，直到墙边树下。

凌枢有点好笑。

"梁同学，看来你的人缘不太行啊，我一说，大家就都信了，居然没有一个怀疑我、支持你的，我要是刚才说你欠我钱，同学们是不是就要逼着你还我钱了？"

"你到底是谁？！为何如此对我？！"

梁夜后背抵墙，饱含悲愤、警惕、无助种种情绪。

凌枢："我叫凌枢，刚才已经给你介绍过了，是个警察，你涉嫌一桩谋杀案，所以过来问问你。"

梁夜很警惕："我没有钱，也没有姨妈！"

凌枢："我不这么说，你怎会跟我出来，只怕掉头就跑了吧？"

梁夜没好气："你想问什么？！我一天天在学校，怎么可能杀人，连鸡都没杀过！"

凌枢："那你的兄长梁昼，是怎么死的？"

梁夜脸色一变。

凌枢："怎么，连你亲哥都不记得了？容我提醒你，梁昼，和你一样姓梁，你们父母以'昼夜不息'，给他取名为昼，你则是夜。梁家本是书香之家，小有积蓄，供得起你们兄弟俩读书，为何会闹到家破人亡的地步？"

梁夜："这些事，是谁告诉你的？是不是那个姓何的女人？"

凌枢察言观色，玩味道："你管自己的嫂子叫那个姓何的女人？据我所知，你哥梁昼很喜欢何幼安，还特地找了人去提亲，和她结为夫妻，反倒是你哥被人引诱染上烟瘾赌瘾，自个儿断送了前程性命，害得何幼安年纪轻轻就背上巨债，这是事实吧？"

梁夜咬牙切齿："若不是她抛头露面，在外头与人勾搭，我哥怎会与她争吵？不与她争吵，又怎会负气出走，一时糊涂去抽大烟，以此减轻心中烦闷？又怎会因此败光家产，希望通过赌钱，来为我赚取学费？！"

凌枢挑眉："所以你就接连对何幼安发出死亡威胁，想闹得她不得安宁？"

梁夜："我不知道你在说什么！"

凌枢："没关系，我知道就行，今日你若不对我说实话，那就只能去警察局说了，你也知道，何幼安现在是大明星，她的支持者里，不少都是有钱公子哥儿和富家千金，那些人随随便便说两句话，就可以让你有无穷无尽的麻烦，还有沈十七，你听说过他吧？沈十七想捏死你，那就跟捏死一只蝼蚁一样，你觉得你进去了，还能活着出来吗？"

梁夜听得脸色煞白，抬头看他。

"你这是想屈打成招？"

凌枢："我要你一五一十告诉我真相。"

梁夜怒道："真相就是我根本不可能去害她，给她发什么威胁！我巴不得一辈子都不要见到这个女人！是她害得我们家家破人亡，我现在只想好好上学读书，不想跟姓何的再沾上半点关系！"

他眉宇间写满对何幼安的厌恶，不加掩饰。

所以他在外人面前，也根本不会提起自己跟何幼安的关系。

凌枢再看梁夜。

典型的百无一用是书生，刚才从教室一路跑出来到这里，就已经气喘吁吁，很难想象他能爬上何家二楼窗台去放死猫。

至于第二次，雇人去行凶，也不像梁夜这种胆子能干出来的事情。

"既然梁家已经彻底败落，"他缓缓开口，"据说你平日深居简出，根本不与任何同学交好，他们不可能同情你、资助你，你的成绩单我也看过，表现平平，不会有师长、伯乐于千军万马中发现、赏识你。那么，你上学的学费，又是从哪里拿出来的？"

梁夜："是我远房表叔寄给我的！"

凌枢："叫什么？何方人士？何种身份？"

梁夜瓮声瓮气道："我不知道！是我哥去世之后，他才写信过来，询问我等近况，说是父母生前曾经帮助过他，所以他要资助我完成学业，直到成家为止，他自称常居北平，具体做什么的，我也不晓得，无法去信，但他会定期来信，每次都寄了一些费用，足够我租房生活读书。"

凌枢："天底下还有这么巧的事，你哥在世的时候，他不来信，你哥去世，梁家无依无靠，他就正好冒出来，还不计回报给你金钱，又从未透露姓名住址，简直如同菩萨再世、神仙下凡，你也就心安理得地接受了？"

梁夜怒道："你若不信，我可以给你看那些信件，我都保存着！"

凌枢觉得，可怜之人必有可恨之处，这句话是很有道理的。

如梁昼沦落到那个地步，完全是咎由自取，何幼安再如何不好，也不可能押着他进烟馆赌馆。

将自己的过错归咎于别人，素来是最无用的那等人。

就算没有烟瘾赌瘾，他这辈子，成就也有限。

"我来告诉你吧，你根本就没有什么远房表叔，哪个远房亲戚会这么无私无欲一心付出，资助一个从来没见过面的家族后辈，还不让你知道自己的姓名来历，那些钱，全都是何幼安假托身份，寄给你的！"

梁夜："一派胡言！"

凌枢似笑非笑："你其实早就有所察觉，只是不愿意承认自己受了何幼安的恩惠，宁可自我欺骗真有什么远房表叔，这样就可不欠她的人情，让自己心安理得，两不亏欠。"

梁夜面露难堪，依旧想强言狡辩，可惜他不善言辞，张了张口，最终也只能说出"你胡说八道，我根本没有这样想"诸如此类的话。

凌枢基本可以肯定，梁夜并非谋划几次死亡威胁的人了。

哪怕他有这个学识，也没有这份勇气，他心不够狠，又贪恋现下，拒绝承认何幼安，又无法不依靠她而活。

这样一个青年，看似接受新式教育，成为大学生，实则也不过是靠吸亲人血而存活的可怜虫。

在何幼安被沈十七玩弄于股掌之间时，梁夜却在安逸地读书，徜徉于知识海洋之中，怀抱梦想，憧憬未来，固然梁昼死得很不光彩，但对于梁夜而言，他的人生，还有着大好前景。

起初，在发现何幼安有过一次婚姻时，凌枢难免也像一般俗人那样，生出各种猜测想象，甚至觉得何幼安美丽的外表下面，是不是隐藏着不为人知的险恶。

然而梁夜的事情一出，更像是间接为何幼安印证了清白，梁夜越是厌恶她，就越是让人为何幼安惋惜遗憾。

凌枢敢保证，何幼安结过婚的事一旦曝光，顶多只会让她短时间内备受非议，当众人了解过背后的故事，舆论就会立马翻转，转而同情起她，在时下号召新时代女性解放的口号下，尤其是在上海这样的大城市里，只要稍稍加以引导，报刊立马就会大肆宣扬何幼安有情有义，追求自由的精神，若是运作得当，她的事业非但不会受影响，还可能更上一层楼。

凌枢叹了口气。

梁夜惊惧莫名地看着他，像是生怕他接下来又会说出什么诛心的话。

但凌枢想的是，梁夜这边毫无结果，那就只有从江河那边入手了。

鹿同苍的得力臂膀，人称心狠手辣的江河，会不会是突破口？

"你好自为之吧，一码归一码，不说图报，起码得感恩，别把书读到狗肚子里去了。"

凌枢拍拍梁夜的肩膀，双手插兜，离开树下。

他寻思着这会儿岳定唐应该还在上课，也不知当年那个爱跟自己争强好胜的少年，现在为人师表，是个什么模样。

岳定唐差点儿打了个喷嚏。

他用手摁了一下鼻翼，继续讲课。

讲台下面的学生都听得很认真。

大学先生的地位超然而备受尊敬，尤其是岳定唐这样留洋归来的佼佼者。

再者他讲课也并不死板，总能引经据典，随着讲解顺带讲一些故事，学生们闻所未闻，求知若渴，恨不能将他的每句话都记下来。

更何况，岳定唐风度翩翩，不同于垂垂老矣的学究，三件套一穿，在那儿笔挺一站，不知有多少学生是在认真听课，又有多少是在走神。

有个人从后门进来，悄无声息。

门边正好有个空位，那里视野差，许多来旁听的学生宁可坐在中间的走道上，也不想待在那里，因为不容易看清黑板上的字。

但岳定唐居高临下，看得一清二楚。

他看着鬼鬼祟祟坐下的凌枢，嘴角抽动。

"刚才这个问题，我想问问同学们的看法，当今中国想要崛起，最需要什么样的精神，你们怎么看？"

"自然是专注！"

一名学生当仁不让站起来。

"放眼世界，日本先有维新后有富强，原先不过蕞尔小国，而后竟能打败清廷名列世界第四的水师，一跃成为列强之一，追根究底，全因他们能放下身段向西方学习。反观我国，如今倡议效英美有之，效德法有之，亦有提倡向东洋看齐的，东学一块，西学一块，今日看英美，明日看德法，最终不伦不类，高不成低不就，以致有今日境况。所以依我之见，今日中国若要崛起，当有专注学习的精神，不学则已，要学就学最强的英吉利！"

"依我看，是骨气才对！"

"不，是和平，国内老打仗，什么时候和平了，才能谈强大！"

众人七嘴八舌，各抒己见。

岳定唐用教鞭遥遥点了一下凌枢。

"坐在靠门边的这位同学，你也来谈谈吧。"

我？凌枢指指自己。

岳定唐点头。

众多目光，齐刷刷集中在凌枢身上。

凌枢心道，姓岳的肯定是想看他出丑。

他慢吞吞起身："先生真要我说？"

岳定唐："你随便说说便是，这个问题，一千个人就有一千个看法，也不需要非得本专业的同学才能作答。"

凌枢笑道："那我就说了，依我看，是最需要岳先生这样鸡蛋里挑骨头的认真精神，凡事最怕认真，只要认真起来，别说学习列强，就是赶英超美，也指日可待吧？"

众人听出这里头的调侃戏弄之意，哄堂大笑起来，心想是哪个学生这样大胆，还敢当众调戏先生。

岳定唐面无表情。

凌枢冲他眨眨眼。

鼎沸人声反倒成了陪衬和舞台。

暗潮汹涌，静水流深。

岳定唐仿佛又看见当年那个少年，神采飞扬，朝气蓬勃。

时光流转，还能再次出现，不啻幸福。

与此同时，岳定唐在市局的办公室接到一通电话。

电话无人接听，又打到了外面的秘书处。

对方辗转联系到学校，好不容易在岳定唐下课时找到人。

"岳先生，我的女佣出事了！"

何幼安的声音在电话里很紧张。

第 48 章

"可怜婢子生，朝暮为卿死。"

"这就是第三封信的内容。"

"我记得。当时你担心牵连你身边的用人，所以给她批了假，让她回乡下探亲。"

"但她还是出事了。"

何幼安露出一丝苦笑。

凌枢他们当初在听见第三封信的内容时，就猜测凶徒的目标是不是在何幼安身边的人。

何幼安自己则更加直接，她想到了一直待在自己身边的女佣。

这名女佣跟着何幼安的时间最长，也最合她心意，何幼安的作息习惯乃至许多细节癖好，她都一清二楚，对何幼安而言，这名女佣就像她的半个亲人，无法单纯用主仆和雇佣关系来衡量。

在收到威胁信之后，何幼安就破天荒给那女佣放了三个月的长假，让她回乡下探亲，还给了她一笔数目不小的钱，让她去百货公司购置东西，也算衣锦还乡。

女佣虽然跟了何幼安之后也算见过世面，但她家里人没有，她也知道，自己在大上海随便买点东西回去，也足够乡下亲戚们惊叹不休。

由于何幼安经常去新新百货，女佣也就认准了新新百货，揣着女主人给她的钱，在里面大包小包买了不少，出来时，却出了意外。

女佣手里提的东西太多，在下台阶的时候没留神，一脚踩空，直接摔了下去，后脑勺正好重重磕在台阶上，当场就血流遍地。

"钱小姐在就医途中就已经严重昏迷了，送院不久就宣告不治，我们也很遗憾。此事并非发生在百货公司内，论理我们不应该为此负责，但本着人道主义的精神，我们还是会为钱小姐的后事尽一份心力，还请何小姐节哀顺变。"

说话的人是百货公司经理，对他而言，这真是令人焦头烂额的一天。

女子在百货公司外面摔死的新闻已经上了报纸，那满地血迹也足以吓退不少进进出出的客人，说到底，此事也很难说对百货公司毫无影响，若是永安百货、先施百货等竞争对手趁机抹黑，说新新百货的风水有问题，那往后必定生意大减。

若不是看在死者的女主人是名声在外的何幼安，百货公司经理是断然不可能亲自跑这一趟，又是上门赔罪，又是主动提出赔偿抚恤金的。

凌枢："前两天下过雪，若是因此台阶太滑，使得死者摔跤，那百货公司必然也脱不开干系。"

百货公司经理一听，脸色就黑了一半，还不得不解释。

"凌先生，您说这话可就冤枉我们了！下雪是下雪，可百货公司每日进出的客人那么多，我们必是每两个小时就让人将门口积雪扫开的，便是天冷路滑，也没听过除钱女士外的哪位客人出此惨剧。"

言下之意，是女佣钱氏运气不好，倒了大霉，才会摔一跤就送了小命。

何幼安叹道："钱氏与我虽为主仆，实则与亲人无异，此番出事，我也难受得很，暂且就不招呼你们了，抚恤金回头你们与滕老板谈便可，我一分钱都不要，会让他全数转交给钱氏家里人的。"

百货公司经理巴不得早点离开，闻言马上道："何小姐大义，我们会公开为钱小姐刊登一则讣告，说明原因，并请往后客人多加留神，也会称颂何小姐对女佣的仁义。"

何幼安摇头："不必提我了，你们发便发，但不要刻意抹黑钱氏，逝者已矣，请让她安息吧。"

"那是自然！那是自然！"百货公司经理连声说道。

第三封信又应验了。

目前为止的三次意外，只有第二次算未遂。

若说死猫仅仅是作弄惊吓，那么现在，就真的出人命了。

有了第三次，还会不会有第四次、第五次？

对方的目的到底是什么？

也许他并不想让何幼安死得那么痛快，所以一次次从她身边的人下手，就像猫抓了老鼠却不吃它，一次次将它玩弄于掌心，说不定，上次电影院刺杀事件，对方很可能没有要夺她性命的意思。

何幼安的脸色很差。

不仅沮丧难过，还夹杂挫败。

这次她以为自己已经及时察觉并做了预防，可谁能想到还是避不开。

若是不相信女佣是活活摔死的，偏偏光天化日之下有那么多人证。

若是相信她的死出于意外，那么那封预言意味明显的信，又作何解释？

凌枢觉得在这种情况下再提起梁夜不大合适，但他心里还有些许疑问。

"何小姐，我冒昧问一句，您认识梁夜吧？"

何幼安抬起头。

"你查到他了？"

凌枢颔首："我本不该在此时提起，不过为了案件早日侦破，只能问个明白了。"

何幼安平静道："你问吧。"

凌枢："梁夜果真是你的小叔子？"

何幼安："确实。"

凌枢："你既然为他缴纳学费，为何又要隐瞒？"

何幼安："你应该已经见过他了。那你就知道，他对我的态度，比对陌路人还不如。对他来说，我是间接谋害他兄长、害他家破人亡的凶手，不管我做什么，他都不乐意看见我，如果让他知道学费来自我，恐怕更不会接受了。"

凌枢："那倒未必，我看他心如明镜，只是不愿承认，一边从你这里拿好处，一边又瞧不起你，这样的人，还值得你去资助吗？"

何幼安："我对他的好，其实只是完成对梁昼的承诺。在我最困难的时候，梁昼对我伸出援手，哪怕他以婚姻为交换条件。但我不讨厌他，也想过'洗手作羹汤'的安稳日子，可惜天不从人愿，结婚没多久，他就染上烟瘾，进而又将家产败光，我就算日夜不停地做工，也还不起债务，我身上一无所有，唯一的财产，就是这张脸。"

她摸上自己光洁的脸颊，带着淡淡哀伤，询问凌枢。

"凌先生，你觉得，一个女人在乱世之中，怎样才能活下来？我若是有甄小姐她们的家世背景，现在我可能也高高兴兴在西洋留学，学成归国成为新时代的女性，可惜我没有，我只有这张脸了。我很厌恶它，却还不能毁了它。"

凌枢善言，一时之间竟也想不出合适的答案，来回答何幼安的问题。

所幸何幼安也不需要他的回答。

"我的婚姻并不是秘密，只是滕老板不想让太多人知道，因为那样会影响电影的卖座。凌先生，你是不是怀疑梁夜？就我了解，他虽然恨我，却干不出这种事，因为别说杀人了，他连杀鸡都不敢。退一万步说，若我死了，他的学费和生活费也就没了着落，他既然猜到钱是我寄的，就更该知道这对他来说是不利的。"

何幼安说得很有道理，凌枢也一早将梁夜的嫌疑剔除。

"你最近行事小心些，如果有第四封来信，或者发现身边有可疑的人，请务必告知我。"他也只能这么对何幼安道。

说这句话的时候，他没想到，第四封信会来得如此之快。

就在凌枢离开何幼安住所，走到街口时，一名报童迎面走来。

"卖报卖报！先生，来份报纸吧，新上的报纸，头版头条，国联不承认伪满洲国，德意志选出新总理了！"

"不用了……"

凌枢正一门心思琢磨何幼安的案子，哪有心情看报纸，可刚张口说出三个字，那报童已经不由分说往他怀里硬塞了一份。

对方居然也不拉着凌枢要钱，塞完脚底抹油就要跑路，凌枢哪里能让他溜走，当即箭步上前就把人给拽了回来。

"你卖报都不要钱了？"

"不要钱了，之前有人给过了，他买了这份报纸，让我拿给你的。"报童没挣开，只好老老实实道。

"谁让你拿给我的？"凌枢问。

报童随手一指。

凌枢跟着抬头望去。

大街上人来人往，哪里还有人站在原地不动等他指认。

"他为什么给我买报纸？"

"我不知道，他好像往报纸里塞了一封信，让我连同报纸一起交给你，我什么都不知道！"

凌枢掂了掂报纸，果然像是夹着东西。

"对方长什么样？"

"我……我不记得了。"

"你不说，我们就去警局走一趟。"

"我真不记得了，他戴了顶帽子，围巾把半张脸都围住了，身上也裹得严严实实，就一身黑色大衣，挺瘦小的，但应该是个男的吧。"

凌枢见他神色不似作伪，这才伸手将报纸里的信件抽出。

信封很薄，里面只装了一张照片。

照片上是一个女人挂在白绫上悬梁自尽。

凌枢一眼就认出来，那照片上的女人是何幼安。

这是何幼安一部电影里的经典一幕，走投无路的女主角最后悬梁自尽，这张剧照曾经被刊登在大报小刊上，广为人知。

再翻转到照片背面，也有一行铅笔写就的小字——

塘前美人，桥后香骨，镇里枯冢，冬日已近，春光将临，里外皆血泪。

莫名其妙的一句话，连打油诗都算不上，却透着一股瘆人的气息。

凌枢心里明白，这估计就是针对何幼安的第四封信了。

可为什么会发到他手上？

凶徒一直在暗中窥伺他的一举一动，也知道他一定会把信交到何幼安手里吗？

凌枢皱眉，只觉自己陷入了别人织好的一张网里。

动静越大，这张网的反噬就越强。

织网的人就躲在暗处偷笑，他们却连凶手的蛛丝马迹都没有发现。

而这张照片是不是预示着，下次发生在何幼安身上的事情，会更加凶险？

肩膀忽然被人拍了一下。

凌枢猛地回头。

是岳定唐。

对方看他反应过度，奇怪道："发生了什么？"

凌枢莫名松一口气。

连他也不知道，自己为何看见岳定唐，反倒轻松一些。

第 49 章

"这件案子太奇怪了。"

凌枢把自己拿到的第四封信交给岳定唐。

"凶手看似想要何幼安的命，实则只想吓唬她。

"我甚至怀疑，这几封威胁信件，或许都不是来自同一拨人。"

"何以见得？"

岳定唐将照片翻到背面，也看见了那首牛头不对马嘴的小诗。

凌枢："你还记不记得，第三封信里那首诗，用的是报纸上剪下来的字块，为的就是特意让我们查不出字迹，这次却是手写的。"

岳定唐："也许对方只是特意让你无从对比。"

字迹一笔一画，方方正正，无法因此判断是更倾向于男性阳刚还是女性阴柔。

凌枢叹了口气："如果以我的聪明才智，都查不出案子真相，那么天底下恐怕也没人能做到了。"

岳定唐："……"

他选择直接无视这句话。

"你把这封信拿上去给何幼安吧，看看她作何反应，还有，让她设法将身边人写过字的东西拿到手，信笺字条，随便什么都行。"

凌枢："你是想……"

岳定唐："一个人就算特意改变字体，但总有些写字习惯是难以改变的，我们学校历史系有个碑文专家，对字迹鉴定很有研究，我拿去给他看看。这几次事件表明，凶手很了解何幼安，甚至知道何幼安的一举一动。"

凌枢："我今天来之前，没有事先通知过任何人，但在下楼时，立马就收到对方的信件，还是准备经我之手，转交给何幼安。"

岳定唐："不错，所以对方必定是何幼安身边的人，至少，凶徒肯定在何幼安身边有眼线。"

这倒是一个突破点。

何幼安没想到凌枢短短时间去而复返，手里拿着第四封来信。

在听到两人来意之后，她想了想，道："每日与我联系，并且知道我行踪的人不多，除了钱氏，还有沈公子、滕老板，以及滕老板派来随身保护我的两个人。"

凌枢道："你漏了一个人。"

何幼安："谁？"

凌枢："你的司机，刚刚我下去的时候，看见你的车就停在路边，而且按理说，他是必须一整天跟着你的吧？"

何幼安："是，他是沈公子的人，姓陈名文栋，负责载我去四处。"

凌枢："他是什么底细来历，你知道吗？"

何幼安沉吟道："我不太清楚，只知道他是东北人，但能被沈公子委派过来的人，必是得他信任的，平时沈公子也非时时与我一起，但有陈文栋在，他也随时能够知道我在哪儿，在干什么。"

换而言之，他是负责监视何幼安的人。

凌枢："那你和陈文栋之间，发生过什么争执，或者不愉快的事情吗？"

何幼安："没有，他既是沈公子派来的，又是年轻男性，非不得已时，我连话都很少与他说过，他也沉默寡言，很少开口。"

凌枢："他跟了你多久，平日有什么嗜好，家里有几口人？"

何幼安："从我认识沈公子，有了车子之后，他就是司机了，我没问过他家里有什么人，也不知道是否婚配，不过，他赌瘾有点大。"

凌枢挑眉："赌瘾？"

何幼安苦笑："对，说到赌瘾，我就想到梁昼了。好几回，我看见陈文栋从赌场里走出来，有时载我去片场之后，若是附近有赌摊，他也一定要过去玩上几把。"

十赌九输，输了就想赢，越想赢就会越上瘾，恶性循环，生生不息，最终沦为金钱傀儡，任其驱使，若有人乘虚而入，收买利用，也不是不可能。

这么一说，陈文栋的嫌疑就更大了。

凌枢："钱氏出事那天，你身边的人是不是都知道她要去百货公司采买？"

何幼安："不是，她一开始不敢去，怕浪费钱，是我鼓励她，说那么多年好不容易回趟家，得买点好东西，我给她出钱，她才动了心，唉，我若是不那么提议就好了……等等！你这一说，我才想起来，当时她与我坐一辆车，我是在车里与她说这话的，当时只有陈文栋听见了。"

此事不能细想，越细想就越恐惧。

如果真是陈文栋，何幼安这些日子的一举一动就全都落入他的眼里，那双眼睛无时无刻不在观察何幼安，而她却浑然不知对方意图。

"要不，告诉沈公子吧？"何幼安害怕道。

岳定唐："现在也只是我们的猜测，万一不是陈文栋呢？以沈十七的为人，陈文栋的下场一定不会好到哪里去。"

他说得有道理，何幼安向来深知，她自己看似风光，实如无根之萍，唯有处处与人为善，才能给自己留一条后路，所以莫说陈文栋，就连路过看见乞丐，她也要给上一点零钱的。

"多谢岳先生提醒，那此事就先不要告诉沈公子吧，等我们自己查出个结果再说。"

岳定唐："你不必打草惊蛇，先暗中留意，看平日陈文栋是否与人交往，又与何人交往，若有可疑，便告诉我们。"

凌枢："第四封信的内容，你也不可疏忽，平日里拍戏多加小心，若有那种悬梁自尽的戏份，你最好与导演沟通一下，直接换成别的。"

何幼安歉然："全是我的事，让你们奔波劳累，麻烦两位了，若有进展，我一定会知会二位先生的。"

她脸上带着妆，但也很难遮掩美目下面的淡淡青黑。

短短时日，何幼安憔悴了不少。

任谁遇上这种事情，都不可能高兴得起来。

日日担惊受怕，不知下一刻又会遇见什么。

只有在面对未知的危险时，心才会时时刻刻悬在半空。

换作任何人是何幼安，现在已经食不下咽，睡不安寝。

兴许是凌枢脸上的同情神色过于明显，何幼安还反过来安慰他。

"你们别担心，我没事，一日没有找出凶手，我就不会倒下。"

可惜了这样一个美人。

凌枢第一百零一次在心里想道。

这种想法也在离开时不禁流露了一二。

岳定唐睨他一眼，似乎看透了他所有心声。

凌枢瞧见了。

"老岳，你这样不怜香惜玉，枉为男人啊！"

岳定唐微晒："我看你怜惜得都恨不得去以身相代了，你匀点怜惜之情给我，我不就有了？"

凌枢："这就是你把照片后面的铅笔字抹去的理由？"

刚才他们将照片拿给何幼安时，背面那句狗屁不通的歪诗，已经被岳定唐擦掉了。

岳定唐："你不是自诩聪明，连这一点都没猜到？"

凌枢："怎么可能？我自然猜到你的用意，你怀疑到何幼安身上了。"

岳定唐："我想看看，她拿到照片之后作何反应。"

凌枢有点幸灾乐祸："可惜她的反应很正常，岳长官失算了。"

岳定唐仿佛没留意他的语气："何幼安说得没错，每日知道她行踪的，就是她说的那几个人，但何幼安还漏了一个，那就是她自己。她说自己跟女佣说的那些话，只有司机陈文栋听见，但这也是她的一面之词，事实如何，没人知道。"

凌枢："但陈文栋的确有嫌疑，我们不可能直接去问他。"

岳定唐："这就为她说谎提供了条件，左右我们不知道答案，她怎么编都可以。"

凌枢："那她这么做的原因是什么？设计一连串事件，最终只是为了自己杀自己？你这个假设一开始就说不通。"

"我不知道她的目的是什么，但是这三次事件里，死猫无关痛痒，遇刺也没伤到她一根毫毛，唯一的死者只有女佣钱氏。一个守寡的弱女子，还能够咸鱼翻身，当上电影明星，声名鹊起，沈十七固然将她当作玩物，却也一直捧着她，她的衣食住行，无一不是千金小姐的标准。如此春风得意，她还与人为善，从不恃宠而骄，所以那么多影迷喜欢她，也不乏富家子弟追求她，就算以后没了沈十七，也会有一堆男性去献殷勤，追着娶她。到了她这个境界的美人，前尘过往，出身贫寒，已经算不得什么了。"

岳定唐直视凌枢，缓缓问出自己的问题。

"你觉得，这样一个女人，会是个简单柔弱、孤苦无依的人吗？"

客观上来说，岳定唐的推测有一定的道理。

但凌枢不苟同他这种将人性往阴暗面想的做法，他对何幼安印象不错，哪怕知道她可能也不像白纸那样真正纯洁无瑕，可她的所作所为，还是能被理解的，换作一个薄情寡义的人，根本就不可能再去管梁夜的死活——后者有手有脚，就算读不成书，大不了去做工养活自己。

岳定唐道："回头我先找人查查陈文栋的底细，你留意何幼安这边，前三封信都应验了，不管凶徒是谁，这个局一天没结束，第四封信就还是会应验的。换个角度看，如果事情跟何幼安有关，她这次照样会平安无事。"

那……如果岳定唐猜错了呢？

凌枢没有再追问，即使身处局中，一步步被推着往前走，他们还是忍不住想挣脱背后那只手，扭头回身，用自己的力量来搅和棋面。

迄今为止，他们回头望去，能看见的还是茫茫迷雾。

凌枢神色凝重，欲语还休。

岳定唐只当他还有什么未竟的话想说，心头一软。

"这也只是我的猜测，你有你的判断，不必受我影响，查案本来就应该各抒己见。"

凌枢："我在想——"

岳定唐："嗯？"

凌枢："晚饭是去你家吃好，还是去德大西菜社吃好？"

岳定唐："……"

凌枢："你觉得呢？"

岳定唐："随便！"

第50章

两人最后还是回岳家吃的饭。

一来岳家厨子手艺的确是好，那碗老鸭汤的滋味让凌枢从上一次蹭饭惦记到这一次蹭饭，更不必提那葱油拌面里掺杂了虾米的鲜，鸡汤米线里菌菇与鸡肉浑然一体又超凡脱俗的嫩。

若是有岳春晓在，那一手鸡毛菜小馄饨里还有家的味道，如今她不在，少了一点温暖热情，但总比在家自己对着冷饭冷灶好，最起码，老管家的周到体贴，也能让凌枢宾至如归。

姐姐姐夫回乡未归，这里几乎就成了他的第二个饭堂。

二来，自从上回出了袁宅那事，新月咖啡馆李老板的画皮被揭下来，表面与人为善，实则心狠手辣，在咖啡馆吃的那顿西餐，凌枢到现在回想起来还有点阴影，如果李老板当时想给他们下点什么，那也是神不知鬼不觉的。他觉得岳定唐嘴上不说，心里想法约莫是与他相同的。

老管家果然备好了热饭热菜。

不是老鸭汤，而是骨头汤。

没放什么菌菇提鲜，就是单纯的大骨头腌制去腥之后熬汤，胡椒驱寒，再加上恰到好处的盐分，骨头鲜味被充分挥发出来，身体逐渐暖和，所有更深寒重和风雪交加，一下子就离他们很遥远了。

岳家用人总是在合适的时候出现，在不需要的时候又默默退下。

不知不觉，饭厅就剩下他们两人。

"甄丛云的生日宴，你要去？"

凌枢将冬笋送入口，就听见岳定唐忽然开口。

他"嗯"了一声，将冬笋咀嚼下肚。

"左右无事，就去看看热闹，我听说何幼安也会去。"

岳定唐微微皱眉："你对她很上心。"

凌枢耸肩："我对案子很上心。"

岳定唐："你别忘了，她是沈十七的人。"

凌枢："现在未必了。"

岳定唐："什么意思？"

他之前就觉得凌枢对何幼安的关注过甚，已经过了那条界线，现在这句话一出，似乎更印证了岳定唐的想法。

若是寻常女人，也就罢了，凌枢桃花本来就多，多一个，不过平添一桩美事，但沾上何幼安，就不一样了。

沈十七不是盏省油的灯，他虽然碍于岳家的存在，不敢对凌枢下手，但那并不代表他不记仇，会完全放弃报复凌枢，更何况，还有接踵而来的威胁信，何幼安就像一朵美人花，吸引无数狂蜂浪蝶前仆后继，却让人忽略了花朵艳丽外表下面的危险。

"因为我刚才跟何幼安说话时，看见了一条围巾。"

那条围巾搭在沙发扶手上，而不是挂在衣架上。

这说明围巾的主人在何幼安家里比较随意，也说明对方跟何幼安关系匪浅，可能刚走不久，何幼安还没来得及收拾，也可能不小心将东西落下，很快会回去取。

"那条围巾是灰白黑三色格子相间，巧的是，就在不久前，我见过一模一样的围巾。"

凌枢说到这里，停下来，问岳定唐。

"你刚要说什么？"

"没什么。"

岳定唐知道自己想岔了，不动声色起身舀汤，背对凌枢，顺便转移话题。

"你继续说，那条围巾有何出奇？"

凌枢道："那天我们在宝凤楼，隔壁正好坐着沈十七，还有他的朋友，你记得不？"

电光石火，岳定唐灵光一闪！

"成先生！"

凌枢点头："正是那位成先生。"

沈十七没有特意介绍成先生，但他素来跋扈，能正眼相看的人少之又少，从他对成先生的态度来看，这必然是少有的能令他言听计从的能耐人。

何幼安本是沈十七的人，现在她的寓所里，居然出现了一条前几日成先生戴过的围巾。

这说明了什么？

凌枢不愿细想，却不能不细想。

何幼安此等容貌，就算成先生阅人无数，也未必不会动心。

那天惊鸿一瞥，说不定就起了心思。

但不管何幼安这边怎么想，没有沈十七的允许，她是绝不可能如此光明正大跟成先生在一起的。

也就是说，沈十七默许，甚至是亲自将何幼安送到成先生手上的。

那何幼安呢？

她自己又是怀着什么样的心情，像一件礼物，被一个人送到另一个人那里？

凌枢想起他们刚才与何幼安交谈时，对方神色之中除了惊恐，似乎还藏着难言的苦闷，使得整个人看上去就像一朵得不到雨水滋润的花，蔫蔫不振。

当时他只以为是接二连三的威胁事件，闹得她心神不宁，却没想到背后还有这一段隐情。

但凡是人，活生生的人，有七情六欲，喜怒哀乐，只怕都不会乐意自己活得像个玩物。

何幼安无从反抗。

不管她乐不乐意，都抗拒不了这种命运。

如果成先生知情识趣，又肯比沈十七待她更好，或许她会慢慢将这种被迫催眠为享受。

"可惜了。"

每次提到何幼安，凌枢必然会说一句这样的话。

但这次不是凌枢说的，而是出自岳定唐之口。

"你这句话，语气过于冷漠，有些事不关己高高挂起的味道。"凌枢点评道。

岳定唐："她与我毫无干系，我能说这句可惜，已是难得。既然她现在已经跟那位成先生扯上联系，你还是不要牵扯太深的好，若有兴趣，案子的事随便查查也就算了，不必过分卖力。如果你对那些悬而未决的案子有兴趣，整个大上海多的是，用不着盯着这一处不放。"

凌枢狐疑："关于那个成先生，你是不是查出什么了？"

岳定唐沉默片刻："他姓成，名宫，在东北做木材生意的，往来内地频繁，据说买卖做得很大，人脉也广，从东北军到日本人，从绿林帮派到国民政府，无一不买他的账，所以很多人也喜欢通过他办事，一来二去久了，雪球越滚越大，成宫的能耐也就越来越大，据说求他办事，只要他答应下来，就没有办不成的。"

凌枢："所以沈十七有求于他？"

岳定唐："沈十七对何幼安还是很看重的，否则这些年他早有无数机会把她送出去，哪怕给那些实权派的军阀高官当姨太太，也能让沈十七捞足资本，他最后却把何幼安送给了一个商人。"

凌枢："被你这样一说，我好像反倒兴趣更大了。"

岳定唐："……"

"逗你玩的，我明白你的意思，这里头水很深，乍看是个水池，一脚踩进去才知道是个深不可测的潭子，你怕我淹死在里面。"凌枢嬉皮笑脸敬了个礼，"放心吧，我会小心的，就算死，也得死远一点，决不能给岳长官添麻烦！"

他偏是有这种本事，将好好的话说得能气死人。

岳定唐叹了口气。

冷不防凌枢陡然近前，起身附过来，压低了声音，神秘兮兮。

"喂，老岳，你知道甄小姐喜欢什么吗？"

岳定唐："想送礼物？"

凌枢："知我者，岳长官也。你打算送什么？算了，我不问了，你送的东西，我肯定买不起。"

岳定唐："我不去，周末我得去一趟南京，南京那边的大学有个学术会议和月刊沙龙，邀请我过去。"

凌枢："那我岂非形单影只？"

岳定唐："我看你还挺高兴的。"

凌枢赶紧把上翘的嘴角往下抹。

"没有的事！你还没告诉我，甄小姐有何嗜好？"

要去赴宴，总得备礼，送得贵，不如送得巧，甄丛云从国外回来，什么新奇玩意儿没见过，普通东西可能真没法入她的法眼。

岳定唐嘴角噙笑，意味深长。

"我倒是知道一件事，关于甄小姐的。"

凌枢果然露出感兴趣的眼神。

岳定唐："她喜欢跳舞，所以甄家才会为了给她庆生，包下整个百乐门。"

凌枢："我会探戈和华尔兹，不过宴会上那么多人想和她跳舞，应该也轮不上我，我只准备去凑个热闹，送了礼物就去用餐，蹭顿好饭吃。"

岳定唐无语："你还能不能有点出息？"

凌枢："民以食为天，再说百乐门我去过，也有几个熟识的舞女，我跟她们叙旧都来不及，怎么顾得上甄小姐？"

岳定唐："甄丛云很傲，既然特意邀请你，说明看得上你，到时候就算你不能跟她跳第一支舞，肯定也有机会近身，你想省钱，干脆什么都不送，让她开心，比什么都管用。"

凌枢在买一份便宜礼物糊弄过去，和彻底不买礼物省一笔钱之间思考了好几秒。

"愿闻其详。"

岳定唐："她最喜欢跳的舞，其实是伦巴。"

凌枢："你怎么知道？"

岳定唐："我姐说的。"

凌枢："但我不会跳伦巴。"

岳定唐："我会。"

两人大眼瞪小眼。

凌枢："老岳，岳长官，四少爷，定唐，小唐唐——"

岳定唐："……"

凌枢："我以前的薪水本来就少，到你这边之后，头一个月的薪水都还没拿到，又得养活自己，又得养家糊口，还得留点积蓄给未来媳妇，这次能不能省钱，就全靠你了！"

岳定唐："你可以索性不去的。"

凌枢理直气壮："人无信不立，既然已经答应了甄小姐，又怎好出尔反尔？再说我现在是岳长官的助手，代表的是您的脸面，您都不去了，我再不去，岂非失礼又失礼？"

岳定唐起身走向客厅的留声机。

他弯腰在唱片盒里翻找了一会儿，找出一张。

不过片刻，音乐流泻而出。

岳定唐冲凌枢伸出手，示意他过去。

凌枢走过去。

"跟着我的步子来，注意我的步伐动作。"

他听见岳定唐如是道，禁不住集中精神，眼睛落在对方纤长挺拔的胸背上，在手和脚之间不停游移，像一个刚刚蹒跚学步的孩童，一举一动，照猫画虎。

只是跳了好一会儿，凌枢才突然意识到一件事。

……他跳的，是女步？

第51章

伦巴很缠绵，凌枢听说过，也见别人跳过。

置身其中，他才发现，伦巴远比他想象中还要缠绵。

岳定唐已经尽可能将动作放慢，但他还是有种手足无措的感觉。

学过跳舞，本该是有基础的，现在却像个初窥门径的新手。

凌枢有点后悔了。

他怎么瞧都觉得自己像个提线木偶，被岳定唐提溜着往东，就往东，提溜着往西，就往西，浑无半点意志，脑子混混沌沌，也许是刚刚那碗骨头汤还未完全消化完，筒子骨上的嫩肉和骨髓依旧在七情六欲里调情起舞，让他一时半会还无法回到现实世界，只能依靠自己学过的那些交际舞的底子，身体做出下意识的反应。

"等等！"

凌枢忍不住喊停。

但岳定唐没理他。

一曲音乐未罢，谁喊停都没有用。

跳舞须得有始有终，尤其是伦巴这样讲究意境和心境的舞蹈，一个人能不能全身心融进去很重要，这决定了他的悟性和学习进度。

显然凌枢想要在短短半个小时内速成是不太可能的，顶多只能在舞池里瞎侃几句，让甄小姐觉得他对伦巴也有一定的认识，不至于两眼抹黑一窍不通。

然而，凌枢总觉得哪里不对劲。

他忍不住提出自己的疑问——

"你让我讨好甄小姐，我怎么感觉像在讨好你？"

"你会在乎讨好我吗？"岳定唐表情纹丝不动。

凌枢笑道："如果岳长官肯多给我发一些月薪，我必然全力以赴，尽心尽力，务必令您春风拂面，舒舒服服。"

为了配合跳舞的氛围，客厅大灯被关掉，特意只留了昏黄小灯，用人们退避出去，乍看是有那么点旖旎浪漫的情调。

如果忽略他们两人的对话——

岳定唐："你到现在还没告诉我，你出国留学的那几年，到底在干什么。"

凌枢："怎么，出国留学就得会跳伦巴？岳长官这也太强人所难了吧？"

岳定唐："一个留学法国几年的人，不会跳伦巴很正常，但不至于连用法语打招呼都忘了吧，上次在领事馆宴会上，如果没有我给你解围，你最后打算怎么应付领事先生？"

凌枢无所谓道："应付不了，就不应付了，胡说两句糊弄过去，领事先生连我是谁都不知道，怎么可能跟我这种小人物计较呢？"

岳定唐："你以前不是这样的人。"

凌枢懒洋洋的："岳长官，您对我的期望可能过高了，这年头，多的是出洋镀金，回来混个差事的，您看南京城里头的高官子弟，十个里有九个这样，多我一个，又有什么出奇？反正我老爹死了，我再怎么努力也混不出头，不如安安稳稳游手好闲。现在不就挺好，又遇上您这么个贵人，连值夜巡街都可以免了，我姐不知多高兴！"

"是吗？"

岳定唐不置可否，拇指滑过他的虎口，冷不防摩挲，带着股特意的暧昧，激得凌枢"嘶"的一下倒抽口夸张的凉气。

"岳长官，您这教跳舞就教跳舞，还带调戏下属的？这就是您一直没有助手的原因吗，敢情全被你吓跑，只能找老同学下手了？"

岳定唐："我说过，你的枪法很好，快准狠，下手毫不犹豫，一般警察或巡捕，根本没有你这样的身手。左右手虎口都有薄茧，说明左右手都练过，但为什么，现在只用左手了？"

他的声音很低，近乎呢喃，伴随音乐，如同情话。

内容却与情话不沾半点边，甚至还有点寒风凛冽的味道。

岳定唐顺着他右手掌心往上摩挲，一路到了手腕内侧的嫩肉，却陡然被反手抓住。

"岳长官，我很怀疑一件事。"

"嗯？"

"你迟迟不成婚，是不是有什么难言之隐？别担心，我不会瞧不起你的，也不会往外泄露，今晚的话，我一个字都没听见。"

岳定唐根本不在意他转移话题，兀自接下去："我找人查过了，你出国那几年，全巴黎的高等院校，都没有收过一个名叫凌枢的中国留学生。所以，我有一个大胆的猜测。"

他直视凌枢的眼睛，后者也抬起头来，浑无所谓，目光清澈，甚至还带着微微戏谑的笑意。

"你根本没去法国，也根本没在法国读书，所以那几年，你究竟在哪里，干什么，你右手换左手，是否也与此有关？"

凌枢忽然笑出声。

"我说岳长官，您对这个问题好奇很久了，三番五次地问我，究竟是对我感兴趣，还是对我那段经历感兴趣，孜孜不倦，非要追求一个答案？"

岳定唐："我对你的转变很感兴趣。一个很有上进心的人，忽然变得得过且过，一定是发生过什么变故，我希望找到问题的根源，帮助你重新成为以前那个凌枢。"

凌枢："那你先让我老爹死而复生吧，他活过来了，我们家就什么都有了。"

岳定唐："我说错了，你不仅有上进心，还是个意志力很强的人，家道中落，不足以让你心性大变，更何况凌老先生也非横死，而是寿终正寝，你们后继无力，凌家人走茶凉，也是必然的结果。你身上的种种谜团，让我怀疑——"

他故意顿住，拉长了语调。

但凌枢还是没有半点反应，他甚至微微睁大眼睛，期待岳定唐说出什么惊人之语。

岳定唐有点失望，这不是自己想要的反应。

"怀疑什么？"凌枢饶有兴味，催促他赶紧公布答案。

岳定唐："怀疑你，受过什么特殊训练，出过任务，甚至受过重伤。"

凌枢哈哈一笑："你怎么不干脆怀疑我帮日本人做事呢？实不相瞒，甄家跟汪院长交情好，汪院长又跟日本人交情匪浅，我正缺一块敲门砖，去找汪院长套近乎，不然也用不着上赶着去讨好甄小姐了。"

前半句纯粹胡扯，后半句倒是颇有内容，岳定唐不禁蹙眉。

"你找汪院长做什么？"

"我留洋了，但不是去法国，而是去了美国。你没发现我英语说得还不错吗？带我去的人忽悠我，说美国遍地是黄金，当时我们家那境况，你也知道，我姐是倾家荡产才给我凑齐了去留洋的学费，我不甘心在外头勤工俭学几年，回来还未必能混上个差事，就在轮船上临时加钱，跟那人去了美国。"

"后来呢？"

"结果自然是被骗了，美国不说遍地黄金，只要是黄皮肤黑头发的中国人，就会受到歧视，排华法案更是令华人寸步难行，我在唐人街打了几个月零工之后，就寻了个机会回国，但又不敢回家去见我姐，因为那时候我已经把她给我凑的学费挥霍得所剩无几，所以又去云南、四川等地闯荡了几年，做过马贼，也做过袍哥。你不是好奇我的右手怎么废的吗？那时候学人家火并，被打伤了，右手手筋断了，提不了重物，瞄不准东西，所以就换了左手。"

他说得坦坦荡荡光明磊落，真亦假来假亦真，连岳定唐一时都有些分不清了。

两人四目相对，凌枢娓娓道来，没有半点磕巴犹豫。

岳定唐问："那后来你怎么回来了？"

凌枢满不在乎："幡然悔悟了呗，某一日忽然就醒过神来，想起还在家里等我的姐姐，我这条命被我挥霍没了不要紧，要是我姐知道我不光没留洋，还跟人家去做袍哥，最后一无所成，怕是要伤心死了。"

岳定唐："袍哥和马贼，虽说没有什么严密的组织，但没少刀口舔血，他们能让你说走就走？"

凌枢嘿嘿笑道："自然不能，加入时我便留了个心眼，用的假名，装独眼龙，常年戴个眼罩，又乔装改扮一下，凭我闯荡大江南北的阅历，连美利坚都去过，洋鬼子都揍过，区区马贼，还在话下？假死远遁，神不知鬼不觉，他们早就以为我死得透透的，坟头草都三尺高了！"

岳定唐："这些跟你和汪院长套近乎有何关系？"
凌枢："现在中国遍地列强，连上海都被分成三块，人家都说，国民政府，明面上是委员长，实际上却是英美日俄，其中又以日本人最是野心勃勃，已经占了东三省那么一大块肥肉，汪院长既然跟日本人走得近，若能搭上汪院长，不啻多一条人脉，说不定哪天就能从日本人那里捞点好处，怎么能说没必要？"

他分析局势头头是道，却以玩世不恭的语气说出来，仿佛旁观一出滑稽剧，事不关己，冷酷无情。

自己能相信他的话吗？
岳定唐内心浮现疑问。
以他阅人无数的眼光，竟然也无法肯定。
如果凌枢所言是真，他的经历不可谓不丰富，他的枪法和身手，自然也解释得通了。
一个人在经历那么多之后，少年老成，雄心壮志被磨灭，一心一意只想混日子，贪嘴偷懒，小奸小滑，似乎也都说得通了。

曲终却未人散。
岳定唐没松手，反而更凑近些，一字一顿。
"你小心，占便宜不成，却玩火自焚。"
凌枢嬉皮笑脸："这不是有岳长官罩着我吗？出了问题，找你便是。放心吧，除了沈十七，你见我至今何时与旁人起冲突过了？不都是人见人爱，花见花开吗？"
岳定唐冷哼，蓦地轻轻推开他，手指点点凌枢。
"甄家舞会鱼龙混杂，沈十七这样的人不在少数，比他难对付的更不知凡几。你，给我安分点。"
凌枢假模假样敬了个礼。
"是，长官！"

第52章

年节刚过，Paramount Hall 开张的消息就已经传遍上海滩大街小巷。

上海是个藏龙卧虎的地方，能在这里站稳脚跟的人都不一般。

政府里当差的，道上混的，有时候路上遇到个人，形容普通，泯然于众人，说不定他叔叔的老婆的二姑子的邻居，就有什么了不得的来头。能在上海开舞厅，自然更不平凡，否则今天小混混来收个保护费，明天又有些警察来找碴，生意就做不下去了。

开舞厅的不一般，能开像 Paramount Hall 这样的超级大乐场，更是难上加难，尤其开张当天，吴市长亲自到场致辞，青帮大佬也亲自过来捧场，有眼色的人一看便知，这老板将黑白两道都打点好了，是绝对不能来找麻烦的，否则定会撞到铁板，头破血流。

Paramount Hall 这个名字终究太洋气了，没多少普通百姓能记住，取而代之的是"百乐门"，朗朗上口，连那些留洋归来的千金小姐，也懒得再去嚼它原来的读音，与众人一样喊起了"百乐门"。

岳定唐去南京出差开会了，为期三天。

这三天里，凌枢简直如同放出囚笼的老鸟，今天约程思去吃个饭跳个舞，明天不请自来，跑岳家蹭顿饭——即便岳定唐不在，岳家人也不可能不放他进门，有他在的岳家总是不寂寞，凌枢半点不见外，也没有食不语那些习惯，一边吃还一边和老管家絮叨最近的市井奇闻，老管家很喜欢凌枢，岳家伙食没因为岳家主人们不在，就有所下降，老鸭汤还是那碗老鸭汤，葱油拌面也还是那碗葱油拌面。

但没了岳定唐在旁边没完没了地试探，话里藏话，笑里藏刀，凌枢整个人都轻松下来，日子过得那叫一个轻松惬意，睡觉都能哼段小曲儿。

甄小姐的生日宴就设在新开张不久的百乐门。

那天傍晚凌枢抵达时，门口早已车水马龙，熙熙攘攘。

小汽车从大门口一直排到后面看不见，门童负责迎宾开门，弯腰弯得后背都快直不起来了，手也已经麻木了，可见宾客如云，络绎不绝。

甄家的人脉，也由此得以窥见一斑。

比起旁人大张旗鼓地出场，凌枢显得低调而毫不张扬。

他既没坐车，也没买礼物，两手空空，低调到近乎寒酸。

幸好那张脸还能看，甄家的人验过请柬之后，便让他进去了。

此处自从建成后，凌枢还未光临，平日经过，只知外表富丽堂皇，光鲜亮丽，里头肯定也不会差到哪去，如今进来一看，方知别有洞天。

在五彩斑斓的玻璃灯泡装饰下，偌大舞池熠熠生辉，这里是全上海唯一装有弹簧地板的舞场，许多人以能进来跳一支舞为豪，就连小费也跟别处不是一个档次的。

中央大舞池周围又错落分布各种中小舞池，平时都是被分别包场的，但今天，整个百乐门只为了一个人服务。

那就是甄丛云。

西装革履，衣香鬓影，甄家请来的人，身份地位自然不会差到哪里去，不可能发生什么穷小子鱼目混珠偷摸进来的情况，更不可能出现通缉犯突然在这里被认出来的乌龙。

凌枢饶有兴趣地想，估计全场所有人里，最寒酸的应该就是自己了。

他拿了杯香槟，躲在角落里，逍遥自在，又如观察众生的隐者，有着旁人无法理解的自得其乐。

如果岳定唐在此，就能看出凌枢这是想躲懒了。

主角甄小姐还未露面，客人依旧陆续入场。

"嘿！凌枢？！"

肩膀被猛地拍了一下。

凌枢回过头，居然瞧见上回在领事馆宴会上偶遇的老同学林鼎康。

"你怎么会在这里？"林鼎康脸上有些不可思议，随即又发觉自己问得不妥当，赶忙笑道，"可以啊凌枢，士别三日当刮目相看了！"

林鼎康是领事馆翻译，虽然想单独拿到请帖不太够格，但跟着美国人一道进来，还是没什么问题的。

既然上次凌枢能跟着岳定唐参加领事馆的宴会，这次有岳家的面子在，参加甄小姐的生日宴，自然也不是什么大问题。

他理所当然认为凌枢肯定是跟着岳定唐来的。

"定唐呢，怎么没瞧见人？"林鼎康四处张望。

凌枢："他去南京开会了，我一个人来的。"

林鼎康半是歆羡半是玩笑："他待你真不错，以后要是饭碗砸了，我也来投靠你们，你可千万得帮我说两句好话啊！"

请柬是甄小姐亲自给的，凌枢见他误会，也不解释，只是笑笑，与他闲聊起来。

"你没带女伴过来？"

"没有，你也是？无妨，今夜百乐门的舞女也都被甄家包下来了，待会儿会陪宾客跳舞的，不收小费，你看上哪个，过去搭讪便是，只要人家乐意，就算不付出街钟都没什么问题，哈哈！"

"那是谁？"

凌枢忽然指着门口进来的一行人道。

林鼎康："那是甄家的老四，甄爱农，就是甄丛云的四叔。"

凌枢："我是说他旁边那两个。"

林鼎康"哦"了一声："是日本领事馆的人，一个是参赞佐田三木，另一个不认识，看样子应该是佐田的秘书。"

凌枢："甄家果然能耐大，领事馆的人来捧场，青帮大佬也来了，就算待会儿南京那边派人过来，给甄小姐庆生，我也不稀奇了。"

林鼎康笑道："可不是嘛，这些人抬抬手，就够我们吃一年的了。老实说，我也没想到甄小姐生辰，排面弄得这么大，那些可不是等闲就愿意来的，听说甄小姐尚未婚配，也无男友，要是今晚能让她一见钟情，说不定能当上甄家的乘龙快婿，那可真就是鲤鱼跃龙门了！"

他侃了半天，才发现凌枢根本心不在焉，一半注意力都不在自己这里，不由得循着对方视线望过去。

穿着酒红色旗袍的美貌女人，正挽着中年男人的臂弯，两人喁喁私语，脑袋几乎挨在一起，状若亲密。

女人的容貌委实出众，已然超过这里的大多数同性，以至于不少目光落在她身上，都会停留三秒以上。

"咦，那不是何幼安吗，她也来了？她旁边的男人居然不是沈十七，那是谁？"

林鼎康从没见过那位成先生，认不出来是正常的，凌枢没说话。

他的目光越过何幼安跟成先生两人，穿过熙熙攘攘的人群，又落在不远处的角落。

在那里，也站了个人。

跟几分钟前的凌枢一样，形单影只，不与旁人交流。

没有人主动近前和他攀谈，就像有一道无形屏障，把他和周围的人都隔开来。

凌枢他们这个位置，正好就在楼梯口往上几步，有些居高临下的意味，又不显眼，正适合观察认人。

他看见那个人，也正盯着何幼安所在的方向，面无表情，不似善意。

对方浑身上下，都散发绝非善类的气质。

"那人是谁？"

凌枢抬起下巴，示意林鼎康去看。

"站在酒柜旁边的那个。"

林鼎康定睛细瞧："好像是鹿同苍身边的人，叫……叫江什么来着？"

凌枢："江河。"

林鼎康："对对，江河！这是个心狠手辣的角儿，杀人不眨眼，虽然他很得鹿同苍信任，能耐也不小，但若是没什么事，还是少与这人打交道的好。"

隔着人群，对方似乎感觉到凌枢落在自己身上的目光，抬起头往这边看。

林鼎康赶忙收回眼光，转身低头喝酒，故作无事。

凌枢却没有躲闪，反倒还遥遥朝江河举杯致意。

江河看了他一眼，冷冷转开，半点回应也没有。

"你们认识？"林鼎康忍不住问。

"之前不认识，现在不就认识了？"凌枢耸肩。

林鼎康无语，觉得他心真大。

出于老同学的情分，和交好岳定唐的关系，他又提醒了一句。

"你还记得去年轰动一时的无头尸案吧，据说死者就是得罪了江河，才会被他命人砍头分尸的，至今也没人敢追查下去，就这么不了了之了。他平时跟在鹿同苍身边，就是负责干那些鹿同苍不方便出手的脏活累活，手上沾的血，不是一星半点。"

凌枢拍拍他的肩膀。

"放心，我晓得了。"

说话间，门口一阵骚动。

许多人纷纷抬头，望向动静来源。

先是门童开道。

然后是星光闪烁，华丽曳地的裙摆。

最后才是被许多人簇拥着翩翩入场的甄丛云。

人群自动让开一条道，令她畅通无阻，接受目光洗礼。

甄丛云泰然自若，没有半分局促羞涩，显然早习惯了这样的场面。

她直接走上中央舞台，只对着话筒说了一句话。

"今日是我生辰，感谢大家赏光到来，祝各位尽兴而归。"

说罢打了个响指，现场静候已久的乐队立马奏起音乐。

嘉宾们没有动。

所有人都在等她开舞。

她进来的时候孤身一人，而在场也多的是年轻俊彦。

甄丛云势必要在其中挑选一个。

那些带着女伴前来的，现在可能已经暗自后悔了。

第一支舞意义不同，许多认为自己资格足够的人，都禁不住在脸上流露出势在必得。

还有人主动上前，朝甄丛云伸出手。

"甄小姐，不知我是否有幸邀请您跳第一支舞？"

凌枢认识那个人。

对方来自一个几代都是官场不倒翁的家族，这样的门楣，配上甄家门第，绰绰有余。

但，甄丛云仅仅是冲他一笑，没有搭上那只手。

那人有些尴尬，手在半空停了片刻，不得不撤回。

又有不少自我感觉良好的人，主动上前邀请甄丛云。

其中甚至有青帮大佬和政府要员。

但甄丛云都笑拒了。

"这甄小姐眼光还挺高。"林鼎康忍不住嘀咕。

"挑选一个，等于得罪其他，不如谁都不选，找一个谁都不敢生出怨念的局外人。"凌枢笑了笑。

甄小姐的想法，比一般人聪明多了，不愧是当过她父亲秘书的人。

话音刚落，甄丛云就朝他们这边走来。

第53章

凌枢觉得，甄丛云一开始并不是冲着他来的。

对方的目标是在他身前不远的法国领事。

法国人浪漫，最喜欢凑热闹，甄家的生辰舞会轰动上海滩，政商名流都给面子，其他国家的领事也许还会有点矜持，派个参赞秘书过来代表，法国领事却饶有兴趣亲自前来。

选他当第一支舞的舞伴，既不失体面，又让人无话可说。

那些心生不满的人，肯定不敢去找"洋大人"的麻烦。

合情合理。

然而，甄丛云在看见法国领事身后的凌枢时，却临时改变主意。

凌枢心生不妙，转身想溜，已经来不及了。

甄小姐朝他款款走来，笑意盈盈，伸出玉手。

"凌先生，我能邀请你陪我跳一支舞吗？"

众目睽睽，哗然一片。

在场的大部分人，都不认识凌枢。

但没关系，从今夜起，凌枢将会成为上海名人。

因为甄小姐竟然舍弃了那么多青年俊杰、大佬名士，选择了一个籍籍无名的年轻人。

虽然，他的确非常英俊。

灯光照在他脸上，几乎让人移不开眼。

可在场那么多人，优秀的岂止这一个？

林鼎康已经看呆了。

他一脸梦幻，甚至怀疑自己还没睡醒，脸上禁不住流露呆滞，喃喃自语道："真人不露相，露相非真人啊！"

要是二十多年前他就猜到凭着一张脸能令甄家小姐倾倒，林鼎康觉得他一定会把自己塞回娘胎里重新投个小白脸胎。

他眼前甚至已经出现甄小姐和凌枢携手走入婚姻殿堂，成为全上海的奇谈佳话，凌枢鲤鱼跳龙门的场景了。

走，或不走。

凌枢在犹豫。

他没有林鼎康那么多可笑的幻想，更没有大出风头的野心。

他本来只想过来混一顿丰盛的晚餐，顺便找机会跟甄小姐拉近一下关系，以后常来常往，正如他对岳定唐说的那样，要是能借此机会搭上汪院长的关系，以后也算多一条路。

但也不要一下子就拉得这么近啊！

那些落在身上的目光就像一道道利箭，扎得凌枢头皮发麻。

"我不大会跳舞，只会一点华尔兹。"

凌枢说道，握住甄小姐的手。

如果甄丛云想跳伦巴，就会主动舍弃他。

如果甄丛云还是坚持想跟凌枢跳，那凌枢此举，也不算令她失了颜面。

"没关系，那就华尔兹，你跟着我的节奏便好。"

甄丛云露齿一笑，裙摆摇曳如波，晃荡潋滟，灿灿生辉。

她出奇地好说话，凌枢只好恭敬不如从命。

周围的人见这支舞已成定局，也都各自散开，等他们旋入舞池中央，再团团围住，犹如众星拱月。

"你怎么不好奇，我为什么选了你？"

翩翩起舞之际，甄丛云道。

声量不高，正好只在两人之间。

凌枢："我有两个答案，不知该选哪一个。"

甄丛云："哦？"

凌枢："其一，是我过于出众的风度，让你忽略了比我更合适的法国领事，毕竟玉树临风是爹娘给的，天生如此，我也没法子。"

甄丛云被逗得花枝乱颤。

"其二呢？"

凌枢："其二，是甄小姐瞧我不顺眼，想看我这无名小子，被各方人士嫉恨羡慕的好戏，说不定，今晚我前脚刚踏出百乐门，后脚就被蒙上麻袋暴打一顿丢在暗巷里。"

甄丛云笑吟吟："若我……说是第二种呢？"

凌枢："甄小姐的玉手我也牵了，舞也跳了，也只能承受一点生命里本来不该承受的分量。"

甄丛云："跟你说话真有意思，要是早些认识你就好了。"

凌枢："这话让我有点不祥的预感，好像往往说这种话的人，接下来都会说出一些不好的话。"

甄丛云："今晚借着舞会，想要接近我、搭讪我的人，数不胜数，其中有甄家看中的，也有甄家不好得罪的，我眼花缭乱，不知道选谁才好，也谁都不想选，与其选了一个，让其他人不痛快，不如谁都不选，挑一个最没背景的，大家也都无话可说。"

凌枢叹了口气："岳定唐可是我的顶头上司，你说我最没背景，岳长官会很难过的。"

甄丛云含笑："岳家的确分量不轻，可你既不是岳定唐的弟弟，也不是他的夫人，他会为了你得罪别人吗？助理嘛，换一个便是了，就算加上老同学的情分，你现在这份工作，已经是他对老同学的优遇了吧？"

凌枢："看来甄小姐还调查过我，我感觉在您面前，就像脱光了一样，被一览无余。"

甄丛云："每一个接近我的人，我总是要弄清楚来历的，否则发生危险，如何是好？"

凌枢点头："有道理，别人是香饽饽，你是一大块黄金，香饽饽扔在路上，可能也就没吃饭的人会捡，你若是往街上一站，那肯定不管是谁，都要心动的。"

甄丛云故作生气："你怎么能用黄金来形容女人？一般都是说玫瑰花的。"

凌枢："玫瑰会枯萎，黄金永远保值，不会褪色。再说，一枝玫瑰花，法国人可能觉得浪漫，中国人不一定吃这套，黄金就不一样了，世界各国人民，有谁不喜欢的？"

甄丛云又是一乐。

许多围在她身边的小人物，态度往往是走了两个极端，要么极尽阿谀奉承，想拼命从她身上得到点好处，要么自诩清高，用桀骜不驯来掩饰自卑，仿佛这样就能消除身份上的差距。

但凌枢不同。

他既不像以上那两种人，也没有唯唯诺诺，紧张羞涩，即使在这样的场合，也能进退自如。

这不能不说是一种天赋。

也许跟他过去的家世也有关系。

"待会儿三支舞结束，中场休息时，跟着我走，给你介绍几个人，能搭上多少关系，就看你自己了。"甄丛云给他抛出一颗糖。

凌枢不敢接这颗糖，怕里面掺了老鼠药。

甄丛云可不管他敢不敢接，音乐结束之际，两人分开的刹那，她食中二指在烈焰红唇上轻轻一碰，又凌空甩向凌枢。

一个飞吻。

甄丛云拎起裙摆微微屈膝，翩翩退场，不带走一片云彩。

余下凌枢一个被众多各异的目光与声音包围。

那些眼神和言语如同十万大军齐齐发出的箭矢，精准无误射向凌枢。

凌枢披上听而不闻战甲，将那些箭矢抖落一地，脚底抹油，也闪身钻入人群，片刻就消失得无影无踪。

舞曲再度响起，众人陆续牵起舞伴的手，在舞池内翩翩起舞。

刚才第一支舞留给大家的余韵，依旧悠长未消。

凌枢的名字，已经悄然出现在许多人口中。

林鼎康心里被一堆问号填满，正想寻个机会好好盘问凌枢，在他不知道的时候，这个老同学似乎总能给他带来许多意外。

他举目四望，刚瞧见一个疑似凌枢的人，下一刻就把人给弄丢了。

对方像一条在人群中游走的泥鳅，滑不溜丢，不让任何人将其抓住。

刚刚虽然万众瞩目，可被那么多人围在中间，实际上也只有距离最近的人，才能看清凌枢的模样，其余人等，只闻其名，不识其人，凌枢只要走远些，在角落里站住，基本也就不会有人发现他了。

来了之后，只喝了两口香槟，连小蛋糕都没尝，就被迫出了这样一个风头，凌枢心中委实遗憾。

他夹起距离自己最近的草莓蛋糕放在盘中，用叉子叉了一小块送入嘴巴。

酸甜的草莓酱和着奶油的香气充分发散，听说今晚的自助餐全是甄家从外面订好了运送进来的，用的都是外国厨师的手艺，看来洋厨子做起老本行毕竟不一般。

凌枢如是想道，被甄小姐拿来当挡箭牌的不爽也消散许多。

胃口得到安抚，就有空暇干别的事了。

他抬起头随意张望，一面将身形往灯光阴影处又避了避。

蓦地，凌枢的目光停在一处。

他看见了江河。

这人正站在不远处的阳台上。

隔着飘飞窗纱，面容影影绰绰，林鼎康刚刚介绍过他，凌枢印象深刻，很快就认出来。

江河今晚应该是陪鹿同苍过来的，但阳台上与之交谈的，不是鹿同苍。

而是陈文栋，何幼安的司机。

就在不久之前，陈文栋刚刚被列为连环威胁信的嫌疑人之一。

在何幼安口中，江河曾经警告过她，不要与鹿同苍太过接近。

旁人看来，江河是个狠辣无情的人，完全有可能为了鹿同苍的安危做出任何事。

包括林鼎康，刚刚也让凌枢不要轻易去招惹江河。

江河跟陈文栋，两个本来不应该有牵扯的人，现在却站在一起说话。

如果是萍水相逢，以江河生人勿进的气息，绝不会跟何幼安的司机产生任何交集。

这难道说明，何幼安的猜测是真的？这些威胁信的幕后凶手，果然是陈文栋？他一人无法成事，所以勾结了江河？

凌枢手上的蛋糕还未吃完，阳台上那两人已然分开，陈文栋匆匆进屋，很快就消失在人海中，灯光忽明忽暗，凌枢也难以去寻对方。

他决定跟住江河。

三支舞刚过，江河就把手上的烟掐灭，也离开阳台，朝门口走去。

凌枢想也不想，随即放下蛋糕尾随而去。

他有种预感，今晚也许就可以揭开死亡信件的谜底。

最起码，也能解开一部分的谜团。

至于甄小姐要给他介绍人脉这件事，好像就没那么重要了。

第 54 章

百乐门位于全上海唯一不跟郊区接壤的区域，这里被称为贵族区。

但贵族区，也并不是就那么安全的。

这个时代，乱中有定，定中有乱，来自天南地北的人会聚一处，企图大展拳脚，风云际会，枭雄辈出，波涛汹涌之下隐藏的不是太平安宁，而是更加凶险的暴风雨和海啸。

正如此刻，凌枢跟在江河后面，匆匆走出百乐门，抬头看一眼天色。

风倒是很大，依旧刺骨，月亮星光却半点不见，入眼皆是乌云。

凌枢想起一句老话。

月黑杀人夜，风高放火天。

这样的夜晚，很适合发生点什么。

江河的举动有些奇怪。

他与鹿同苍一道来赴宴，此刻却独自一人先走，没有等司机来接，也没有上哪一辆车，仅仅是裹紧大衣，头也不回，直接在前面左拐。

凌枢加快脚步，也跟着左拐。

他没有贸然露出身形，而是从墙边探头去望。

不远处，江河果然站定身形，猛地回头。

凌枢赶紧缩回头颅。

好险！

差一点点就被发现了。

心里默数三秒，他再度探出头去，江河已经走远了。

路灯将他的影子拉得很长，在黑夜中莫名有种诡异感，就像不知名的怪兽独自潜行，随时都会暴起噬人。

江河这样的人，长年累月在刀口舔血，警惕心出奇高，若是不高，早就没命了，所以跟踪首要忌讳就是跟得太近，尤其夜深人静，不比白天有行人遮掩，脚步声放得再轻，难免有回音。

但也不能离得太远，否则很容易就把人跟丢，江河显然不是寻常走夜路，他是抱着某种目的中途离开百乐门的，否则舞会刚刚开始，怎么也不可能此时离场，这就使得他更加警醒。

跟踪是一门技术，跟踪普通人容易，跟踪高手而不被发现，才是高手中的高手。

凌枢对自己的跟踪技术，还是比较满意的。

他与江河，始终保持了一个不远不近的距离。

但凌枢也发现，对方一直在小巷里穿行，不停拐弯，像是毫无目的，又像想要甩开跟踪者。

他能确定，江河并不知道自己的存在。

那江河这样做，又是意欲何为？

乓！

一声黑夜里的枪响，似乎为凌枢的疑问做出回答。

枪声来自前方，而且很可能就是江河所在的方位。

凌枢顾不上其他，循声几步赶去。

然后他看见了江河在跟人枪战。

确切地说，是四个人在围堵追杀江河。

江河半蹲着身体，背贴墙面。

垃圾的臭味阵阵传来，那跟江河长大的环境相差无几。

他闭上眼，手摸向胳膊。

不出意料，那里濡湿一片。

巷子里堆满杂物，足够江河躲藏片刻，但也维持不了多久，以那四个人的身手，他把弹匣里的子弹都打光了，也未必能把四个人都放倒。

但，如果拼死就能挣出一条生路，江河还是愿意试一试的。

毕竟他这样的人，已经经历过太多生死一瞬的危险，能活到现在，全靠本事和运气。

希望今晚的运气也不会太差。

这里已经出了闸北，夜巡警察不见人影，密集的枪声也不会引来旁观。

附近居民都知道，这种时候的好奇心，只能为自己带来杀身之祸。

脚步声越来越近。

在江河借着杂物隐蔽身形的同时，对方也在借着杂物前行。

江河竖起耳朵倾听动静，突然冒出头朝对方连开两枪。

乓乓！

对方一人肩膀中弹倒地。

江河不敢迟疑，随即缩身回撤。

但还是晚了半步。

埋伏在他身后的人几乎同时开枪。

江河闷哼的声音在小巷里听得清清楚楚。

杀手们对视一眼，都听出他声音里的痛苦，作不得假。

几人从隐蔽物后面起身，慢慢朝江河的方向包围。

越来越近。

从几十米缩短到十几米，又从十几米缩短到几米。

江河心如擂鼓，慢慢握紧手中的枪。

他没有两把枪，若是有，今晚还能趁其不备左右开枪，打对方个措手不及，或许有一线生机。

但一把枪，就意味着他只能选择其中一个方向。

顾前不顾后，顾后不顾前。

后背注定空门暴露，任由对方鱼肉。

怀表紧贴胸膛，上面的指针为他默默数着时间。

五。

四。

三。

二。

江河蓄势待发，准备拼尽全力，为自己杀出一条血路。

却就在最后一秒——

外头再度响起枪声。

不是来自他，也不是来自夹击他的杀手，而是来自更远处。

江河心头咯噔一下，马上意识到这是一个绝佳机会。

不管对方是敌是友，这都是他唯一能逃出生天的机会。

他一跃而起，冲向其中一面的敌人，连发两枪，迅速翻滚到另外一头的垃圾堆后面。

对方果然被另外的枪声吸引了注意力，待回过神来，其中一人已经要害中枪。

另外一人随即扑向江河。

江河抄起垃圾往敌人扔来，身体却冲向截然相反的方向。

因为后面还有两个人。

接连几下枪响，江河腰肋又中一弹，但他也已经奔袭到对方身前，开枪把两人放倒，然后头也不回，奔出暗巷。

身后还有人在追。

那些人的任务肯定是不留活口，拿了买命钱，自然要带他的尸体回去，不可能那么轻易就放过江河。

他只能不停往前跑，踉踉跄跄，见了路就拐，见了人就避开。

分不清是灯光越来越暗，还是视线越来越模糊，腰肋的枪伤剧烈疼痛，神经一跳一跳，肌肉也跟着阵阵抽搐，比胳膊的伤还让人难以忍受。

江河深深吸了一口气，却感觉吸入的都是自己的血气，腥膻甜腻，堵住喉咙。

身后的动静越发近了。

对方一直紧紧咬着他不放，江河终于闪身进了拐角，靠在墙壁上，剧烈喘息，胳膊微屈，手指扣在扳机上，随时准备将最后一颗子弹，送给那个离自己最近的敌人。

死，也得拉个垫背的。

来了！

他浑身神经叫嚣着危险的信号，江河猛地蹿出，举枪的同时扣下扳机。

乒！

打空了。

打空了？！

江河未来得及愣神，手腕旋即被稳稳握住一扭，吃痛松手，枪掉落在地上。

对方没有急着开枪杀他，反倒将他整个人往后一扯，直接按在墙上。

"嘘！"

对方按住江河的嘴巴，示意他不要出声，又将他往旁边巷子里扯。

破旧的小门被推开之后，两人闪身入内，门重新关上。

江河听见外面的动静越来越远，忍不住挣了一下，把对方推开。

"你是谁？"

"我是你的救命恩人，江先生，对待救命恩人，你是不是应该有礼貌一点？"

对方声音虽低，语气却不严肃。

远处传来的光线很微弱，江河只能依稀辨认对方脸部轮廓。

他应该是一个很英俊的人。

英俊的人不少见，很英俊的人就要少许多。

加上他的衣着……

江河想起来了。

"凌枢？"

"你认识我？"凌枢有点意外。

"你跟甄小姐跳舞的时候，我在近处。"江河道，"我发现你一到百乐门就在观察我，现在还跟踪我，为什么？"

凌枢："如果没有观察你，怎么知道你提前离场；如果没有跟着你，我怎么会舍弃跟甄小姐亲近的机会，救你一命，你的话题重点应该放在这里吧？"

江河抿着唇，似在隐忍疼痛，只重复了一句。

"你我先前并无交集，为何？"

凌枢："因为何幼安的案子。"

江河蹙眉，审视的目光并未因为受伤而稍减锐利。

如刀刻斧凿，落在凌枢身上，似要将他完全看透。

"我不认识何幼安。"

"那你为何跟她的司机陈文栋见面？"

凌枢的问题一出，江河的眼神立马杀气腾腾。

但凌枢丝毫不惧，寸步不让，两人在黑暗中无声交锋。

直到外头一声动静打破静默。

那几名杀手想必是追不到人，又折回来了。

他们正在踹门，本就脆弱的门闩一下下被冲击，很快就裂开了。

凌枢顾不得继续追问，拽起江河就往里躲。

这是一栋废弃民宅，原主人搬走之后，就没人居住，到处都能闻见灰尘的味道。

凌枢也是某次偶然路过，玩心大起，去摘人家墙上的野花，才会发现这里。

但江河按住他的手，不让他再往里走，反倒指指另一个方向的围墙，示意他从那里攀爬出去。

凌枢看了他的伤口一眼。

"你能行？"

"走！"江河人狠话不多，对别人狠，对自己更狠，当先上前直接就去爬墙。

凌枢受过枪伤，当然知道有多难受，当即冲他背影竖了个拇指。

真是条汉子。

两人一前一后越过矮墙，凌枢抓着他疾行奔走。

他不愿将江河这个麻烦带去自己家里或者岳家，自然只能按照江河的指引，七弯八拐，一路奔入租界。

"前面……那栋红色的洋楼……钥匙在我兜里，你拿。"

江河的气息越来越急促，声音却越来越低，要不是凌枢一手帮忙撑起他的重量，此刻估计他已经直接软倒在地了。

凌枢手伸入他上衣口袋胡乱摸索片刻，果然摸到一把钥匙。

"你中弹了，应该先去医院吧？喂喂，你可别昏过去，我还要问你何幼安的事情！"

话音未落，凌枢肩膀一沉，对方果然昏迷过去了。

凌枢："……"

后有追兵，身有累赘，最好的办法就是直接把人一丢，不管不顾。

凌枢苦着脸，发现自己给自己找了一个大麻烦。

要是岳定唐从南京回来，发现他跟鹿同苍的小弟携手夜半逃亡，不知会作何表情。

第 55 章

咔嚓、咔嚓。

江河做了个奇怪的梦。

他梦见自己变成一棵苹果树。

硕果累累，上面结满了成熟的苹果。

一看就是又红又脆的山东大苹果。

苹果熟了挂不住，还自己往下掉。

有个人就站在树下，一手接一个，接了就上嘴咬。

咔嚓、咔嚓。

永不停歇。

江河睁开眼。

白花花的墙壁先入眼，然后是铁架、药瓶和点滴。

一个年轻人就坐在床边不远，正在啃苹果。

咔嚓、咔嚓。

江河有点牙酸。

他看着对方，对方也看着他。

半晌，年轻人举起手中差不多只剩下果核的苹果。

"你也想吃？"

江河："……"

"这是哪里？"他陡然警醒，"你把我送到医院了？"

来医院就意味着行踪暴露，凶徒也会很快找上门。

他下意识就想起身，手背却一痛。

扯到针管了，霎时沁出血珠。

江河有种隔世为人的恍惚。

他记得自己去百乐门为甄小姐庆生，记得宾客盈门，满座衣冠，甄小姐艳冠群芳，却还有何幼安更胜一筹，也记得甄小姐置大半个上海的豪门公子哥儿不顾，独独挑了个名不见经传的小白脸来跳第一支舞。

他还记得自己提前离场，遭遇杀手追杀，对方有备而来，一心一意要他的性命，他单枪匹马，疲于奔命，还受了枪伤，然后一个人突然冒出来……

就是眼前这个年轻人。

他叫——

"凌……"

"枢。枢密院的枢，天枢的枢。"

凌枢啃完苹果，把果核往旁边一放。

"放心吧，你不在医院，这是租界里的西医诊所，医生也是洋鬼子，那些人暂时不会找到这里的，你大可慢慢养伤，再让你手下来接你回去。"

江河的记忆慢慢恢复。

自己仿佛有一段路，是半昏迷中被拖着往前跑的。

那种双脚在地上拖行的感觉过于强烈，以至于两条腿到现在还是酸麻不已，好像……还摔了一回？

为了印证自己的记忆没有出错，他掀开被子，往上撸起裤管。

果不其然，膝盖上贴了纱布，还能瞧见边缘露出来的红肿。

江河抬头看凌枢。

后者"哎呀"一声："你膝盖怎么还伤了？这可不关我的事啊！我为了救你，差点儿连命都搭上了！"

江河："那些人呢？"

凌枢："跟丢了。"

江河："不可能，他们是追踪高手，我又受了伤，单凭你一个——"

就算四个杀手里有一个被他放倒，还有三个，单凭凌枢一个人，几乎不可能逃离。

凌枢："你昏迷之后，我没有带你翻墙，而是往屋子里跑，从正门走出去之后，正好有三条岔道，我做了点手脚，他们以为我们从其中一条岔道离开，就三人分作三路追踪，但实际上，当时我们就藏在屋子里。等他们走远，我才带着你离开。"

江河不置可否，也不知是相信了他的话，还是为凌枢的聪明机智而震撼。

凌枢懒得管他在想什么。

"就在你手术期间，我吃了两个苹果、一个肉夹馍、一碗豆浆，合计一毛五分钱，看在咱们生死与共的分儿上，零头我给你抹了，还有，刚才如果不是我，你早就命丧街头了，你昏迷之后，身上钱不够，我还给你垫了手术费，逃命之恩加上活命之恩，嗯？"

江河沉默片刻："等我伤好了，就去取钱，亲自送到府上。"

凌枢假惺惺地拱手："那就恭敬不如从命了。你看，咱们也算生死之交了，我问你几个无关紧要的问题，你总不会拒人于千里之外吧？"

江河没说话，凌枢也不介意，继续问下去。

"何幼安跟你，到底是什么关系？"

江河："没有关系。我说过，我不认识她。"

凌枢起身坐到床边，语重心长："老江啊，你这样就不厚道了，我为了这个答案，辛辛苦苦带着你逃亡，差点儿两尸两命，你却这样不爽快，既然没关系，你为什么又会偷偷摸摸跟陈文栋在百乐门的阳台上私会？"

江河："我没找他，是他来找我的。"

凌枢："他找你做什么？"

江河："买命。"

凌枢："谁的？"

刚问出这句话，他就觉得不太妥当，立刻改口。

"稍等。你可能还不知道，我接受了何幼安的委托，帮她找出接连向她发出死亡威胁的幕后凶手。如果你的答案与此事无关，就无须回答我。"

江河："有关。"

凌枢微愣，还未来得及深思，就看见江河苍白的唇角勾起一丝笑，眼睛里竟似带上幸灾乐祸的恶意。

"他想买你的命。"

凌枢在调查何幼安背后的连环死亡威胁，查到了陈文栋身上。

而陈文栋也想要凌枢的命。

真巧。

"我跟他素不相识，连话都没说过几句。"凌枢道。

江河："我拿钱做事，从来不问原因，他买，付了钱，我愿意，就接。"

凌枢指指自己："老江，你看看我。英俊潇洒，玉树临风，这天底下也难找出几个，堪称人间极品，死了就没了。再说了，我今天才救了你一命，你不会如此恩将仇报吧？"

江河："我可以先给你一大笔钱，还了你的救命之恩，再杀你，不就恩怨两清了？"

凌枢："见鬼的恩怨两清！你的命是可以用钱来衡量的吗？那你先把钱给我，我现在就逃命去，你就当今天没见过我，咱们后会无期，就此别过！"

江河已经太久没试过单纯想笑的感觉。

但他刚刚从喉咙里发出动静，就牵扯到身上的伤口，立时痛得脸色转沉。

凌枢以为他不肯，叹道："算了算了，我自认倒霉，本来想问你要几根大黄鱼的，现在看来，你肯把手术费和吃饭钱还我，就差不多了，算我吃点亏，看在咱们相识一场的分儿上，一共算十块银洋，我知道你上衣口袋里有钱，之前逃命时，我品行高洁，没动一分一毫，现在你既然醒了，我当着你的面拿钱，就不算偷了啊！"

说罢他还真起身，伸手去掏江河挂在衣架上的大衣。

江河："我没答应。"

"嗯？"凌枢在大衣兜里摸索，头也没抬。

江河："我没接下他的买卖。"

凌枢立马把手缩回来，回到床边坐下，笑逐颜开，嘘寒问暖。

"你怎么不早说？伤口还疼不疼？我让医生进来再给你来几针止疼的？"

江河："……"

凌枢："他给你的钱少了？"

江河答非所问："何幼安没有你想得那么简单。"

戏肉来了。

凌枢把他的被子掖好，又用热水瓶给他倒了一杯白开水。

"生病了要多喝滚水，你继续说。"

江河："……"

他一条胳膊受了枪伤，一条胳膊在打吊针，哪里还有第三只手拿杯子？

但凌枢显然没有喂他喝的意思，顺手又从旁边拿起一个苹果。

咔嚓，一大口。

江河："何幼安曾经找过我，让我杀两个人。"

凌枢悚然："她？找你杀人？杀谁？"

若真是如此，那何幼安也太会演了。

江河："肖俊和陈友华。"

"什么来历？"

这是两个全然陌生的名字，凌枢翻遍记忆也找不到他们的出处。

江河："一个是裁缝店的裁缝，家里三代裁缝，到他已经是第四代，裁缝店也开了几十年，名气不大，但周围街坊邻居都愿意找他做衣服。另一个是报社职员，负责报纸印刷的，四十来岁，子女早夭，有个续娶的继室，老实本分，每天下班就按时回家，还有些惧内。"

凌枢蹙眉："这样两个人，跟何幼安应该是八竿子打不着的关系。你确定是她让你杀的？"

江河："杀人名单连同美金，放在一个文件袋里，是何幼安亲手交给我的。不过，根据我的调查，人应该是沈十七想杀的，何幼安并不知道文件袋里面装的是什么，只是按照沈十七的吩咐交给我。"

凌枢松一口气："那就是了，我就说她不像这样的人。那两人，后来还活着吗？"

江河："一个死了，一个活着。"

凌枢："你还有失手的时候？"

江河："陈友华在杀手派出去的当天就失踪了，家里什么东西都没动，他连同他老婆，人不见了。"

凌枢："也就是说，你任务失败了？后来呢？"

江河："过了一个月，我手下正好在杭州，看见陈友华在杭州一家书店出没，巧的是，他前脚刚进去，后脚何幼安也去那家书店买书。"

凌枢："何幼安为何会出现在杭州？"

江河："后来我查了一下，那几天，何幼安正好回杭州去探亲，说是有个远房姨妈住在那里。"

凌枢笑了："我算是看出来了，你的好奇心不比我小，肯定要打破砂锅问到底，去追查何幼安到底是不是有那样一个姨妈了。"

江河："有。她那姨妈就住在西湖不远处，年纪颇大，行动不便，我让人去试探了一下，对方果真称呼何幼安为侄女，还能叫出她的小名。"

凌枢："那这么说，何幼安跟陈友华一起出现，只是巧合？"

江河冷冷道："无巧不成书，巧合的事情多了，也会让人怀疑，所以我说，何幼安这个女人，不像表面上这么简单。"

凌枢："那她总不可能一边让我帮忙，一边派陈文栋来委托你杀我吧？我与她无冤无仇，这样做是为了什么？"

第 56 章

江河的出现，的确给凌枢提供了更多线索。

但这些线索，使得事情的走向更加复杂。

凌枢简单梳理了一下，发现这件事情里，何幼安的角色主要有两种可能性。

一、沈十七让她将杀人名单交给江河，以及陈文栋让江河来杀自己，所有事情里，何幼安都是完全不知情的，她仅仅是充当一个媒介，既不知道文件袋里装的是什么，也不知道陈文栋的意图。她最多只是将陈文栋和女佣钱氏的死联系起来，怀疑陈文栋杀害了钱氏。

二、何幼安不仅仅是知情者。

如果是第二种可能，那何幼安为什么又要让凌枢来调查这一切，主动暴露自己？

如果陈文栋让江河去杀凌枢，也是出于她的授意，那么凌枢死了，究竟对何幼安有何好处？

非但会主动暴露自己，还会多一个敌人。

在死亡威胁案中，死者也好，伤者也罢，要么是何幼安自己，要么就是跟何幼安有切身利益纠葛的人。

而凌枢作为一个局外人，本该与这件事毫无关系，何幼安如果故意将他牵扯进来，是完全没有必要的。

"你怎么看？"

他不由得开口，询问江河的意见。

两人萍水相逢，在此之前连面都没见过。

但他们又刚刚经历过家人朋友都未必有机会一起经历的生死。

彼此之间，非敌非友，关系就维系在微妙的平衡之间。

"那女人不简单。"

江河还是这句话。

凌枢："那你为什么不接下陈文栋的买卖？"

江河："因为何幼安不简单。"

凌枢无奈："你就不能换一句吗？"

江河："自从上次发现她跟陈友华前后脚出现在同一家书店之后，我就不再与她进行任何合作了，包括她身边的人。"

凌枢："那你有没有把撞见陈友华的事情告诉沈十七？"

江河："沈十七从来就不与我进行直接接触，我与他素无瓜葛。"

凌枢忽然想起一个人。

"那成先生呢？关于跟何幼安今晚一起出席生辰宴的成先生，你知道多少？"

江河微微皱眉："问他做什么？"

凌枢："你不觉得这些事情很奇怪吗？"

江河："我只觉得你多管闲事。"

凌枢假装没听见他的话，又啃了一口苹果。

咔嚓、咔嚓。

江河仿佛重新回到那个噩梦，他想把凌枢赶出去。

"你看，一个寻常生意人，根本不会动辄打打杀杀。当然，沈十七也不是寻常生意人，他自以为有叔父的背景就可以横行无忌，就像他看我不顺眼一样，但他为什么要大费周章，派人去暗杀两个小人物？

"一个裁缝，一个报社职员，就算真得罪过沈十七，他抬抬手就可以叫一群青帮喽啰把两人胖揍一顿，或者再恶毒一点，把裁缝的手砍了，让报社开除职员，就能令他们走投无路。但这些他都没有做，反而鬼鬼祟祟把他们的名字放在名单上，让何幼安交给你去暗杀，这合理吗？"

江河："你想说明什么？"

凌枢："一切不合理的地方，一定会有个合理的原因。这就说明，那两个人，一定有不同寻常的地方，甚至可能不是裁缝或报社职员，而沈十七想杀他们，也肯定不仅仅是那些很表面的原因。这么说有点绕，你能听明白吗？"

江河："不明白。"

凌枢："没关系，我明白就好了，我也是说给自己听的，顺便厘清思路。沈十七对何幼安的态度，虽然不够珍爱，占有欲却很强，决不允许旁人有任何觊觎之心，但他对成先生毕恭毕敬，甚至双手把何幼安奉上。结合前面他杀人别有目的来看，他跟成先生之间，是不是有不同于生意往来的其他关系？甚至，是不是跟那份暗杀名单有关？"

他三下五除二又把一个苹果给吃完了，简直没法不让人怀疑他是个苹果精。

"成宫那个人，也很奇怪。"

江河终于开了金口。

凌枢来了兴趣。

"怎么个奇怪法？"

江河："他在东北做木材钢铁生意，往来东北与内地，畅通无阻。"

凌枢："我之前听说过，他人脉很广，能力也强。"

江河："奇怪就奇怪在这里。"

凌枢："怎么说？"

江河："东北运往上海的粮食，成宫能拿到经运代理，这是他买卖收入的很大一部分。"

言简意赅。

但凌枢听明白了。

东北是全国最大的产粮基地，但那里现在是日本人的地盘，日本人为此成立满铁来垄断东北的铁路和粮食运输。

成宫居然能从日本人手里分到一杯羹，那他的能耐，就不是一般的大了。

最起码，就连南京那些高官子弟，都未必能让日本人给这个面子。

更不必说那些卑躬屈膝、奴颜媚骨的二鬼子，日本人或许会用小恩小惠笼络他们，却不会给予这样大的一份利益。

凌枢笑道："关于这位成先生，我还听说过另外一些趣事。我朋友说，成宫早些年在上海闯荡时，逢人自我介绍，说起自己的姓氏，就说他是周武王之弟叔武的后代，来自最古老的成氏，也是最正宗的皇族后裔。"

江河不明白这句话有什么特殊之处，值得他笑得如此意味深长。

凌枢："你知道人会在什么情况下，不断强调自己的出身吗？是在他想要用出身来给自己镀金的时候，既要让别人相信，说多了也让自己相信。"

江河："你的意思是，他在说谎？"

"他是不是说谎，我不清楚，就是这么一说。好了，多谢你告诉我这么多线索，我想回去先好好琢磨一下。"

凌枢起身，顺势把桌上一兜子苹果拎走。

见江河注视他的一举一动，凌枢嘿嘿笑两声。

"反正你现在需要静养，还是别啃苹果了，我拿回去让人做苹果果酱抹在面包片上，你要是想留下，咱就给你算在医药费里头，明后天我再给你拎两袋来，也不多拿你的，连医药费和我照顾探病，拢共就十一块大洋得了。"

江河忽然道："你若来跟我做事，一百块大洋也有。"

"那可别，您老这通被追杀，可把我给吓坏了，我就是再长十个胆子，也经不起每天这么来一回！"

凌枢忙不迭摆手，跟甩开烫手山芋似的。

他走了一半，想起什么，又回过头。

"对了，陪着你出生入死一晚上，我还不知道究竟是谁要杀你。"

"你想知道？"

江河这句话一问出来，凌枢就知道自己这个问题问得不对。

"当我没问，您千万别说，我这就走，您憋住！"

“是鹿同苍。”

江河根本就不给他捂住耳朵的机会。

凌枢哀号一声。

“我都说了我不想知道！”

“可我已经说了。”江河笑出几分恶意，也笑得畅快。

世人都说，鹿同苍的基业，有一半是江河帮忙打下来的。

他们也说，鹿同苍跟江河情同手足，名为大哥和小弟，实际上江河却是他无法分割的左臂右膀，如果没了江河，鹿同苍的敌人立马会乘虚而入。

但世人不知道，鹿同苍竟然要杀江河。

现在凌枢知道了。

虽然他是被迫知道的。

知道太多秘密的人，往往都没什么好下场。

凌枢：“我失忆了，什么都不记得了，告辞！”

他头也不回，摔门而去。

江河的目光落在桌上那兜苹果和旁边的苹果核上。

刚才凌枢急着逃跑，连苹果都落下了。

“我忘了东西！”

未及片刻，门重新打开，凌枢探头进来，以迅雷不及掩耳之势伸手把苹果拎起，人又消失了。

从头到尾，没朝病床这头看一眼。

江河：“……”

岳定唐万万没想到，自己出差一趟，仅仅三天，凌枢摇身一变，就成了上海滩的名人。

确切地说，是上流圈子的名人。

据说在甄家小姐生辰宴上，甄小姐亲自挑选第一支舞的舞伴，无视满场嘉宾，独独选了凌枢。

据说甄小姐此前曾与凌枢暗中交往，只是被甄家长辈反对阻挠，这次趁着生辰宴的机会，间接将凌枢公开介绍出来，让家中长辈无计可施。

据说……

"据说你们都准备私奔了？"

岳定唐将报纸轻轻一扔，扔到凌枢面前，似笑非笑。

"什么时候让我喝杯喜酒？"

凌枢拿起来一看，哈哈地笑："编得还挺像那么回事！怎么不说珠胎暗结，奉子成婚？"

岳定唐："哪家小报要是敢这么写，明儿就等着关门倒闭吧！"

凌枢："也是，甄家不会允许自己的名誉被如此诋毁的，那怎么还有报纸敢这么信口胡扯？单是说我跟甄小姐交往，已经算是无中生有了吧？"

岳定唐："只有一种可能，这个消息是甄丛云自己放出来的。"

凌枢一脸无辜，举起双手。

"天地良心，我跟她真没什么！"

岳定唐："你真跟她跳了第一支舞？"

"她自己找上门来的，宴席我中途离场，此后我们也未再见过。"

说至此处，凌枢顿了一下。

"不过那天跳舞的时候，她态度的确有点古怪，说要是早点认识我就好了。"

岳定唐盯着他，久久不语。

凌枢被他看得发毛。

"做什么？难不成你也对我倾慕已久？"

岳定唐狐疑道："我不在的这几天，你没惹事吧？"

凌枢冤枉道："自然没有！难不成在你眼里，我就是这么爱惹事的人吗？"

岳定唐："没错。"

凌枢："……"

"你这是对我人格的侮辱，看在你带了南京特产回来的分儿上，不与你一般计较。"

凌枢撇撇嘴，翻开报纸。

"你平时很少带报纸过来啊，在路上买的？"

在岳定唐看来，这是赤裸裸转移话题的表现。

他越发怀疑凌枢这两天是不是干了什么亏心事，或者是又闯了什么祸。

岳定唐正要问个清楚，就听见凌枢"咦"了一声。

一张轻飘飘的字条随着对方抖动报纸掉出，慢慢悠悠落在地上。

岳定唐弯腰捡起。

上面仅仅是用钢笔写了六个字。

陈文栋要杀你。

第 57 章

"陈文栋要杀你。"

凌枢读出这句话，抬头。

"杀谁？杀我？杀你？"

"报纸是我今天早上在外面买的。"岳定唐道。

没等凌枢发问，他自己就先回顾了买报纸的过程。

"我今天出来得早，没在家里吃，半道买了份早报，然后去摊子吃豆浆油饼，报纸就放在桌上，有人同桌，比我早走，吃完我就把报纸拿过来了。"

公众场合在报纸中夹入字条是一件很容易的事情，报童、卖点心的老板、同桌吃饭的客人，甚至是擦身而过的路人，根本没法找到人。

凌枢："应该是要杀我。"

岳定唐挑眉，发出疑问。

凌枢："几天前，陈文栋找到江河，想买凶杀我。"

岳定唐："江河告诉你的？你与他素不相识，他为何要告诉你？"

凌枢眨眨眼。

岳定唐了然："你果然惹事了。"

凌枢："……"

他觉得自己比窦娥还冤。

从何幼安到江河，明明都是事情自己找上门，怎么能说是他去惹事？

凌枢本来不想提江河被鹿同苍追杀的事情，这时候也得和盘托出了。

果不其然，岳定唐越听，眉头挑得越高，到最后直接皱成一团，看凌枢的眼神，就像看他系里那种论文写得乱七八糟，怎么都过不了关的学生，只差没在脸上写几个字：朽木不可雕。

"我以为你在沈十七那件事之后，起码学聪明了，不会多管闲事了。"

凌枢狡辩道："但有了江河，许多事情前后对应，就都说得通了，我们不是完全没有收获。"

仔细想想，那天一路跟踪江河，贸然出手相救，的确冲动了点。

但何幼安这件事发展至今，扑朔迷离，远胜于袁公馆的案子，凌枢和岳定唐他们，甚至至今弄不清楚何幼安究竟是好是坏，是黑是白，又在其中扮演什么角色。

江河是其中一个突破口。

他也的确给凌枢透露了不少线索。

两相比较，还是挺划算的。

岳定唐冷冷道："那点收获，换你的性命，你觉得值吗？"

凌枢嬉皮笑脸："这不是有您岳长官在嘛，江河怎么也会给你面子的。"

岳定唐："如果那天你没能及时突出重围逃跑，你想过后果没有？"

凌枢："想过。"

岳定唐挑眉，等着他忏悔。

凌枢："我姐他们，你看在老同学的情面上，肯定会帮忙关照的，最可惜的，就是没能多吃一顿春晓姐姐做的饭，还有，新职位上任以来，头一个月的薪俸还没拿到，就得壮烈牺牲，这就跟千辛万苦插队买票，到了窗口，人家说下班了一样。"

后悔是后悔了，但重点完全不对。

岳定唐冷笑一声，正想讥讽两句，目光忽而凝住。

"你受伤了？"

凌枢："没啊。"

岳定唐："那你把桌上这盏台灯拿起来。"

凌枢伸出手。

岳定唐冷冷道："用右手。"

凌枢微愣："我和你说过的，我右手受过伤，提不起重物。"

岳定唐："这盏台灯不算重，一只手绰绰有余，之前我还看见你捡起过砖头的。"

凌枢只好用右手去拿台灯。

他胳膊屈起用力，略显僵硬，甚至在微微颤抖。

"够了。"

岳定唐从他手里夺过台灯放下。

"把你的外套脱了。"

凌枢："岳长官，您这要求有点离奇了。"

岳定唐微眯起眼："脱，还是不脱？"

他的眼神凌厉如刀，似能直接剖开衣物，看破其下的真相。

看来是瞒不过去了。

凌枢微微叹一口气，把外套脱下。

岳定唐则直接亲自动手，将他的袖子撸起。

从小臂到手肘，一大片刺目的青紫赫然映入眼帘。

饶是岳定唐早有心理准备，眼皮也禁不住跳了跳。

"没中枪，也没伤着要害，就是手受了点外伤。"

凌枢也不知岳定唐怎么眼睛就那么利，连江河都没瞧出来的伤，却被岳定唐发现了。

岳定唐："你右手已经半废了，是不是还想完全残疾？如果你不想要，我直接让人给你剁了，也用不着你一次次折腾它。"

凌枢赔笑："这次去赴宴，我身上没带枪，要不然不会这么被动，下回一定小心谨慎！"

岳定唐冷着脸："怎么伤的？"

凌枢："当时江河昏迷了，帮不上忙，他自己放倒一个，还有三个，一个本来就受了伤，行动不便，被我打死，但我也被他踢中小臂，等另外两个追上来的时候，我已经把他们绕进岔道里了，他们还以为我们跑远了，殊不知我就带着人躲在屋子里。"

他与江河交谈时隐瞒了杀人这一段，对岳定唐却一五一十说出来。

岳定唐："你确定他们没看见你的样子？"

凌枢摸摸鼻子："应该没有吧。"

岳定唐不肯罢休，依旧咄咄逼人。

"你知道这两天江河在干什么吗？鹿同苍娶了第三房姨太太，江河正在帮忙张罗喜事，鹿同苍想要大张旗鼓，江河就请了京剧名家和何幼安那些电影明星来捧场。你以为自己救了江河的性命，他就会领你的情？像他那种毒蛇，辣手无情，私心自用，真想向鹿同苍表明忠心的话，就会第一个拿你来祭旗！"

"你说得都对，以后我不跟他往来就是了，咱们先解决眼下这件事吧！"

凌枢把对方当成顺毛驴，随口敷衍道，赶紧转移话题。

"你觉得会是谁提醒我，陈文栋要杀我？"

岳定唐沉默片刻："何幼安。"

凌枢："那她为何不直接当面说？"

岳定唐："不方便。"

是身边有人阻挠，她在间接发出求救，还是贼喊捉贼，一切都是烟幕弹？

凌枢叹了口气。

"七弯八绕，局中有局，我开始有点后悔跟她打交道了。"

岳定唐讥诮道："我还以为你在得罪沈十七的时候就这么想了。"

凌枢苦笑："那时候我以为自己是英雄救美，没想到这美人是条美女蛇！"

岳定唐不语，起身从柜子里拿出一瓶药酒。

凌枢正准备穿上外套，见状忙道："我擦过药了，看着严重，实际没伤到内里。"

岳定唐看他。

三秒。

凌枢败退。

他认命地重新脱下衣服，撸起袖子，一脸壮烈地把胳膊交出去，任人鱼肉。

岳定唐的手很暖，力道落在皮肉上却不怎么让人舒服。

凌枢忍着哀号出声的冲动，将痛叫化作哼哼。

"你要是真不想要这条胳膊了，就把它给我，以后没有我的允许，不能折腾它。"

他听见岳定唐如是道。

第 58 章

何幼安正坐在镜子前化妆。

半小时后有一场重头戏，需要她使出浑身解数。

何幼安闭着眼睛默念台词，酝酿情绪，冷不防滕四平滕老板的声音自身后传来。

"幼安，成先生来了。"

她还未回应，却有人"嘘"了一声。

"她必是在准备剧本，且不去扰她。"

何幼安听见成先生轻声说了这么一句。

她睁开眼，从镜中看见滕老板的脸笑得像一朵盛放的菊花，也不知成先生给了什么好处，让滕老板从沈十七那儿改投成先生门庭。

比起沈十七，成先生无疑体贴数倍。

两人就像一个天上，一个地下，真要比起来，其实也毫无可比之处。

沈十七待何幼安如同玩物，这是周围许多人心照不宣的事实，哪怕沈十七给她花钱从不心疼，捧她上位也不遗余力，但一不顺意就会拿她出气，不分地点场合。

而成先生就不会。

即使他得到何幼安的手段也并不光彩到哪里去，归根结底不过"巧取豪夺"四个字，但他得手之后，对待何幼安的态度，一如既往——

每天都会派人来接何幼安去吃饭，有时也会亲自过来；

他会抽空认真研读剧本，与何幼安讨论；

会搜罗何幼安喜欢的花儿，大冬天让人千里迢迢从外地带过来，只为博红颜一笑；

若是何幼安不喜欢的场合，他也一概不会勉强对方出席。

体贴细致，无过如此。

时下许多丈夫对妻子，也做不到这一点。

何幼安不知道成先生有没有妻子。

成先生没说，她也从来不问，因为问不问，都改变不了什么。

最起码成先生给她的宠爱，已经是大多数男人所给不了的了。

这个世道，即使何幼安被称为电影明星，周围簇拥着许多影迷，那些人以见她一面、看她一眼为荣，但在许多人眼里，戏子依旧是下九流的行当，登不得大雅之堂，何幼安在红尘游走，见过许多权贵富贾，也看过许多人情冷暖，除了沈十七，向她献殷勤的男人不知凡几，可唯独一个成先生，能给予她旁人给不了的尊重。

何幼安轻轻叹了口气。

"不是在琢磨剧本吗，好端端的为何叹气了？"

她听见男人如是说，便望向镜子。

成先生不知何时悄然而入，就站在她身后，负手端详镜中的她。

"好看吗？"何幼安微微一笑。

"好看极了。"成先生双手搭在她的肩膀上，弯腰细看，"美人如花隔云端。"

何幼安："我可不在云端，就在你手里。"

成先生："你就在我身边，可我总觉得你离我很遥远，你的心在天上远远飘着，不知何时才会落在我手里。"

何幼安扑哧一笑："成先生也打算演电影了，这是哪一部新作的台词？"

成先生故作认真思索片刻："我还真想拍一部以你为主角的电影，没有男主角，从头到尾的主角，就你一个。"

何幼安好奇："那故事讲什么？"

成先生："就讲你的故事，品行高洁，却不得不涉足红尘，几番周折，终于遇见我，后半生安稳无忧，你我有情人终成眷属。"

何幼安："你惯会哄我的，我不过是个演戏的，身不由己无心栽柳倒是真的，可怎么就品行高洁了？这句实在担不起。"

成先生含笑，从背后变出一束玫瑰花。

"你暗中资助小叔子读书的事，滕四平都给我说了，你本可以不必管他，却还是顾念旧情，不求回报，这难道不是品行高洁吗？"

何幼安的笑容消失了。

"你都知道了。"

"这又不是什么秘密。"

成先生将玫瑰花放在何幼安怀里。

娇嫩的鲜红色将美人容颜映得越发盈盈生动。

何幼安低垂着头。

"你若是不喜欢，往后我不再给他寄钱了。"

成先生含笑，轻轻捏住她的下巴，抬起。

"你有情有义，这是好事，我也不希望我的女人是个凉薄无情的人。但往后，有什么事，别再瞒着我。"

"我不想瞒着你，就怕你不喜欢，瞧不上。我……我也想生来就清清白白，毫无污点，可是……"

何幼安戚戚苦笑，未再说下去。

成先生在她脸颊轻轻一吻，从兜里摸出一张请柬。

"鹿同苍要娶第三房姨太太了，邀请我们去赴宴。"

何幼安看去一眼。

请柬做得极为精致，还烫了金色的印纹，龙凤呈祥，百年好合。

姨太太，说白了还是妾室，甚至不能叫娶，可时下有种风气，有钱人家纳姨太太，但凡愿意大肆铺张的，尽可做得比娶妻时还要热闹，好给那些平日里找不着门路送礼走关系的人，一个尽情套近乎的机会。

一场婚宴过后，主人家往往也是盆满钵满，绝不亏本。

鹿同苍虽然无官无职，可他比那些挂着虚职的所谓元老高官，能耐更大，整个上海滩，想巴结他的人不在少数，这场婚事，必然是锣鼓喧天、鞭炮齐鸣的热闹场面。

"你想让我去吗？"何幼安不解。

"你见过鹿同苍的第三房姨太太吗？"

没等她回答，成先生就道："她长得很像你。"

何幼安一惊，抬起头。

成先生神色莫测，喜怒不辨。

何幼安禁不住伸出手，去抓他的衣角。

"我与鹿同苍是清白的。"

"我自然知道。"成先生轻轻摸了一下她的脸颊，柔声道，"怎么这样凉？我没有怪罪你的意思，鹿同苍对你是否有意，不是你控制得了的。"

"当初，我宁可喝下那一桌所有的酒，也不妥协。"

何幼安伸手环上他的腰，脸贴着对方衣裳。

"你若是不喜欢，从今往后，听见他的名字，我就避得远远的。"

"好。"成先生也伸手揽住她。

两人享受这无声静默的时刻。

外面即将开拍，导演着急上火，却不敢进来催促。

"你有没有想过，暂时息影？"成先生忽然问。

何幼安一怔，仰头看他。

"你若想我金盆洗手，待拍完这部电影，我就息影。"

成先生失笑："我说的是暂时，不是让你完全放弃。我知道，你喜欢拍电影，心中也有志向，希望拍一部流芳百世的好电影，我又怎会强迫你做不想做的事情？"

　　何幼安："那……"

　　成先生："你去过香港吗，那里与上海差不多，繁荣稍逊，但也是一座大城市，最近，那些威胁信件一直闹得你心神不宁，等结束这部片约，你就到香港去住一段时日吧。"

　　何幼安："那你呢？"

　　成先生道："我自然与你一起。"

　　何幼安蹙眉："到底发生了什么，成先生，是不是上海会有什么危险，还是——"

　　成先生轻轻摁住她的唇，没让她继续说下去。

　　"你相信我吗？"

　　何幼安点点头。

　　成先生："那就照我的话去做。"

　　何幼安眨着眼睛仰头看他。

　　那眼神里是全身心的依赖和倾慕，流光闪烁，熠熠生辉。

　　任何一个人，尤其是男人，都会沉沦在这样的星月旋涡之中。

　　成先生固然成功有为，但同样是男人。

　　只有跟何幼安无比亲近的人才知道，这个女人的魅力，不仅仅在于她的容貌和身材，更在于她的气质谈吐进退，成先生阅人无数，从未遇到过何幼安这样的解语花。

　　这也是他头一回萌生告别花丛，与一个女人共度余生的想法。

　　"听我的，别问那么多。"

　　成先生摸着她的脸颊。

　　何幼安轻声道："好，你去哪里，我就去哪里。"

　　成先生很满意，见她竭力平静，隐含不安又不敢问的模样，心下不忍，还是说了句："让你去香港，是为了你好，我不会害你的，你不是有个远房姨妈在杭州吗？若是舍不得亲人，就将她一并带走吧。"

　　提及唯一的亲人，何幼安又稍稍振作一些。

　　"那我这几天找个空去一趟杭州，问问她老人家，把她接到身边来。"

　　一个小时后。

　　成先生从何幼安的休息室出来，看上去心满意足。

没有人敢催促，更无人敢打听他在里面做了什么。

成先生走向自己来时的座驾。

陈文栋早已等候在那里。

"成先生。"

见他走近，陈文栋忙微微躬身。

"沈先生说，让我以后跟着您，还请成先生收留。"

成先生脚步一顿。

"你是不是派人去杀凌枢？"

陈文栋："是，那小子跟何小姐走得太近了，沈先生不喜欢，所以让我……"

成先生："以后没有我的吩咐，不要轻举妄动。"

陈文栋："但那小子一直在查何小姐身边的人，万一……"

成先生："沈十七让你跟着我，不是让你来指点我的吧？"

陈文栋忙将腰弯得更深了。

"成先生误会了，一切都由您说了算，是我多嘴了！"

成先生："还有，我知道沈十七让你待在何幼安身边，是为了监视她，从今天起，你只要保护她即可，其他事情，你一概不必管。"

陈文栋一愣。

成先生却没管他的反应，自己打开车门，抬步就要上车。

片场里忽然有人匆匆跑出来。

"不好了，成先生！何小姐受伤了！"

成先生猛地回头。

凌枢打了个喷嚏。

这是他在十分钟之内打的第五个喷嚏了。

"谁这么想我？"他叹了口气，"生得好就是烦恼多，思慕我的佳人从这里排到黄浦江都排不下，实在不知道是谁的相思让我产生如此大的反应。"

"是病魔。"

一条毯子朝凌枢当头罩下，将他盖了个严严实实。

与此同时，岳定唐的声音传来。

"周叔让你披上。"

"周叔真好。"

凌枢将毯子展开，把自己裹成粽子，说话间又打了个喷嚏。

他身上穿的是岳定唐的睡衣。

今天一大早天还没亮，凌枢就乘火车去了一趟杭州，沪杭铁路来回十个小时，一日之内倒是可以将事情办完，没料想下午突如其来一场大雨，直接把他给淋成落汤鸡，又没带换洗的衣物，回来时已是晚间十一点，要不是岳定唐让人去接，他现在估计还蹲在火车站打喷嚏。

岳定唐觉得，如果额头上能刻字，他一定会在凌枢额头上刻八个字。

生命不息，作死不止。

胳膊还没好全就往外跑，这大雨一淋，感冒倒是其次，旧伤恐怕也会复发。

说白了，难受的又不是自己，与他何干？

即使凌枢真把自己给作成短命鬼了，那也是他自己造的孽。

正想讥讽两句，老管家端着鸡汤过来了。

"快喝两口，暖暖身体。"

"谢谢周叔！"凌枢捧着碗，小口小口啜起滚烫的鸡汤，不忘竖起拇指胡吹一通。

"每回喝这鸡汤，都能喝出不同的层次和深度，就像读那名家的文章，有句禅语怎么说来着，见山还是山，见水还是水，岳家的厨子就是这境界了！"

老管家自然是笑得见眉不见眼。

"您要是喜欢，就多喝点儿，厨房还有多的，别着急，小心烫着。"

岳定唐叹一口气，将到嘴的嘲讽又咽了回去。

走了一个岳春晓，又来一个老管家。

这些人都中了凌枢的蛊了。

"何幼安的事情，有眉目了。"

凌枢头也不抬地喝汤，冷不防抛出一句话。

第 59 章

天还没亮，凌枢就乘坐最早的火车前往杭州。

从上海到杭州的铁路，是前清末年修筑的，至今仍在使用，单程一趟五小时左右。

凌枢到杭州时将近中午，他没忙着去吃午饭，而是先去了一家书店。

那家书店就坐落在西湖边上，两旁俱是前清官员的宅邸院落。

时过境迁，前清亡了之后，国内局势风起云涌，富贵的人不可能永远富贵，宅子也就几经易主，其中一间还被改成书店，正是凌枢要过来找的明德书店。

大中午的，人不多，凌枢拎了个小板凳在书架前坐下，随手抽出一本书，就开始看。

这年头买得起书的人不多，像他这样在书店里消磨时光蹭书看的年轻人数不胜数，店主显然也习惯了，自然不会来赶客，如果凌枢临走前能买一两本书，便算是厚道了。

"等等。"

岳定唐抬手打断他。

"那书店就是陈友华出没过的书店？"

凌枢："不错，我想在那里等等看能不能等到陈友华。"

何幼安交给江河的暗杀名单里，一个是裁缝肖俊，一个是报社职员陈友华。

前者已经死了，后者却逃脱追杀，离奇失踪。

一个刚刚逃出生天的人，第一反应肯定是往远处跑，越远越好，陈友华却在杭州一家书店现出踪迹，这本身就不同寻常，更何况是与何幼安前后脚出现。

巧合过度，就不是巧合。

顺藤摸瓜，如果找到陈友华，说不定就能牵出何幼安，寻出何幼安的古怪之处。

但岳定唐关注的重点并非这个，而是——

"你是怎么知道那家书店的？"

凌枢眨着无辜的眼睛。

"我让程思查的。"

岳定唐："程思一个江湾区的小警察，能管到杭州警察局去？"

凌枢："记错了，我让我姐夫查的。"

岳定唐抱胸看他继续瞎扯。

陈友华失踪之后，他就已经是个死人，不可能再用陈友华这个身份去行走，所以凭借白道的力量肯定是行不通的。

"江河给你找的。"

凌枢打了个哈哈："好像还真是他，我找了不少人帮忙，自己都不记得是谁了！"

岳定唐："你是不是嫌自己的命太长，想努力活得短一点？"

凌枢："老岳，这事你不能怨我，是江河派人主动送来明德书店的消息，他知道我在查何幼安的事情。就我看来，他也很想知道，何幼安到底在这些事情里，扮演什么样的角色。所以江河不光是在帮我，也是在帮自己。"

岳定唐："鹿同苍想要杀他，就会留意他身边往来的所有人，你救他一命，现在已经进入鹿同苍的视线了，再跟他厮混在一起，只会让鹿同苍连你一块解决。"

凌枢赔笑："你放心，我不会再主动找他了，我只与你厮混，这样可以了吧？"

老管家端着果盘过来，正好觑见岳定唐身上紧绷的气势，不免温声插一句。

"有话慢慢说，别吓着小孩子。"

岳定唐："……"

周叔怕是忘了，这人跟他是同窗？

凌枢双手接过果盘。

"谢谢周叔！"

老管家："你有些着凉，不可贪多，睡前我再给你拿一盅药茶过来，务必喝完再睡。"

凌枢乖巧应声。

岳定唐满心无力，暗自长叹口气。

若是周叔看见此人开枪杀人时的果决狠辣，不知会作何感想。

客串的老管家很快退场，岳定唐也没了盘问的心情。

"你继续说吧。"

凌枢"哦"了一声："我刚才说到哪儿了？"

岳定唐："……你在那家书店等陈友华。"

凌枢一拍大腿。

"对！那家书店叫明德书店，装潢还挺不错，古色古香，我在那儿看了半天书，心说该吃店主白眼儿了，便随手拿了一本略微便宜些的付了账，店主高兴得不行，还送了我一壶茶喝。对了，那本书能报销走公账的吧？行行，我知道了，我自个儿垫了，你别这样看我！

"我本来已经想好了，若是今天等不到，明天再在附近盯梢，反正总是能等到陈友华的，没想到运气这样好，下午三点左右，陈友华就出现了。

"江河当初接了任务，自然有画像，他将画像也给了我，但我看见的陈友华，跟画像的差别已经相当大，只有身材和一双眼睛生得像，当时我并不能马上肯定就是他。

"此人在书店转了一圈之后，就直奔后门出去，我从前门绕了一圈，跟在他后面，看着他去了西湖，在湖边坐了半天，又去了楼外楼吃饭。"

听至此处，岳定唐方才发问。

"仅仅是吃饭？"

凌枢："仅仅是吃饭。"

岳定唐："下午三点不是饭点。"

凌枢："但他真点了一桌菜。"

岳定唐："吃完了？"

凌枢："没吃完，吃一半，中途走了。"

岳定唐："防止跟踪，掩人耳目。"

凌枢点头："也为了消除旁人的怀疑，若不是我认定他就是陈友华，那时候肯定已经放弃了，绝不会再跟下去。结果我一路跟到观音塘，就目睹一桩惊天秘闻，你猜我看见什么？"

岳定唐："别卖关子。"

凌枢："我看见有人要杀他。"

岳定唐："江河的人？"

凌枢："应该不是，江河那次任务失败之后，已经将那部分钱退回去，他与沈十七那桩交易，就算是结束了。他不喜欢被人利用，应该不至于在这件事上骗我。"

岳定唐淡淡道："你倒是了解他。"

凌枢："这是夸奖吗？"

岳定唐："你觉得呢？"

凌枢："我肯定觉得是，你问我不是白问吗？"

岳定唐放弃和他斗嘴兜圈子。

"以你的性子，你肯定上去阻止了。"

凌枢："没有，陈友华警惕性很强，前面几次兜圈子，就是为了防止跟踪，我不敢跟得太近，所以他出事时，我已经赶不过去救援。陈友华走的是暗巷，对方也就在暗巷动手，一刀毙命，几乎没有半点反抗的余地。我看见凶徒从陈友华身上搜走了一份报纸。"

岳定唐正想问凌枢是否追上去，就听见对方以一种四平八稳、吃饭喝汤的语气道——

"然后我便追上去，将凶徒放倒，拿到他手里的那份报纸。"

岳定唐："？？？"

他有种凌枢又闯下大祸的预感，但是自打跟凌枢重逢，接踵而来的事故，似乎也已经让他习惯了这样的惊吓，就像有个人在熟睡时，冷不防就被吓醒，一次两次或许心脏受不了，久而久之，反倒锻炼出习惯了。

想及此，岳定唐蹙眉："放倒的意思是……"

凌枢："自然是字面上的意思，像我这般仁善厚道之人，难不成还能杀人灭口？"

岳定唐："……我倒是宁愿你灭口了，此人能杀陈友华，自然也不会放过你。"

凌枢摆手："你放心，我保证没有让他看见真容，而且此人既然杀陈友华，又被人放倒，等他醒来，会不会怀疑到别人身上？我们是不是可以借此查出真相？"

岳定唐："你想怎么做？"

凌枢："设法让何幼安知道那份报纸的存在。如果她真和陈友华有联系，就一定会去那家书店；而凶徒醒来之后，肯定也会有所行动。这份报纸，就是一个鱼饵，引得各方鲤鱼争相跳动，一条条跃出水面。"

他说罢，将手边的文件袋放在桌上。

"这便是那份报纸。"

岳定唐打开文件袋，从里面抽出那份报纸。

一份很寻常的《临安日报》。

报纸不厚，内容也寥寥，可以看出这份报纸一定是经费不足，勉强维系。

但上面该有的新闻、连载小说、广告等，一应俱全，若是价格便宜，也许杭州本地许多茶楼会订上一份，专门念给来往的茶客听。

想要从一份报纸里寻找玄机，虽然比大海捞针容易一些，但也容易不到哪去。

"我看不出其中的玄机，也不明白凶徒为什么要为了这份报纸杀陈友华，这就得靠岳大教授出马解密了。"凌枢打了个哈欠，讲完故事的他开始精神恹恹。

虽然他讲到自己放倒凶徒时一语带过，但能干净利落杀害陈友华的人，又岂是那么好对付的？

这个人，一天不折腾就不安生。

岳定唐想，他就算哪天把小命给折腾没了，自己应该也不会感到意外的。

但，岳春晓很喜欢他。

岳定唐看得出，自己这位三姐，是真把凌枢当亲弟弟看的，从南京寄来特产包裹，还不忘给凌枢捎一份，要知道岳春晓其实并非看见个人，就能对他这样好的。

只能说，凌枢是真投了三姐的眼缘。

还有老管家周叔，岳家的上上下下。

这些人嘴上没说，神情行动却流露了自己的立场倾向。

在凌枢出现之前，岳定唐自己的生活规律而枯燥。

每日在学校和岳家之间定点来回，虽然稳定，却失之乏味。

直到凌枢出现。

他直接将自己带到跌宕起伏的案件里，甚至有时候惊心动魄过了头，都快把小命给玩没了。

从袁公馆的豪门案子到女明星的人身威胁，后者看似微小，居然也一步步牵扯出更深更大的阴谋。

岳定唐觉得，他要是早知道何幼安身后的水这样深，当初就绝对不会同意凌枢去踩雷。

"这看上去就是一份普通的报纸，除非——"

岳定唐顿了顿。

"嗯？"

凌枢睡眼蒙眬，勉强捧场应了一声。

他听见岳定唐道："有对应的密码本。"

"嗯……"

凌枢觉得浑身软绵绵的，只想倒头就睡。

岳定唐的声音忽远忽近，更像是催眠曲。

"把报纸送给何幼安，如果她真跟陈友华有关，密码本也许就在她那里……"

他隐约记得自己似乎说了这么一句，又像是在喃喃自语。

额头上拂来一丝冰凉，紧接着，凌枢就什么也不知道了。

第 60 章

凌枢发烧了。

这烧还不是普通的热度，是上四十摄氏度的高烧。

家庭医生力有不逮，让他们连夜送来医院。

早些时候，岳定唐还认为他是故意装病来逃脱逼问受斥，直到摸上对方额头，感觉到来自掌心的滚烫，方才发现大事不妙。

凌枢这阵子总受伤，从袁家地下仓库，到沈十七带人来教训他，再到带着江河深夜逃亡，一次次旧伤未愈，又添新伤，铁人也禁不住这样的折腾，更何况是细皮嫩肉的凌枢。

他的脸色苍白。

白到没有丝毫血色，尤其是在灯泡的照映下。

身上还套着岳定唐的睡衣，人却躺在病床上，手背还插着吊针。

"凌先生的肠胃可能不大好，先留院观察一夜看看情况，记得这几天饮食要清淡，切忌荤腥和大鱼大肉了。"

医生的话犹在耳边，岳定唐有点头疼。

不是淋了雨感冒发烧，怎么又扯上肠胃不好？这人身上到底还有多少种毛病？

岳定唐将视线重新投回病床。

病人神志不清，双眼半睁不睁，微光烟波从缝隙里流泻出来，似醒非醒，迷云氤氲。

嘴里还念念有词。

只是声音太小，听不见说的是什么。

岳定唐弯下腰，凑到近前。

"老岳……"

对方喊的是他的名字。

岳定唐"嗯"了一声："我在。"

凌枢："何幼安那边……"

岳定唐微微拧眉："先把自己管好吧，她的事情你就不必操心了。"

"不是，"凌枢有气无力，勉强提高声音，"我是说，何幼安上次答应给的酬金还没给，你记得让她换成美金，这年头美金保值，不要袁大头了……"

岳定唐："……"

这一瞬间，他真对凌枢有种五体投地的感觉。

但对方还未说完。

"还有，周叔的鸡汤，辛辛苦苦熬的，我还没喝完……"

老管家在旁边听见了，感动得不得了。

这孩子得是多惦记自己的心意，连发高烧半昏迷了，还念念不忘那半碗鸡汤。

"我这就回去让人熬，正好明儿你好些了，就给你送过来，保管让你喝个够，还有你喜欢的那些小点心，翡翠酥笼、金丝虾球，我也让厨子一样都做一些，可好？"

凌枢心满意足地笑了，含含糊糊说："周叔真好。"

老管家一脸慈祥。

岳定唐无言以对。

他实在没眼看下去，转身离开病房，在走廊转了一圈。

虽已入夜，却无倦意。

敞开的窗户飘入冰雪的味道，迎面清冷，沁人心脾。

偶有病患家属拉着医生苦苦哀求，七情上面，演绎人间离合。

也有那拉开的门缝里，医生对着抢救无效的病人摇头，和家属说些无关痛痒的安慰。

但，还有更多的，住不起医院的病人。

从三楼窗户望下去，飘雪的大街边，乞丐瑟缩成一团，衣着单薄的行人来去匆匆，给不起一个铜板的善心。

不远处一阵动静传来，打断了岳定唐沉静凝思。

他循声望去，走廊尽头的病房门口围了不少人，其中还有岳定唐的老熟人。

"老熟人"不经意扭头看见他，先是一愣，而后堆上笑容，快步走来。

"岳先生，您怎么也在这里，难道是家里有人……"

对方正是电影公司老板滕四平。

岳定唐"嗯"了一声，不欲多言，反而问："刚才我看见成宫进入病房了，里面是……"

滕四平叹气："何小姐受伤了。"

岳定唐挑眉："人没事吧？"

滕四平苦笑："不能说完全没事，就差一点点，太险了！"

何幼安的新戏里，她饰演一名进步女学生。

为了反抗家中为自己订下的封建婚姻，也为了反抗父亲对母亲的压迫，女主角愤而出走，结果因为经验不足又被抓回来。

父母要她嫁给当地一名士绅的儿子，她坚决不从，绝食抗议，家里人非但没有妥协退让，反而协同男方，将她绑上花轿，企图生米煮成熟饭。

在洞房花烛夜醒来的女学生悲痛欲绝，打算上吊自尽，被人救下之后，她寻死不成，转而开始思索逃生之路，几经周折，终于逃出被她视为魔窟的夫家，前往先进开明的上海，将自己的遭遇写成文字，文章登报后广为人知，而她也因此出名，受聘于一家女子中学，并和一名男教师产生感情。

但出名之后的女主角并未从此摆脱困境束缚，她的名声经由熟人传到老家，她曾经的夫家找到上海来，与她对簿公堂，告她伤风败俗。

这是一部反映时代悲剧的典型电影，当下这样的电影非常多，情节也多有类似，但这一部，因有何幼安的参演，还未开拍就已经吸引了报刊的注意，还有知名作家在《申报》上论述封建婚姻对女性的毒害，掀起一轮讨论热潮。

何幼安出事的时候，正好在拍那段在洞房花烛夜上吊的戏。

红烛罗帐，凤冠霞帔的美人哀戚落泪，走投无路，素未谋面的丈夫在外面敬酒陪酒，她则被锁在房间里，等待未知的命运，夫家的人牢牢看守，弱女子无从反抗，只能选择最决绝的方式。

何幼安自从收到那张寓意深远的剧照之后，就十分警醒，坚决不肯出演上吊的戏份，生怕自己又会出什么意外。

导演却认为，这是何其凄美哀绝的一幕，也是全片最能引起观众共鸣和同情的场景之一，两人在片场讨论半天，相持不下，所有人都看见了。

听至此处，岳定唐问："何小姐最终还是妥协了？"

滕四平点头："幼安热爱电影，也愿意做出牺牲，她不愿意为了自己，破坏整部片子的精华，但是她的担忧，我们也都不敢轻忽，便多派了一些人在四周看着，一旦她挂上白绫，只需踮起脚尖，立马就会有人上去将她扶下来，凳子也是检查了又检查的，可没想到千防万防，还是出了事。"

出事的不是凳子，也不是白绫，更不是挂住白绫的那根横梁，而是旁边的横梁，那根横梁在何幼安离开白绫的时候猛地砸下，直接砸在她和剧组另一个人身上。

后者脑袋被砸破碗大的口子，当场血流遍地，如今还生死不知。

何幼安则被砸中肩膀和脑袋，意识尚存，但也是流了许多血，将周围人都吓得够呛。

成先生那会儿刚去片场探望，前脚一走，后脚何幼安就出了事，滕四平赶去医院时一路心惊胆战，就怕何幼安有个好歹，更怕成先生迁怒于他。

"幸好，阿弥陀佛，上天保佑，幼安没有性命危险，不过医生说了，脑震荡，外伤也严重，这下子恐怕要疗养数日，暂时不能拍戏了。"

滕四平一脸庆幸之色。

岳定唐点头："没有性命之危便好，其他都是其次的。"

滕四平苦笑："谁说不是呢，万幸的是幼安神志尚算清醒，还能认出人来，听说那些病情严重点的，连人都不记得了。岳先生，您可要进去看看何小姐？"

岳定唐平静道："成先生既然在，我就不进去打搅了，你代我转达问候，祝她早日康复，我先回去看看家人。"

滕四平连声应好，目送岳定唐离开。

待对方走远，他才想起自己方才被何幼安一事吓得惊魂未定，竟忘记关心岳定唐过来住院的亲人是谁，是否要紧，住在哪间病房。

这可是跟岳家拉近关系的大好机会，却被他生生错过了。

滕四平扼腕不已。

岳定唐回去时，老管家还未离开，正坐在床边与凌枢说话。

后者明明倦极却不肯入睡，非要拉着老管家闲话家常。

老管家一看见岳定唐，就松了口气。

"四少，这孩子不听话，非不肯睡觉，还是得您来管管。"

老管家身后。

凌枢冲他眨眼，打了一个手势。

岳定唐面无表情。

"甭管他，老大不小的人了，大不了再病倒一回，多吃点药，索性住在医院得了，您那些鸡汤鸭汤芝麻绿豆汤，也都可以省下来了。"

老管家："哎呀，别这样说，小凌也挺难受的，医生说他今晚得住院了，要不我留下来看着吧，您先回去休息！"

"不必了，你回去吧，我留下来。"岳定唐见老管家还待再劝，又加了句，"我有事与他谈。"

老管家忧心忡忡，嘴上答应，身体却还留在病房里，欲走不走，脚步迟缓。

岳定唐："周叔你还有事？"

老管家欲言又止："有话好好说，别动手，别骂人。"

岳定唐："……"

兴许是他的脸色着实不好看，周叔不敢多言，这次走得十分干脆。

岳定唐将老管家送到病房门口，嘱咐司机将老人家载回去。

再回过头，凌枢已经坐起，正冲他笑。

"我就知道你看见我的手势了。"

岳定唐："我刚才遇到何幼安了。"

凌枢面露意外。

岳定唐："她拍戏被横梁砸伤，正好是上吊的戏份。"

凌枢"咦"了一声："这么说，那封匿名信件再度应验了。"

岳定唐："但她又一次没死。"

凌枢："你的意思，这依旧是她自己做的局？"

岳定唐："有这个可能性。"

凌枢："陈文栋呢？"

岳定唐："没看见人。"

他顺手从果篮里拿出一个苹果。

岳定唐将手套脱下，水果刀攥在手里，修长的手指灵活转动，果皮就轻轻松松被削下来，弯弯曲曲未曾断开，像一件艺术品。

凌枢出神地看了片刻。

他很少看见有人这样用刀。

会削果皮的人也许很多，但能像岳定唐这样玩出花儿，几乎将刀与手融为一体的人，不多。

　　他至今只在一个人身上看见过。

　　而那个人，很会杀人。

　　凌枢抚上滚烫的额头，刚刚他还感觉自己置身血海之中，转身迈步皆受束缚，现在会生出这样的感想，自然也是幻觉。

　　岳定唐眼里没有杀气，手上也没有鲜血，他斯斯文文，沉稳可靠，枪法不错，反应也算比普通人快一些，但也仅此而已。

　　苹果很快削好，看着酸甜可口，散发诱人香气。

　　岳定唐递过来。

　　凌枢张口就想咬。

　　咬了个空。

　　"不好意思，忘了你肠胃不好。"岳定唐道，将苹果送入自己口中。

　　咔嚓一口，煞是清脆。

　　这绝对是报复。

　　凌枢叹气，从睡衣口袋里摸出一张字条，那是他刚刚从家里带出来的。

　　"你待会儿去见何幼安的时候，顺便将这张字条带过去吧。"

　　岳定唐："你怎么就笃定我会去见她？"

　　凌枢无辜道："难不成你让我拖着病体残躯去？"

　　岳定唐："我看你挺精神的。"

　　凌枢躺下，盖上被子。

　　"脑袋晕得很，我有点坐不住了，你请自便吧。"

　　岳定唐等了好一会儿。

　　凌枢双目合上，呼吸均匀，头发柔软，像只人畜无害的小动物。

　　岳定唐伸手戳了戳他的胳膊，没动静。

　　又戳了戳，依旧没动。

　　还真睡着了。

　　他将吃了一半的苹果放在桌上，拿起那张字条，转身出门。

　　夜已深。

成先生已经走了，门口的保镖也撤去大半，只留下两名穿短打褂子的守着。

岳定唐走近，立时就被他们起身拦住。

"我是何女士的朋友，过来探病的，劳烦你们通传一声。"

对方见他西装革履，态度也颇为客气："何小姐已经睡下了，您请明日再来吧。"

岳定唐："明日我就无空了，你进去告诉她，就说是岳定唐，她会见我的。"

对方本是青帮一类的小混混出身，最会看人下菜碟，此时见他报上姓名，气度不凡，倒也不敢拿捏态度。

岳定唐又语气淡淡加了一句："你们成先生在此，也必是要出来见我的，你们若不放心，大可现在去请示他。"

见他连成宫都知道，短打褂子越发不敢放肆了。

这时，何幼安略显虚弱的声音自里头传出。

"谁在外头？"

短打褂子将门打开半边。

"何小姐，是一位姓岳的先生。"

岳定唐："是我。"

"岳先生？快请进来！"何幼安忙道。

短打褂子不敢再拦，为岳定唐开门，请他进去。

何幼安从床上坐起。

"岳先生，您怎么来了？"

岳定唐道："凌枢生病住院了，我送过来的，听说你也在，就过来探望，手头没带礼品，还请见谅，改日再补上。"

何幼安露出苍白笑容："岳先生太客气了，您能拨冗过来，已是荣幸之至，凌先生还好吗？"

"他无妨。"

岳定唐随意点头，不着痕迹打量何幼安。

她的确受了伤。

精神不大好，现在只是勉强振作在应酬他。

病号服下面，原本应该露出肌肤的脖颈处缠了厚厚的纱布，鼓鼓囊囊，一直延伸到手肘。

脑袋上也是一圈又一圈的白纱，临近太阳穴的位置还渗出点血色。这个部位很危险，稍有不慎就会伤及性命。

此刻的何幼安，心防正是最薄弱的时候，能从她身上找到突破口吗？

岳定唐将字条放在她面前。

"你写这张字条给我们，是想说明什么？"

他没有询问何幼安字条是不是她写的，而是单刀直入，直接就认定是她，不给对方任何反应的机会。

何幼安一愣。

受伤令她神情迟缓，一愣之后，方才浮现诧异。

"岳先生，您在说什么？"

可这句话已经显得此地无银。

岳定唐以无比肯定的语气下了结论："果然是你！"

图书在版编目（CIP）数据

北斗 / 梦溪石著 . — 广州 : 广东旅游出版社 , 2021.5
ISBN 978-7-5570-2350-8

Ⅰ . ①北… Ⅱ . ①梦… Ⅲ . ①长篇小说—中国—当代 Ⅳ . ① I247.5

中国版本图书馆 CIP 数据核字 (2020) 第 203487 号

北斗
BEI DOU

出版人：刘志松
责任编辑：梅哲坤

广东旅游出版社出版发行
地址：广州市荔湾区沙面北街 71 号首、二层
邮编：510130
电话：020-87347732
印刷：三河市冀华印务有限公司
（地址：河北省廊坊市三河市杨庄镇杨庄村）
开本：700 毫米 ×980 毫米　1/16
字数：400 千
印张：21
版次：2021 年 5 月第 1 版
印次：2021 年 5 月第 1 次印刷
定价：48.00 元